한국 산문선 2

오래된 개울

권근 외

한국 산문선

이종묵 · 장유승 편역

2

오래된 개울

권근 외

민음사

책을 펴내며

조선 초에 정도전은 "해달별은 하늘의 글이고, 산천초목은 땅의 글이며, 시서예악은 사람의 글이다."라고 말했다. 해와 달과 별이 있어 하늘은 빛나고, 산천과 초목이 있어 대지는 화려한 것처럼, 시서와 예악의 인문(人文)이 있기에 사람은 천지 사이에서 빛나는 존재로 살아간다. 글은 사람에게 해와 달과 별이요 산천과 초목이다.

인문은 문화이자 문명이다. 글이 있어 문화가 빛나고, 글이 있어 문명이 이루어진다. 우리는 글로 인재를 뽑고, 글하는 선비가 나라를 이끈 문화의 나라, 문명의 터전이었다. 시대마다 그 시대의 인문이 글 속에서 찬연히 빛났다. 글로 자신의 위의를 지켰고, 세계에서 문명국의 대접을 받았다.

글로 빛나던 선인들의 인문 전통은 명맥이 끊긴 지 오래다. 자랑스럽게 읽던 명문은 한문의 쓰임새가 사라지면서 소통이 끊긴 죽은 글로 변했다. 오래도록 한문 산문은 동아시아 공통의 문장으로 행세했다. 말을 전혀 못해도 필담으로 얼마든지 깊은 대화가 오갈 수 있었다. 국경과 언어 장벽을 넘어선 소통이 이 한문을 끈으로 이루어졌다. 이제 그 전통이 단절되었다 하여 해와 달과 별처럼 빛나고, 산천과 초목인 양 인문 세계를 꾸미던 명문의 전통을 없던 일로 밀쳐 둘 수 있을까?

한문으로 쓰인 문장은 오늘날 독자에게는 암호문처럼 어렵다. 그러나 그 안에 담긴 인문 정신의 가치는 현대라도 보석처럼 빛난다. 그 같은 보석을 길 막힌 가시덤불 속에 그냥 묻어 둘 수만은 없다. 이에 막힌 길을 새로 내고 역할을 나눠, '글의 나라' 인문 왕국이 성취해 낸 우리 옛글의 찬연한 무늬를 세상에 알리려 한다.

삼국 시대로부터 20세기에 이르는 장구한 시간을 씨줄로 걸고, 각 시대를 빛냈던 문장가의 아름다운 글을 날줄로 엮었다. 각 시대의 명문장을 선택하여 쉬운 우리말로 옮기고 풀이 글을 덧붙였다. 이렇게 만나는 옛글은 더 이상 낡은 글이 아니다. 오히려 까맣게 잊고 있던 자신과 느닷없이 대면하는 느낌이 들 만큼 새롭다.

상우천고(尙友千古)라고 했다. 천고를 벗으로 삼는다는 말이다. 한 시대를 살면서 마음 나눌 벗 한 사람이 없어, 답답한 끝에 뱉은 말이다. 조선 후기 장혼은 "백 근 나가는 묵직한 물건은 보통 사람이 감당하기 어렵겠지만, 다섯 수레의 책은 돌돌 말면 가슴속에 넣고 심장 안에 쌓아 둘 수 있으며, 이를 잘 쓰면 대자연의 이치를 깨달아 우주를 가득 채우리라."라고 했다. 글에서 멀어진 독자들과 다섯 수레에 실린 성찬을 조금씩 덜어 먹으며 상우천고의 위안과 통찰을 함께 누리고 싶다.

책 엮는 일을 2010년부터 시작해 꼬박 여덟 해 이상 시간이 걸렸다. 여섯 명의 옮긴이가 세 팀으로 나뉘어 신라에서 조선 말기까지 모두 아홉 권으로 담아냈다. 먼저 방대한 우리 고전 중에서 사유의 깊이와 너비가 드러나 지성사에서 논의되고 현대인에게 생각거리를 제공하는 글을 선정했다. 각종 문체를 망라하되 형식성이 강하거나 가독성이 떨어지는 글은 배제했으며 내용의 다양성을 확보하고자 했다. 부드러우면서도 분명하게 읽히도록 우리말로 옮기고, 작품의 이해를 돕는 간결한 해설을 붙였다. 더불어 권두의 해제로 각 시대 문장의 흐름을 조감해 볼 수 있도록 했다.

조선 초 서거정의 『동문선』 이후 전 시대를 망라한 이만한 규모의 산문 선집은 처음 기획되는 일이다. 글마다 한 시대의 풍경과 사유가 담기는 것을 작업의 과정 내내 느꼈다. 작업을 마치면서 빠뜨린 구슬의 탄식이 없을 수 없다. 그래도 일천 년을 훌쩍 넘긴 한문 산문의 역사를 이렇게 한 필의 비단으로 엮어 주욱 펼쳐 놓고 보니 감회가 없지 않다. 대방의 질정을 청한다.

2017년 11월

안대회, 이종묵, 정민, 이현일, 이홍식, 장유승 함께 씀

세상과 나를 다스리는 글쓰기
조선 초기에서 중종 연간

1392년 조선이 개국했다. 나라는 바뀌었지만 새로운 인물이 나온 것은 아니었기에 고려에 출사했던 정도전(鄭道傳)을 위시하여 권근(權近), 변계량(卞季良) 등이 문물과 제도를 정비하고 이를 문장으로 정리했다. 정도전은 『조선경국전(朝鮮經國典)』, 『경제문감(經濟文鑑)』을 편찬하여 국가의 기틀을 세웠고, 『불씨잡변(佛氏雜辨)』을 통해 유교를 국가의 이념으로 정립했다. 그의 탁월한 문장력은 이러한 저술에서 확인된다. 권근은 경학(經學)에 바탕을 둔 시와 문장에 모두 뛰어나 국초의 문운(文運)을 열었다고 평가된다. 변계량은 새로운 제도와 정책의 설계에 큰 공을 세웠으며, 금속 활자의 역사를 기록하여 당시의 성대한 문화사를 증언했다.

본격적인 조선 왕조의 문인은 김돈(金墩), 정인지(鄭麟趾), 김수온(金壽溫), 이석형(李石亨), 양성지(梁誠之), 강희안(姜希顔), 신숙주(申叔舟) 등으로 시작된다. 이들은 집현전(集賢殿)을 중심으로 활동하면서 세종이 위대한 업적을 남기는 데 크게 공헌하고, 다시 세조를 보필하여 조선 왕조를 반석 위에 올려놓았다. 이들의 문학은 정치 활동과 문화 사업의 연장선상에 있다. 김돈이 흠경각(欽敬閣)의 구조를 설명한 글, 정인지가 훈민정음의 의의를 설파한 글, 양성지가 홍문관(弘文館)의 의미를 제시한 글은 우리 역사의 중요한 현장을 담았다는 점에서 의의가 크다. 또 신숙주의 『해동제국기(海東諸國記)』, 강희안의 『양화소록(養花小錄)』 등은 고전의 반열에 놓일 만한 저술로, 여기에서도 그들의 문장력을 확인할 수 있다. 이 밖에 김수온은 국가적인 불경 간행 사업에 깊이 관여하고 그 과정을 문장에 담았다. 불교와 유교의 조화를 꾀한 일련의 글도 주목을 요한다. 비록 숭유척불(崇儒斥佛)을 표방했으나 권근으로부터 이승소(李承召), 김종직(金宗直) 등에 이르기까지 승려와의 교유에서 파생된 문장이 이어진 것도 분명한 사실이다.

뒤이어 서거정(徐居正), 강희맹(姜希孟), 성현(成俔), 채수(蔡壽) 등 걸출한 작가들이 등장했다. 조선 초기 제일대가의 명성을 얻은 서거정은 당시까지의 방대한 한문학 유산을 집성한 『동문선(東文選)』을 편찬하여 조선의 성대한 문운을 입증하는 한편, 오랜 기간 대제학(大提學)의 지위에 있으면서 국가와 시대가 요구하는 공용 문자를 두루 제작했다. 이러한 점에서 서거정은 관각 문인(館閣文人)을 대표한다 하겠다. 대제학은 집현전, 홍문관, 예문관 등 학문과 문학을 전담하는 관각의 수장을 말하는데, 문학의 저울이라는 뜻에서 문형(文衡)이라고도 한다. 대제학을 위시하여 관각에 소속된 문인들이 국가와 왕업을 빛내기 위해 지은 글이 관각 문학이다. 권근, 변계량, 서거정, 성현 등이 모두 대제학을 맡았으니, 이들을 통해 '문통(文統)'이 이어졌다고 하겠다. 서거정을 비롯한 이 시기의 관각 문인들은 정도전, 권근 등을 이어 국가와 시대가 요구하는 문학 관념을 만들어 냈다는 점에서 문학사적 의미가 크다.

정도전, 권근, 이승소, 유방선(柳方善) 등은 처세의 방안을 에둘러 말한 설(說) 작품을 다수 남겼는데, 강희맹은 이러한 전통 위에서 자식 교육을 위한 우화적인 이야기를 「훈자오설(訓子五說)」에 담아 우언(寓言)의 글쓰기 역사에서 높은 평가를 받았다. 서거정의 관각 문학을 정통으로 계승한 성현 역시 우리 문학사에서 유례가 드문 우언집 『부휴자담론(浮休子談論)』을 남겼으며, 문집의 서발문을 통한 비평에서 관각 문학의 이론을 더욱 발전시켰다. 한편 음악에도 뛰어나 『악학궤범(樂學軌範)』을 편찬하고 장악원(掌樂院)의 역사를 기록하는 등 음악사에서 중요한 글을 여럿 지었다. 그와 절친한 벗인 채수는 소설 「설공찬전(薛公贊傳)」의 작가로 알려져 있는데, 그가 자신의 주거 공간을 기록한 글은 조경의 역사에서 주목할 만한 가치를 지닌다.

김시습(金時習)은 방외인(方外人) 문학을 대표하는 인물로 일컬어져 신숙주, 서거정 등의 관각 문인과 대척점에 있는 것처럼 생각하기 쉽지만, 사실 이들과 가장 절친한 벗이기도 했다. 단지 방랑자 기질과 승려 행세 때문에 방외인이라는 평가를 받은 것이다. 그의 소설 『금오신화(金鰲新話)』는 방외인 문학의 대표작이다. 그러나 유자의 마음을 잃지 않았기에 정작 문집을 보면 세상을 경륜하고 백성을 사랑하는 유가적 사유를 보이는 글이 많다. 여기에서 다루지 않았지만 귀신에 대해 개진한 일련의 논의도 유학의 테두리를 벗어나지 않는다. 김시습의 행적을 '심유적불(心儒跡佛)'이라고 평가하는 이유가 이것이다.

조선 전기의 문학은 관각 문인이 주도하다가 차츰 신진 사류(新進士流)와 이를 계승한 사림(士林)이 문단의 우이(牛耳)를 잡았다. 신진 사류를 대표하는 김종직(金宗直)은 관각의 관직을 역임하고 공용 문자를 많이 남겼다는 점에서 관각 문인으로서의 성격도 지닌다. 그가 과거의 관각 문인과 달랐던 것은 문학과 경학을 하나로 보는 사림파 문학의 틀을 제공했다는 점이다. 또 남효온(南孝溫) 등과 주고받은 간찰은 인생에 대한 깊은 성찰과 더불어 수준 높은 문예적 성취를 보여 준다. 지리산 기행문 「유두류록(遊頭流錄)」은 '녹(錄)'이라는 새로운 양식을 시험했다는 점에서 주목되지만 장편이라 여기에서는 다루지 못했다. 사화(士禍)의 빌미를 제공한 「조의제문(弔義帝文)」은 현재에 이르기까지 그 해석을 두고 논란이 있거니와, 굳이 문장의 역사에서 다룰 필요는 없을 듯하다.

김종직은 많은 제자를 배출했다. 가장 마음을 터놓았던 제자 남효온은 「육신전(六臣傳)」을 지어 사육신(死六臣)의 존재를 역사에 길이 전했다. 개성과 지리산 등지를 방랑하며 지은 글이나 지방의 여러 명소에서 지은 글에서는 백성은 물론 만물을 사랑하는 따스한 마음을 읽을 수 있다. 홍유손(洪裕孫), 조위(曺偉), 유호인(兪好仁), 최충성(崔忠成), 김일손(金馹孫) 등도 김종직과 뜻을 함께한 문인으로 사림의 정신을 다양한 문체에 담았다.

김종직의 제자로는 김일손, 김굉필(金宏弼) 등의 신진 사류 그룹이 알려져 있지만, 중종반정 이후 훈구 세력으로 사림과 척을 진 신용개(申用漑), 남곤(南袞), 이행(李荇) 등도 그의 제자 또는 재전제자이다. 남곤은 「유자광전(柳子光傳)」으로 세상 사람의 입방아에 오르고 결국 간신으로 기억되었지만, 백사정(白沙汀)을 유람한 기문은 훗날 문예미로 높은 평가를 받았다. 박은(朴誾)과 이행은 시로 알려져 있지만 문장 역시 녹록지 않은 솜씨를 보여 주었다. 박은이 지은 죽은 아내의 행장(行狀)은 실용문이면서도 수준 높은 문예적 성취를 거두었다. 이행이 유배지에서 쓴 기문들은 이 무렵부터 본격적으로 등장하는 유배 문학의 틀을 제시했다.

김종직의 문하를 출입하거나 조광조(趙光祖)와 뜻을 같이한 일군의 신진 학자들은 무오사화(戊午史禍)를 만나 먼 북방의 변경이나 남해의 절해고도에서 비참하게 살다가 불행한 최후를 맞이했다. 이주(李冑), 기준(奇遵)이 유배지에서 지은 글에는 그 애달픈 심사가 잘 반영되어 있다. 간신히 죽음을 모면한 김세필(金世弼), 이자(李耔), 신광한(申光漢) 등은 살벌한 정치 현실에서 한 걸음 물러나 선비의 바른 처신을 논하는 한편, 산림(山林)으로 물러나 사는 즐거움을 글에 담았다.

성리학에 몰두한 학자형 문인들도 16세기 중반부터 문단의 중심으로 활동하기 시작한다. 김안국(金安國), 김정국(金正國), 서경덕(徐敬德), 주세붕(周世鵬), 성운(成運)이 대표적인 인물이다. 유가적 세계관에 바탕한 이들의 글은 정치 일선에서 물러나 맑게 사는 즐거움을 추구하면서도 애민의 정신을 담아냈다는 점에서 앞선 시기 문인의 글과 근본적인 차이를 보이지는 않는다.

이 책은 조선 개국에서 16세기 중반 무렵까지의 산문을 가려 뽑았다. 조정에 나아가 세상을 다스리는 뜻을 담은 문장과 재야로 물러나 내면의 성찰과 수양에 힘쓰는 뜻을 담은 문장을 두루 다루었다. 조선 초기에 국가의 제도를 정비하는 과정에서 제작된 문장은 '치국(治國)'의 수단으로 기능했다. 사화가 거듭되면서 겸선(兼善)의 이상이 흔들리고, 차츰 독선(獨善)이 선비의 지향으로 자리 잡았다. 공적인 경세의 문장은 위축되고, 주자학을 내면화하면서 심성의 수양을 중시하는 사적인 문장이 주를 이루었다. 다만 이런 경향의 글은 고려 말과 조선 초의 혼란기에 이미 등장한바, 지속적인 현상이라고 하겠다. 권근은 「고간기(古澗記)」에서 상류에 있는 '오래된 개울'의 물이 가장 맑다는 점을 들어, 인간이 타고난 맑고 선한 본성을 회복하여야 한다는 주지의 글을 지었다. 이것이 선비의 나라 조선을 관통하는 정신이므로 이 책의 제목으로 삼았다.

차례

일러두기

1 각 작품이 실린 문집이나 선집, 역사서 등에서 좋은 판본을 선별하여 저본으로 삼았으며, 원문을 해치지 않는 범위에서 풀어 번역했다.
2 주석과 원문은 본문 뒤에 모아 실었다. 원문에는 필요한 경우 교감주를 달았다.
3 저자의 원주는 〔 〕로 표시했다. 원문에서 □는 결락된 부분이다.

정도전

鄭道傳

?~1398년

본관은 봉화(奉化), 자는 종지(宗之), 호는 삼봉(三峯)이다. 정확한 생년은 밝혀져 있지 않은데, 여러 정황으로 보아 1340년 전후로 추정된다. 이색(李穡)의 문하에서 배우고 관직에 나아갔다. 1375년(우왕 1년)에 친원 정책에 반대하다가 전라도 나주의 회진(會津)에 유배되었다. 유배에서 풀려난 뒤로도 여러 해 고초를 겪다가 1383년 함흥에 있던 이성계(李成桂)와 인연을 맺었다. 위화도 회군 이후 요직을 두루 맡았지만, 젊은 날의 벗 정몽주(鄭夢周)의 탄핵을 받고 다시 관직에서 물러났다. 정몽주가 죽은 뒤 조선 왕조를 세우고 나라의 틀을 만드는 데 크게 기여했다.

『조선경국전(朝鮮經國典)』, 『경제문감(經濟門鑑)』 등을 저술하여 조선의 각종 문물제도의 기초를 닦았으며, 문집 『삼봉집(三峯集)』이 전한다.

농부와의 대화　答田夫

내가 머무는 집은 좁고 누추하여 마음이 답답했다. 하루는 들에 나갔다가 농부 한 사람을 만났다. 눈썹이 길고 머리가 희었는데, 진흙을 등에 묻히고 호미로 김을 매고 있었다. 내가 그 옆에 서서 말했다.

"어르신, 고생이 많으십니다."

농부는 한참 있다가 나를 보았다. 그러고는 호미를 밭에 내버려 둔 채 언덕으로 올라와 두 손을 무릎에 놓고 앉더니 턱을 끄덕이며 나를 불렀다. 그가 노인이었으므로 나는 종종걸음으로 다가가 두 손을 맞잡고 섰다. 농부가 물었다.

"당신은 누구요? 당신의 옷이 낡기는 했지만 옷자락이 길고 소매가 넓으며 행동거지가 느릿느릿하니, 혹시 선비가 아니오? 손발에 굳은 살이 없는 데다 볼이 두툼하고 배가 나왔으니, 조정의 벼슬아치가 아니오? 무슨 일로 여기에 왔소? 이 늙은이는 여기에서 태어나 여기에서 늙었소. 이곳은 도깨비와 함께 지내는 거친 들판, 물고기와 함께 사는 외딴 바닷가요. 조정의 벼슬아치라면 죄를 지어 쫓겨나지 않고서야 여기에 올 리가 없소. 당신은 죄를 지은 사람인가 보오."

"그렇습니다."

"무슨 죄를 저질렀소? 자기 배를 채우고 처자를 먹여 살리며 수레와 말, 좋은 집을 얻고자 불의를 돌아보지 않고 끝없이 탐욕을 부리다가 죄를 지었소? 아니면 벼슬을 하고 싶지만 스스로 얻을 방법이 없어 권세가에게 빌붙었을 것이오. 수레와 말을 분주하게 쫓아다니며 남은 술 식은 안주라도 얻어먹으려고 어깨를 움츠린 채 아첨하며 웃고 구차하게 그의 마음에 들려고 했을 것이오. 그러다가 요행히 낮은 벼슬을 얻었지만 모든 사람들의 노여움을 사고 하루아침에 권세를 잃어 마침내 이렇게 벌을 받은 것 아니오?"

"그렇지 않습니다."

"그렇다면 옳은 말을 하고 낯빛을 바르게 하여 겉으로는 겸손한 체하며 헛된 명성을 훔쳤겠지요. 어두운 밤에는 바삐 다니며 마치 날아다니는 새가 사람에게 의지하는 양 불쌍하게 애걸하며 이리저리 연을 맺어 벼슬을 구했을 것이오. 요행히 업무를 맡거나 간언하는 책임을 졌지만 녹봉만 받아먹고 맡은 일을 생각하지 않았겠지요. 국가의 안위, 백성의 기쁨과 슬픔, 정치의 잘잘못, 풍속의 좋고 나쁨은 마치 진(秦)나라 사람이 월(越)나라 사람 살찌고 여위는 모습을 보듯 전혀 신경 쓰지 않으면서 제 몸을 보존하고 처자를 지킬 생각에 세월만 끌었겠지요.

충성스럽고 의로운 선비가 제 몸을 돌보지 않고 위급한 나랏일에 달려가고 직분을 지키며 과감하게 간언하여 정도를 지키다가 화를 당하면 속으로는 그의 명성을 꺼리고 겉으로는 그의 실패를 다행으로 여기며 비방하고 모욕하며 잘 되었다고 여겼겠지요. 하지만 공론이 들끓고 천도(天道)가 밝아져 속임수가 다하고 죄가 드러나 이렇게 된 것이 아니오?"

"그렇지 않습니다."

"그렇다면 장군이 되어 널리 당파를 만들고 앞에서 몰고 뒤에서 감싸며, 아무 일도 없을 때에는 큰소리로 공갈치며 임금의 총애를 바라고, 벼슬과 상을 제멋대로 주고는 기세등등하여 조정의 관원들을 업신여겼겠지요. 그러다가 적을 만나면 호랑이 가죽 같은 겉모습은 대단하지만 본색은 양처럼 겁을 잘 내니, 교전하기도 전에 적을 바라보기만 해도 먼저 달아나 백성을 적의 칼날 아래 내버려 두고 국가의 대사를 그르쳤겠지요.

그것도 아니라면 정승이 되어 괴팍하게 제멋대로 하느라 남의 말을 듣지 않고, 자기에게 아첨하는 사람은 좋아하고 자기에게 붙는 사람은 등용하며, 곧은 선비가 옳은 말을 하면 성을 내고, 바른 선비가 도를 지키면 배척했겠지요. 임금의 벼슬을 훔쳐 자기의 사사로운 은혜로 삼고, 나라의 형벌을 농단하여 자기의 사사로운 도구로 삼다가 악행이 쌓이자 화가 닥쳐 이렇게 벌을 받은 것 아니오?"

"그렇지 않습니다."

"그렇다면 당신의 죄가 무엇인지 나는 알겠소. 힘이 부족한지 헤아리지 않고 큰소리치기를 좋아하며, 때가 아닌지 알지 못하고 바른말하기를 좋아하며, 지금 세상에 태어나서 옛것을 사모하며, 아랫자리에 있으면서 윗사람을 거슬러 죄를 짓게 된 것 아니오?

옛날 가의(賈誼)는 큰소리치기를 좋아했고, 굴원(屈原)은 곧은 말 하기를 좋아했으며, 한유(韓愈)는 옛것을 좋아했고, 관용방(關龍逄)은 윗사람 거스르기를 좋아했소. 이 네 사람은 모두 도(道)를 지키는 선비였는데도 어떤 이는 쫓겨나고 어떤 이는 죽어 제 몸도 지키지 못했소. 지금 당신은 혼자 몸으로 여러 가지 금기를 어겼는데 겨우 쫓겨나기만 하고 목숨은 보전하였소. 내가 시골 사람이지만 나라의 법이 너그러운 줄 알겠소. 당신은 지금부터라도 조심하면 화를 면하게 될 것이오."

나는 그의 말을 듣고서 그가 도를 지키는 선비라는 것을 알고 부탁했다.

"어르신은 숨어 사는 군자입니다. 당신 집에 머무르면서 가르침을 받고 싶습니다."

그러자 노인이 말했다.

"나는 대대로 농사짓는 사람이오. 밭을 갈아 나라에 세금을 내고, 그 나머지로 처자를 먹여 살리니, 그 이상은 내가 알 바 아니오. 당신은 나를 혼란스럽게 하지 말고 가시오."

그러고는 더 이상 말하지 않았다. 나는 물러가서 탄식했다. 저 농부는 장저(長沮)와 걸익(桀溺) 같은 은자가 아니겠는가.

해설

정도전이 1375년 이인임(李仁任) 등의 친원 정책에 반대하다가 나주 회진의 거평부곡(居平部曲)에 유배되었을 때 지은 글이다. 그는 이곳에서 2년 동안 생활하며 민간의 실상을 자세히 관찰하고 여러 편의 글을 지어 『금남잡영(錦南雜詠)』과 『금남잡제(錦南雜題)』로 엮었는데, 이 글은 그중 하나이다.

이 글은 작자와 농부의 대화로 이루어져 있다. 예로부터 농부 또는 어부와의 대화로 이루어진 글이 그렇듯이, 여기에 등장하는 농부 역시 가상의 인물로 보아야 한다. 사리사욕을 채우기 위해 탐욕을 부린 자, 권세가에게 빌붙어 벼슬하고 나랏일은 돌보지 않고 자리만 차지한 자, 장군이나 정승과 같은 높은 자리에 있으면서 권세를 농단하고 나라를 그르친 자 등 전형적인 탐관오리를 거론했다. 그리고 농부의 입을 빌려 당시 관료 사회, 나아가 지식인 사회의 문제점을 신랄하게 비난했다. 정도전의 본심은 그다음에 있다. 큰소리치기 좋아하고, 곧은 말 하는 것을 좋아하며, 옛것을 좋아하고, 윗사람 거스르기를 좋아하는 옛사람에 자신을 비의했다. 자신이 현실보다 이상을 추구하며, 소신 있게 직언하는 존재임을 드러낸 것이다.

정도전은 대화 상대인 농부를 공자가 만난 장저와 걸익 같은 은자라고 칭송했지만, 본심은 달랐다. 장저와 걸익은 농사를 지으면서 숨어 사는 사람으로, 세상을 떠도는 공자를 보고 말했다.

"도도히 흘러가는 저 강물처럼 천하가 다 휩쓸려 가는데 당신은 누구와 함께 바꾼다는 말이오? 당신은 사람을 피하는 선비를 따르기보다 세상을 피하는 선비를 따르는 것이 낫겠소."

그러자 공자는 이렇게 말했다.

"새와 짐승과는 벗하여 상종할 수 없다. 내가 이 세상 사람들과 함께 살지 않는다면 누구와 더불어 살겠는가? 천하에 도가 있다면 내가 굳이 바꾸려 들지 않았을 것이다."

정도전은 천하에 도가 없기 때문에 어쩔 수 없이 벼슬을 했고 그 때문에 유배된 것이라 했다. 스스로 공자의 후신(後身)임을 은근히 자부했다고 하겠다.

충성스러운 아전 정침 鄭沈傳

정침(鄭沉)은 나주(羅州) 출신이다. 나주에서 벼슬하여 호장(戶長)이 되었다. 말타기와 활쏘기를 잘했는데 집안 살림은 신경 쓰지 않았다. 홍무(洪武) 4년(1371년) 봄, 전라도 안렴사(按廉使)의 명령으로 제주도의 산천에 바칠 제물을 가지고 바다를 건너다가 왜적과 마주쳤는데 중과부적이었다. 배에 타고 있던 사람들이 모두 두려워하여 항복하기로 했지만 정침만은 안 된다고 하며 싸우기로 결심하고 왜적을 향해 활을 쏘니, 쏘는 족족 쓰러져 감히 다가오지 못했다.

화살이 다 떨어지자 정침은 더 이상 어찌할 수 없다는 것을 알고 관복을 입고 홀(笏)을 든 채 바르게 앉았다. 왜적들이 이 모습을 보고 놀라 "관원이다."라고 하며, 서로 주의를 주어 감히 해치지 못했다. 정침은 스스로 물에 빠져 죽었는데, 배에 타고 있던 사람들은 모두 왜적에게 항복했으니, 죽은 사람은 정침뿐이었다. 고향 사람들은 모두 그의 불행한 죽음을 애석하게 여기면서도 과감히 자결한 그를 어리석다고 여겼다. 나정 선생은 이 이야기를 듣고 슬퍼하며 그를 위해 전(傳)을 짓는다.

아, 죽고 사는 것은 정말 중요한 문제이다. 그러나 사람들 중에는 왕왕 죽음을 자기 집으로 돌아가는 것처럼 편안하게 여기는 이가 있으니, 이것은 의리와 명분 때문이다. 선비는 자신을 소중히 여기기 마련이지만 의리상 마땅히 죽어야 할 일을 당하면, 끓는 솥이 앞에 놓여 있고 칼과 톱이 뒤에 놓여 있으며 화살과 돌이 위에서 쏟아지고 번쩍이는 칼날이 밑에서 교차하더라도, 부딪치는 것을 사양하거나 뛰어드는 것을 피하지 않는다. 이 어찌 의리가 중요하고 죽음이 가볍다고 여겼기 때문이 아니겠는가? 글을 잘하는 선비가 훗날 그 일을 서술하여 책으로 남기면 그의 아름다운 명성과 의로운 기개는 사람들의 눈과 귀를 밝게 비추고 사람들의 마음과 뜻을 감동시킬 것이니, 그 사람은 비록 죽었지만 죽지 않고 남은 것이 있다고 하겠다. 그러므로 명분을 좋아하는 선비는 한 번 죽는 것을 달갑게 여기고 후회하지 않는다. 지금 정침이 죽었는데 나라에서도 알지 못하고 글을 잘하는 선비 중에 기록하여 후세에 전하는 사람도 없으니, 정침의 충성과 의리는 저 파도와 함께 사라질 것이다. 아, 슬픈 일이로다.

공자의 제자 자로(子路)는 현명한 사람이었다. 그는 군자란 죽을 때도 갓끈을 풀지 않는 법이라 하면서 갓끈을 다시 매고 죽었는데, 사람들은 하기 어려운 일이라고 여긴다. 정침은 한낱 시골의 아전일 뿐인데 왜적에게 항복하는 것이 의롭지 않은 줄 알았다. 급박한 상황에서도 정도를 잃지 않고 관복을 입은 채 죽음을 기다렸으니, 왜적들도 그 모습을 보고 섬뜩하여 감히 덤비지 못했다. 그의 충성스럽고 씩씩한 기개가 흉악한 자들의 마음을 굴복시켰기 때문이다. 왜적이 해치지 못하자 용감하게 스스로 목숨을 끊으려고 한없이 깊은 물에 몸을 던져 털끝만큼도 더럽혀지지 않았다. 조용히 의리를 향해 나아가고, 비분강개한 나머지 스스로 죽음을 택했으니, 옛사람도 하기 어려운 일이다. 이는 모두 그의 아름다운 천성에서 나온 것이니, 명분을 좋아하는 선비가 의도적으로 한 일과 비교할 바가 아니다. 충성과 의리가 이처럼 강렬한데도 세상에 알아주는 사람이 없고, 고향 사람들조차 그가 어리석게 죽었다고 애석해할 뿐이다.

아, 사람이 죽지 않는다면 사람의 도리는 오래전에 사라졌을 것이다. 도적이 항복하라고 협박할 때 충신이 죽지 않으면 어떻게 절의를 지키겠으며, 강포한 자가 능욕하려 할 때 열녀가 죽지 않으면 어떻게 절개를 지키겠는가? 사람이 처신하기 어려운 일을 당해도 정도를 잃지 않을 수 있는 것은 한 번 죽음이 있기 때문이다.

지금으로 말하자면 왜적이 난리를 일으킨 지 거의 삼십 년이 되었다. 명문가의 남녀 중에 포로로 잡혀간 사람이 많은데, 기꺼이 종이나 첩노릇을 하면서 사양하지 않는다. 심한 경우에는 그들의 첩자가 되어 길을 안내한다. 그들이 하는 짓을 보면 개돼지만도 못한데 부끄러워할 줄 모른다. 이는 다름이 아니라 죽음을 두려워하기 때문이다. 정침의 죽음과 비교하면 어떠한가?

평상시에는 다른 사람이 의로운 일을 한 이야기를 들으면 늘 격앙되고 분발하여 만분의 일이나마 본받고자 한다. 그러나 갑자기 직접 그런 변고를 당하면 겁을 내고 두려워하며 이해타산에 마음을 빼앗기고 살길을 찾느라 의리를 저버리는 자가 대부분이다. 더구나 그 죽음이 의롭다는 것도 알지 못하고 오히려 어리석다고 여긴다면 어떻겠는가? 더구나 그 죽음이 잊혀 영영 전하지 않는다면 어떻겠는가? 아, 어렵게 지조를 지켰지만 그 이름이 까맣게 잊히고 또 세상 사람의 모멸과 조소를 당한 사람이 어찌 정침 하나뿐이겠는가? 이 때문에 전을 짓는다.

해설

고려 말은 왜구의 침입이 극심하던 시기이다. 국가에서 그 때문에 세곡(稅穀)을 바다로 운송하지 못하고 육지로 운송했을 정도이다. 이 무렵 수많은 사람들이 왜구에게 죽임을 당하거나 노비로 잡혀갔으며, 일부는 첩자가 되기도 했다. 이런 상황에서 나주의 아전 정침은 1371년 공무로 제주도에 가던 중 왜구를 만나 장렬하게 싸우다가 결국에는 의관을 정제하고 스스로 물에 뛰어들어 최후를 맞았다.

정도전은 나주로 유배 갔을 때 정침에 대한 이야기를 전해 들었다. 정도전뿐 아니라 조정에서도 그의 의로운 죽음을 아는 사람이 없었던 모양이다. 그러자 정도전이 전(傳)을 지어 정침의 충성과 의리를 역사에 길이 전하고자 했다. 전은 인물의 일생을 서술하는 글로, 본래 역사가가 집필하여 사서(史書)에 수록하는 것이다. 하지만 기록으로 남겨 후세에 전할 만한 인물이라고 생각되면 꼭 역사가가 아니더라도 문인이 개인적인 차원에서 짓는 경우도 많다.

정침은 정도전 덕택에 역사에서 잊히지 않았다. 『동국여지승람(東國輿地勝覽)』에서는 나주의 인물로 정침을 수록하고 이 글의 일부를 옮겨 실었다. 『동사강목(東史綱目)』에도 같은 내용이 실려 있다. 그의 행위는 글을 통해 보답을 받았으며 글을 통해 길이 전해지게 되었다.

문장은 도를 싣는 그릇

京山李子安陶隱文集序

해와 달과 별은 천문(天文)이요, 산천과 초목은 지문(地文)이요, 시(詩)와 서(書)와 예(禮)와 악(樂)은 인문(人文)이다. 천문은 기(氣)로 이루어지고 지문은 형(形)으로 이루어지며 인문은 도(道)로 이루어진다. 그러므로 주돈이(周敦頤)는 "문이라는 것은 도를 싣는 그릇이다."라고 하였다. 이 말은, 인문이 바른 도를 얻으면 시와 서와 예와 악의 가르침이 천하에 밝아져 하늘에서는 해와 달과 별의 운행이 순조로워지고 땅에서는 만물이 잘 다스려진다는 뜻이다. 이렇게 되면 문의 성대함이 더할 나위 없다고 하겠다.

선비는 하늘과 땅 사이에 태어나서 가장 빼어난 기를 모아 문장으로 드러낸다. 어떤 이는 천자의 조정에서 이름을 드날리기도 하고, 어떤 이는 제후의 나라에서 벼슬을 하기도 한다. 천자의 나라 주(周)의 재상 윤길보(尹吉甫)는 「대아(大雅)」의 시를 지어 맑은 바람처럼 맑은 시대를 노래했고, 제후의 나라 노(魯)의 사관(史官) 사극(史克)은 노송(魯頌)의 시를 지어 사악한 마음을 품지 않겠다는 뜻을 표현했다. 춘추 시대 여러 나라 대부(大夫)들도 외교 업무를 위해 왕래하면서 시를 잘 구사하여 상대를 감동시키고 자신의 뜻을 밝혔으니, 진(晉)나라의 숙향(叔向)이나 정(鄭)나라의 자산(子産) 같은 사람은 우러를 만하다. 한(漢)나라의 전성기에는 동중서(董仲舒)와 가의(賈誼)가 나타나 책문(策文)과 상소문을 올려 하늘과 사람의 관계를 밝히고 나라를 다스리는 요점을 논했으며, 매승(枚乘)과 사마상여(司馬相如)는 제후들 사이를 돌아다니면서 글재주를 떨치고 성정(性情)을 읊조려 문덕(文德)을 칭송했다.

우리나라는 비록 중국의 바다 건너편에 있지만 대대로 중화의 문명을 흠모하여 문학에 종사하는 선비들이 이어졌다. 고구려에는 을지문덕(乙支文德)이, 신라에는 최치원(崔致遠)이, 우리 고려에 와서는 시중(侍中) 김부식(金富軾)과 한림학사(翰林學士) 이규보(李奎報)가 특히 뛰어났다. 근세의 큰 선비로는 계림(鷄林) 출신의 익재(益齋) 이제현(李齊賢) 공이 나와서 처음으로 고문(古文)의 학문을 제창했고, 한산(韓山) 출신의 가정(稼亭) 이곡(李穀) 공과 성산(星山) 출신의 초은(樵隱) 이인복(李仁復) 공이 뒤따라 동조했다.

지금은 목은(牧隱) 이색(李穡) 선생이 가정 이곡 공에게 가학(家學)을 이어받고, 중국에 유학하여 좋은 사우(師友)를 만나 바른 학문의 연원을 터득하며 성명(性命)과 도덕(道德)의 학설을 탐구했다. 우리나라로 돌아와서는 여러 학생을 인도했는데, 선생을 뵙고서 감동하여 일어난 자로는 오천(烏川) 출신의 정몽주 공과 성산 출신의 이숭인(李崇仁) 공, 반남(潘南) 출신의 박상충(朴尙衷) 공, 밀양(密陽) 출신의 박의중(朴宜中) 공, 안동(安東) 출신의 김구용(金九容) 공과 권근(權近) 공, 무송(茂松) 출신의 윤소종(尹紹宗) 공 등이 있으며, 나처럼 불초한 사람도 군자들의 대열에 끼게 되었다.

그중에서도 이숭인 공은 학문이 정밀하고 명쾌하기가 다른 사람에 비해 탁월했다. 선생의 말씀을 들으면 묵묵히 마음속으로 이해하여 번거롭게 다시 알려 달라는 일이 없었고, 혼자서 터득한 것 역시 남들의 예상을 뛰어넘곤 하였다. 여러 서적을 널리 읽었는데 한번 보기만 하면 바로 암기했다. 저술한 약간의 시문은 『시경(詩經)』과 『서경(書經)』의 정신에 근원을 두었다. 온화하고 유순한 마음이 안에 쌓여서 밖으로 아름답게 드러났으니, 또한 모두 예와 악에서 나온 것이라 하겠다. 도를 깊이 터득한 사람이 아니라면 이렇게 할 수 있겠는가?

명나라가 천명을 받아 천하에 군림하면서 덕을 닦고 무를 억제하며 온 세상의 문자와 문물을 통일했다. 예와 악을 제정하고 인문의 교화를 이루어 천하를 경영할 때가 바로 지금이다. 우리나라가 사대(事大)의 외교에 필요로 하는 문장은 대부분 이숭인 공이 지은 것인데, 천자가 이를 보고 "표문(表文)의 말이 참되고 절실하다."라고 칭찬했다.

이번에 이숭인 공이 명나라 황제에게 신년 인사를 드리기 위해 요하(遼河)와 심하(瀋河)를 넘어 제(齊)와 노(魯) 지역을 거치고 거세게 흐르는 황하를 건너 천자의 조정에 들어가게 되었으니, 보고 느껴 터득하는 바가 과연 어떠하겠는가! 아, 오(吳)나라의 계찰(季札)이 제후국인 노나라에 가서 천자국인 주나라의 음악을 듣고서 주나라의 성대한 덕을 알 수 있었다고 한다. 더욱이 이숭인 공의 이번 여행은 마침 천자의 나라에서 예악을 제정하는 성대한 시기에 해당한다. 장차 보고 느낀 바를 발휘하여 그 공덕을 기술하면 명나라의 아(雅)와 송(頌)이 될 것이니, 윤길보의 뒤를 따르기에 부끄러움이 없을 것이다. 이숭인 공이 돌아와 그 글을 내게 보여 준다면 나는 그 문집의 이름을 『관광집(觀光集)』이라고 붙일 것이다.

해설

이숭인은 정도전이 보낸 자객에게 살해당했지만, 젊은 시절에는 동문의 절친한 벗이었다. 이숭인은 첨서밀직사사(簽書密直司事)로 재직 중이던 1388년(우왕 14년), 하절사(賀節使)로 중국 명나라에 갔다. 당시 정도전은 성균관 대사성, 밀직부사, 지공거(知貢擧), 지신사(知申事) 등 중요한 직책을 맡고 있었다. 이 글은 『동문선(東文選)』과 『삼봉집』, 『도은집(陶隱集)』에 모두 이숭인의 문집에 붙인 서문으로 되어 있지만, 글의 내용을 보면 중국으로 가는 이숭인을 전송하면서 쓴 것임을 알 수 있다. 이숭인이 당시 중국 여행에서 지은 글을 엮은 문집은 본디 『관광집』이라 하였고 여기에 정도전의 이 글을 붙였다. 훗날 이숭인의 문집을 엮으면서 이 글을 서문으로 얹을 때 제목이 바뀐 것으로 추정된다. '관광(觀光)'은 문명을 본다는 말로, 주로 중국에 간다는 뜻으로 쓰였다.

정도전은 이 글에서 인문과 문학의 의미를 규정했다. 전통 시대 문(文)은 다양한 뜻을 지녔다. 문학 혹은 문장이라는 뜻 외에도 문식(文飾), 문명(文明), 문화(文化)에 이르기까지 폭넓은 의미로 쓰였다. 그 때문에 하늘을 장식하는 해와 달과 별은 천문이 되고 땅을 장식하는 산과 강과 바다는 지문이 되며, 인간이 이룩한 문화와 문명은 인문이 되는 것이다. 이러한 논리는 당나라 장회관(張懷瓘)의 「문자론(文字論)」, 이주(李舟)의 「독고상주집서(獨孤常州集序)」 등에서 발견된다. 송나라 말에서 원나라 초 사이에 활동한 오징(吳澄)의 「숭문각비(崇文閣碑)」에 더욱 유사한 표현이 보이므로, 정도전을 비롯한 이 시기 문인들이 해당 논리를 차용한 것으로 보인다.

정도전은 정을 드러내는 시(詩), 일을 기록하는 서(書), 상하의 질서를 구획 짓는 예(禮), 상하의 소통을 이루는 악(樂)을 법도에 맞게 이룩하는 것이 인문학이라 보았다. 그중 문학은 대내적으로 태평을 분식하는 수단이며 대외적으로 외교의 방편이라는 전통적 관념을 받아들여, 가장 위대한 문학의 전범을 제시하고, 이숭인의 문학이 여기에 부합한다고 칭송했다. 이것이 주돈이가 말한 이른바 재도지기(載道之器), 즉 문학이 도를 전달하는 수단이 되어야 한다는 주장의 실현이다. 이 무렵부터 이러한 문학 관념이 문단의 구호가 되었다는 점에서 주목된다.

세금을 내는 이유 賦稅

『맹자(孟子)』에 "백성이 없으면 관리를 먹여 살릴 수 없고, 관리가 없으면 백성을 다스릴 수 없다."라고 하였다. 그러나 옛 성인이 제정한 세금의 법은 백성에게 거두어들여 관리를 먹여 살리려는 것만은 아니었다. 백성이 모여 살면 음식과 의복의 욕구가 밖에서 공격하고 남녀의 정욕이 안에서 공격하여, 같은 무리이면 서로 다투고 힘이 엇비슷하면 싸우다가 죽이기까지 한다.

이때 윗자리에 있는 자는 법을 집행하여 그들을 다스려서 다툼과 싸움을 화해시켜야 민생이 편안해진다. 다만 직접 농사를 지으면서 백성을 다스릴 수는 없기 때문에 백성은 십분의 일의 세금을 내어 윗자리에 있는 관리를 먹여 살리는 것이다. 따라서 백성에게 거두는 것이 많으니, 먹여 살려 주는 데 대한 관리의 보답도 역시 많아야 한다.

그러나 후세 사람들은 법을 만든 뜻을 알지 못하고 "백성이 나에게 이바지하는 것은 당연한 직분이다."라고 하면서, 가렴주구를 일삼으면서도 도리어 거둔 것이 부족할까 걱정하고 있다. 백성도 이를 본받아 다투고 싸워서 화란이 생긴다. 고대의 성군이 세금의 법을 만든 이유는 하늘의 이치를 따르기 위해서였는데, 후세에 작폐를 일삼는 것은 사람의 욕심을 따르기 때문이다. 세금을 담당하는 신하와 관리는 사람의 욕심을 억제하고 하늘의 이치를 지킬 방법을 생각해야 한다.

우리나라 세금의 법을 보면, 조(租)는 모두 토지에 따라 세금을 거두어들이고, 상요(常徭, 요역)와 잡공(雜貢, 공납)은 그 지역의 소출에 따라 관아에 바치게 하고 있다. 이는 당나라 조(租)·용(庸)·조(調)의 뜻을 따른 것이다. 우리 주상 전하께서는 세금이 과중하여 우리 백성이 곤궁해질까 염려하신 나머지 담당 관리에게 명하여 토지의 세금을 개정하고 상요와 잡공을 상세하게 조정해서 거의 공정한 방도를 찾았다.

그런데 조(租)의 경우에는 토지를 경작하고 있는지 묵히고 있는지를 조사하면 소출을 계산할 수 있지만, 상요와 잡공의 경우에는 관아에 바쳐야 할 수량만 정해 놓았을 뿐, 집에서 어떤 물건을 내어놓아야 잡공에 해당하는 조(調)가 되는지, 사람이 어떤 물건을 내어놓아야 상요에 해당하는 용(庸)이 되는지 분명히 말하지 않았다. 관리들이 이를 이용하여 간계를 부려 멋대로 과도하게 징수하니 백성은 더욱 곤궁해지고 부잣집은 이리저리 회피하여 국가의 재정이 부족해지고 있다. 주상 전하께서 백성을 사랑하여 세금을 정하신 뜻이 아래에 미치지 않으니, 이것은 일을 맡은 관리의 책임이다. 별다른 일이 없이 태평한 때가 되면 강구하여 시행해야 할 것이다.

해설

정도전은 조선을 개국하고 2년 뒤인 1394년 1월 판의흥삼군부사(判義興三軍府事)로서 경상전라양광삼도도총제사(慶尙全羅楊廣三道都摠制使)가 되어 재정과 병권을 장악했다. 이때의 경험을 바탕으로 그해 6월 『조선

경국전(朝鮮經國典)』을 편찬하여 태조에게 올렸다. 이 책은 조선을 통치하기 위한 기본 법제를 제시한 것으로 치전(治典), 부전(賦典), 예전(禮典), 정전(政典), 헌전(憲典), 공전(工典) 등으로 구성되어 있는데, 후대에 설립된 육조(六曹)의 업무와 직결된다. 이 책은 정도전이 개인적으로 편찬한 것이지만 훗날 조선 왕조가 공식적인 법전을 편찬할 때 큰 영향을 미쳤다.

『조선경국전』은 국가 경영에 대한 정도전의 생각을 잘 보여 준다. 위의 글은 부전, 즉 호전(戶典)의 일부분으로 국가에서 세금을 거두는 의미와 방법에 대해 기술한 것이다. 사(士)가 행정의 대가로 농공상(農工商)으로부터 세금을 걷는다는 논리는 『맹자』 이래 확립되었는데, 정도전은 행정의 의미를 경제적 혹은 육체적 욕구의 충돌로 발생하는 갈등을 중재하는 것으로 예각화했고, 이러한 논리를 바탕으로 관리가 백성에게 받은 세금에 대해 보답해야 한다는 점을 강조했다는 사실이 주목된다.

윤회는 없다 佛氏輪廻之辨

사람과 만물이 끝없이 계속 태어나는 이유는 천지의 조화(造化)가 운행을 멈추지 않기 때문이다. 『태극도설(太極圖說)』에서 말한 대로 원래 태극에 동(動)과 정(靜)이 있어 음(陰)과 양(陽)이 생기고, 음과 양이 변하고 합하여 오행(五行)이 갖추어졌다. 그러자 무극태극(無極太極)의 진리와 음양오행의 정기가 미묘하게 합하고 엉기어 사람과 만물이 계속 태어나는 것이다. 이미 태어난 것은 떠나면 돌아오지 않고, 아직 태어나지 않은 것이 와서 그 뒤를 잇는데, 그 사이에 한순간도 멈추는 일이 없다.

부처는 "사람이 죽더라도 정신은 소멸하지 않으니 곧바로 형체를 받아 다시 태어난다."라고 말했는데, 여기에서 윤회설이 나왔다. 『주역(周易)』에 "사물의 처음을 따져 보면 그 끝을 알 수 있으므로 태어나고 죽는 이유를 알 수 있다."라고 하였고, 또 "정기(精氣)는 물(物)이 되고 유혼(游魂)은 변(變)이 된다."라고 하였다. 옛날의 유학자는 이 말을 다음과 같이 해석했다.

"천지의 조화는 끝없이 계속 태어나게 하지만, 모이면 반드시 흩어지고 태어나면 반드시 죽는 법이다. 처음을 따져 보아 기가 모여서 태어났다는 것을 안다면 그 뒤에는 반드시 기가 흩어져 죽게 되리라는 것을 알 수 있다. 태어난다는 것이 자연스러운 기의 변화에 의한 것이지 애당

초 텅 빈 공간에 정신이 존재할 수 없다는 것을 안다면, 죽는다는 것은 기와 함께 흩어져 형상이 더 이상 어디에도 남아 있지 않다는 것을 알 수 있다."

"정기는 '물(物)'이 되고, 유혼은 '변(變)'이 된다는 말은 이런 뜻이다. 천지 음양의 기가 교합하여 사람과 만물을 만든다. 그러다가 혼(魂)이 하늘로 돌아가고 백(魄)이 땅으로 돌아가면 이것이 바로 변하는 것이다."

"정기가 물이 된다는 말은 정과 기가 합하여 만물을 만든다는 뜻이다. 정은 백이며 기는 혼이다. 유혼이 변이 된다는 말에서 변은 혼과 백이 서로 떨어지고 흩어져서 변한다는 뜻이다. 여기에서 변은 다른 것으로 변화한다는 뜻의 변이 아니다. 일단 변하면 단단한 것도 썩어 문드러지고 존재하던 것도 사라지니, 더 이상 그 어떤 사물도 존재하지 않는다는 뜻이다."

하늘과 땅 사이는 거대한 화로와 같아서 살아 있는 만물도 모두 다 녹아 없어진다. 그러니 이미 흩어진 것이 어떻게 다시 합치겠으며, 이미 가 버린 것이 어떻게 다시 오겠는가? 이제 우리 몸으로 확인해 보자. 숨을 한 번 내쉬고 들이쉬는 사이에 기가 한 번 들어갔다 나온다. 이것을 일식(一息)이라고 하는데, 내쉴 때 나온 기가 들이쉴 때 다시 들어가는 것은 아니다. 그렇다면 사람의 숨도 끝없이 계속 태어나는 것인데, 여기에서도 한번 태어난 것은 떠나면 돌아오지 않고, 아직 태어나지 않은 것이 와서 뒤를 잇는 이치를 볼 수 있다.

내 몸 밖에 있는 만물로 확인해 보자. 초목은 뿌리에서부터 줄기와 가지와 잎 그리고 꽃과 열매까지 하나의 기가 두루 통한다. 봄여름에는 그 기가 불어나 꽃과 잎이 무성해지고, 가을 겨울에는 그 기가 줄어들어 꽃과 잎이 시들어 떨어진다. 이듬해 봄과 여름이 되면 다시 무성해지지만, 이미 떨어진 잎이 뿌리로 돌아가서 다시 생겨나는 것은 아니다.

또 우물 속의 물은 아침마다 길어서 음식을 마련하는 사람이 불로 끓이면 사라지고, 옷을 세탁하는 사람이 햇볕에 말리면 흔적도 없이 사라져 버린다. 우물 속의 샘에서 물이 끊임없이 솟아난다고 해서 이미 길어간 물이 전에 있던 자리로 돌아가서 다시 나오는 것은 아니다. 온갖 곡식이 자라날 때, 봄에 열 섬의 종자를 뿌리면 가을에 백 섬을 거두고 천 섬, 만 섬에 이르러 몇 배의 이익을 거두지만, 곡식도 새로 태어났다가 죽고 다시 태어나는 같은 이치를 보인다.

지금 부처의 윤회설로 말하자면, 혈기가 있는 존재는 원래 정해진 수가 있어서 아무리 오고 가더라도 절대 늘어나거나 줄어드는 일이 없다고 한다. 그렇다면 천지의 조물주가 도리어 이익을 내는 농부만도 못하다는 말인가? 또 혈기를 지닌 존재가 사람으로 태어나지 않으면 새나 짐승, 물고기, 곤충이 된다고 하였는데, 그 수가 정해져 있다고 하였으니 이것이 늘어나면 저것은 반드시 줄어들고, 이것이 줄어들면 저것은 반드시 늘어난다. 동시에 모두가 함께 늘어날 수도 없고 동시에 모두가 함께 줄어들 수도 없다. 하지만 지금 보면 시대가 흥성하면 사람도 늘어나고 새나 짐승, 물고기, 곤충도 늘어나며, 시대가 쇠퇴하면 사람도 줄어들고 새나 짐승, 물고기, 곤충도 줄어든다. 이것은 사람과 만물이 모두 다 하늘과 땅의 기에 의해서 태어났기 때문이다. 그러므로 기가 성하면 일시에 모두 늘어나고, 기가 쇠하면 일시에 줄어드는 것이 분명하다.

나는 부처의 윤회설이 세상 사람들을 심하게 현혹하는 것을 분하게 여겨, 눈에 보이지 않는 천지조화를 가지고 따져 보고, 눈에 보이는 사람과 만물이 태어나는 것으로 확인하여 이와 같이 설명하니, 나와 뜻을 같이하는 자들은 모두 이를 거울로 삼기를 바라노라.

해설

정도전은 1398년 여름 『불씨잡변(佛氏雜辨)』을 저술하여 배불숭유(排佛崇儒)의 이론적 기초를 확립했다. 『불씨잡변』은 불교에서 말하는 인과(因果), 자비(慈悲), 지옥(地獄) 등의 개념을 조목조목 비판한 글인데, 윤회설에 대한 비판도 그중 하나이다. 욕계(欲界), 색계(色界), 무색계(無色界)의 삼계(三界)와 지옥(地獄), 아귀(餓鬼), 축생(畜生), 아수라(阿修羅), 인간(人間), 천상(天上)의 육도(六道) 사이에서 중생이 태어나고 죽는 일을 영원히 반복한다는 것이 윤회설의 핵심이다.

정도전은 윤회설을 공박하기 위해 『주역』의 "사물의 처음을 따져 보면 그 끝을 알 수 있으므로 태어나고 죽는 이유를 알 수 있다."라는 구절과 "정기(精氣)는 물(物)이 되고 유혼(游魂)은 변(變)이 된다."라는 구절에 대한 주희(朱熹) 등의 해석을 인용했다. 인간을 포함한 만물은 생성과 소멸을 반복하지만 생성이 소멸의 부활이 아니라는 점을 성리학적 이론으로 설명한 것이다. 그러나 눈에 보이지 않는 이러한 논리만으로는 설득이 어렵다. 정도전은 경험으로 확인할 수 있는 예를 구체적으로 들었다. 윤회설의 전제는 만물의 총합이 같다는 것인데, 실상은 그렇지 않다고 논증했다. 정밀한 논리 전개가 정도전 글의 특징이거니와 여기에서도 정치한 논증을 확인할 수 있다.

권근 權近

1352~1409년

본관은 안동(安東), 자는 가원(可遠) 또는 사숙(思叔), 호는 양촌(陽村)·소오자(小烏子) 등이다. 처음 이름은 진(晉)이었는데 나중에 이 이름으로 바꾸었다. 고려 공민왕 때 과거에 급제하여 벼슬을 시작했다. 조선 개국 후 태조의 부름을 받고 출사하여 예문관 대학사(藝文館大學士)를 지냈다. 문장에 뛰어나 명 태조(太祖)의 명을 받고 응제시(應製詩) 24편을 지었다. 이를 통해 명나라와 우호적 공존을 도모하면서도 자국의 주체성과 문화적 전통을 과시하여 널리 명성을 떨쳤다. 경학에도 뛰어나 경서의 구결(口訣)을 정리하고 『입학도설(入學圖說)』, 『오경천견록(五經淺見錄)』 등의 저술을 남겼다. 도학과 문장을 겸비한 인물로 평가받았으며, 문집 『양촌집(陽村集)』이 전한다.

오래된 개울 古澗記

연사(然師)는 신인종(神印宗) 소속으로 시를 잘 짓는 스님이다. 기상이 높고 마음이 맑아서 이익과 명예를 버리고 부처의 가르침에 귀의했는데, 당시 여러 사대부들의 존경을 받았다. 그가 지금 고간(古澗)이라는 현판을 걸고 내게 기문을 지어 달라고 했다.

내 생각에 사람의 본성이 선한 것은 물의 본성이 맑은 것과 같다. 사람의 본성이 본디 선한데 악이 생기는 이유는 욕심이 유혹하기 때문이며, 물의 본성이 본디 맑은데 흐리게 보이는 이유는 오물이 더럽히기 때문이다. 악을 버리고 선을 지키면 사람의 본성은 처음처럼 회복될 것이며, 흐린 물을 내보내고 맑은 물을 끌어오면 물의 본성은 정상으로 돌아올 것이다.

하지만 천하의 물로 말하자면 작게는 도랑과 못이 있고 크게는 강과 바다가 있다. 어느 것이나 모두 같은 물이지만, 도랑과 못은 아래에 있으므로 오물이 모두 흘러들어 더러워지기 쉽고, 강과 바다는 넓으므로 탁한 물도 모두 사양하지 않고 받아들이니 완전히 맑을 수만은 없다. 완전히 맑은 물은 산에 있는 개울뿐이다.

개울은 근원이 높은 곳에 있으므로 더러운 것이 흘러들 수 없고, 물살이 빠르므로 탁한 물이 남아 있을 수 없는 데다 돌에 부딪치고 모래가 걸러 주기도 한다. 흐르기도 하고 쏟아지기도 하고, 가득 차기도 하고 넘치기도 하며, 더디기도 하고 빠르기도 하고, 부딪치기도 하고 솟구치기도 한다. 벼랑에서는 폭포가 되고 구덩이에서는 소용돌이가 되며, 어떤 곳에서는 잔잔하고 곧게 흐르지만 어떤 곳에서는 구불구불 굽이치기도 하고, 사나운 듯도 하고 성난 듯도 하며, 잠기기도 숨기도 한다. 장마가 지면 불어나고 얼음이 얼면 막히기도 한다. 이렇듯 그 변화가 지극하지만 맑기는 그대로이다. 졸졸 흐르고 콸콸 흐르며 밤낮으로 멈추지 않고 오랜 세월이 지나도록 쉬지 않는다. 도를 닦는 선비라면 이것을 보고 스스로 노력하여 마음을 맑게 하고 본성을 회복하여 항상 선을 잃지 않고 지켜야 한다.

지금 스님은 불가에 귀의하여 산속으로 들어갔는데, 그저 깊이 숨지 못했을까 걱정하며 개울가에 집을 짓고 산다. 새벽에 일어나 그 물결을 보고, 밤에 앉아서 그 소리를 들으며 늘 자신을 반성한다. 마음이 물과 더불어 모두 맑고, 공부가 물과 더불어 그침이 없으니, 타고난 선한 본성이 맑은 상태로 보존되어 날마다 일상생활 속에서 흐르고 있다. 이것이 집에 고간이라는 현판을 붙인 까닭이다. 선학(禪學)에 대해서는 내가 그 흐름을 섭렵하지 못했으므로 언급하지 않는다.

갑자년(1384년) 겨울 시월 갑술일 쓰다.

해설

조선은 개국하면서 유자(儒者)의 나라임을 선언했다. 정도전은 『불씨잡변』을 지어 불교를 비판했으며, 권근은 거기에 주석을 달았다. 그럼에도 이 시기 유자들은 승려와 교분이 깊었다. 정도전과 권근에게도 승려와의 교유를 보여 주는 글이 매우 많다. 이 글 역시 당시 11종파의 하나인 신인종의 승려 연사에게 지어 준 글이다.

천고의 세월 동안 흐르는 개울이라는 뜻의 고간은 시원한 샘이라는 뜻의 한천(寒泉)과 함께 맑은 정신을 상징한다. 큰 강과 바다는 모두 오물에 더럽혀지지만 산속의 개울은 늘 맑고 깨끗한 상태를 유지한다. 깊은 산중에 숨어 불도에 정진하는 연사의 정신세계를 여기에 견주었다. 고려 말엽에 혼탁한 속세를 오가면서 명리에 오염된 승려들을 질타하려는 의도가 엿보인다. 개울의 다양한 모습을 묘사한 중간의 내용이 불법을 닦는 과정과 포개어져 있다는 점도 묘미가 있다.

천지자연의 문장 恩門牧隱先生文集序

천지자연의 이치가 있으니 천지자연의 문(文)이 있다. 해와 달과 별은 그 문을 얻어 사방을 두루 비추고, 바람과 비와 서리와 이슬은 그 문을 얻어 변화하며, 산과 물은 그 문을 얻어 흐르기도 하고 치솟기도 하며, 풀과 나무는 그 문을 얻어 잎이 돋고 꽃이 피며, 물고기와 새는 그 문을 얻어 날기도 하고 뛰기도 한다. 소리와 형체를 지니고 하늘과 땅을 가득 채운 만물은 제각기 자연의 문을 지니고 있기 마련이다.

사람이 그 문을 얻으면 크게는 아름다운 예악(禮樂)과 형정(刑政)을 이루고, 작게는 예법(禮法)과 문학(文學)으로 드러난다. 모두 이러한 이치가 발현된 결과가 아니겠는가. 사물은 이치의 일부를 얻고 사람은 이치의 전부를 얻었지만, 타고난 기질에 구속되고 학문의 조예가 다르므로 일부에 치우치지 않고 전부를 보존한 사람은 드물다.

성인은 천지와 같아서 육경(六經)에 실린 언행은 그 이치가 온전하고 그 문장이 우아하여 더 보탤 것이 없다. 진(秦)나라와 한(漢)나라 이전에는 기(氣)가 온전했지만 삼국 시대 위(魏)나라 이후로는 천지의 온전한 기가 흩어지고 법도가 다 사라져 문장과 이치가 황폐해졌다. 당나라가 일어나 문교(文教)를 크게 진작하자 뛰어난 문장가들이 잇달아 나왔다. 처음에는 저마다 기이하고 치우쳐서 겨우 이름만 알렸으나, 이백(李白),

두보(杜甫), 한유(韓愈), 유종원(柳宗元)에 와서는 넓고 깊어져 천태만상이 모이게 되었다. 송나라의 구양수(歐陽脩)와 소식(蘇軾)도 떨쳐 일어나 과거의 영광을 계승했으니, 아, 참으로 성대하도다.

우리 동방의 목은(牧隱) 선생은 자질이 순수하고 기상이 맑으며 학문이 넓고 이치가 밝았다. 마음에 보존한 것이 지극히 정밀하고, 마음에 배양한 것이 지극히 광대했다. 그러므로 그것을 드러내어 문장으로 옮겨 놓으면 넉넉하여 여유 있고 풍부하여 끝이 없다. 밝기는 해와 달처럼 빛나고, 변화는 바람과 비처럼 빠르며, 우뚝하기는 높은 산 같고 도도하기는 넓은 강물 같다. 아름답기는 초목의 꽃과 같고 생동하기는 활발한 새와 물고기 같으며, 풍부하기는 제각기 자연의 묘리를 얻은 만물과 같다. 저 중대한 예악과 형정, 저 올바른 인의와 도덕이 모두 다 순수하여 극치에 이르렀다. 참으로 천지의 정수를 타고나서 성현의 심오한 학문을 연구하며, 구양수와 소식의 법도를 따르고 한유와 유종원의 경지에 오른 사람이 아니라면 어찌 이런 수준에 도달할 수 있겠는가. 우리 동방에 문학이 존재한 이래로 선생처럼 훌륭한 분은 없었다. 참으로 대단하도다.

해설

이색은 고려 말의 위대한 유학자였다. 그의 문하에서 정도전, 권근, 이숭인, 길재를 비롯한 위대한 학자들이 배출되었다. 1404년(태종 4년), 이색의 아들 이종선(李種善)이 이색의 문집을 간행하자 권근이 여기에 서문을 쓰는 영광을 얻었다.

이 글의 핵심어는 문(文)이다. 대자연에는 이치가 있는데 이것은 문으로 발현된다. 하늘의 문은 해와 달과 별, 바람과 비, 서리와 이슬이요, 땅의 문은 산천과 초목, 금수이며, 사람의 문은 예악과 형정, 예절과 문학이다. 하늘에서 온전한 기(氣)를 타고나서 이를 온전하게 발현하면 이치와 문장이 어우러져 뛰어난 문학을 창작할 수 있다.

권근은 스승 이색이 바로 이러한 문학을 남긴 인물이라 칭송했다. 타고난 자질이 뛰어나고 학문적 조예가 깊으며, 마음가짐이 지극히 정밀하고 넓었기에 그의 문학이 밝게 비치는 해와 달, 변화무쌍한 바람과 비, 우뚝 높은 산악과 넘실거리는 강하 그리고 아름다운 초목, 생동하는 금수와 같은 자연의 오묘함을 얻었다고 했다. 문이라는 핵심어 아래 여러 개념들이 톱니바퀴처럼 호응하고 있다. 순정한 고문의 짜임을 잘 보여주는 명편이다.

뱃사공 이야기 舟翁說

어떤 나그네가 늙은 뱃사공에게 물었다.

"당신은 배에서 살고 있는데, 고기를 잡는가 하고 보면 낚싯대가 없고, 장사를 하는가 하고 보면 화물이 없고, 나루의 관리 노릇을 하는가 하고 보면 강 한가운데 머무르고 있을 뿐 오가는 곳이 없소. 당신은 깊이를 알 수 없는 강에 일엽편주를 띄워 놓고 끝없는 만경창파를 넘나들고 있소. 바람이 미친 듯이 불고 물결이 놀란 듯이 날뛰어 돛대가 기울고 노가 부러지면, 정신이 아득해지고 몸이 벌벌 떨려 목숨이 오락가락할 것이오. 지극히 험한 곳을 다니며 지극히 위태로운 일을 무릅쓰고 있는데 당신은 도리어 즐거워하면서 속세를 멀리 떠나서는 돌아올 생각을 하지 않으니 무엇 때문이오?"

늙은 뱃사공이 말했다.

"아, 당신은 생각이 부족하구려. 사람의 마음이란 잡고 놓음에 일정함이 없다오. 평탄한 육지를 밟으면 태연하고 방자해지지만, 험한 곳에 놓이면 벌벌 떨며 두려워한다오. 벌벌 떨며 두려워하면 조심하여 굳게 지킬 수 있지만, 태연하고 방자하면 반드시 방탕하고 위태로워져 망하고 말 것이오. 나는 차라리 험한 곳을 다니며 항상 조심할지언정, 태연하게 살다가 나 자신을 버리는 일은 하지 않겠소.

게다가 내 배는 정해진 곳 없이 둥실둥실 떠다니는데, 한쪽이 무거우면 반드시 기울어지기 마련이라, 왼쪽으로도 오른쪽으로도 기울지 않고, 가볍지도 무겁지도 않게 조절해야 하니, 내가 짐을 채워 싣고 가운데서 삿대를 들어야 기울어지지 않고 내 배의 수평을 유지할 수 있다오. 그러니 풍랑이 사납게 몰아친들 나의 편안한 마음을 어찌 흔들겠소?

저 인간 세상은 하나의 거대한 물결이며 사람의 마음은 하나의 거대한 바람이라오. 내 조그만 몸이 아득한 그곳에서 출몰하는 것은 일엽편주가 까마득한 만경창파 위에 떠 있는 것이나 다름없다오. 내가 배에 살면서 온 세상 사람들을 보니, 편안한 것만 믿고 우환을 생각하지 않으며, 멋대로 욕심을 부리며 끝을 생각하지 않다가 결국 세상의 물결에 빠지는 사람이 많았소. 당신은 어찌 이를 두려워하지 않고 도리어 내가 위태롭다 하는 것이오?"

늙은 뱃사공은 뱃전을 두들기며 노래했다.

"아득한 강물이 넘실거리는데, 빈 배를 물결 가운데 띄웠노라. 밝은 달빛 싣고 홀로 가노라니, 이렇게 한가로이 일생을 마치리라."

그러고는 나그네를 두고 떠나 더 이상 말하지 않았다.

해설

초(楚)나라 굴원(屈原)이 참소를 받아 쫓겨나 물가에서 시를 짓고 있었는데 안색이 초췌했다. 어부가 그 모습을 보고 이유를 물었다. 굴원은 온 세상이 모두 더러운데 혼자 깨끗하고, 사람들은 다 술에 취해 있는데 홀로 깨어 있다가 쫓겨났다고 대답했다. 그러자 어부가 굴원이 세상 사람들과 어울려 살지 않고 혼자 고고한 척하다가 그리된 것이라고 하니, 굴원은 강물에 빠져 고기밥이 될지언정 더러움을 덮어쓰지는 않겠노라고 했다. 이것이 「어부사(漁父辭)」의 내용인데, 이 글은 이러한 전통을 이은 우언(寓言)이다.

사람들은 뱃사공이 위험하다고 말하지만 뱃사공이 보기에는 오히려 세상 사람들이 더 위험하다. 인생은 거대한 풍파가 몰아치는 세상에 떠 있는 위태한 일엽편주이다. 이 글은 가상의 나그네와 뱃사공을 등장시켜 편안한 곳을 찾다가 오히려 위험에 빠지지 말고, 험한 곳에 있으면서 조심하는 태도를 배우라는 처세술을 말하고 있다.

소를 타는 즐거움 騎牛說

나는 전부터 산수를 유람하려면 사사로운 일에 마음이 얽매이지 않아야 제대로 즐길 수 있다고 생각했다. 나의 벗 이주도(李周道)는 평해(平海)에 살 적에 달밤이면 술병을 지닌 채 소를 타고서 산으로 물로 놀러 다녔다. 평해는 경치 좋은 곳으로 알려져 있으니, 그곳을 즐겁게 유람하면서 이 군은 옛사람도 몰랐던 오묘한 즐거움을 남김없이 누렸을 것이다.

눈으로 사물을 볼 때 빨리 보면 대충 보이고 천천히 보면 미묘한 것까지 다 볼 수 있다. 말은 빨리 가고 소는 천천히 가니, 소를 타는 이유는 천천히 보기 위해서이다. 밝은 달이 하늘에 뜨면 높은 산과 넓은 물이 위아래로 한가지 빛깔로 보일 것이니, 위를 올려다보고 아래를 내려다보아도 끝이 없으리라. 만사를 뜬구름처럼 여기고 맑은 바람을 쐬며 길게 휘파람을 불면서 소가 가는 대로 내버려 두고 마음대로 술을 부어 마시면 가슴속이 시원하여 절로 즐거우리라. 이것이 어찌 사사로운 일에 얽매인 사람이 할 수 있는 일이겠는가?

옛사람 중에도 이러한 즐거움을 누린 사람이 있던가? 적벽(赤壁)을 유람한 소동파(蘇東坡, 소식)가 이와 비슷할 듯하지만 배를 타는 것은 위험하니, 안전하게 소 등에 있는 것만 못하리라. 소동파는 술도 없고 안주도 없어 집에 가서 아내에게 부탁해야 했으니, 직접 술을 가지고 다니는 것만 못하다. 화려한 놀잇배를 타는 것도 번거로운 일이 아니겠는가? 또 배를 타고 가다가 내려서 산에 오르는 것도 수고로운 일이 아니겠는가?

소를 타는 즐거움을 그 누가 알겠는가? 공자의 문하에 이 사람이 있었더라면, 공자는 틀림없이 부러워하며 한숨을 쉬었을 것이다.

해설

이주도는 권근의 동갑내기 벗 이행(李行, 1352~1432년)이다. 주도는 자이며, 소를 타는 사람이라는 뜻의 기우자(騎牛子)가 그의 호이다. 그가 소를 타고 노닌 일은 유명한 고사가 되었다. 일본의 승려 중암(中庵) 수윤(守允)은 이행이 소를 탄 모습을 「기우도(騎牛圖)」로 남겼다. 소는 느린 삶의 상징이다. 이행과 비슷한 시기에 살았던 조운흘(趙云仡)도 벼슬을 버리고 물러나 살았는데, 나들이할 때는 반드시 소를 탔다.

권근은 적벽에 배를 띄우고 노닐었던 소식의 풍류보다 느릿느릿 소를 타고 노니는 이행의 풍류가 한 수 위라 했다. 「적벽부(赤壁賦)」에서 소동파는 화려한 놀잇배를 탔지만, 이행은 소박하게 소를 타고 노닐었다. 「후적벽부」에서 소동파는 술과 안주가 없어 아내에게 가서 부탁하고 받아 왔지만, 이행은 소뿔에 술병을 걸어 두었기에 더욱 운치가 있었다. 소동파는 배에서 내려 험난한 산을 기어올랐지만 이행은 소를 탄 채로 이곳저곳 마음껏 돌아다녔다.

공자의 제자 증점(曾點)이 봄옷을 차려입고 무우(舞雩)에서 바람 쐬고 기수(沂水)에서 목욕하겠다고 하자, 공자는 한숨을 쉬며 자기도 그렇게 하고 싶다고 했다. 권근은 이행이 공자의 문하에 있었다면 공자조차도 이행을 부러워했을 것이라 하여 그의 풍류를 한껏 높였다.

이 글은 권근이 젊은 시절에 지은 것인데, 어느 때인가 원고를 잃어버렸다. 그러다가 1404년, 권근과 함께 의정부에 근무하던 사람이 평해에 있을 때 이행을 만난 적이 있었는데, 그가 30년이 지난 그때까지 이 글을 외우고 있었기에 후세에 전해지게 되었다고 한다.

대머리라는 별명 童頭說

경주(慶州) 출신의 김자정(金子靜) 군이 땅을 사서 집을 짓고는 짚으로 지붕을 덮고서 자신의 호를 동두(童頭, 대머리)라고 했다. 누군가가 물어보면 이렇게 말했다.

"나는 얼굴에 윤기가 있지만 원래 머리숱이 적지요. 나는 술을 잘 마시지 못하지만 술이 있으면 좋건 나쁘건 사양하지 않습니다. 취하여 모자를 벗고 이마를 드러내면 보는 사람들이 모두 나더러 대머리라고 합니다. 그래서 내가 이렇게 호를 지었지요. 호는 나를 부르기 위한 것인데 내가 대머리이니 나를 대머리라 부르는 것이 옳지 않겠소? 사람들이 내 모습대로 불러 주니 나는 그대로 받아들이는 것이 마땅하지요.

옛날 공자는 태어나면서부터 정수리가 튀어나왔기에 언덕이라는 뜻의 구(丘)로 이름을 짓고, 태어난 곳의 산 이름인 이산(尼山)을 따서 자를 중니(仲尼)라 하였지요. 얼굴이 비뚤어진 사람은 그런 이유로 지리(支離)라 불렀고, 몸이 굽은 사람은 그런 이유로 낙타(駱駝)라 불렀지요. 옛 성현들 중에도 겉모습을 호로 삼은 사람이 많았으니, 나만 혼자 거부해서야 되겠소?

또 속담에 '대머리는 빌어먹지 않는다.'라 했으니, 어찌 이것이 복을 누릴 징조가 아닌 줄 알겠소? 사람이 늙으면 반드시 머리가 벗겨지는 법,

어찌 이것이 장수할 징조가 아닌 줄 알겠소? 내가 가난하지만 빌어먹는 지경에 이르지 않고, 또 제명대로 살다가 편안히 죽는다면 내가 내 대머리의 덕을 얼마나 많이 보는 것이겠소.

부귀와 장수를 누군들 바라지 않겠소? 그러나 하늘이 만물을 낼 때 이빨을 주면 뿔을 주지 않고, 날개를 주면 다리를 둘만 주었지요. 사람도 마찬가지라서 부귀와 장수를 겸한 자는 드물다오. 부귀를 누렸지만 오래 살지 못한 사람은 나도 많이 보았으니 내가 무엇 하러 부귀를 바라겠소? 내 몸을 가릴 초가집이 있고, 내 배를 채울 거친 음식이 있으니, 이렇게 타고난 수명대로 살면 그뿐이지요. 사람들이 나를 대머리라 부르고, 나도 대머리로 자칭하니, 이것은 내 대머리를 즐겁게 여기기 때문이오."

내가 듣고 이렇게 말했다.

"자네의 뜻은 나와 몹시 똑같구려. 나는 얼굴이 검어 사람들이 나를 가리키며 소오(小烏, 작은 까마귀)라고 했는데, 나도 예전부터 받아들였소. 대머리와 까마귀는 겉치레가 아니오. 그렇지만 겉으로 드러난 외모를 가리키는 것이오. 그 속에 있는 것은 내가 어떻게 수양하는가에 달려 있겠지요. 얼굴은 불그스름하게 윤기가 흘러 아름답지만 성질이 사나운 자도 있으니 외모를 가지고 단정할 수 있겠소?"

김 군은 깊고 넓은 학문과 크고 영리한 재능으로 조정에서 벼슬한 지 여러 해가 되었다. 대간(臺諫)을 역임하고 시종(侍從)을 지내면서 명망이 높아 모두들 높은 자리에 오를 것이라 기대하고 있다. 그런데도 겸손하여 부귀를 바라지 않고 초가집에서 일생을 마치겠다고 하니, 그가 수양한 수준을 알 만하다. 이른바 "내가 비난할 것이 없다."라는 말은 바로 이 사람에게 해당하는 말이 아니겠는가?

임자년(1372년, 공민왕 21년) 가을 팔월 열이틀 소오자(小烏子)가 쓰다.

해설

이 글의 주인공 김자정은 김진양(金震陽)이다. 김진양은 대머리였기에 호를 동두자(童頭子)라 했다. 초가집에서 은거하며 살겠다는 뜻을 지녔기에 초옥자(草屋子)라는 호를 쓰기도 했다. 이숭인은 김진양의 삶을 칭송하여 「초옥자전(草屋子傳)」을 지었다. 권근은 이 글 외에도 「초옥가(草屋歌)」를 지어 주었으니, 두 사람의 교분을 짐작할 수 있다. 김진양은 이성계와 그를 추종하는 정도전에 맞섰다가 유배되어 죽었지만, 이때까지만 하더라도 이들은 모두 이색의 문하에서 함께 배운 벗이었다.

동두자처럼 외모로 별명을 짓는 것은 예나 지금이나 마찬가지다. 공자는 정수리가 우묵한 것이 구릉처럼 생겼다 하여 이름이 구(丘)였다. 또 공자의 부모가 이구산(尼丘山)에서 빌어 공자를 잉태했다 하여 자를 중니라 했다. 지리라는 말은 비뚤어진 형체를 형용하는 말인데, 『장자』에서 그런 형상의 인물을 지리소(支離疏)라 불렀다. 낙타는 혹이 불룩 솟아 있어 등이 구부정하므로 등이 굽은 사람에게는 그 별명을 붙였다. 권근은 얼굴이 검은 데다 체구가 작아 작은 까마귀라는 뜻의 소오자라는 별명이 있었다.

대머리인 사람을 대머리라고 부르면 대개는 싫어하지만, 김진양은 대머리를 부귀하고 장수할 징조로 받아들였다. 권근은 대머리를 비롯한 외모는 타고난 것이므로 어쩔 수 없지만, 마음을 아름답게 간직하는 것이 더욱 중요하며, 김진양이야말로 바로 그런 사람이라고 칭송했다.

변계량 卞季良

1369~1430년

본관은 밀양(密陽), 자는 거경(巨卿), 호는 춘정(春亭)이다. 이색과 권근의 문인이다. 17세에 정몽주가 주관한 과거 시험에서 급제하고, 조선 건국 후 출사하여 예문관 대제학 겸 성균관 대사성으로 문형(文衡)을 잡았으며, 세종 때 집현전(集賢殿) 설치를 주장하고 대제학을 지냈다. 당시 집현전의 관원은 그의 추천을 받도록 했으므로 세종 때의 집현전 학사들은 모두 그의 손에 의해 발탁된 이들이다. 과거의 시관(試官)으로 수많은 인재를 선발하고, 사가독서제(賜暇讀書制)의 규범을 마련하여 문신 양성의 기반을 닦았다. 20년간 대제학으로 외교 문서 작성을 도맡아 사대(事大)의 문장이 모두 그의 손에서 나왔다는 평가를 받았다. 문장에 대한 자부심이 대단하여 세종의 권유에도 불구하고 자신이 지은 문장을 고치지 않았다는 일화는 유명하다. 그러나 귀신과 부처를 섬기고 하늘에 제사를 지냈다는 이유로 살기를 탐내고 죽기를 두려워했다는 비난을 받았다.

악장(樂章) 문학의 전형으로 평가받는 「화산별곡(華山別曲)」을 비롯해 「하황은곡(賀皇恩曲)」, 「하성명가(賀聖明歌)」 등 20여 편의 악장을 지었다. 『태조실록(太祖實錄)』과 『고려사(高麗史)』의 편찬에 참여했으며, 문집 『춘정집(春亭集)』이 전한다.

금속 활자를 만든 뜻 鑄字跋

활자를 주조하면 여러 가지 서적을 인쇄하여 영원히 세상에 전할 수 있으니, 참으로 끝없는 이익이 된다. 그러나 처음 주조한 활자는 모양이 완벽하지 않아 서적을 인쇄하는 자가 수월하게 일을 마치지 못하는 것이 문제였다.

영락(永樂) 경자년(1420년) 겨울 십일월, 우리 전하께서 이 점을 깊이 생각하시고 공조 참판 이천(李蕆)에게 명하여 매우 정밀한 활자를 새로 주조하게 하셨다. 다시 지신사(知申事) 김익정(金益精)과 좌대언(左代言) 정초(鄭招) 등에게 명하여 그 일을 감독하게 했는데, 일곱 달이 지나서야 작업을 마쳤다. 인쇄하는 자가 편리하게 사용하여 하루에 인쇄하는 양이 많게는 스무 남짓 장이나 되었다.

삼가 생각하건대 우리 공정 대왕(恭定大王, 태종)께서 이전에 활자를 만드셨는데, 지금 우리 주상 전하께서 뒤를 이어 더욱 치밀하게 조처하셨다. 이로 말미암아 인쇄하지 않은 책이 없고, 배우지 못하는 사람이 없어질 것이니, 문교(文敎)가 날로 진작되고 세도(世道)가 갈수록 융성할 것이 분명하다. 재정과 국방에만 관심을 기울이고 그것을 국가의 급선무로 삼았던 한나라와 당나라의 임금에 비하면 하늘과 땅 차이이니, 실로 우리 조선에 무한한 복이 될 것이다.

해설

세계에 자랑하는 우리의 금속 활자는 조선 시대에 들어와 더욱 발전했다. 조선 개국 직전인 1392년 1월, 처음으로 서적원(書籍院)을 설치해 활자 주조와 서적 인쇄를 담당하게 했고, 1403년 태종이 주자소(鑄字所)를 설치하고 금속 활자 계미자(癸未字)를 주조해 서적을 간행했다. 그리고 1420년 세종이 계미자의 단점을 보완해 경자자(庚子字)를 만들었다. 김익정과 정초의 감독 아래 이천과 남급(南汲)이 실무를 맡았다.

이 글은 변계량의 문집에도 실려 있는데, 제목이 「대학연의주자발(大學衍義鑄字跋)」로 되어 있다. 『대학연의(大學衍義)』는 송나라 진덕수(眞德秀)가 『대학(大學)』을 풀이한 책으로, 고려 말 이래 제왕학(帝王學)의 교재로 사용되었다. 경자자를 만들고 가장 먼저 이 책을 간행한 것으로 보인다. 『세종실록』 등을 참조하면 이듬해 3월 간행이 완료되었다는 것을 알 수 있다.

변계량은 경자자를 주조한 결과 인쇄하지 않은 책이 없고 배우지 못하는 사람이 없어져 문교가 날로 진작되고 세도가 갈수록 융성해질 것이라 했다. 서적의 간행과 보급이 문화 발전의 토대임을 인식하고 있었던 것이다. 조선이 문헌의 나라로 일컬어지게 된 것은 바로 금속 활자의 공로이다.

김돈 金墩

1385~1440년

본관은 안동(安東)이며, 고려 시대 김방경(金方慶)의 후손이다. 세종 때 집현전 직제학과 승정원(承政院) 도승지를 지냈다. 천문학과 과학 기술에 조예가 깊어 세종 때는 집현전에서 금속 활자 갑인자(甲寅字) 주조에 참여했으며, 간의대(簡儀臺)와 보루각(報漏閣)을 만드는 일에도 관여했다. 문집은 전하지 않고 『동문선』 등에 이 글 외에 「앙부일구명(仰釜日晷銘)」, 「일성정시의명(日星定時儀銘)」과 「소일성정시의후서(小日星定時儀後序)」, 「간의대기(簡儀臺記)」, 「보루각기(報漏閣記)」 등 세종 때의 천문 기구 제작과 관련된 글이 여러 편 실려 있다.

물시계의 집 흠경각 欽敬閣記

역대의 제왕이 시행한 정무를 살펴보면, 반드시 먼저 역법(曆法)을 밝혀 백성에게 시간을 알려 주었다. 시간을 알려 주는 요점은 바로 천문을 관측하고 날씨를 살피는 데 있다. 이것이 기형(璣衡)과 의표(儀表)를 만든 이유이다. 그러나 조사하고 검증하는 방법이 지극히 정밀해야 하므로 하나의 기구로는 정확한 결과를 얻을 수 없다. 우리 주상 전하께서는 담당 관원에게 명하여 천문을 관측할 수 있는 여러 가지 기구를 제작했다. 대간의(大簡儀)와 소간의(小簡儀), 혼의(渾儀)와 혼상(渾象), 앙부일구(仰釜日晷), 일성정시의(日星定時儀), 규표(圭表), 금루(禁漏) 등의 기구는 모두 지극히 정교하여 예전 것보다 훨씬 나았다. 그럼에도 그 제작법이 미진하고 또 이 기구들이 모두 후원(後苑)에 설치되어 수시로 관측하기 어려울까 걱정하셨다.

그리하여 천추전(千秋殿) 서쪽 뜰에 한 칸의 작은 누각을 짓고, 종이를 발라서 높이 일곱 자 남짓한 산을 만들어 그 누각 가운데 두었다. 안에는 옥루(玉漏, 물시계)의 기륜(機輪, 기계 바퀴)을 설치하여 물의 힘으로 돌아가게 했다. 그리고 금으로 탄환 크기만 한 태양을 만들고 오색구름으로 태양을 둘러쌌다. 금으로 만든 태양은 종이로 만든 산 중턱 위쪽을 지나 하루에 한 바퀴 돈다. 낮에는 산 너머에 나타났다가 밤에는 산속으로 사라지는데 하늘의 태양을 따라 기운다. 북극성과의 거리와 위치가 절기에 따라 달라지는 것이 하늘의 태양과 똑같다.

금으로 만든 태양 아래에는 옥으로 만든 여자 모습의 인형 네 개가 손에 금방울을 들고 구름을 탄 채 사방에 서 있다. 인시(寅時), 묘시(卯時), 진시(辰時)의 초각(初刻)과 정각(正刻)에는 동쪽에 있는 인형이 금방울을 흔들고, 사시(巳時), 오시(午時), 미시(未時)의 초각과 정각에는 남쪽에 있는 인형이 금방울을 흔들며, 서쪽과 북쪽도 마찬가지다.

그 아래에 사신(四神)이 각자 맡은 방위에 서서 모두 종이로 만든 산을 마주 보고 있다. 인시가 되면 동방에 있는 청룡(青龍)이 북쪽을 향하며, 묘시가 되면 동쪽을 향하고, 진시가 되면 남쪽을 향하며, 사시가 되면 다시 서쪽을 향한다. 이때 남쪽에 있는 주작(朱雀)은 다시 동쪽을 향하는데, 시각에 따른 방향은 청룡과 같고, 북쪽에 있는 현무(玄武)와 서쪽에 있는 백호(白虎)도 같은 방식으로 회전한다.

종이로 만든 산의 남쪽 기슭에는 높은 대(臺)가 있고, 시각을 관리하는 관리 모습의 인형 하나가 붉은 관복 차림으로 산을 등지고 서 있다. 무사(武士) 형상의 인형 세 개는 모두 갑옷과 투구 차림이다. 하나는 종을 치는 방망이를 들고 동쪽에서 서쪽을 향해 서 있고, 하나는 북채를 들고 북쪽 가까운 서쪽에 동쪽을 향해 서 있고, 하나는 징채를 들고 역시 남쪽 가까운 서쪽에서 동쪽을 향해 서 있다. 시각이 되면 관리 모습의 인형이 종을 치는 인형을 돌아보고, 종을 치는 인형도 관리 모습의 인형을 돌아보며 종을 친다. 밤 오경(五更)의 매 경마다 북채를 든 인형이 북을 치고, 경(更)을 다섯으로 나눈 점(點)이 될 때마다 징채를 잡은 인형이 징을 친다. 이들도 앞에서와 같이 서로를 돌아본다. 경과 점에 북과 징을 치는 횟수는 모두 정해진 법대로 한다.

다시 그 아래 평지 위에 십이지신(十二支神) 인형이 각기 맡은 방위에 숨어 있다. 십이지신 인형 뒤에는 저마다 구멍이 있다. 평소에는 닫혀 있다가 자시(子時, 밤 11시)가 되면 쥐 인형의 뒤에 있는 구멍이 저절로 열리면서 옥으로 만든 인형이 시각을 알리는 패(牌)를 들고 나오고 쥐는 앞에서 일어난다. 자시가 다 지나면 옥으로 만든 인형은 도로 안으로 들어가고 그 구멍도 다시 닫히며 쥐 역시 도로 엎드린다. 축시(丑時, 밤 1시)가 되면 소 인형의 뒤에 있는 구멍이 저절로 열리고 옥으로 된 인형이 또 나오고 소 역시 일어난다. 자시부터 해시까지 모두 그렇다.

오시(午時)를 알리는 말 인형 앞에 또 대가 있고, 대 위에 비스듬한 모양의 의기(欹器)가 있다. 의기 북쪽에는 관리 모습의 인형이 금으로 만든 병을 들고서 의기에 물을 붓는다. 물시계에서 쓰고 남은 물이 언제나 끊이지 않고 흐르는데 의기가 비어 있으면 기울어지고, 중간쯤 차면 반듯해지며, 가득 차면 엎어진다. 모두 예로부터 전해오는 교훈을 따른 것이다.

또 종이로 만든 산의 동쪽에는 봄 석 달의 풍경을 꾸미고, 남쪽에는 여름 석 달의 풍경을 꾸몄으며, 가을과 겨울도 마찬가지다. 『시경(詩經)』「빈풍(豳風)」의 내용을 그림으로 그린 「빈풍도(豳風圖)」에 따라 나무를 새겨 사람과 금수, 초목의 형상을 만들고는 절기에 맞추어 배열해 놓았는데, 「빈풍」에 나오는 온갖 풍경이 모두 갖추어져 있다. 누각의 이름을 흠경각(欽敬閣)이라 했으니, 이것은 『서경』「요전(堯典)」의 "하늘의 뜻을 공경히 받들어 백성에게 시간을 가르쳐 준다.(欽若昊天, 敬授民時.)"라는 구절에서 두 글자를 뽑은 것이다.

요순시대부터 시대마다 제각기 천문을 관측하는 기구를 만들었고, 당송(唐宋) 이후로는 그 방법이 차츰 완비되어 갔다. 당나라 때는 황도유의(黃道游儀)와 수운혼천(水運渾天), 송나라 때는 부루(浮漏)와 표영(表影), 혼천의상(渾天儀象)이 제작되었으며 원나라 때 만들어진 앙의(仰儀)와 간의(簡儀)는 모두 정밀하기로 유명했다. 그러나 이들 기구는 대부분 각기 한 가지 제도로 만들어져 여러 기능을 겸비하지는 못했다. 그리고 움직이는 장치도 사람의 힘을 빌리는 경우가 많았다.

하지만 지금 흠경각에서는 하늘에 떠 있는 태양의 도수(度數)를 알 수 있고, 해시계와 물시계로 정확한 시각을 알 수 있다. 또 사신(四神) 인형, 십이지신 인형, 북을 치는 인형, 종을 치는 인형, 시간을 담당하는 관리 인형, 옥으로 만든 여자 인형 등 온갖 장치들이 차례로 모두 작동하여 사람의 힘을 빌리지 않고도 저절로 치거나 저절로 움직인다. 마치 귀신이 시키는 것과 같아서 보는 사람들이 깜짝 놀라는데 그 이유를 헤아리기 어렵다. 위로는 천체의 운행과 털끝만큼도 차이가 나지 않으니, 그 제작 방법이 절묘하다고 하겠다.

또 물시계에서 쓰고 남은 물을 이용하여 의기를 만들어 이것으로 차면 비고 비면 차는 하늘의 이치를 관찰할 수 있으며, 종이로 만든 산의 사방에 「빈풍」의 풍경을 펼쳐 놓아 농사짓는 백성들의 괴로움을 알 수 있다. 이것은 전에 찾아볼 수 없던 아름다운 의미라고 하겠다.

이렇게 만들어 항상 가까운 곳에 두고 보면서 늘 임금님의 마음을 깨우치고, 또 밤낮으로 부지런히 정사를 돌보며 근심해야 한다는 뜻까지 담았다. 이것이 비단 은(殷)나라의 탕(湯)임금이 얼굴을 씻는 대야에 글을 새긴 일이나 주(周)나라 무왕(武王)이 늘 드나드는 문에다 글을 새겨 스스로를 돌아본 일 정도에 그치겠는가? 하늘을 본받고 계절을 따르며 공경하는 마음이 참으로 지극하다 하겠다. 아울러 백성을 사랑하고 농사를 중시하는 어질고 도타운 덕은 주나라와 나란히 영원히 역사에 전해질 것이다.

흠경각이 완성되자 성상께서 신 김돈에게 그 일을 기록하라고 명하셨다. 삼가 대략을 서술하고 머리를 조아려 큰절을 올리고 바친다.

해설

과거 동아시아에서 천체를 관측하는 기구로 혼의와 간의 등이 사용되었다. 혼의는 선기옥형(璿璣玉衡) 혹은 기형이라고도 하는데 적도(赤道)의 경위(經緯)와 지평(地平)의 경위를 측정한다. 간의는 이 가운데 지평의 경위를 측정하는 기구이며, 이를 휴대용으로 개조한 것이 소간의이다. 혼상은 구면에 천체의 위치를 표시해 둔 기구로, 이 기구를 회전시키면 별이 뜨고 지는 것을 알 수 있고 계절의 변화와 시간의 흐름도 함께 측정할 수 있다. 의표라는 기구에 대한 기록도 가끔 보이는데, 일반적으로 혼의와 규표를 함께 가리키는 말이다. 규표는 수직으로 세운 막대와 수평으로 누인 자를 토대로 방향과 절기, 시각 등을 측정하던 기구이다.

이 밖에도 여러 가지 천체 관측 기구가 있었다. 금루는 궁궐에 설치한 물시계이다. 앙부일구는 솥 모양의 반구형의 기구 안에 계절을 나타내는 선과 시각을 나타내는 선을 그어, 해 그림자가 가리키는 지점을 통하여 절기와 시간을 측정하게 한 기구이다. 일성정시의는 해와 별의 움직임을 통해 낮과 밤의 정확한 시각을 측정하기 위한 기구이다. 이러한 천문 관측기구는 이른 시기부터 우리나라에 들어왔는데, 특히 세종 때 비약적으로 발전했다고 알려져 있다.

1438년 세종의 명을 받아 장영실(蔣英實) 등이 중심이 되어 경복궁의

침전(寢殿)인 천추전 서쪽에 흠경각을 세웠다. 이 시기 천문 관측기구를 대표하는 옥루, 곧 흠경각루를 설치한 곳이다. 종이로 만든 산에 물시계를 설치하고, 여러 가지 인형을 만들어 자동으로 시간을 알리게 했다. 여기에 더하여 춘추 시대 노(魯)나라 환공(桓公)의 사당에 설치되어 있던 의기를 두어 항상 중정(中正)의 의미를 생각하게 했고, 「빈풍도」를 함께 진열하여 백성의 노고를 잊지 않도록 배려했다. 천문 과학에 대한 세종의 관심이 애민(愛民)에 바탕을 두었다는 사실을 단적으로 알 수 있는 글이다.

유방선 柳方善

1388~1443년

본관은 서산(瑞山), 자는 자계(子繼), 호는 태재(泰齋)이다. 외증조부가 고려의 대학자 이색이며, 명신(名臣) 이원(李原)이 그의 장인이다. 권근의 제자로 명망이 높았지만 부친 유기(柳沂)가 1409년 민무구(閔無咎)의 옥사에 연루되어 그 역시 오랫동안 유배와 금고에 시달리며 불우한 삶을 보냈다.

서거정(徐居正), 한명회(韓明澮), 권람(權擥), 이보흠(李甫欽), 유윤겸(柳允謙) 등이 그의 문하에서 수학했다. 시에 특히 뛰어났으며 문집 『태재집(泰齋集)』이 전한다.

세 물건을 벗으로 삼은 뜻 西坡三友說

서파삼우(西坡三友)는 나의 벗 이이립(李而立)이 스스로 지은 호이다. 이립은 남다른 호걸이다. 젊은 시절 육경에 통달하여 유학자로 명성을 날리고, 을유년(1405년) 과거에 급제하여 대간(臺諫)을 역임하고 인사를 담당했다. 십 년 동안 벼슬하면서 공적과 명성이 현저했으니, 하늘이 낸 인재라 하겠다.

기해년(1419년) 가을, 벼슬에서 물러나 남쪽으로 돌아와 영천(永川)의 서파리(西坡里)에 살면서 스스로 호를 서파삼우라 했다. 삼우(三友)는 부싯돌(陽燧), 뿔잔(角觥), 쇠칼(鐵刀)이다. 그는 이렇게 말했다.

"내가 사람들과 떨어져 혼자 살게 된 뒤로 사람들은 나를 벗으로 삼으려 하지도 않고, 나 역시 굳이 사람들을 벗으로 삼으려 하지 않네. 지금은 이 세 가지를 벗으로 삼아서 부싯돌로 불을 지피고 뿔잔에 술을 담으며 쇠칼로 회를 떠서 혼자 술을 따라 혼자 마시네. 취하고 배부르면 고기 잡고 벼농사 짓는 시골을 돌아다니며 요순시절 같은 태평성대를 구가하고 있다네. 이것이 내가 벗으로 삼은 까닭이니, 자네는 이 뜻을 글로 지어 설명해 주게."

나는 이렇게 생각한다.

맹자가 말한 대로 벗이라는 것은 그 덕을 벗으로 삼는 것이다. 벗으로 삼을 만한 덕이 있다면 사람이든 물건이든 모두 벗으로 삼을 수 있다. 그래서 옛사람은 물건을 벗으로 삼는 경우가 많았다. 하지만 벗으로 삼을 만한 물건은 이것들뿐만이 아닌데, 굳이 이것들을 벗으로 삼은 이유가 어찌 정말로 배를 채우려는 생각 때문이겠는가. 아마 자네가 겸손하게 말한 것이리라.

내가 보기에 부싯돌은 불을 얻는 도구이니, 일단 불을 얻어서 꺼뜨리지 않으면 그 빛이 두루 비추지 않는 곳이 없다. 일단 마음의 덕을 밝혀서 어두워지지 않게 하면 그 밝음이 극진할 것이다. 불을 켤 때마다 이렇게 생각한다면 반드시 날로 새롭고 다시 새로워지는 효과가 있을 것이다. 어찌 화덕에 불을 피우는 정도에 그치겠는가.

술잔은 뿔로 만든 것이다. 가운데가 비어 있고 안쪽을 향하여 아래로 내려가는 길이 있다. 들어가는 것이 맑은 술이든 탁한 술이든 담을 수 있는 도량을 품고 있다. 그 그릇을 사용하는 사람이 그 덕을 생각한다면 반드시 넓은 마음으로 선을 좋아할 것이다. 어찌 석 잔을 연거푸 마시고 인사불성이 될 걱정이 있겠는가.

칼로 말하자면 쇠로 만든 것이다. 그 분위기는 가을에 걸맞고 그 덕은 예리함에 있다. 그 예리함을 사람에게 사용하면 한나라 진평(陳平)이 고기를 잘 썰어서 백성에게 골고루 나누어 준 것처럼 몹시 공평할 것이요, 그 예리함을 정치에 사용하면 당나라 두여회(杜如晦)가 사건을 처리한 것처럼 판결을 정확히 내릴 수 있을 것이다. 이 칼을 쥐고 그 용도를 잘 살피면 여유 있게 칼질을 할 수 있을 것이다. 어찌 남들이 감히 나를 막을 수 있겠는가.

이렇게 본다면 안으로 자신을 수양하는 방법과 밖으로 백성을 다스리는 도리가 이 세 가지 물건에 갖추어져 있다. 공자가 말한 익우(益友,

유익한 벗)와 맹자가 말한 상우(尙友, 시대를 거슬러 올라가 찾은 벗)는 이를 가리킨 말이 분명하다. 이러한 사람이 이러한 벗을 얻었으니, 벗을 고르는 방법을 안다고 하겠다. 그가 벗에게 취한 장점이 어찌 사소한 것이라 하겠는가. 훗날 임금의 부름을 받아 대신의 자리에 오르면 관원들을 등용하고 내쫓아 온 세상을 아름답게 다스려서, 위로는 임금의 교화를 돕고 아래로는 역사에 이름을 남길 것이다. 그렇게 된다면 이 세 벗의 도움을 받지 않았다고 할 수 없을 것이다.

아, 대장부가 이 세상에 태어나 때를 만나고 못 만나는 것은 하늘이 정한 운명이다. 비록 그렇긴 하지만 지금은 성스럽고 밝은 임금이 위에 계셔서 군자의 도가 나날이 새로워지고 있으니, 어진 이들이 다 함께 나아가야 할 때다. 내 어찌 기뻐하지 않을 수 있겠는가? 괄목상대(刮目相對) 할 날을 기다리겠다.

해설

유방선은 1410년 영천으로 유배되었다. 1415년 잠시 유배에서 풀려나 고향 원주로 돌아갔다가 바로 다시 영천으로 가서 1427년까지 긴긴 세월 그곳에서 유배 생활을 했다. 실의에 빠진 유방선은 서재를 태재(泰齋)라 이름 붙이고 인근에 살던 이안유(李安柔)라는 사람과 교유했다. 이안유는 1405년 문과에 급제한 뒤 여러 벼슬을 역임했지만 세종의 눈 밖에 나서 경산으로 유배되었다. 1419년 고향인 영천의 서파리로 물러나 살면서 유방선, 조상치(曺尙治) 등과 도의지교(道義之交)를 맺었다.

실의에 빠진 이안유는 사람을 믿지 못해 물건을 벗으로 삼았다. 주위에 뜻을 함께할 벗이 없으면 다른 나라에서 찾고, 다른 나라에서도 찾지 못하면 먼 옛날의 역사에서 찾는다 했으니, 맹자가 말한 상우천고(尙友千古)가 그것이다. 이것으로도 만족하지 못한 사람들은 주변의 물건을 벗으로 삼았다. 당나라 백거이(白居易)는 시와 술과 거문고를 삼우(三友)로 삼았고, 증단백(曾端伯)은 아홉 가지 꽃에 술을 합하여 십우(十友)로 삼았다.

유방선의 스승 권근 역시 「삼우설(三友說)」을 지었다. 그 글에 등장하는 권 아무개는 삽이 달린 지팡이, 줄이 달린 칼 그리고 낫을 벗으로 삼았다. 삽으로 잡초를 파고 낫으로 잡목을 베며 칼과 줄로 불필요한 것을 깎아 내고 쓸어 내었다. 그는 정원을 가꾸는 데 뜻이 있다고 했지만 권근은 사사로운 욕심을 없애고 나라의 간신을 제거하고자 하는 뜻으로 이해했다. 이안유가 부싯돌과 술잔과 칼을 벗으로 삼은 뜻도 이와 비슷하다. 부싯돌로 불을 밝히듯 마음을 밝히고 술을 담는 술잔을 본받아 흉금을 넓히며, 칼을 공평하고 엄정한 정치의 도구로 삼으라 했다.

정인지 鄭麟趾

1396~1478년

본관은 하동(河東), 자는 백저(伯雎), 호는 학역재(學易齋)이다. 권우(權遇)에게 수학하여 관직에 나아가 세종 때 집현전 대제학으로 학문을 영도했다. 세종의 뜻을 계승하여 훈민정음의 「해례」를 작성하는 데 참여했다. 역법(曆法)에도 관심이 많아 대통력(大統曆)을 개정하고 『칠정산내편(七政算內篇)』을 저술했다. 역사에서 정치의 귀감으로 삼을 만한 사례를 뽑아 『치평요람(治平要覽)』을 편찬하는 데 기여했고, 『고려사』, 『고려사절요(高麗史節要)』, 『세종실록(世宗實錄)』 등의 편찬을 주도했다. 문집이 있었다고 하나 전하지 않는다.

『훈민정음』 서문　　訓民正音序

천지자연의 소리가 있으면 반드시 천지자연의 글자가 있다. 그러므로 옛날 사람이 소리를 바탕으로 글자를 만들어 세상 만물의 정(情)을 소통시키고 하늘과 땅과 사람 삼재(三才)의 도(道)를 담았기에 후세에도 바뀌지 않았다. 그러나 사방의 풍토에 차이가 있고, 이에 따라 성음(聲音)도 다르다. 중국 바깥의 언어는 소리가 있어도 글자가 없으므로 중국의 글자를 빌려서 사용한다. 이것은 둥글게 깎인 구멍에 네모난 자루를 끼우려 하는 것처럼 서로 맞지 않으니, 어찌 막힘없이 소통하겠는가. 요컨대 저마다 처한 상황에 따라 편하게 해야 하는 법이니, 억지로 똑같게 만들 수는 없다.

우리 동방은 문물제도가 중국에 못지않으나 우리나라의 말은 중국과 다르다. 책을 공부하는 사람은 그 깊은 뜻과 맛을 깨닫기 어려워 걱정이고, 옥사(獄事)를 다스리는 사람은 자세한 곡절을 알기 어려워 문제이다. 옛날 신라의 설총(薛聰)이 처음으로 이두(吏讀)를 만들어 관청과 민간에서 지금까지 사용하고 있지만, 모두 글자를 빌려서 사용하므로 어렵기도 하고 막히기도 한다. 촌스럽고 근거 없을 뿐 아니라 말로 주고받는 내용을 만분의 일도 전달할 수가 없다.

계해년(1443년) 겨울, 우리 전하께서 정음(正音) 스물여덟 자를 창제하시고, 「예의(例義)」를 간략하게 제시하여 그 범례와 의미를 보여 주셨는데, 그 명칭을 훈민정음(訓民正音)이라 했다. 사물의 형상을 본뜨되 글자는 옛 전서(篆書)를 모방하고, 소리의 원리를 따라서 궁조(宮調), 상조(商調), 각조(角調), 치조(徵調), 우조(羽調), 반상조(半商調), 반치조(半徵調) 등 칠조(七調)가 각기 순음(脣音), 치음(齒音), 아음(牙音), 설음(舌音), 후음(喉音), 반치음(半齒音), 반설음(半舌音)에 부합했다. 하늘과 땅과 사람 삼극(三極)의 의미, 음(陰)과 양(陽) 두 기운의 오묘함을 남김없이 포괄하여 스물여덟 자를 가지고 끝없이 바꾸어 쓸 수 있으니, 간략하면서도 요점을 짚고, 정밀하면서도 잘 통하였다.

이런 까닭으로 똑똑한 사람은 아침나절이 지나기도 전에 이해하고, 어리석은 사람도 열흘이면 배울 수 있다. 이 글자를 가지고 한문을 풀이하면 그 뜻을 잘 알 수 있고, 이 글자를 가지고 송사(訟事)를 들으면 그 실상을 파악할 수 있다. 글자의 운(韻)은 청탁(淸濁)을 분별할 수 있고, 노래를 부르면 가락이 조화롭다. 어떤 용도로든 쓸 수 있으며 어느 곳에서도 뜻이 통하니, 바람 소리와 학 울음소리, 닭 울음소리나 개 짖는 소리까지도 모두 적을 수 있다.

마침내 전하께서 상세하게 풀이하여 사람들이 이해할 수 있도록 만들라고 명하셨다. 그리하여 신(臣) 정인지가 집현전의 응교 최항(崔恒), 부교리 박팽년(朴彭年)과 신숙주(申叔舟), 수찬 성삼문(成三問), 돈녕부 주부 강희안(姜希顔), 행 부수찬 이개(李塏)와 이선로(李善老) 등과 더불어 모든 풀이와 보기를 적은 「해례(解例)」를 작성하여 그 대강을 서술했다. 이를 보는 사람이 스승 없이도 스스로 깨닫게 하려는 것일 뿐, 그 오묘한 연원과 의미로 말하자면 신들이 어떻게 드러내 밝힐 수가 없다.

삼가 생각하건대 우리 전하께서는 하늘에서 낳으신 성인으로, 마련한 제도와 시행한 정책이 역대 모든 제왕을 능가한다. 특히 훈민정음은 과거에 있던 것을 본받아 만든 것이 아니라 저절로 그렇게 완성한 것이다. 그 지극한 이치가 없는 곳이 없기 때문이니, 사람이 억지로 만든 것이 아니다. 동방에 나라가 들어선 지 오래되지 않은 것은 아니지만, 만물의 이치를 깨우쳐 만사를 이루는 큰 지혜는 오늘을 기다린 것이 아니겠는가.

해설

『세종실록』 1443년 12월 30일의 기사에 훈민정음을 창제했다는 기록이 보이고, 1446년 9월 29일의 기사에 이른바 어제 서문(御製序文)과 정인지의 이 글이 실려 있다. "나라 말씀이 중국과 달라 한자(漢字)와 서로 통하지 아니하므로, 우매한 백성들이 말하고 싶은 것이 있어도 마침내 제 뜻을 잘 표현하지 못하는 사람이 많다. 내 이를 딱하게 여겨 새로 스물여덟 자를 만들었으니, 사람들로 하여금 쉬 익혀 날마다 쓰는 데 편하게 할 뿐이다."라는 잘 알려진 내용이 바로 어제 서문인데, 정인지의 서문은 어제 서문을 상세히 부연한 것이다.

먼저 언어가 중국과 조선이 다르므로 한문으로 의사소통하기가 어렵다는 점을 지적하고, 이어서 훈민정음의 제작 원리를 압축적으로 밝혔다. 자음은 기본적으로 사물의 형상을 본뜨되 글자의 모양은 중국 고대의 전서를 따랐다고 했다. 오늘날의 연구 성과에 따르면 자음은 발성 기관을 모방한 것이고, 모음은 삼재 혹은 삼극을 추상화한 것이라 한다. 전서를 모방했다고 말한 것은 훈민정음의 글꼴이 유례없는 것이므로 그나마 비슷한 전서를 끌어들여 설명한 것일 뿐, 훈민정음 자체가 전서를 모방했다는 뜻은 아니다. 아울러 훈민정음으로 사람의 입에서 나오는 말소리만이 아니라 동물이나 자연의 소리까지 형용할 수 있다고 했는데, 훈민정음의 완벽함을 자부한 것이다.

김수온 金守溫

1409~1481년

본관은 영동(永同), 자는 문량(文良), 호는 괴애(乖崖) 또는 식우(拭疣)이다. 세종 때 집현전 학사를 지냈으며 세조 때 판서를 지냈다. 고승(高僧) 신미(信眉)가 그의 형인데 함께 불경에 통달했다. 제자백가와 육경에도 해박했다. 문학에도 뛰어나 많은 작품이 『속동문선(續東文選)』 등에 선발되어 있다. 『치평요람(治平要覽)』, 『의방유취(醫方類聚)』, 『석가보(釋迦譜)』 등의 편찬에 기여했고, 『명황계감(明皇誡鑑)』, 『금강경(金剛經)』 등의 번역에도 참여했다. 문집 『식우집(拭疣集)』이 전한다.

선비와 승려 贈敏大選序

선비는 이렇게 나를 놀린다.

"공은 불교의 이치에 대한 이야기를 잘하니 승려와 같고, 생명을 해치는 것을 싫어하여 그물질과 낚시질을 하지 않으니 더욱 승려와 같습니다. 그런데 어찌하여 머리를 깎고 검은 승복을 입지 않습니까?"

승려는 이렇게 나를 놀린다.

"공은 불교의 이치에 대한 이야기를 잘하니 우리와 같고, 생명을 해치는 것을 싫어하여 그물질과 낚시질을 하지 않으니 더욱 우리와 같습니다. 그런데도 처첩을 여럿 거느리고 아들과 손자를 키우며 술 마시기를 좋아하고 닭과 돼지를 가리지 않고 잡아먹으니, 어찌 이렇게 행실이 바르지 않습니까?"

아, 나의 보잘것없는 몸을 선비와 승려가 양쪽에서 헐뜯으니 정말 사람 노릇 하기 어렵구나. 비록 그렇지만 내가 즐기는 것은 도(道)이다. 내가 도를 즐기는데 선비와 승려가 앞서거니 뒤서거니 떼 지어 공격한들 어떠랴. 비록 그렇지만 내가 남을 헐뜯거나 칭찬하는가? 선비의 무리가 오면 반드시 시서(詩書)와 인의(仁義)의 도리를 일러 주는데 그가 따르면 기뻐한다. 승려의 무리가 와도 시서와 인의의 도리를 일러 주는데, 어떤 사람은 그 말을 따르기도 하고 어떤 사람은 따르지 않는다. 따르면 기뻐하지만 따르지 않아도 성내지 않는다.

화엄종(華嚴宗) 승려 성민(省敏)이 내가 글을 잘한다는 헛소문을 듣고서 우거진 풀숲을 헤치고 나를 찾아왔다. 며칠 후 내 방에 들어와서 내가 글 읽는 소리를 듣더니 문득 생각이 달라져 깊이 깨달은 점이 있는 듯했다. 그래서 내가 다시 예전에 선비와 승려에게 한 말을 일러 주었다. 성민이 학문을 넓혀 요, 순, 우(禹), 탕(湯), 문왕(文王)의 마당에서 뛰놀고, 깊이 공부하여 모든 이치와 인의예지(仁義禮智)를 터득하면, 내가 남들에게 일러 준 말이 도리에 어긋나지 않아 선비는 그 말을 통해 제대로 된 선비가 되고 승려는 그 말을 통해 제대로 된 승려가 된다는 것을 알게 되리라.

옛날의 성인은 승려처럼 인륜을 저버리고 후손을 끊어 버리는 것을 훌륭하게 생각한 적이 없다. 또 선비처럼 마구 살육을 저지르거나 만물의 생명을 천하게 여기는 잔인한 짓을 한 적이 없다. 오륜(五倫)이 있으니 부부는 그중의 하나이다. 고시(高柴)는 어린 나무를 꺾지 않았고 공자는 그물로 물고기를 잡지 않았으니, 성현의 마음 씀씀이를 여기에서 알 수 있다. 선왕이 남기신 훌륭한 말씀을 말하지 않을 바에야 차라리 청정적멸(淸淨寂滅)의 도를 말하여 그의 마음을 일깨우는 것이 낫지 않겠는가?

그렇다면 내가 애초에 시서와 인의의 도리 때문에 남들에게 비웃음을 받았지만 나 홀로 마음으로 즐기는 바는 그대로이다. 저들이 나를 놀리고 비난하는 것은 그저 아름다운 새소리와 곱게 핀 꽃처럼 아무런 자취가 없다.

승려 승민은 나와 친숙해지자 좋은 말을 해 달라고 했다. 내가 늘 남들에게 하던 말을 승민도 알고 있으므로 시서와 인의에 대한 이야기를 다시 일러 주었다. 이것이 바로 공자가 "내가 숨기는 것이 있다고 여기는

가? 나는 숨기는 것이 없노라."라고 말씀하신 뜻이다. 만일 승민이 이 글을 가지고 다니며 벼슬아치들에게 시를 지어 달라고 부탁한다면 그것은 나의 본뜻이 아니다.

해설

김수온은 유가의 경전에 통달했을 뿐 아니라 불교에도 조예가 깊어 불경 언해에 깊이 관여했다. 이 때문에 김수온은 선비와 승려 모두에게 배척을 받기도 했다. 승려 성민은 학조(學祖)의 제자로서 서거정, 신숙주 등과 시를 주고받은 시승(詩僧)이었다. 성민이 이처럼 남다른 승려였기에 김수온은 그에게 유교와 불교가 다르지 않다는 점을 거듭 강조했다.

김수온은 이 글에서 유교와 불교에 대한 자신의 입장을 분명하게 정리했다. 결혼을 하지 않아 후손을 두지 않는 불교의 논리는 부정하되, 생명을 중시하는 불교의 자비를 높게 평가했다. 또 공자의 제자 고시가 어린 나무를 꺾지 않았던 일이나 공자가 촘촘한 그물을 던져 물고기를 잡지 않은 일도 불교의 자비와 다르지 않다고 보았다. 유교만 내세워 옳지 못한 일을 하는 것보다는 차라리 불교에서 말하는 악행과 번민에서 벗어난 청정적멸의 경지가 더 낫다고까지 했다.

넘침을 경계하는 집 戒溢亭記

물은 오행(五行) 가운데 형체가 가장 미세하고 성질이 일정하지 않다. 움푹 파인 곳에 고이면 못이 되고 늪이 되며, 물길이 터져 흐르면 개울이 되고 시내가 된다. 움직여 흐르는 물은 막힘없이 두루 통한다는 뜻을 담고 있으므로 지혜로운 사람은 물을 보고 즐거워한다. 그리고 고요히 머물러 있는 물은 찼다 비었다 줄었다 늘었다 하는 도가 있으므로 군자는 물을 거울로 삼는다.

장원으로 급제한 연성 부원군(元延城府院) 이 공의 정원에는 정자가 있고, 정자 아래에는 못이 있다. 같은 해 과거에 급제한 나 괴애자(乖崖子)가 그곳을 찾아갔더니, 그가 나를 정자 위로 데려가 술을 내놓고서 이렇게 말했다.

"내 못은 몇 길 크기의 네모난 것으로 그저 몇 자 정도의 물이 고여 있으니, 작기가 비할 데 없다오. 그래도 마음을 붙일 만하기에 못 주위를 배회하곤 한다오. 예전에 도랑을 내어 아래쪽 개울로 흐르게 했는데, 바위로 막아 두었다가 물이 차면 열고 물이 줄면 막아 두었소. 그래서 가득 차지도 않고 줄어들지도 않아 수위가 늘 일정하여 볼거리로 삼았소. 나중에 친한 친구들이 모이거든 같이 앉아서 바둑을 두거나 술자리를 마련하여 즐겁게 마실 것이오.

그런데 바위로 막은 곳을 여는 일을 잊으면 갑자기 물이 가득 차서 잠깐 사이에 잔디가 잠기고 기슭까지 물이 넘치지요. 그러면 앉은 자리가 질펀해져서 주인과 손님이 허둥지둥하지요. 그러고 보니 이런 생각이 들었소. 세상에는 문벌이 쟁쟁하거나 벼슬이 높거나 학문이 뛰어나거나 재물이 많거나 남들이 가지지 못한 것을 가지고 나면, 이를 빙자하여 나머지까지 가득 채우려 들지요. 그러니 교만해지지 않는 사람이 거의 없지요. 이것이야말로 내 못이 흘러넘치는 모습을 보고 경계로 삼을 만한 중요한 일이 아니겠소? 또 사람이 여러 가지를 가지고 있으면 교만해지지 않을 수 없으니, 마치 흐르는 곳을 막으면 넘칠 수밖에 없는 내 못과 같지요. 나는 그래서 '사람은 사람이 아니라 물을 거울로 삼아야 한다.' 라고 말하고 싶소.

옛날에 공자의 제자 공서적(公西赤)이 제(齊)나라에 사신으로 갈 때 살찐 말을 타고 가벼운 옷을 입었으니, 선비로서 분에 넘치는 짓이었지요. 관중(管仲)은 제 환공(齊桓公)의 재상이 되자 삼귀대(三歸臺)라는 큰 건물을 세우고 임금이나 쓰는 반점(反坫)이라는 술잔 받침을 사용했으니, 대부(大夫)로서 분에 넘치는 짓이었지요. 제후국인 초나라의 임금은 주나라를 넘보려고 천자의 상징인 정(鼎)의 무게를 물었으니, 제후로서 분에 넘치는 짓이 아니겠소? 군사를 동원하여 무력을 남용했던 진시황과 한 무제(漢武帝)는 일 크게 벌이기를 좋아하였으니, 천자로서 분에 넘치는 짓이 아니겠소? 그러니 경계해야 할 일은 분에 넘치는 것보다 중요한 것이 없소. 그러므로 공자께서는 『효경(孝經)』에서 높아도 위태롭지 않고 가득 차도 넘치지 않는 것이 성군이 지닌 지극한 덕과 긴요한 도의 근본이라고 증자(曾子)에게 간곡히 말씀하셨지요.

또 내가 내 정자에 지붕을 이고 그곳에 가 보고서야 물의 성질을 모두 터득했다오. 바람이 따스하고 햇살이 밝으며 물결이 잔잔하고 푸른빛이 고요한데 하늘과 구름이 훤하게 비치면 물은 평안하고 맑다오. 그러나 골목의 아이들이 봄 구경을 나왔다가 꽃과 버들을 꺾고 흙과 돌을 마구 던져 넣으면 지저분하게 흙탕물이 되지요. 그러면 물고기는 놀라고 자라는 움츠리며 거북이와 맹꽁이 모두 숨어 버리지요. 연꽃과 부들이 못가 사방에서 피어났더라도 줄기가 휘고 잎이 떨어져 재앙이 미칠 것이니, 어느 겨를에 온갖 만물을 맑게 비추는 본래의 모습을 유지할 수 있겠소?

이 때문에 물이 평안하면 몸이 고요하고, 몸이 고요하면 성품이 맑아지며, 성품이 맑아지면 온갖 만물이 비친다오. 마음에 비유하자면 희로애락이 생기기 전이라 치우치지 않아 천하의 이치가 모두 여기에서 나오는 것과 같으니, 이것이 천하의 큰 근본이라오. 지저분한 흙탕물은 인간의 욕망에 얽매인 결과라 하겠소.

비록 그렇지만 물의 맑고 흐림은 사람이 쉽게 볼 수 있으나 물의 차고 넘침은 사람이 소홀하기 쉽지요. 마음을 맑게 하여 밝은 본체를 얻는 것은 학문을 좋아하는 선비가 아니면 할 수 없지요. 조금이라도 조심하지 않으면 저절로 교만해지고 넘칠 것이니, 모든 사람이 경계할 바라오. 이것이 바로 내가 이런 거창한 뜻을 취하지 않고 그저 조그만 물결을 취하여, 내 정자에 넘치는 것을 경계한다는 계일(戒溢)이라는 이름을 붙인 까닭이오. 그대는 이러한 뜻을 부연 설명해 주지 않겠소?"

괴애자가 말했다.

"장원께서는 진사시와 생원시 그리고 문과에 모두 장원을 하셨고, 문장과 공업이 뛰어나 한 시대의 이름난 관원이 되었지요. 신하로서 가장 높은 지위에 올랐으니, 스스로 부족한 점이 있는 것처럼 여기며 넘치지 않도록 깊이 경계하는 것이 마땅하겠지요. 저 흐르는 물은 밤낮으로 멈추지 않으니 참으로 지혜로운 사람이 즐길 만한 것이고, 가만히 멈추어 있는 물은 찼다 비었다 불었다 줄었다 하니 이 역시 반성하는 공부로 삼을 만하다오. 그리고 맑고 탁한 차이에서 내 마음의 천리와 인욕을 분변할 수 있으니, 장원께서 물을 잘 살피고 여기에서 절실한 의미를 찾은 것도 당연하오.

비록 그렇지만 지금 장원께서 하신 말씀은 물이 담긴 못을 두고 한 것이지요. 천하 만물은 모두 처음에는 고요하다가 나중에 움직이는 법이지요. 저 물은 빙빙 돌아 초나라의 일곱 호수 칠택(七澤)과 오월(吳越) 지역의 다섯 호수 오호(五湖)를 채운 다음, 시원스럽게 흘러가 장강(長江)과 회수(淮水), 황하(黃河), 연해(沿海)가 되고 다시 명해(溟海)와 발해(渤海)에 이르러 태평양이 되겠지요. 그러면 해와 달조차 삼켰다 뱉었다 하고 고래가 출몰하겠지요. 큰 가뭄으로 흙이 타들어 가도 물은 줄어들지 않고, 큰 홍수로 하늘이 잠기더라도 물은 넘치지 않지요. 고일 만한 못이나 늪이 없고 흘러갈 만한 개울이나 시내가 없다면 비록 찼다 비었다 하는 도를 찾고자 한들 어디서 찾을 수 있겠소? 저 바위 문 하나를 막았다 열었다 하여 물을 채웠다 줄였다 할 수 있는 것은 그저 조그마한 물에 불과하니, 어찌 크나큰 도가 될 수 있겠소?"

장원이 빙그레 웃고 말했다.

"내가 그대에게 한 말은 내 못의 물을 두고 한 것이라오. 넓은 바다에 대한 이야기는 훗날 다시 따져 보세그려."

괴애자가 마침내 붓을 들어 계일정의 기문으로 삼는다.

해설

이석형(李石亨, 1415~1477년)은 생원시와 진사시, 문과에 모두 장원으로 급제했다. 그뿐만 아니라 가장 뛰어난 신진 엘리트 문인을 선발하여 학문을 연찬할 기회를 주는 사가독서에 선발되었으니 그 뛰어난 재주를 짐작할 수 있다. 그러나 이석형은 겸손한 사람이었다. 재목으로 쓰이지 않아 천대받는 가죽나무와 같은 존재라는 뜻으로 호를 저헌(樗軒)이라 지은 데서 사람됨을 엿볼 수 있다. 그는 성균관 남쪽에 있던 자신의 정자에 넘침을 경계하는 정자라는 뜻의 계일정이라는 이름을 붙였다.

이석형은 맑은 마음을 유지하는 선비의 자세를 중시하면서도 거창한 구호를 내세우지 않았다. 그저 조그만 못에 물이 넘치지 않도록 바위를 문으로 삼아 수량을 일정하게 조절하고, 이를 보면서 자만하지 않겠노라고 했다. 이처럼 겸손한 태도를 두고 김수온은 작은 못이 아니라 태평양 넓은 바다처럼 되겠다는 뜻을 가지라고 했다. 이석형이 뛰어난 재주로 큰일을 해낼 것임을 은근히 말한 것이다. 하지만 이석형은 다시 겸손의 뜻을 표했다. 이석형이 말하는 작은 못의 물과 김수온이 말하는 큰 바다의 물이 대비를 이루며 전개되는 것이 이 글의 묘미이다.

양성지

梁誠之

1415~1482년

본관은 남원(南原), 자는 순부(純夫), 호는 눌재(訥齋) 또는 송파(松坡)다. 세종 때 집현전에서 여러 벼슬을 지냈고 세조와 성종 때 판서와 대제학 등을 지내면서 교육, 국방, 지리, 농업 등 국정 전반에 걸쳐 중요한 정책을 발의했다. 각종 병서의 편찬에 관여했고 서적의 보관 및 간행에 관한 정책을 다수 입안했다. 정조 때 설치된 규장각은 그의 제안에서 비롯한 것으로, 정조는 양성지의 공로를 기려 문집 『눌재집(訥齋集)』에 직접 서문을 써 주며 간행하도록 했다. 이 밖에도 『해동성씨록(海東姓氏錄)』, 『동국도경(東國圖經)』, 『농잠서(農蠶書)』, 『목축서(牧蓄書)』, 『팔도지도(八道地圖)』 등의 서적을 편찬했지만 전하지 않는다.

홍문관을 세우소서 請建弘文館

신이 삼가 살펴보니 역대로 서적을 명산에 보관하기도 하고 비각(秘閣, 비서성(秘書省))에 보관하기도 했으니 유실되는 것을 막고 영원히 전하기 위해서였습니다. 우리나라에서는 고려 숙종 때 처음 서적을 보관하기 시작했는데 그 도장에 새긴 글은 두 가지입니다. 하나는 "고려국 14대 신사년(1101년) 임금이 소장한 책. 송(宋) 건중정국(建中靖國) 원년, 대요(大遼) 건통(乾統) 원년"이고, 하나는 "고려국 임금이 소장한 책"입니다. 고려 숙종 때부터 363년이 되는 지금까지도 도서인의 자획은 어제 찍은 것과 다름이 없으며, 문헌에서도 이 사실을 확인할 수 있습니다. 지금 대궐에 소장되어 있는 일만여 권의 서적 또한 대부분 당시에 소장되어 전해진 것입니다. 그러니 지금 소장한 책의 맨 끝에 찍는 도장은 해서(楷書)로 "조선국 제6대 계미년(1463년) 임금이 소장한 책. 본조 9년 대명(大明) 천순(天順) 7년"이라 쓰고, 도서의 첫머리에는 전서(篆書)로 "조선국 임금이 소장한 책"이라고 써서 여러 책에 두루 찍어 먼 훗날까지 사람들이 분명히 알도록 하소서. 그리고 신라와 고려의 전성기 때처럼 별도로 연호(年號)를 세워 기준으로 삼게 하소서.

신이 또 삼가 보건대 임금의 어필은 은하수처럼 밝고 문장을 상징하는 규성(奎星)과 벽성(壁星)처럼 찬란히 빛나야 합니다. 그리하여 오래도록 신하들이 받들어 보관하고 보배로 간직해야 할 것입니다. 송나라에서는 전례에 따라 전각을 세워 어필을 보관하고 관원을 두어 담당케 했습니다. 태종(太宗)은 용도각(龍圖閣), 진종(眞宗)은 천장각(天章閣), 인종(仁宗)은 보문각(寶文閣), 신종(神宗)은 현모각(顯謨閣), 철종(哲宗)은 휘유각(徽猷閣), 고종(高宗)은 환장각(煥章閣), 효종(孝宗)은 화문각(華文閣)을 설치하고 모두 학사(學士), 직학사(直學士), 대제(待制), 직각(直閣) 등의 관원을 두었습니다.

삼가 청하옵건대 신들이 어제 시문(御製詩文)을 교감해 올리오니 인지각(麟趾閣) 동편의 별실을 숭문전(崇文殿)이라 이름 붙여 그곳에 봉안하게 하시고 여러 서적을 소장하고 있는 내각(內閣)은 홍문관(弘文館)이라 이름 짓도록 하소서. 여기에 모두 대제학(大提學), 제학(提學), 직제학(直提學), 직전(直殿) 등의 관원을 두시되, 당상관(堂上官)은 다른 관직을 겸임케 하고 하급의 낭청(郎廳)은 예문관(藝文官)의 관리를 겸직으로 차출하여 도서의 출납을 담당하도록 하소서.

해설

송과 고려에서는 중요한 문헌을 국가가 관리했다. 고려 숙종은 중국의 제도를 참조하여 1101년 장서인(藏書印)을 만들어 책의 앞뒤에 찍었다. 이 장서인이 찍힌 송대의 서적 몇 종이 일본에 전한다.

1463년(세조 9년) 5월 30일, 양성지는 전례를 따라 조선의 장서인을 만들어 찍자고 건의했다. 아울러 조선의 연호를 만들어 중국 연호와 함께 표기하자는 적극적인 의견도 개진했다. 조선의 역사와 문화에 대한 주체적 인식에서 비롯된 발언이다. 왕실 도서의 장서인뿐 아니라 규장각 설치를 제안했다는 점에서도 의미가 있다. 이 글은 『세조실록』에도 실려 있는데 숭문전이 규장각으로, 홍문관이 비서각으로 되어 있다. 세조는 양성지의 건의에 따라 1463년 11월 17일 홍문관을 설치하여 중요한 왕실 자료를 보관했다. 홍문관 설치 이후 규장각이라는 이름은 잊혔다가 정조(正祖)가 양성지의 뜻을 높이 평가하여 1776년 9월 25일 규장각을 창덕궁에 세움으로써 세상에 다시 나타났다. 정조는 양성지의 혜안을 높이 사 그의 문집을 간행하는 영광을 베풀었다.

신숙주 申叔舟

1417~1475년

본관은 고령(高靈), 자는 범옹(泛翁), 호는 희현당(希賢堂)·보한재(保閑齋) 등이다. 세종 때 집현전의 핵심적인 인물로 훈민정음 창제에 깊이 관여했다. 명 한림학사 황찬(黃瓚)에게 음운(音韻)을 묻고자 성삼문(成三問)과 함께 여러 차례 요동(遼東)을 왕복했다. 학문과 문학은 물론 외교에도 능해 명과 일본에 사신으로 다녀왔으며, 명과 일본에서 온 사신을 영접하는 일도 도맡았다.

일본에 다녀온 경험을 바탕으로 집필한 『해동제국기(海東諸國記)』는 조선 전기 한일 관계사의 실상을 잘 보여 주며 이후 대일 외교의 지침서로 자리 잡았다. 여진족 정벌을 주도하여 군사적 업적을 쌓았는데, 이때의 사정을 『북정록(北征錄)』에 자세히 담았다. 『세조실록』, 『예조실록』, 『동국통감(東國通鑑)』 등 역사서 편찬을 총괄했고 『국조오례의(國朝五禮儀)』 개수 작업도 주도했다. 문집 『보한재집(保閑齋集)』이 전한다.

일본은 어떤 나라인가

海東諸國記序

무릇 외교를 맺고 서로 예방하는 등 풍습이 다른 나라와 접촉할 때는 반드시 그 실정을 알아야 예의를 다할 수 있고 예의를 다해야 마음을 다할 수 있습니다. 우리 주상 전하께서 신 신숙주에게 명하여 과거 바다 동쪽의 여러 나라와 교류한 일과 그들에게 국가의 곡식을 내려 주며 예의로 접대한 전례를 책으로 편찬하라고 하셨습니다. 신은 명을 받고서 두려운 마음으로 삼가 옛 문헌을 상고하고 견문을 참고하여 그곳의 지세를 그림으로 그리고, 계보의 본말과 풍토의 뛰어난 점을 대략 기술했으며, 우리나라가 응접한 세부 사항까지 두루 수집하여 책으로 편찬해 바쳤습니다.

신 신숙주는 오랫동안 예조의 업무를 맡았고 또 바다를 건너 그곳에 직접 가 본 적도 있지만, 섬들이 별처럼 흩어져 있고 풍속이 전혀 다르기에 지금 이 책을 만들었으나 끝내 그 요점을 파악하지 못했습니다. 그러나 이 책을 통해 대강이라도 알게 된다면 실정을 탐지하고 예의를 조절하여 그들의 마음을 거두어들일 수 있을 것입니다.

삼가 보건대 바다 동쪽의 나라가 한둘이 아니지만 그중에서 일본이 가장 역사가 오래되고 영토도 큽니다. 그 땅은 흑룡강(黑龍江) 북쪽에서 시작하여 우리나라 제주 남쪽에까지 이르며 유구(琉球)와 가까우니 그

지형이 매우 깁니다. 처음에는 곳곳에 모여 살며 제각기 나라를 세웠는데, 주(周)나라 평왕(平王) 48년(기원전 723년) 시조인 적야(狄野)가 군사를 일으켜 토벌하고 처음으로 주(州)와 군(郡)을 설치했습니다. 그러고는 중국의 봉건제처럼 대신들이 각자 나누어 맡아 다스렸으며 국왕의 통제는 그다지 심하지 않았습니다.

이들은 습성이 강하고 사나우며 검과 창을 잘 쓰고 배 타기에 익숙한데, 우리와는 바다 하나를 사이에 두고 떨어져 있습니다. 제대로 다독이면 예의를 갖추어 교류하지만 잘못하면 번번이 약탈을 자행하곤 했습니다. 고려 말엽에 국정이 문란하여 제대로 다독이지 못하자 결국 난리를 일으키는 바람에 바닷가 수천 리의 땅이 잡초 무성한 폐허가 되었습니다. 이때 우리 태조 대왕께서 분연히 일어나 지리산과 동정(東亭), 인월(引月), 토동(兎洞) 등지에서 수십 차례를 싸우고서야 왜적이 날뛰지 못하였습니다.

우리나라가 개국한 이래로 여러 성군이 왕위를 계승하여 정치가 깨끗해지고 일이 잘 다스려져 내치(內治)가 융성해지자 외국이 바로 순종하여 변방의 백성이 안도했습니다. 세조께서 중흥을 이루신 후 여러 대에 걸쳐 태평성대를 누렸지만, 안일한 마음이 독약보다 해가 크다는 점을 염려하셨습니다. 그리하여 하늘을 공경하고 백성의 일에 근면하며 인재를 발탁하여 함께 정사를 보아 피폐한 나라를 일으키고 국가의 기강을 바로잡으셨습니다. 한밤중에도 옷을 벗지 않고 새벽밥을 드시며 마음을 가다듬고 국사에 힘을 쏟으니 치적이 흡족해지고 교화가 멀리 퍼졌습니다. 그러자 머나먼 곳에서도 배를 타고 찾아왔습니다.

신은 예전에 이렇게 들었습니다. "오랑캐를 대하는 방도는 바깥의 적을 물리치는 데 달려 있는 것이 아니라 나라 안을 잘 다스리는 데 달려 있고, 변방에 달려 있는 것이 아니라 조정에 달려 있으며, 전쟁에 달려 있는 것이 아니라 기강에 달려 있다." 그 말을 여기에서 확인할 수 있을 것입니다. 『서경』에 따르면 신하 익(益)이 순임금에게 이렇게 경계했습니다.

"걱정이 없는 것을 경계하고 법도를 잃지 마소서. 안일에 빠지지 말고 쾌락에 젖지 마소서. 어진 이에게 정사를 맡겼으면 다른 마음을 먹지 마시고, 간사한 자를 제거할 때는 의심을 품지 마소서. 백성의 칭송을 얻으려 도리를 어기지 마시고, 자기 욕심을 좇느라 백성을 거스르지 마소서. 나태하지 않고 어지럽지 않으면 사방의 오랑캐가 와서 조회를 드릴 것입니다."

순임금과 같은 성군을 섬기면서도 익은 이렇게 경계했던 것입니다. 대체로 국가가 걱정이 없는 때를 만나면 법도가 해이해지기 쉬우며, 나태하고 쾌락을 즐기면 방종으로 흐르기 쉬운 법입니다. 자신을 수양하는 도리에 행여 미진한 점이 있으면, 조정에서 실천하고 천하에 시행하며 사방의 오랑캐에게까지 펼치려 한들 어떻게 올바른 이치를 잃지 않을 수 있겠습니까? 참으로 자신을 닦고서 남을 다스리며 안을 닦고서 바깥을 다스리면서도 반드시 나태한 마음이 없고 일 처리를 어지럽게 하지 않은 뒤에야 융성한 교화가 멀리 사방의 오랑캐에게까지 미칠 것입니다. 익의 깊은 뜻은 이것이 아니겠습니까?

만약 가까운 것을 버리고 먼 것을 도모하고자 군대를 동원하고 무력을 남용하여 오랑캐의 문제를 해결하려 하면 한 무제처럼 결국 천하를 피폐하게 만들 것입니다. 만약 자국의 부강을 믿고 극도로 사치를 부려 오랑캐에게 과시하려 한다면 수 양제(隋煬帝)처럼 끝내 제 몸도 보전하지 못할 것입니다. 만약 기강이 서지 않고 장수는 교만하며 병사는 나약한데 강한 오랑캐를 함부로 도발한다면 오대(五代) 후진(後晉)의 석륵

(石勒)처럼 끝내 제 몸이 죽게 될 것입니다. 이들은 모두 근본을 버리고 말단을 따랐으며, 안을 등한시하고 밖에 힘썼기 때문입니다. 안이 다스려지지 않았는데 어떻게 밖까지 미칠 수 있겠습니까? 걱정 없는 때를 경계하고 게을리하지도 어지럽게 하지도 말아야 한다는 뜻과 거리가 멉니다. 비록 실정을 탐지하고 예의를 조절하여 오랑캐의 마음을 거두고자 한들 제대로 되겠습니까?

광무제(光武帝)가 옥문관(玉門關)을 닫아걸고 서역(西域)에서 보낸 예물을 사절한 이유 역시 안을 우선시하고 바깥을 뒤로 여기는 뜻이었습니다. 그러므로 그 명성이 중국을 넘어 먼 오랑캐 땅까지 미쳐 해와 달처럼 온 천하를 밝게 비추었으며, 서리와 이슬처럼 그 은택이 내린 곳이라면 어디라도 존숭하고 친애하지 않는 곳이 없었습니다. 이것이야말로 하늘과 짝할 만한 지극히 큰 공이요, 제왕이 이룰 수 있는 거룩한 예법입니다.

지금 우리나라는 오랑캐가 오면 다독여서 식량을 넉넉히 주고 후한 예절로 대우합니다. 그런데 저들은 이것을 당연한 일로 여기고 함부로 속이려 들며 곳곳에 머물러 미적대면서 걸핏하면 시일을 끌고 온갖 속임수를 부립니다. 저들의 욕심은 끝이 없으니 조금이라도 저들 마음대로 되지 않으면 곧 화를 냅니다. 그러나 땅이 멀고 바다로 막혀 단서를 파악하거나 실정을 살필 수가 없습니다. 그들을 대할 때는 옛 어진 임금의 전례에 따라 억눌러야 마땅하겠지만, 그 정세에 각기 경중의 차이가 있으니 그에 따라 후대하거나 박대하지 않으면 안 됩니다. 그러나 이따위 사소한 사항은 담당 관리들이 하면 되는 일입니다. 성상께서는 옛사람의 경계를 유념하시고 역대 임금의 과실을 귀감으로 삼아 먼저 자신을 수양하여 조정에 미치고 사방에 미치며 해외까지 미치게 하소서. 그렇게 한다면 끝내 하늘에 버금가는 지극한 공을 이루는 데 아무런 어려움이 없을 것입니다. 사소한 사항이야 따로 무슨 말이 필요하겠습니까?

해설

1443년(세종 25년) 신숙주는 서장관(書狀官)으로 일본에 다녀왔다. 그 경험을 바탕으로 1471년(성종 2년) 왕명에 의해 일본의 지세와 국정(國情), 교빙(交聘)의 연혁, 사신의 접대 등을 기록한 『해동제국기』를 편찬했다. 이 글은 편찬을 마친 뒤 성종에게 그 경과를 보고한 서문이다.

신숙주는 이 글에서 일본과의 교린 외교에 관해 기본적인 방향을 제시했다. 고려 말 이래 잦은 왜구의 출몰은 조정의 가장 큰 걱정거리였다. 이성계가 고려 말 호남의 여러 곳에서 전공을 거두었고, 세종은 태종의 뜻을 받들어 1419년(세종 1년) 대마도를 정벌했다. 이로 인해 왜구의 기세는 약해졌지만 여전히 발호를 멈추지 않았다. 성종은 왜구의 침략에 대비하기 위해 그들의 실정을 기록하게 했고, 신숙주가 이러한 명을 성실히 수행하여 『해동제국기』라는 고전이 탄생한 것이다. 『해동제국기』는 일본의 지리와 풍속 그리고 우리나라와 일본의 외교사를 상세히 정리한 책으로, 이후 일본과의 교류에서 교과서와 같은 역할을 했다. 조선 시대 한일 관계사 연구에도 필수적인 문헌이다.

신숙주는 임금이 일본의 실정을 알고 적극적으로 대처하는 것도 중요하지만 더욱 중요한 것은 내치라고 지적했다. 한 무제와 수 양제가 강성한 국력을 가지고 있었음에도 바깥에 뜻을 두고 전쟁을 일삼다가 패망의 길을 간 역사적 사실을 거론하며 경계했다. 신숙주는 동북의 여진

족 정벌에 직접 참여하고 세조를 도와 『병장설(兵將說)』이라는 병법서를 편찬했을 정도로 국방에 일가견이 있었던 데다 역사에도 박학했으므로 외치보다 내치가, 무치(武治)보다 문치(文治)가 우선이라는 의견을 낼 수 있었던 것이다.

강희안

姜希顔

1418~1465년

본관은 진주(晉州), 자는 경우(景遇), 호는 인재(仁齋)이다. 부친 강석덕(姜碩德)이 세종의 장인이자 영의정을 지낸 심온(沈溫)의 딸과 혼인하여 왕실의 외척이 되었다. 『금양잡록(衿陽雜錄)』의 저자 강희맹(姜希孟)이 그의 아우다. 젊은 시절에는 주로 규장각에서 근무하며 정인지 등과 함께 세종이 제작한 훈민정음에 주석을 다는 작업에 참여했고, 최항, 박팽년, 신숙주 등과 더불어 『운회(韻會)』를 번역했다. 최항 등과 『용비어천가(龍飛御天歌)』의 주석 작업을 했으며, 또 최항·성삼문·이개 등과 『동국정운(東國正韻)』을 완성했다. 시와 글씨, 그림에 모두 뛰어나 삼절(三絶)로 일컬어졌다. 1445년(세조 1년) 주조한 구리 활자 을해자(乙亥字)가 바로 그의 글씨를 바탕으로 한 것이다. 조선 전기의 대표적인 문인 화가로 안견(安堅), 최경(崔涇)과 더불어 삼대가(三大家)로 일컬어진다. 「고사관수도(高士觀水圖)」를 비롯한 몇 점의 회화가 전한다.

문집 『인재집(仁齋集)』은 아우 강희맹이 그가 남긴 시문을 모아 엮은 것으로, 조부 강회백(姜淮伯), 부친 강석덕의 시문과 함께 『진산세고(晉山世稿)』에 들어 있다. 그가 편찬한 원예의 고전 『양화소록(養花小錄)』 역시 『진산세고』에 수록되어 있다. 『양화소록』은 꽃을 기르는 방법에 대한 짧은 기록이라는 뜻으로, 16종의 화훼를 재배하는 방법 및 괴석(怪石)으로 정원을 꾸미는 방법을 설명한 책이다.

꽃을 키우는 이유 養花解

어느 날 저녁, 청천자(菁川子)가 뜰에 구부정하게 엎드려 흙을 북돋고 나무를 심느라 피곤한 줄도 몰랐다. 어떤 손님이 찾아와 말했다.

"자네에게 꽃을 키우는 양생의 기술이 있다는 것은 내가 이미 들어 알고 있네. 그러나 몸을 수고롭게 하고 부지런히 힘을 써서 눈을 기쁘게 하고 마음을 어지럽게 하여 외물의 부림을 받는 까닭은 무엇인가? 마음 가는 것이 뜻이라 했으니, 뜻을 잃어버리지 않겠는가?"

청천자가 말했다.

"아, 정말 자네 말대로라면 육신이 고목처럼 마르고 마음이 쑥대처럼 어지러워져야 끝이 나겠지. 내가 천지를 가득 채운 만물을 보니 끝없이 많지만 지극히 오묘하여 제각기 이치가 있더군. 이치를 끝까지 탐구하지 않으면 지식이 지극한 경지에 도달할 수 없네. 비록 풀 하나 나무 하나처럼 사소한 것이라도 각기 그 이치를 탐구하고 그 근원을 찾아서 지식이 두루 미치고 마음이 두루 통한다면, 내 마음은 절로 다른 사물의 부림을 받지 않고 만물을 초탈할 수 있겠지. 어찌 뜻을 잃어버리겠는가? 게다가 '사물을 관찰하여 자신을 성찰하고 지식이 지극해져야 뜻이 성실해진다.'라고 옛사람이 말하지 않았던가?

지금 저 소나무는 겨울에도 시들지 않는 깨끗한 지조를 지키며 온갖 꽃과 나무 위로 혼자 솟아났으니 이미 더할 것이 없다네. 그 밖에 은일(隱逸)의 국화와 품격 높은 매화, 난초와 서향화(瑞香花) 등 십여 종의 꽃은 제각기 풍미와 운치를 자랑하고 있네. 또한 창포는 추위 속에서도 고고한 절조를 지키며, 괴석은 확고부동한 덕을 가지고 있네. 참으로 군자가 벗으로 삼아 눈으로 보고 마음으로 체득해야 하니, 버리거나 멀리해서는 안 된다네. 저들이 지닌 풍모를 나의 덕으로 삼는다면 유익한 점이 어찌 많지 않겠으며, 뜻이 어찌 호탕해지지 않겠는가?

값비싼 양탄자를 깔아 놓은 고대광실에서 옥구슬과 비취로 장식한 여인을 데리고 풍악을 울리며 노는 자들은 마음과 눈을 즐겁게 하려고 하지. 하지만 이는 그저 타고난 본성을 해치며 교만하고 인색한 마음을 싹 틔울 뿐이라네. 저들이 어찌 뜻을 잃어버리고 자기 몸에 도리어 해가 된다는 사실을 알겠는가?"

손님이 말했다.

"자네 말이 맞네. 나는 자네 말을 따르겠네."

해설

강희안은 꽃을 무척 사랑했다. 출근하는 시간이나 부모님의 안부를 묻는 때를 제외하면 꽃을 키우는 일로 소일했다. "근래에 여러 꽃을 키우는 법을 배워서, 땅과 화분에 각기 심어 좋은 곳 따랐네(年來學得養群芳, 種地栽盆各取長)"라고 읊었으며, 이 경험을 바탕으로 『양화소록』을 편찬했다.

『양화소록』은 노송(老松), 만년송(萬年松), 오반죽(烏斑竹), 국화, 매화, 난혜(蘭蕙), 서향화, 연꽃, 석류꽃, 치자꽃, 사계화(四季花), 동백, 배롱나무,

왜철쭉, 귤나무, 석창포 등 화분에서 키우는 16종의 꽃과 나무 그리고 괴석의 생태와 재배법을 기술한 책이다. 이 글은 『양화소록』의 말미에 실려 있는데 발문의 성격이 강하다.

송의 학자 사양좌(謝良佐)가 역사서를 잘 외우고 박학다식하다고 자부하자, 정명도(程明道)는 "잘 외우고 많이 알기만 하는 것은 장난감을 가지고 놀면서 본심을 잃는 것과 같다.(以記誦博識, 爲玩物喪志.)"라고 주의를 주었다. 여기에서 화훼나 그림, 골동 등에 빠지는 태도를 비판하는 완물상지(玩物喪志), 곧 아끼고 좋아하는 사물에 정신이 팔려 원대한 이상을 상실한다는 말이 나왔다. 박학소인(博學小人)이라는 말도 같은 문맥에서 비롯한 것이다. 사림의 상징적 인물인 조광조(趙光祖)는 "말을 좋아하는 이도 있고 화초를 좋아하는 이도 있으며 거위나 오리를 좋아하는 이도 있는데, 만약 외물에 마음이 쏠린다면 반드시 집착에 빠지게 되어 끝내 도에 들어갈 수가 없다. 이것이 이른바 완물상지라는 것이다."라 하였다.

이 글에서 강희안은 꽃을 기르는 일이 완물상지가 아니라 관물찰리(觀物察理)의 공부라고 주장한다. 사물에 깃든 이치를 살피는 것이 선비의 공부인지라 화초를 가꾸며 그 이치를 살피고 마음을 수양한다는 것이다. 『양화소록』의 「꽃에서 찾아야 할 것(取花卉法)」에서도 "화훼를 재배할 때는 그저 심지(心志)를 확충하고 덕성(德性)을 함양하고자 할 뿐이다. 운치와 절조가 없는 것은 굳이 완상할 필요조차 없다. 울타리나 담장 곁에 되는대로 심어 두고 가까이해서는 안 된다. 이것을 가까이하면 열사와 비루한 사내가 한방에 섞여 있는 것과 같아 풍격이 바로 손상된다." 라고 했다. 운치 있고 절조 있는 꽃을 완상하는 일을 마음을 수양하고 사물의 이치를 깨닫는 방편으로 삼으라는 뜻이다.

서거정 徐居正

1420~1488년

본관은 달성(達成), 자는 강중(剛中), 호는 사가정(四佳亭)·정정정(亭亭亭)이다. 권근의 외손자이며 유방선에게 학문과 문학을 배웠다. 특히 시에 뛰어났으며 오랫동안 대제학을 지내며 중요한 관각문자(館閣文字)를 많이 저술했다. 문학 외에 천문, 지리, 의약 등 다방면에 두루 능했다. 문집 『사가집(四佳集)』 외에 『필원잡기(筆苑雜記)』, 『동인시화(東人詩話)』, 『태평한화골계전(太平閑話滑稽傳)』 등 많은 저술을 남겼다. 『동문선』, 『동국통감』, 『신증동국여지승람(新增東國輿地勝覽)』, 『역대연표(歷代年表)』, 『경국대전(經國大典)』, 『삼국사절요(三國史節要)』 등 국가적 문헌 편찬 사업을 지휘하고 그 서문을 도맡아 썼으며, 국가의 제도에 관해 쓴 글도 널리 알려져 실록에도 인용되어 있다.

고양이를 오해하였네 烏圓子賦

정유년(1477년) 하짓날 저녁, 비바람이 몰아치는 칠흑 같은 밤에 사가자(四佳子)는 가슴이 답답하여 자리에 눕지 못하고 벽에 기댄 채 졸고 있었다. 갑자기 병풍 사이에서 바스락바스락하는 소리가 났다 그쳤다 했다. 나는 침상 곁에 닭장을 두고 병아리를 키우고 있었기에 아이놈을 불러 고양이가 몰래 물어 가지 못하게 지키라고 했다. 하지만 아이놈은 쿨쿨 코를 골면서 깊은 잠에 빠져 버렸다. 나는 늙은 고양이가 사람 자는 틈을 타 병아리를 잡아먹으려 어금니를 갈고 주둥이를 벌름거리나 보다 하고, 급히 지팡이를 휘두르며 벌컥 화를 냈다.

"고양이를 기르는 것은 쥐를 없애라는 뜻이지 가축을 해치라는 뜻이 아니다. 지금 도리어 그렇게 하지 않고 네가 맡은 직분을 팽개쳤으니 한 번 내리쳐 박살을 내리라. 내 어찌 고양이를 아까워하겠는가?"

그런데 잠시 후 두 마리 짐승이 내 정강이를 스치며 번쩍하고 지나갔다. 앞의 놈은 조그맣고 뒤의 놈은 커다란데 고양이가 쥐를 잡는 모습이었다. 아이놈을 불러 촛불을 밝히고 보니 쥐는 벌써 죽고 고양이는 제 집에 앉아 쉬고 있었다. 사가자가 화들짝 놀라 말했다.

"고양이는 쥐를 잡아 직분을 다했는데 내가 어리석게 억측한 나머지 고양이에게 의심을 품어 망측한 짓을 저지를 뻔했구나.

아, 쥐란 놈을 보면 그보다 천한 동물이 없다. 털은 짧아서 쓸데가 없고 고기는 더러워서 먹을 수 없다. 뾰족한 수염과 사나운 눈깔을 보라. 누가 너 같은 바탕을 타고나려 하겠느냐? 측간이나 구덩이에서 사니 누가 네 집을 다투려 하겠느냐? 담장 타고 다니며 도둑질이나 하고, 사당에 숨어 사니 영악하구나. 네 배는 작아서 채우기 쉬운데 어찌하여 끝없는 욕심을 부리며, 네 주둥이는 길지도 않은데 어찌하여 창칼처럼 날카로우냐? 기척을 잘 살펴 낮에는 숨고 밤이면 돌아다니며 내 옷상자를 뚫어 놓고 내 쌀독을 휘저으니 내 옷이 어찌 온전하겠으며 내 쌀이 어찌 넉넉하겠느냐? 누가 네 썩은 고기를 먹으려 으르렁대겠으며, 누가 네 조그만 간을 삶아 먹으려 하겠느냐? 그릇을 깰까 겁이 나서 물건을 던지지 못하는 곳이나 불날까 겁이 나서 연기를 못 피우는 집에 숨어 살면서 멋대로 요리조리 날뛰고 다니지만 하늘이 그 악행을 한꺼번에 징벌하리라.

이 때문에 『시경』에는 큰 쥐를 풍자한 「석서(鼫鼠)」라는 시가 있고, 『춘추(春秋)』에는 생쥐가 희생으로 쓸 쇠뿔을 갉아 먹었다고 비판한 글이 있다. 이런 때에 고양이가 너희를 없애는 공을 세우지 않았다면 못 살겠다고 너희를 놔두고 떠나지 않을 사람이 얼마나 많았겠느냐? 내 일찍이 『예기(禮記)』를 읽었더니 고양이의 신을 부르는 법이 있더구나. 우리 밭농사를 잘되게 도와서 백성과 만물을 이롭게 해 달라는 뜻이었지. 내가 고양이를 기르는 뜻이 대개 이와 같다. 요와 이불을 나와 함께 쓰고, 내 맛난 음식도 나누어 먹이리라.”

그러자 고양이가 자신을 알아준다고 감격하여 분기탱천 용맹을 발휘하고 온갖 재주를 다 부렸다. 사납게 으르렁대고 호시탐탐 노려보다가 번개처럼 뛰고 바람처럼 몰아치니, 쥐들은 땅에 바싹 들러붙어 종이 주인 떠받들듯 벌벌 기었다. 고양이는 산 놈을 낚아채고 달아나는 놈을 후려치며 좌충우돌 호기를 부렸다. 어떤 놈은 눈알을 긁어내기도 하고 어떤 놈은 머리를 잘라 버렸다. 쥐들이 갈가리 찢겨 피가 낭자하고 간과 뇌가 땅을 적셨다. 쥐의 소굴을 싹 소탕하여 종자도 남기지 않았다.

이러한 일을 당하고 보니, 고양이를 높은 제후에 봉하고 날마다 진수성찬을 먹인다 하더라도 그 공과 그 덕을 보답하기에 부족할 터인데 어찌하여 신중하게 생각하지 못하고 잘못하여 이런 의혹을 품었던 것인가? 너 고양이는 강직하여 해를 당할 뻔했고, 나는 의심하여 너를 잘못 죽일 뻔했다. 내가 병아리에게는 인자했지만 너에게는 인자하지 못했구나. 오히려 쥐의 편이 되어 그 원수를 갚아 주려 했으니, 이 어찌 바른 도리라 하겠는가?

아, 천하에는 사리가 무궁무진하고 사람이 대처하는 방도도 오만 가지로 다르다. 의심해선 안 될 것을 의심하고 의심할 것을 의심하지 않는구나. 의심할 것과 의심하지 않을 것의 차이는 털끝만 하지만 나중에는 천 리만큼 커지는 법이다. 이치에 맞게 헤아리지 않고 사심을 가지고 헤아리거나 실상에 근거하지 않고 비슷한 것만 더듬다가는 병아리와 쥐가 있으면 반드시 고양이에게 의심을 품고 말리라.

아이놈을 불러 이 일을 기록하고 스스로 맹서하노라.

해설

1476년 서거정은 기순(祁順), 장근(張瑾) 등 중국 사신을 맞아 40여 일 동안 함께 시를 주고받았다. 이로 인해 명성이 높아지고 벼슬은 우찬성

(右贊成)에 올랐다. 그러나 이듬해 봄, 사신을 접대하는 중에 법을 어겼다는 이유로 심문을 당할 뻔했다. 서거정을 총애한 성종이 관용을 베풀어 관직을 삭탈하는 데 그쳤다. 그해 7월 다시 대제학으로 복귀했지만, 지방관으로 나간 적조차 없었던 서거정은 이 일로 상당한 충격을 받은 듯하다. 이 글은 양주에 있는 별장으로 물러나 있을 때 스스로를 돌아보며 지은 것이다. 이 무렵 『태평한화골계전』도 지었으니 에둘러 하고 싶은 이야기가 있었던 모양이다.

이 글은 운문과 산문의 중간에 해당하는 문체인 부(賦)의 형식을 택한 우언(寓言)이다. 쥐를 잡느라 뛰어다니는 고양이를 두고 병아리를 잡아먹는다고 오해했다가 나중에 사실을 알게 되어 오원자(烏圓子), 곧 고양이에게 미안한 마음을 전한다. 특히 마지막 대목에 서거정이 말하고자 하는 바가 드러나 있다. 세상사가 복잡다단하니 무엇이 옳고 무엇이 그른지 알기 어렵다. 세상을 다스리는 사람은 처음에는 털끝처럼 사소한 차이를 지닌 것처럼 보이는 옳고 그름을 정확하게 구분할 줄 알아야 정치를 바르게 할 수 있다는 뜻을 담았다. 사소한 잘못으로 공격을 받았던 서거정의 경험이 투영되어 있다.

우리 동방의 문장 東文選序

하늘과 땅이 처음 나누어지자 문장이 생겨났다. 해와 달과 별은 위에 총총히 늘어서서 하늘의 문장이 되었고, 산과 강과 바다는 아래에서 솟구치고 흘러서 땅의 문장이 되었다. 성인이 괘(卦)를 긋고 글자를 만들자 사람의 문장이 차츰 나타났으니, 정일중극(精一中極)은 문장의 본체이며 시서예악(詩書禮樂)은 문장의 용도이다.

그러므로 시대마다 각기 다른 문장이 있고 문장마다 각기 다른 문체가 있다. 『서경』의 「요전(堯典)」과 「순전(舜典)」, 「대우모(大禹謨)」와 「고요모(皐陶謨)」를 읽으면 요순시대 문장을 알 수 있고, 「탕고(湯誥)」, 「이훈(伊訓)」, 「태서(泰誓)」, 「열명(說命)」을 읽으면 하(夏), 은(殷), 주(周) 삼대의 문장을 알 수 있다.

진(秦)에서 한(漢)으로, 한에서 위(魏)와 진(晉)으로, 위진에서 수(隋)와 당(唐)으로, 수당에서 송(宋)과 원(元)으로 내려오면서 그 시대를 논하고 그 문장을 살피고자 한다면 양(梁)의 소명 태자(昭明太子) 소통(蕭統)이 선진(先秦)부터 양나라 때까지의 문장을 선발한 『문선(文選)』, 송의 요현(姚鉉)이 당나라의 문장을 모아 엮은 『당문수(唐文粹)』, 송의 여조겸(呂祖謙)이 송나라의 문장을 뽑아 엮은 『송문감(宋文鑑)』, 원의 소천작(蘇天爵)이 원나라의 문장을 모아 엮은 『원문류(元文類)』 등의 책을 통해 문운(文

運)이 높은지 낮은지 대략 논할 수 있다.

근세에 원나라의 오징이 문장을 논하여 "송나라의 문장은 당나라의 문장과 다르고 당나라의 문장은 한나라의 문장과 다르며, 한나라의 문장은 춘추 전국 시대의 문장과 다르고 춘추 전국 시대의 문장은 요순시대나 삼대와 다르다."라고 했는데, 이는 참으로 식견이 있는 주장이다.

우리 동방의 경우 단군이 나라를 세운 시절의 일은 아득하여 알 수가 없다. 기자는 홍범구주(洪範九疇)를 천명하고 팔조법금(八條法禁)을 시행했으니 당시에 필시 훌륭한 문치(文治)를 이루었겠지만 문헌이 남아 있지 않다. 삼국이 솥발처럼 나란히 섰을 때에는 날마다 전쟁을 벌였으니 어찌 시서(詩書)를 일삼을 수 있었겠는가? 그러나 고구려의 을지문덕은 외교 문장에 뛰어나 장군 우중문(于仲文)에게 시를 보내 수나라의 백만 대군을 막았다. 신라 때에는 당나라에 들어가 과거에 합격한 사람이 오십여 명이나 되었는데, 그중 최치원은 황소(黃巢)를 토벌하는 격문(檄文)을 지어 천하에 명성을 떨쳤다. 그 밖에도 문장에 뛰어난 인물이 없지 않았겠지만 지금은 대부분 전하지 않으니 참으로 개탄스럽다.

고려가 삼국을 통일한 이래로 문치가 점차 흥성했다. 광종(光宗)은 과거제를 실시하여 인재를 선발했고 예종(睿宗)은 문사(文士)를 좋아했으며, 뒤이어 인종(仁宗)과 명종(明宗)도 학문을 숭상했기에 뛰어난 선비들이 무수히 배출되었다. 그 결과 북송(北宋), 남송(南宋), 요(遼), 금(金)과 분란이 생길 때마다 문장의 힘을 빌려 나라의 근심을 풀었다. 원나라 때에는 빈공과(賓貢科)에 급제하여 중국의 뛰어난 문사들과 우열을 다툰 사람들이 계속 나타났다.

명나라가 천하를 통일하여 하늘에는 해와 달과 별 삼광(三光)이, 땅에는 태산(泰山), 화산(華山), 형산(衡山), 항산(恒山), 숭산(崇山) 등 오악(五

岳)의 기운이 온전해졌다. 이때 우리 조선에서는 성스러운 여러 임금께서 서로 이어 백여 년 동안 인재를 길렀는데, 그사이에 태어난 인물들이 많고도 뛰어났다. 이들이 지은 문장은 힘 있고 생동하여 옛날에 비해 손색이 없었다.

그러므로 우리 동방의 문장은 한과 당의 문장도 아니고 송과 원의 문장도 아니며 바로 우리나라의 문장이다. 당연히 역대의 문장과 더불어 천지 사이에 나란히 알려져야 할 것이니, 인멸되어 전하지 않아서야 되겠는가? 하지만 김태현(金台鉉)이 편찬한 『동국문감(東國文鑑)』은 소략한 점이 문제이고, 최해(崔瀣)가 지은 『동인지문(東人之文)』은 빠뜨린 것이 많다. 이야말로 문헌에 있어 대단히 개탄할 만한 문제가 아니겠는가?

삼가 생각건대 전하께서는 하늘이 내려 준 훌륭한 학문으로 날마다 경연에 나오시어 경전과 역사서를 즐겨 보시고, "우리나라의 문장과 저술을 육경(六經)에 비할 수는 없겠지만 여기에서도 문운의 성쇠를 볼 수 있다."라고 하시며, 영돈령부사 노사신(盧思愼), 이조 판서 강희맹, 공조 판서 양성지, 이조 참판 이파(李坡) 그리고 나 서거정에게 여러 문인의 작품을 수집하여 한 질의 책으로 만들도록 명하셨다. 신들이 큰 뜻을 받들어 삼국 시대부터 지금까지의 사(辭), 부(賦), 시(詩), 문(文) 등 몇 종의 문체를 수집하고, 그중 글의 이치가 바르며 다스림에 도움이 될 만한 것을 뽑은 다음 문체에 따라 분류하여 백삼십 권으로 정리했다. 책을 완성하여 올리자 성상께서 『동문선(東文選)』이라는 이름을 하사하셨다.

나 서거정은 이렇게 생각한다. 『주역』에 "인문(人文)을 관찰하여 천하를 교화한다."라고 했다. 천지에는 자연의 문장이 있으므로 성인은 천지의 문장을 본받는다. 그리고 시대의 운세는 흥성할 때가 있고 쇠퇴할 때가 있으므로 문장도 높고 낮은 차이가 있는 법이다. 육경이 등장한 이후로는 오직 한, 당, 송, 원, 명의 문장만이 고대의 문장에 가까운데, 이는 천지의 기운이 왕성하고 광대한 소리가 완벽해서 다른 시대처럼 남북으로 분열되는 우환이 없었기 때문이다.

우리 동방의 문장은 삼국 시대에 시작되어 고려 시대에 융성했고 우리 조선에 들어와 극도에 이르렀으니, 문장이 천지 기운의 성쇠와 관계있다는 것을 여기에서 알 수 있다. 더구나 문장이라는 것은 도를 꿰는 그릇이다. 육경의 문장은 꾸미려는 뜻이 없었지만 저절로 도에 합치했다. 반면 후세의 문장은 먼저 꾸미는 데 뜻을 두었기에 간혹 순수한 도에 맞지 않는 경우가 있다. 오늘날 배우는 사람들이 정말로 도에 마음을 두고 문장을 꾸미지 않으며, 경전을 근본으로 삼고 제자백가를 기웃거리지 않으며, 올바른 문장을 숭상하고 화려한 문장을 배척하여 고상하고 올바른 문장을 짓는다면 필시 성현의 경전을 보충하는 글이 될 방도가 있을 것이다. 그렇게 하지 않고 문장을 꾸미는 데 힘쓰고 도를 근본으로 삼지 않으며, 육경의 법도를 벗어나 제자백가의 구덩이에 빠진다면 그 문장은 도를 꿰는 문장도 아닐 것이요, 오늘날 성상께서 간곡히 깨우치려 하는 뜻에도 어긋날 것이다.

그러나 지금 성상께서 위에 계시고 천지의 기운이 융성하니, 이러한 때를 맞이하여 세상에 태어나 문장으로 명성을 떨칠 인물이 필시 잇달아 나타날 것이다. 어찌 인물이 없다고 근심하겠는가? 나 서거정은 비록 재주는 없지만 붓을 들고서 기다리노라.

해설

서거정은 한 시대의 기운에 따라 문명이 성하고 쇠퇴하며 문명의 표상인 문학도 따라서 높아지거나 낮아진다고 보았다. 이러한 견지에서는 시대에 따라 문학도 달라지는 것이 당연하다. 『서경』에 실린 하, 은, 주 삼대의 글이 시대에 따라 전(典), 모(謨), 훈(訓), 고(誥), 서(誓), 명(命) 등으로 문체가 상이한 점을 그 근거로 들었다. 중국의 문장은 시대에 따라 다르고, 우리나라의 문장도 시대에 따라 다를 뿐 아니라 중국의 문장과도 다르다. 그러므로 시대와 국가에 따라 문운을 살피기 위한 문학 선집(選集)을 편찬하는 것은 국가의 중대한 업무다. 성종 역시 이러한 논리에서 『동문선』을 편찬하게 한 것이다. 1478년(성종 9년) 『동문선』이 완성되자 서거정은 「진동문선전(進東文選箋)」을 지어 성종에게 보고하고 별도로 이 글을 지어 『동문선』의 서문으로 삼았다.

이 글은 문학에 대한 당시 사람들의 관념을 잘 보여 준다. 천문, 지문, 인문의 논리는 당시에 유행한 담론이다. 서거정은 이를 바탕으로 정일중극(精一中極), 곧 순수한 마음으로 자연의 법에 어긋나지 않는 것이 인문의 정신이요, 이것이 형체를 갖추어 나타난 것이 문학, 역사, 제도, 예술 등을 포괄하는 시서예악이라 했다. 문학을 도를 꿰는 그릇(貫道之器)으로 규정한 것 역시 당시 유행하던 문학 용어에서 따온 말이다. 앞서 당의 이한(李漢)은 "문은 도를 꿰는 그릇"이라고 했는데, 도를 전달하는 수단으로서의 문학을 강조한 발언이다. 서거정은 이 논리에 따라 육경의 법도를 따르는 순정한 문장을 중시했다. 이는 당대 관각 문인들의 기본적인 관념이기도 하다.

먼 길을 떠나는 벗에게

送李書狀詩序

"선비는 멀리 유람하는 것이 좋은가?"라고 물으면 "만 권의 책을 읽으면 집을 나서지 않아도 천하 고금의 일을 알 수 있으니, 굳이 멀리 유람할 필요가 있겠는가?"라고 할 것이다. "선비는 멀리 유람하지 않는 것이 좋은가?"라고 물으면 "사방에 사신으로 가서 산천을 두루 구경하면 문장과 기상이 높아지니, 어찌 멀리 유람하지 않을 수 있겠는가?"라고 할 것이다. 그렇다면 만 권의 책을 읽어서 본체로 삼고 사방을 유람하여 용도를 넓힌 뒤에야 대장부가 할 수 있는 일을 다 했다고 하겠다.

홍문관 직제학 광산(光山) 이형원(李亨元) 씨는 나의 어릴 적 벗으로 오랫동안 관직 생활을 함께했다. 사람됨이 옛것을 좋아하고 박학하여 경학(經學)과 사학(史學)에 두루 통달한 데다 외교적인 능력도 뛰어났다. 이제 일본에 사신으로 가게 되자 펄쩍 뛸 듯이 기뻐하며 먼 길을 떠나는 데도 어려워하는 기색이 없으므로 내가 정말 기특하게 여겼다. 그의 조카인 사헌부 감찰 이복선(李復善) 씨도 일찌감치 문학으로 조정 관원들에게 칭찬을 받았는데, 지금 천추사(千秋使)의 서장관으로서 중국의 북경으로 가게 되어 오는 사월 초하룻날 이형원 씨와 동시에 출발할 예정이다. 나는 이렇게 말한다.

만 권의 책을 읽고 사방에 사신으로 가서 본체를 밝게 하고 용도에 맞게 쓰이는 인재가 어찌 이처럼 광산(光山)의 한 가문에 모여 있단 말인가! 옛사람을 보니 문을 닫아걸고 독서만 하다가 백발이 된 사람도 있고, 종일 단정하게 앉아 있느라 무릎이 책상을 뚫은 사람도 있으며, 조랑말을 타고 자기 고을만 돌아다닌 사람도 있었다. 그런데 고금의 득실과 천하의 만사를 논하자 직접 발로 밟고 눈으로 본 것과 다름없었다. 어찌 분주히 말을 타고 다니며 고생할 필요가 있겠는가?

그러나 기나긴 회수와 크나큰 황하의 출렁이는 물결을 직접 눈으로 보고, 숭산, 화산, 형산, 태산과 같은 높은 산을 올려다보며, 굴원이 방황했던 원수(沅水)와 상수(湘水)를 찾아가고, 공자와 맹자가 태어난 추(鄒)와 노(魯) 지방을 찾아가 본 사람은 문장을 지으면 가는 곳마다 변화를 거듭할 것이다. 강처럼 드넓고 산처럼 우뚝하며 비분강개함도 있을 것이요, 우아함도 있을 것이다. 그는 천하를 주유했던 사마천(司馬遷)과 마찬가지로 기상이 호탕하고 문장이 웅장하리니, 앞서 거론한 몇 사람처럼 사마천의 울타리를 엿본 정도에 비할 바가 아닐 것이다. 하물며 주나라의 문물을 보았던 오(吳)나라의 계찰(季札)이나 이역 땅으로 사신 갔던 육가(陸賈)와 소철(蘇轍) 같은 사람과 비교한다면 저 몇 사람이 어찌 만에 하나라도 비슷하겠는가.

당당한 명나라는 문물이 가장 성대한 나라이다. 이복선 씨는 요수(遼水)와 황하를 건너 의려산(醫閭山)과 갈석산(碣石山)을 지나 유주(幽州)와 계주(薊州)를 거쳐 곧바로 북경으로 갈 것이다. 그러면 웅장하고 화려한 궁실과 성곽, 제대로 갖추어진 문물제도, 모여드는 사람들과 배, 수레를 보게 될 것이다. 그의 식견은 더욱 높아지고 터득한 바는 더욱 깊어질 것이니, 그것을 드러내어 문장을 지으면 사마천에 못지않을 것이다. 그리고 숙부 이형원 씨는 바람을 타고 우레를 채찍질하며 동해 바다를 술잔처럼 작게 보면서 호탕한 기상을 기르고 기이한 문장을 지을 것이니, 두 사람을 비교하면 우열을 따질 수 없을 것이다. 대장부가 할 일은 여기에서 끝나지 않겠는가?

이형원 씨가 돌아오면 내 마땅히 닭 한 마리와 술 한 말을 준비하여 동대문 밖에서 기다릴 터이니 복선 씨도 필시 올 것이다. 나는 두 분을 위하여 술잔을 들어 권하고 멀리 유람하는 일에 대한 이야기를 다시 마치겠노라.

기해년(1479년, 성종 10년)에 쓰다.

해설

문학의 원천을 독서와 여행에서 찾는 것은 예나 지금이나 다르지 않다. 책을 열심히 읽으면 될 뿐 굳이 여행할 필요는 없다고 주장한 사람들도 있었다. "문을 닫고 책을 읽으니 백발이 돋았네(閉戶讀書生白髮)"라고 노래한 송 시인 진여의(陳與義), 55년 동안 나무 책상 앞에 앉은 결과 무릎 닿는 곳마다 구멍이 뚫렸다는 후한(後漢)의 학자 관녕(管寧), 선비는 배불리 먹고 따뜻하게 입고 조랑말을 타며 고을의 작은 관리가 되어 선조의 무덤을 지키는 정도면 충분하다고 한 마원의 사촌 마소유(馬少遊)가 그 예다. 반면 서거정은 원유(遠遊) 혹은 장유(壯遊)라고도 하는 먼 곳으로의 여행이 뛰어난 문학을 낳는 데 중요한 요소라고 봤다. 사마천이 스무 살 때 남쪽으로 강회(江淮), 회계(會稽), 우혈(禹穴), 구의(九疑), 원상(沅湘)을 유력하고 북쪽으로는 문사(汶泗)를 건너 제노(齊魯)의 땅에 가서 공부하고 양초(梁楚)를 지나 돌아온 뒤로 문장이 크게 진보했다는 고사를 근거로 한 견해다.

1479년 이형원은 일본에 통신사로 파견되고 그의 조카 이복선은 북경으로 사행을 떠났다. 서거정은 이들 숙질을 위해 각기 전송하는 글을 지어 주었는데, 모두 사마천의 원유를 인용하며 이복선에게는 문명의 중심지 북경에서의 체험을 통해 높은 문학적 성취를 이룰 것을 당부했다. 서거정은 이형원과 이복선이 돌아오면 이들이 여행에서 지은 작품을 통해 자신의 주장을 입증하겠노라 하며 글을 마쳤다. 불행히 이형원은 돌아오는 길에 거제도에서 세상을 뜨고 말았다.

직분을 지킨다는 것 守職

모든 동물에게는 각기 직분이 있다. 소의 직분은 밭을 가는 것이고 말의 직분은 사람을 태우는 것이다. 닭은 새벽을 알리는 일이 직분이며 개는 밤에 도둑을 지키는 일이 직분이다. 자기 직분을 다하는 것을 수직(守職)이라 하고, 자기 직분도 다하지 못하면서 남의 직분을 대신하는 것을 월직(越職)이라 한다. 직분을 넘어서면 이치를 거스르고, 이치를 거스르면 화를 입는다. 동물로 비유하자면 이렇다. 닭이 새벽에 울지 않고 밤에 울면 사람들이 모두 놀라고 괴이하게 여겨 찢어 죽이고 말 것이니, 직분을 넘어섰다가 화를 입은 것 아니겠는가.

내가 사대부 집안을 보니 사내종은 농사를 직분으로 삼고 계집종은 길쌈을 직분으로 삼는다. 사내종이 농사를 짓고 계집종이 길쌈을 하면 집안일이 잘될 것이다. 만약 사내종이 길쌈을 하고 계집종이 농사를 짓는다면 사람들이 모두 놀라고 괴이하게 여길 것이다. 찢겨 죽는 화를 당하지 않을 줄 어찌 알겠는가.

나라를 다스리는 일도 마찬가지다. 재상과 판서는 재상과 판서의 직분을 맡고, 승지와 대간은 승지와 대간의 직분을 맡으며, 마부와 하인은 마부와 하인의 직분을 맡고, 아전과 서리는 아전과 서리의 직분을 맡아 각기 직분을 다하면 업무가 잘되어 나라가 잘 다스려질 것이다. 만약 마부와 하인이 재상과 판서의 직분을 맡고, 아전과 서리가 승지와 대간의 직분을 맡는다면 재상과 판서, 승지와 대간이 자기 직분을 다하지 못해 자리를 떠나고자 할 것이다. 이는 직분을 넘어서고 이치를 거스르는 것이니 이보다 불길한 일은 없다. 장자는 "푸줏간을 맡은 사람이 푸줏간의 일을 잘하지 못해도 시동(尸童)이나 축관(祝官)이 제삿상을 넘어가서 푸줏간의 일을 대신 하지는 않는다."라고 했는데, 참으로 옳은 말이다.

최근에 병졸 한 사람이 미천한 신분으로 요행히 성은을 입고 공신이 되어 일품의 관직에 올랐다. 직분이 대간이 아닌데도 대간의 직분을 맡아 상소하여 사람 탄핵하기를 좋아했다. 한번은 상소하여 어떤 대신의 죄를 따지며 입이 닳도록 헐뜯었다. 그 대신을 한나라의 권신 곽광(霍光)과 양기(梁冀)에 비유하며 서너 번씩 상소하고도 전혀 지겨운 줄 몰랐다. 또 상소하여 삼정승과 육판서를 두루 헐뜯는 바람에 조정에 온전한 사람이 없었다. 이렇게 조정을 능멸하고 관원을 매질하는 것을 자기는 좋은 계책이라고 여겼다. 또 상소하여 어떤 승지의 죄를 따지며 형편없는 소인배라고 극언했다. 그를 당나라와 송나라 때의 간신배 이임보(李林甫), 노기(盧杞), 가사도(賈似道), 한탁주(韓侂胄)와 같다고 하면서 궐문에 엎드린 채 임금의 뜻을 거스르며 고집스럽게 간쟁하는데 대간보다도 심했다. 나는 이 일을 듣고 웃으며 말했다.

"아무개 병졸은 어질다면 어질고 재주 있다면 재주 있고 글을 잘 짓는다면 글을 잘 짓는다고 하겠다. 그러나 직분을 넘어서서 일을 따지는 것을 좋아하니, 나는 아무래도 그가 닭이 밤에 울다가 찢겨 죽는 것처럼 화를 입을까 걱정이다."

얼마 못 가 조정 사대부들이 붕당을 만들어 국정을 어지럽혔다는 이유로 벌을 받을 때 그 사람 역시 붕당을 만들어 권세가에게 아부하고 남의 죄를 날조하며 상소를 올려 모함했다는 죄목으로 공신의 자격을 박탈당하고 먼 지방으로 유배되었다. 사람들은 모두 직분을 넘어섰기에 화를 입은 것이라고 했다. 그러므로 군자는 직분을 지키는 것을 중요하게 여기는 법이다.

해설

1499년(연산군 5년) 1월 22일, 서거정은 유자광(柳子光)을 비판할 목적으로 이 글을 지어 연산군에게 올렸다. 유자광은 서자로 태어나 무뢰배로 살다가 건춘문(建春門)을 지키는 병졸이 되었다. 그러다가 1467년(세조 13년) 이시애(李施愛)의 난이 일어났을 때 공을 세워 벼슬길에 올랐다. 이후 세조의 총애를 받아 출세 가도를 달렸다. 여러 번 공신에 책봉되어 권세를 휘둘렀는데, 한때 실각하기도 했으나 무오사화(戊午士禍)를 일으켜 반대파를 숙청하고 종1품까지 올랐다.

유자광은 이 과정에서 모함을 일삼았다. 1476년(성종 7년)에는 당시 국구(國舅)였던 한명회(韓明澮)를 탄핵하며 외척으로서 권력을 농단했던 한나라의 곽광과 양기에 견주었다. 같은 해 또 의정부와 육조의 관원이 직무를 제대로 수행하지 않는다고 비난했다. 이듬해에는 도승지 현석규(玄碩圭)를 간신배라고 공격하는 상소를 올렸다. 그러다가 공신의 자격을 빼앗겼지만, 3년 후 재기하고 1498년 무오사화를 일으켜 많은 관원들을 죽이거나 유배 보냈다. 권력을 장악하는 데는 성공했으나 그 과정에서 많은 적을 만들었다. 이때부터 홍문관 등에서 유자광을 탄핵했고, 대간으로 있던 서거정 역시 이 글을 지어 그를 압박했다. 유자광의 기세는 차츰 꺾이기 시작했으나 그는 여전히 도총관(都摠管)으로 군권을 장악하고 있었다. 이 글의 말미에서 아무개 병졸이 끝내 유배되었다는 이야기는 사실이 아니라 소망이다. 유자광은 1501년 상소하여 서거정의 글을 조목조목 비판하며 무고라고 주장했다.

유자광이 몰락한 것은 중종반정 이후이다. 유자광은 반정에 적극 가담하여 정국공신(靖國功臣)으로 무령 부원군(武靈府院君)에 봉해졌다. 그러나 그것이 끝이었다. 대간이 일제히 탄핵한 끝에 결국 그는 훈적에서 삭제되고 흥양(興陽)에 유배되었다. 그 뒤 몇 군데를 전전하며 귀양살이 하다가 세상을 떠났다. 서거정의 예언은 이렇게 실현되었다.

서거정이 유자광을 비판한 근거는 수직(守職)과 월직(越職)이다. 직분에 충실하면 가정도 나라도 잘 다스려지지만, 직책을 넘어서 월권을 행사하면 결국 화를 입는다는 것이다. 이 글은 『성종실록』, 『속동문선』, 『해동잡록(海東雜錄)』 등 여러 문헌에 실려 후세에 널리 읽혔다.

이승소

李承召

1422~1484년

본관은 양성(陽城), 자는 윤보(胤保), 호는 삼탄(三灘)이다. 17세에 진사시에 최연소로 합격하고 26세 때 문과에 급제했는데, 관시(館試), 복시(覆試), 전시(殿試)의 세 차례 시험에서 모두 장원을 차지했다. 세종에게 발탁되어 집현전에서 8년간 근무했다. 문장 실력을 인정받아 예문관 제학을 지내며 국가의 주요 문서를 작성했다. 시에도 뛰어나 중국 학사 예겸(倪謙)의 인정을 받았다. 경연(經筵)과 시강원(侍講院)의 관직에 오랫동안 있으면서 국왕 및 세자와 학문을 강론했다.

서거정과 함께 문장가로서 명성이 높았으며 예악, 음양, 율력, 의약, 지리 등 여러 방면에 조예가 깊었다. 『명황계감(明皇誡鑑)』의 언해, 『국조오례의(國朝五禮儀)』, 『세조실록(世祖實錄)』의 편찬에 참여했고, 문집으로 『삼탄집(三灘集)』이 있다.

산 중의 왕 금강산

送法冏上人遊金剛山詩序

하늘과 땅 사이에 있는 나라는 흩어진 좁쌀처럼 많다. 그중에서도 우리나라는 해 뜨는 동쪽 구석에 있고, 천축국(天竺國, 인도)은 해 지는 서쪽 끝에 있다. 우리나라에서 천축국까지 몇천 리 몇만 리가 되는지 알 수 없으니 배와 수레를 타거나 걸어서는 갈 수 없을 뿐 아니라 견문조차 미치지 못하는 곳이다. 그럼에도 우리나라 금강산의 이름이 천축국의 불경에 실려 있으니, 부처들이 지혜의 눈으로 끝없이 넓은 대천세계(大千世界)를 꿰뚫어 보고는, 이 산이야말로 온 세상의 빼어난 정기가 모인 곳으로 인간이 사는 염부계(閻浮界)에서 가장 복된 땅이라는 것을 알았기 때문이다. 그렇기에 부처가 입으로 말했을 뿐 아니라 불경에 기록하여 후세에 알린 것이다.

예로부터 지금까지 천하 사람들 가운데 금강산의 이름을 듣고서 흠모하고 갈망하여 한번 보고자 했으나 그러지 못하고 죽은 사람이 늘 부지기수다. 요행히 우리나라에 태어난 사람이라면 지팡이를 짚고 가서 산 중의 왕을 실컷 구경하지 않을 수 있겠는가. 또 이 산을 금강(金剛)에 비유한 말을 떠올리고 청정한 신심을 일으켜 현세에서 좋은 인연을 맺고 내세를 위한 선근(善根)을 심지 않을 수 있겠는가. 그런데 금강산에서부터 수십 리 백 리밖에 안 되는 가까운 곳에서 태어나, 아침에 출발하면 저녁에 도착할 수 있어 양식을 가져가거나 발이 부르트는 고생을 하지 않아도 되지만 한 번도 가지 않은 나 같은 사람은 도대체 무슨 마음인가.

하루는 승려 법경(法冏)이 시를 소매에 넣고 남산리(南山里) 집으로 나를 찾아와 말했다.

"저는 예전에 금강산에 가서 마치 세워 놓은 홀(笏)에 눈이 쌓인 것처럼 치솟은 수천 개의 봉우리, 맑고 기이한 풀과 나무, 샘과 바위, 깨끗하고 시원한 바람과 달, 안개와 노을을 보았지요. 내 눈에 보이고 내 귀에 들리는 모든 것이 맑고 깨끗한 모습이며 조화롭고 우아한 소리였기에 속세의 번뇌를 씻고 깊이 성찰하기에 충분했지요. 이 산이 천하에 명성을 떨치고 불경에 기록된 것도 당연합니다. 이번에 다시 가면 전에 다 보지 못했던 곳을 다 보고서 하룻밤 사이에 깨달음을 이룰 것입니다. 그대는 글 한 편을 지어 내 뜻을 드러내 주기 바랍니다. 저는 그 글을 소개장 삼아 산속의 고승들을 만나려 합니다."

아아, 나는 속세의 인연에 얽매이는 바람에 늘 목을 길게 빼고 동쪽을 바라보며 금강산을 한번 구경하고자 했지만 하지 못했다. 그러니 법경이 그곳으로 가는데 어찌 한마디 하지 않을 수 있겠는가.

내가 듣기로 불교에서는 금강을 진여(眞如)의 불성(佛性)에 비유한다. 이 불성은 아무리 오랜 옛날에도 시작을 볼 수가 없고, 아무리 먼 미래에도 끝을 알 수가 없다. 산천과 대지조차 때로 무너지고 없어질지라도 이 불성은 언제나 존재하며, 겁화(劫火)도 태워 없애지 못한다. 그러므로 산 중의 왕이라고 하는 금강산은 내 마음속에 있는 것이지 산에 있는 것이 아니다. 나의 마음이 밝아지고 나의 불성을 깨닫는다면 세상 만물의 껍데기가 벗겨지고 참모습이 드러난 것이 높고 큰 산과 다름없으며, 팔만 사천 법문(法門)이 산의 수많은 봉우리와 골짜기나 마찬가지이니,

굳이 멀리 산에 가서 찾지 않아도 스승이 있을 것이다.

이와 반대로 시끄러운 것이 싫어 고요한 곳을 찾아서 속세를 떠나 홀로 수행한다면 미혹에 빠질 것이니, "산을 보고 도를 잊는다."라는 당나라 영가 대사(永嘉大師)의 꾸지람을 면치 못할 것이다. 법경 상인(上人)이 산에 가서 고승들에게 이렇게 묻는다면 한바탕 웃는 사람이 있을 것이다.

해설

고려 말에서 조선 초기 무렵의 문인들은 불교에 해박하고 승려와 교분이 깊었다. 이 글은 금강산으로 가는 법경이라는 승려에게 지어 준 글인데, 법경은 서거정, 이승소, 이식(李湜) 등과 널리 친분을 맺고 있었다.

『화엄경』에 따르면 동해 바닷가에 금강산이 있는데 1만 2000의 담무갈보살(曇無竭菩薩)이 머물던 곳이라고 한다. 금강산 봉우리가 1만 2000개라는 말은 여기에서 유래했다. 금강산은 인간 세상의 정토(淨土)로 여겨졌으며, 산 중의 왕이라는 뜻의 산왕(山王)으로 불리기도 했다. 금강산은 관광지가 아니라 구도(求道)의 공간이었던 것이다. 법경이 금강산으로 간 이유도 구도를 위해서였다.

법경의 뜻을 잘 알고 있던 이승소는 당나라 승려 영가 현각(永嘉玄覺)이 남긴 「낭선사에게 답하는 글(答朗禪師書)」을 인용했다. "산을 잊으면 불성이 정신을 편안하게 하고, 도를 잊으면 산의 모습이 눈을 어지럽게 한다. 그러므로 도를 보고 산을 잊는 자는 인간 세상도 고요하고, 산을 보고 도를 잊는 자는 산속도 시끄럽다." 굳이 금강산에 가서 불법을 찾을 것이 아니라 마음속에 있는 금강의 불법을 찾아야 한다는 뜻이다.

강희맹 姜希孟

1424~1483년

본관은 진주(晉州), 자는 경순(景醇), 호는 사숙재(私淑齋)·운송거사(雲松居士)·국오(菊塢)·만송강(萬松岡)·무위자(無爲子)이다. 조부 강회백(姜淮伯), 부친 강석덕(姜碩德), 형 강희안 모두 명성이 높은 인물들이다. 모친은 영의정 심온의 딸로, 모친의 언니는 세종에게 시집가서 소헌 왕후(昭憲王后)가 되었으니 세종은 강희맹에게 이모부가 된다.

문장과 글씨, 그림에 두루 능했고 학문에도 뛰어나 『세조실록』, 『예종실록』, 『경국대전』, 『동문선』, 『동국여지승람』, 『국조오례의』 등 국가의 주요 전적 편찬에 두루 참여했다. 문집으로 『사숙재집(私淑齋集)』이 전한다. 우리나라 문집은 저자 사후에 간행되는 것이 일반적인데, 강희맹은 생전에 문집을 간행했다. 서거정의 문집과 함께 희귀한 사례에 속한다. 또 강희맹은 1476년 조부와 부친, 형의 시문을 손수 엮어 『진산세고(晉山世稿)』를 간행했다. 이 밖에 농사 경험을 바탕으로 엮은 농서 『금양잡록(衿陽雜錄)』, 시골의 우스갯소리를 모은 『촌담해이(村談解頤)』 등의 저술이 있다.

나무 타는 이야기 升木說

갑과 을 두 젊은이가 산에서 나무를 했다. 을은 성품이 영리하여 원숭이처럼 잽싸게 나무를 타고 다니며 좋은 나무를 많이 구했다. 갑은 성품이 나약하고 나무를 잘 타지 못해 시든 풀을 주워 모아 겨우 밥이나 지을 정도였다. 을이 갑에게 자랑했다.

"너는 땔감 찾는 법을 모르는구나. 좋은 땔감은 평지에 없지. 나도 처음에는 온종일 찾아보았지만 한 짐도 채우기 전에 힘이 빠지고 소득은 적었단다. 그래서 돌아와 나무 타는 법을 배웠지.

처음 나무를 탈 때는 다리가 후들거리고 겁이 나서 내려다보면 떨어질 것 같았지만, 얼마 지나자 점차 쉬워지더니 한 달이 지나서는 높은 곳을 낮은 곳처럼 다니게 되더군. 이 방법으로 땔감을 찾은 뒤로는 남들이 가지 않는 데까지 가 보았어. 땅에서 높은 곳일수록 많은 땔감을 얻었지. 나는 이 일을 계기로 늘 하는 대로 하는 사람은 남들의 몇 배나 되는 소득을 거두지 못한다는 것을 알게 되었어."

갑이 빙그레 웃으며 말했다.

"나는 평지에 있고 너는 나무 꼭대기에 있으니 서로의 거리가 몇 길은 넘겠지. 그러나 내가 보기에 나와 거리가 멀다고 해서 꼭 높다고는 할 수 없고, 네가 보기에 너와 거리가 멀다고 해서 꼭 낮다고는 할 수 없는 법. 낮아 보이는 곳이 낮지 않을 수도 있고 높아 보이는 곳이 높지 않을 수도 있네. 높은 것과 높지 않은 것, 낮은 것과 낮지 않은 것은 나와 네가 정하는 것이 아니야. 많은 이익을 얻으면 화를 깊이 심게 되고, 빨리 성공을 거두면 금방 거꾸로 되기 마련이지. 아서라, 나는 절대 너를 따라 하지 않으리라."

하지만 을은 무슨 말인지 몰랐다. 한 달쯤 지나 을이 벼랑 위에 있는 높은 소나무에 올라가서 나무를 하다가 실수로 땅에 떨어져 기절했다. 그의 아버지가 들것에 싣고 돌아와 입에 오줌을 부었더니 한참 만에 깨어났다. 몇 달이 지나서야 비로소 마실 것을 목으로 넘길 수 있었지만 두 다리가 부러지고 두 눈을 잃어 마치 걸어 다니는 시체와 같았다. 을은 자기 아버지를 갑에게 보내 낮고 높은 것의 이치를 설명해 달라고 부탁했다. 갑은 이렇게 말했다.

"위와 아래라는 것은 정해진 위치가 없고, 낮고 높다는 것도 정해진 명칭이 없지요. 아래가 있으면 반드시 위가 있는 법, 낮은 것이 없으면 높은 것이 어찌 있겠나요? 아래를 바탕으로 위가 만들어지고, 높은 곳을 오르자면 낮은 곳부터 시작해야 할 터, 그렇다면 높은 것은 낮은 것이 쌓여 만들어지며 아래는 점차 위가 되는 과정이라 할 수 있지요. 항상 높은 데에 있으면 높은 것이 낮아지기 쉽고, 위에 있는 것을 즐기면 위가 아래로 바뀔 수도 있지요. 높이 있던 자가 높은 자리를 잃어버리면 낮은 곳에서 편안히 지내려 한들 될 리가 없고, 위에 있는 자가 윗자리를 잃어버리면 아래에 머물고자 한들 될 리가 없지요. 이로 보자면 낮은 것이 높은 것보다 낫고, 아래가 위보다 낫지 않은가요?

을은 나무를 하면서 위를 편안하게 여기고 아래를 싫어했으며, 높은 곳만 탐내고 낮은 곳은 싫증 냈지요. 그래서 얼마 지나지 않아 결국 몸을 망치지 않았던가요. 사람이 좋은 땔감을 얻으려는 마음은 인지상정이지요. 좋은 땔감이 나무 꼭대기에 많이 있는 이유는 높고 위험하여 접근하지 못하기 때문인데도 그 이익을 탐내어 위험을 잊어버렸지요. 일 푼이 높아지면 일 푼이 위험해지고, 땅에서 멀리 떨어질수록 몸은 낮은 곳으로 떨어지기 쉬운데 이걸 가지고 남에게 자랑했으니, 이 또한 어리석지 않나요.

내가 을과 함께 산에서 나무한 지가 오래되었는데 하루 장만한 나무가 항상 을의 절반도 되지 않았지요. 그래도 내가 한스럽게 여기지 않은 이유는 나에게 오랫동안 지속할 방법이 있었기 때문이니, 무엇이겠나요? 을은 지극히 위험한 곳에서 땔감을 얻으려다 젊은 나이에 폐인이 되었으니 아무리 훗날까지 힘을 쓰고 싶어도 어렵습니다. 나는 어리석지만 계속 나무를 할 수 있으니 늙어 죽어서야 그만두겠지요. 그렇다면 누가 낫고 누가 못하며, 누가 높고 누가 낮은가요?"

을의 아버지가 돌아가서 이 이야기를 을에게 들려주고는 서로 붙들고 한바탕 통곡했다. 그제야 예전에 갑이 했던 말이 일리가 있다는 것을 깨달았다. 금양(衿陽)의 늙은이 중에 이 일을 말하는 사람이 있기에 무위자(無爲子)가 기록하여 자제들을 경계한다.

해설

설(說)은 작가가 직설적으로 자신의 주장을 펴기도 하고 은근히 뜻을 전하는 우언(寓言) 형식을 취하기도 한다. 특히 우언을 곁들인 설은 세태와 풍속을 우회적으로 풍자하여 흥미를 유발하면서도 문학성이 높은 경우가 많다. 강희맹은 이러한 우언 형식의 설에 능숙했다.

이 글은 영리하여 금방 성취를 이루기보다 노둔해도 꾸준히 노력하여 성취를 이루는 것이 바람직하다는 처세의 방도를 전하는 우언이다. 높은 나무에 올라 좋은 땔감을 많이 얻은 사람은 젊은 나이에 출세하여 높은 벼슬에 오른 사람을 비유한다. 땅에서 멀어질수록 높지만, 높을수록 땅에 떨어질 위험이 커지는 것이 당연한 이치다.

강희맹은 금양에 농사를 짓고 살던 시절 자신의 호를 무위자라 했다. 노장(老莊)에서 말하는 무위자연(無爲自然)의 정신을 배워 자연의 법칙을 따르며 살겠다는 뜻이었다. 이 글 역시 그러한 삶의 자세를 말한 것이다. 『해동잡록』에 일부가 인용되어 있을 정도로 명편으로 회자되었다.

산에 오른 세 아들　登山說

노(魯)나라 백성에게 아들 삼 형제가 있었다. 갑은 착실하지만 다리를 절고, 을은 호기심이 많은데 멀쩡하며, 병은 경솔하지만 남보다 잽싸고 용감했다. 그래서 힘을 써야 하는 일은 병이 항상 으뜸이고 을이 다음이었다. 갑은 부지런히 일을 해서 겨우 제 몫을 채우느라 게으름을 피우지 못했다.

하루는 을이 병과 함께 태산의 일관봉(日觀峰)에 오르기로 내기를 했다. 두 사람이 다투어 신발을 장만하니 갑도 행장을 꾸렸다. 을과 병이 보고 웃으며 말했다.

"태산의 봉우리는 구름 밖까지 솟아서 온 천하를 내려다보니 다리가 튼튼하지 않은 사람은 오를 수가 없소. 어찌 절름발이가 넘볼 수 있겠소."

갑이 웃으며 말했다.

"그저 자네들을 따라 꼴찌로라도 간다면 천만다행이겠네."

세 사람이 태산 아래 당도하자 을과 병이 갑에게 주의를 주었다.

"우리들은 눈 깜짝할 사이에 깎아지른 골짜기를 날아가듯 뛰어오르니, 형이 먼저 올라가는 것이 좋겠소."

갑은 그렇게 하자고 했다. 병은 산 아래에 있고 을은 산 중턱까지 갔는데 해가 벌써 져서 어두워졌다. 갑은 쉬지 않고 천천히 가서 곧장 산

마루에 도착했다. 밤에는 산장에서 자고 새벽에는 바다에서 일출을 구경했다. 세 사람이 집에 돌아오자 아버지가 각기 무엇을 했는지 물었다. 병이 말했다.

"제가 산기슭에 당도하니 해가 아직 중천에 걸려 있었습니다. 원숭이처럼 날쌘 재주를 믿고서 주위에 있는 계곡과 굽이굽이 오솔길을 두루 가 보았고, 고운 꽃과 기이한 풀도 남김없이 꺾었습니다. 그렇게 돌아다니고 있는데 갑자기 날이 저물어 바위 아래에서 자게 되었습니다. 구슬픈 바람이 귀를 시끄럽게 하고 시냇물 소리가 요란한데 여우와 삵, 멧돼지가 주위를 둘러싸고 울부짖어 섬뜩하고 꺼림칙한 생각이 들었어요. 마음껏 힘을 써 보고 싶었지만 호랑이와 표범이 무서워서 그만두었습니다."

을이 말했다.

"저는 소라 껍데기처럼 봉긋 솟은 봉우리들과 칼날을 세워 놓은 것처럼 푸른 벼랑을 보고는 높은 곳까지 날아가듯 달려가서 비스듬한 봉우리, 비뚤비뚤한 고개를 남김없이 구경했습니다. 하지만 봉우리가 점점 많아지고 갈수록 험준해져 차츰 다리에 힘이 빠지고 피로해졌습니다. 겨우 산 중턱에 당도하니 해가 이미 졌기에 저 역시 바위 아래에서 잠시 쉬었는데, 구름과 안개가 자욱하여 지척도 분간되지 않고 옷과 신발이 차갑게 젖었습니다. 산마루로 가고 싶었지만 아직 멀고, 산 아래로 내려가고 싶었지만 역시 멀어서 그냥 그곳에 주저앉는 바람에 정상까지 가지 못했어요."

갑이 말했다.

"저는 다리 하나가 불편하다는 점을 생각하고 걸음이 더디다는 점을 염려하여 곧장 한 가닥 길을 찾아 멈추지 않고 비틀비틀 올라가면서 그저 시간이 넉넉하지 않을까 걱정했습니다. 옆으로 가 보거나 먼 곳을 바라볼 겨를이 어디 있겠습니까. 마음과 힘을 다하여 한 걸음 한 걸음 쉬지 않고 조금씩 오르고 또 올랐습니다. 따라온 하인이 벌써 정상에 도착했다고 하기에 하늘을 올려다보았더니 태양이 손에 닿을 듯했습니다. 아래로 무성한 숲을 바라보니 끝을 알 수 없을 정도로 울창했습니다. 산들은 무덤처럼 솟고 골짜기들은 주름처럼 겹쳐 있는데 해가 져서 바다에 잠기자 온 세상이 캄캄해졌습니다. 옆을 보니 별들이 반짝여 손금을 볼 수 있을 정도였으니 참으로 즐거웠답니다. 누워서 편히 잠들 새도 없이 닭이 한 번 울더니 동방이 밝아졌습니다. 질붉은 빛이 바다를 뒤덮고 금빛 물결이 하늘로 솟구치는데, 붉은 봉황과 금빛 뱀이 그 사이에서 요동치는 것 같았지요. 이윽고 붉은 바퀴 같은 빛이 일렁이며 오르락내리락하더니, 눈 깜짝할 사이도 되지 않아 태양이 허공에 떠올랐습니다. 참으로 신기하기 그지없었습니다."

아버지가 말했다.

"참으로 그런 일이 있었구나. 용맹한 자로(子路)와 재주 있는 염구(冉求)도 끝내 공자의 경지에 도달하지 못했지만, 증자는 노둔했기 때문에 결국 그 경지에 올랐다. 너희는 기억해라."

아, 덕과 학문을 닦고 공업과 명성을 이루려면 낮은 곳에서 높은 곳으로 오르고 아래에서 위로 올라가야 하는 법이니, 그렇지 않은 일이 없다. 힘만 믿고 스스로 한계를 긋지도 말고, 게으름을 피우다가 자포자기하지도 말며, 다리를 저는 사람이 힘썼던 것처럼 해야 한다. 흘려듣지 마라.

해설

1468년 강희맹은 19세의 아들 강귀손(姜龜孫)을 위해 다섯 편의 글을 지었는데 이를 「훈자오설(訓子五說)」이라 한다. 「도둑의 아들(盜子說)」, 「뱀을 잡아먹는 사람(啗蛇說)」, 「산에 오른 세 아들(登山說)」, 「세 마리 꿩(三雉說)」, 「오줌통 이야기(溺桶說)」가 실려 있다. 서문에서 강희맹은 다소 저속한 이야기를 통해 아들의 약점을 바로잡고자 이 글을 지었다고 밝혔다. 직접 타이르지 않고 이렇게 둘러말한 것은 부자지간이기 때문이라 했다. 『맹자』에서 "부자지간에는 잘하라고 요구하지 않는 법이니, 잘하라고 요구하면 사이가 멀어진다."라고 했듯이 부모가 자식을 직접 훈계하면 사이가 멀어질 위험이 있다. 감정이 상하기 쉽기 때문이다. 자식 교육은 예나 지금이나 어렵다. 이 때문에 강희맹은 우언의 글쓰기를 택했다.

「도둑의 아들」에서는 학문을 도둑질에 비유하는 파격을 택해, 책으로 익히는 학문은 한계가 있으며 경험과 사색을 통해 스스로 터득하는 것이 있어야 학문의 효용이 넓어진다는 교훈을 전했다. 그리고 이 이야기에서는 꾸준한 노력의 중요성을 강조했다. 『이솝 우화』에 나오는 토끼와 거북이 이야기처럼 재주와 능력이 부족해도 꾸준히 노력하는 사람이 먼저 목표를 이룰 수 있다는 우언이다. 태산의 가장 높은 봉우리 일관봉은 글자 그대로 일출의 장관을 볼 수 있는 곳이다. 삼 형제가 먼저 일관봉에 올라 일출을 구경하기로 내기를 걸었는데 예상과 달리 다리를 저는 큰형이 이겼다. 한눈팔지 않고 꾸준히 산을 올랐기 때문이다.

학문도 마찬가지다. 공자의 제자 중에 자로는 용맹스럽고 염구는 재주가 뛰어나기로 으뜸이었지만, 공자의 학문을 계승한 사람은 노둔하다는 평가를 받은 증자였다. 그래서 정자(程子)는 "증자는 결국 노둔함 때문에

도를 터득하였다."라고 했다. 노둔하지만 우직하게 한 걸음씩 나아간 결과 성취할 수 있었던 것이다. 송나라 여조겸(呂祖謙)은 학문의 방법을 두고 "낮은 데로부터 높은 곳에 오르고 가까운 데로부터 먼 곳에 이른다."라고 했다. 강희맹의 선배 학자 권근 역시 「근봉명(近峯銘)」이라는 글에 이렇게 썼다. "먼 데를 가려면 가까운 데부터 하고, 높은 데 오르려면 낮은 데부터 하라. 만 리를 간다 해도 한 걸음부터 시작하니, 부디 물러서지 말고 여기에 이르도록 하라." 강희맹은 한 편의 우언을 통해 이러한 이치를 쉽게 깨우쳐 주고자 했다.

세 마리 꿩 三雉說

꿩이란 놈의 본성은 음란한 것을 좋아하고 싸움을 잘한다. 장끼 한 마리가 까투리 여러 마리를 거느리고는 산등성이에서 먹이를 쪼고 물을 마시는데, 봄이 지나 여름이 올 무렵이면 우거진 관목 숲에서 까투리가 꾸억꾸억 운다. 장끼가 일단 그 소리를 들으면 반드시 날개를 치고 날아가는데 사람이 가까이 있어도 의심하지 않는다. 다른 장끼가 까투리를 거느리고 있다고 화가 나서 그러는 것이다. 사냥꾼은 그때를 노려 나뭇잎으로 몸을 감추고 있다가 장끼를 잡아서는 미끼로 삼아 산기슭으로 들어간다. 대롱을 잘라 피리를 만들어 까투리 울음소리를 내면서 미끼를 흔들어 까투리를 희롱하는 모습처럼 보여 주면 장끼들이 화를 내며 갑자기 앞에 나타난다. 그러면 사냥꾼은 모조리 그물로 덮쳐서 하루에 수십 마리를 잡는다. 내가 사냥꾼에게 물었다.

"꿩은 모두 욕심이 똑같은가? 아니면 그중에도 차이가 있는가?"

사냥꾼이 말했다.

"천차만별이기는 하지만 크게 세 부류가 있지요. 야트막한 산기슭에 수천 마리 꿩이 떼 지어 있으면 제가 날마다 가서 그놈들을 잡는데, 어떤 놈은 한 번 가서 한 번에 그물을 던져 잡기도 하고, 어떤 놈은 두 번 가서 두 번 덮쳐서 잡기도 합니다. 어떤 놈은 한 번에 잡지 못하면 끝내 잡을 수 없고요."

"어째서 그런가?"

"제가 나뭇잎을 덮어 몸을 숨긴 채 나무에 기대 피리를 불고 미끼를 움직이면, 꿩이 곧 대가리를 기울여 소리를 듣고 모가지를 빼고 바라보다가 땅에 붙어서 나지막하게 날아오지요. 물건을 던지듯 다가와서는 땅에 박힌 것처럼 가만히 있어요. 제게 가까이 오면서도 눈조차 깜박이지 않는데, 그런 놈은 한 번 그물을 던져서 잡을 수 있습니다. 이런 꿩은 가장 멍청해서 화를 입을 줄도 모르는 놈이지요.

한 번 피리를 불고 한 번 미끼를 움직이면 모르는 척하다가 두 번 피리를 불고 두 번 미끼를 움직이면 마음이 차츰 움직여 춤을 추며 빙글빙글 돌다가 땅에서 한 길쯤 떨어져 날아오는 놈도 있습니다. 겁을 먹은 것처럼 다가와서는 무슨 생각이라도 하는 것처럼 가만히 있지요. 하지만 욕심에 눈이 멀어 제게 가까이 옵니다. 그러면 제가 한 번 그물로 덮치지만 꿩이 미리 조심했기 때문에 바로 벗어나 날아가지요. 저는 그게 분해서 이튿날 그 꿩이 나태해지기를 기다린 다음 몸을 숨길 나뭇잎을 더욱 많이 붙이고 산기슭으로 갑니다. 피리를 불고 미끼를 움직일 때는 조금도 빈틈없이 진짜처럼 합니다. 그렇게 해야 겨우 잡을 수 있지요. 이런 꿩은 제법 영리해서 화를 입을지 아는 놈들이지요.

그중에 이런 놈도 있지요. 사람 발걸음 소리만 들어도 푸드덕 높은 하늘로 날아올라서는 숲속으로 들어가 돌아보지도 않는데, 이런 놈이 가장 잡기 어렵습니다. 저는 그게 분해서 마음속으로 '이놈을 못 잡으면 내가 사냥을 그만두겠다.'라고 맹세하고 날마다 산에 가서 백방으로 엿보지만 그놈은 여전히 사람을 조심하지요. 제가 몸을 감추고 숨을 죽인 채 고목처럼 가만히 서서 온갖 방법을 다 써야 꿩이 겨우 가까이 다가옵니다. 그러나 그놈은 소심한 데다 경계심이 많아 잠깐 가까이 왔다가 곧장 멀리 가 버리는데요. 마치 머리 위에 덫이라도 있는 것처럼 몸을 움츠린답니다. 제가 기회를 노려 번개처럼 그물을 던져도 꿩은 그림자만 보고 달아나 버리니 민첩하기가 귀신같습니다. 그 뒤로는 피리나 미끼로 유혹할 수도 없고 그물을 던져 잡을 수도 없습니다. 암수의 정을 버리기라도 한 것처럼 아무 욕심이 없으니 제가 어찌 틈을 노려 재주를 부릴 수 있겠습니까? 이런 꿩은 가장 똑똑해서 해를 멀리하는 놈이지요."

내가 이 세 가지 부류의 꿩을 보니 욕심 많은 세상 사람을 경계하기에 충분하다. 잘 노는 친구들과 어울리며 마음껏 여색을 탐하면서도 남의 말에 신경 쓰지 않는 사람은 엄한 아버지도 가르칠 수 없고 선량한 친구도 꾸짖을 수 없다. 뻔뻔스럽게 잘못을 저지르고도 거리낌이 없어 스스로 법망에 걸려들어도 죽을 때까지 깨닫지 못한다. 이런 자들은 한 번 그물을 던져 잡을 수 있는 꿩과 같은 부류이다.

처음에는 욕심 때문에 현혹되지만 화를 당할 우려가 있다는 것을 알고는 감히 멋대로 하지 않으며, 한 번 곤경에 빠지면 가슴을 치며 후회하는 사람이 있다. 그러나 마음으로는 여전히 잊지 못하여 잘 노는 친구들이 잡아끌며 유혹하고 아름다운 여인이 원망하며 부르면 언제 그랬느냐는 듯 부끄러움을 잊고 예전에 하던 짓을 반복하여 결국 화를 입는다. 이런 자들은 두 번 그물을 던져 잡을 수 있는 꿩과 같은 부류이다.

타고난 성품이 바르고 굳으며 깨끗이 수양하는 것을 중요하게 여겨서 여색을 멀리하고 가까이하지 않으며 음란하고 방탕한 짓을 부끄러워하여 하지 않으려는 사람이 있다. 잘 노는 친구들과 함께 있어도 동요하지 않으면 저 친구들은 갖가지 계책으로 자기들과 똑같이 만들고야 말 것이다. 조금이라도 소홀하면 자기도 모르게 빠져들어 거의 어지러운 지경까지 가야 후회할 것이다. 그러니 잘 노는 친구와는 절교하고 유익한 친구와 어울리고, 과거의 잘못을 떠올리며 부끄러워하고, 날마다 새로워지기를 다짐하며 조심한다면 마침내 훌륭한 선비가 되어 한 시대에 명성을 떨칠 것이다. 이런 자는 한 번 잡히지 않으면 평생 잡히지 않는 꿩과 같은 부류이다.

내가 가만 생각해 보니, 덫을 잘 만들고 기발한 방법을 써서 장끼들을 그물로 잡는 것은 잘 노는 벗이 착한 사람을 꼬여 음란하고 사악한 지경으로 몰아넣는 것과 똑같다. 아, 피리와 미끼의 유혹에 빠지지 않는 꿩이 드물고, 달콤하게 아첨하는 말을 따르지 않는 사람이 드물다. 아, 부모의 마음이라면 자식이 한 번 그물을 던져 잡히는 꿩과 같은 부류가 되기를 바라겠느냐, 아니면 죽을 때까지 잡히지 않는 꿩과 같은 부류가 되기를 바라겠느냐. 너는 그 차이를 자세히 살펴야 한다. 이 말을 흘려듣지 마라.

해설

조선 후기 실학자 서유구(徐有榘)가 쓴 『임원경제지(林園經濟志)』에 이런 말이 있다. "우리나라의 꿩 잡는 사람은 늦은 봄이 되어 풀이 무성해지면 총이나 활을 가지고 숲에 숨어서 뼈나 뿔로 만든 피리로 까투리 소리를 낸다. 장끼가 그 소리를 들으면 가까이 오는데 이때 쏘면 백발백중이다." 이를 보면 꿩의 습성을 이용해 사냥하는 방법이 조선 후기까지 이용되었다는 것을 알 수 있다.

총을 쏘든 활을 당기든 그물을 던지든, 꿩을 잡는 사냥꾼은 모두 꿩의 욕심을 이용해 유혹한다. 어리석은 꿩은 물론이고 아무리 영리한 꿩이라도 사냥꾼의 유혹에 흔들리지 않을 수 없는 것처럼, 잘 노는 벗들과 어울리면 아무리 심지가 굳은 사람이라도 유혹에 넘어가기 쉽다. 강희맹은 아들에게 애초에 잘 노는 벗을 가까이하지 말고, 아무리 속이고 꾀어도 잡히지 않는 지혜로운 꿩과 같은 사람이 되라고 당부한다.

오줌통 이야기 溺桶說

큰 저잣거리 으슥한 곳에 관아에서 오줌통을 두어 저자 사람들의 급한 용무를 해결하게 했다. 하지만 사대부가 몰래 거기에 오줌을 누면 불결한 짓이라 하여 벌을 받았다. 저자 근방의 사대부 집에 못난 아들이 있었는데 몰래 그곳에 가서 오줌을 누었다. 아버지가 이를 알고서 호되게 금했지만 아들은 그래도 듣지 않고 날마다 오줌을 누었다. 관리하는 사람은 몽둥이질을 하고 싶었으나 아버지의 위세가 두려워 감히 어쩌지 못했다. 저자 사람들도 모두 비난했지만 아들은 오히려 제 뜻대로 되었다며 기뻐했다. 행동을 조심하여 그곳에 오줌을 누지 않는 사람이 있으면 아들은 도리어 나무라고 비웃으며 말했다.

"겁쟁이로구나. 저 사람은 왜 저렇게 겁을 낼까? 나는 날마다 오줌을 누어도 아무 탈이 없으니 무엇을 무서워하랴?"

아버지는 아들의 방자한 짓을 듣고 불러다 꾸짖었다.

"저잣거리는 수많은 이들이 모여들고 여러 사람이 보는 곳이다. 너는 사대부로서 공공연히 대낮에 그곳에다 오줌을 누고 있으니 부끄럽지도 않느냐? 미움을 받을 뿐 아니라 화를 입을 수도 있는데 무슨 이득이 있다고 감히 이런 짓을 저지르느냐?"

아들이 말했다.

"저도 처음에는 사대부가 그곳에 오줌을 누는 것을 보면 얼굴에 침을 뱉고 욕을 하지 않은 적이 없었습니다. 그런데 하루는 오줌이 하도 급해서 일단 오줌통에 누었는데 매우 편했습니다. 그 뒤로는 그곳에 오줌을 누지 않으면 마음이 편하지 않았습니다. 처음에는 제가 그곳에 오줌을 누면 사람들이 떠들썩하게 비웃었는데, 중간에는 비웃는 사람이 점차 드물어져 저를 막지 않았습니다. 지금은 여러 사람이 옆에서 함께 보더라도 비난하는 사람이 없습니다. 그렇다면 제가 오줌을 누더라도 체면 상할 일은 없을 것입니다."

"아, 너는 이미 남들에게 버림받았구나. 처음에 사람들이 함께 비웃은 이유는 모두들 너를 사대부라고 여겨 이를 계기로 행실을 고칠 것이라 기대했기 때문이다. 중간에 비웃는 사람이 점차 드물어진 이유는 그래도 여전히 너를 사대부로 여겼기 때문이다. 지금 옆에서 보더라도 나무라는 사람이 없는 이유는 너를 사람 축에 끼워 주지 않기 때문이다. 저 개와 돼지를 봐라. 길바닥에 오줌 눈다고 사람들이 대놓고 비웃더냐? 사람이 잘못을 하는데도 대놓고 비웃지 않는 것도 이와 마찬가지다. 몹시 슬픈 일이 아니겠느냐."

"옆에 있는 사람은 잘못이라고 하지 않는데 아버지께서는 잘못이라고 하시는군요. 소원한 사람은 공정하고 친밀한 사람은 편애하기 마련입니다. 공정한 사람은 잘못이라고 하지 않는데 편애하는 사람이 도리어 잘못이라고 하는 이유는 무엇입니까?"

"공정하기 때문에 네 잘못을 보고서 너를 포기하여 사람 축에 끼워 주지 않고 끝내 나무라지 않는 것이니 그 일이 몹시 참담하다. 편애하기 때문에 네 잘못을 보고서 가슴 아파 하고 골치 썩이며 만에 하나라도 고치기를 바라는 것이니 그 마음이 몹시 슬프다. 네가 한번 보려무나.

세상에 부모가 없는 사람은 훈계할 사람도 없다. 내가 죽은 뒤에는 내 말을 이해할 것이다."

아들은 밖으로 나가서 다른 사람들에게 이렇게 말했다.

"늙은 영감이 아무것도 모르고 이렇게 나를 막는구나."

얼마 지나지 않아 아버지는 세상을 떠났다. 이윽고 아들이 예전에 오줌 누던 곳에 가서 오줌을 누는데 갑자기 머리 뒤에서 바람이 일더니 거센 몽둥이가 이마를 때렸다. 자기도 모르게 거꾸러져 정신을 잃었다가 다시 깨어나 몽둥이로 때린 사람을 꾸짖었다.

"어떤 죽일 놈이 감히 이렇게 당돌한 짓을 하느냐? 내가 여기에서 오줌을 눈 지가 십 년이 다 되었는데도 온 저자 사람 가운데 감히 뭐라고 하는 자가 없었다. 어떤 죽일 놈이 감히 이렇게 당돌한 짓을 하느냐?"

몽둥이로 때린 사람이 말했다.

"온 저자 사람들이 화를 삭이고 있다가 이제야 분풀이를 한 것이다. 네가 아직도 주둥이를 놀리느냐?"

그러고는 결박해서 저자 한복판에 놓더니 다투어 기왓장과 자갈을 던졌다. 그 집에서 들것에 실어 돌아갔는데 한 달이 넘도록 일어나지 못했다. 그제야 아버지의 훈계를 떠올리고 눈물을 흘리며 자책했다.

"아버님 말씀이 참으로 옳았구나. 장난과 웃음 속에 예리한 칼날이 숨어 있고, 거센 노여움 속에 자상한 보살핌이 숨어 있는 법이다. 이제 아무리 지당한 말씀을 듣고자 한들 다시 그럴 수 있겠는가."

아들은 오열을 견디지 못하고 널 앞에 이마를 조아리며 이전의 행실을 고치기로 맹세했다. 아들은 결국 착한 선비가 되었다고 한다.

해설

강희맹의 「훈자오설」은 자식 교육을 위해 당대 사회의 지저분한 모습도 거리낌 없이 묘사했다. 조선 중기 이후라면 상상하기 어려운 교육법이다. 당시 시장에는 평민들이 급한 볼일을 해결할 수 있도록 오줌통이 놓여 있었던 모양이다. 점잖은 사대부 집안의 아들이 어쩌다 그곳에 오줌을 누었는데 버릇이 되어 부끄러운 줄도 잊어버렸다. 비난하던 사람들이 차츰 입을 다물자 아들은 자기 행동에 아무런 문제가 없다고 착각하게 되었다. 아버지는 남들이 비난하지 않는 이유는 사람 취급을 하지 않기 때문이라고 타일렀지만 아들은 잘못을 깨닫지 못했다. 결국 아버지가 세상을 떠난 뒤 혼쭐이 나고서야 정신을 차렸다는 이야기다.

「훈자오설」의 마지막 글이기에 이처럼 저속해 보이는 이야기까지 하면서 아버지의 가르침을 깊이 새겨듣길 다시 한 번 당부했다. 강희맹은 「훈자오설」의 말미에서 이렇게 말했다.

"아비가 자식을 가르치는 것은 농사꾼이 곡식을 키우는 것과 같다. 곡식을 잘못 키우면 끝내 굶주리는 우환을 당하게 되고, 자식을 잘못 가르치면 마침내 위태로운 화를 만들게 된다. 거름 주고 김매는 일과 훈계하고 격려하는 일을 어찌 잠시라도 소홀히 할 수 있겠는가?"

「훈자오설」은 이렇듯 간곡한 아버지의 마음이 담겨 있다. 여기에서 소개하지 못한 「뱀을 잡아먹는 사람(啗蛇說)」은 뱀을 잡아먹다가 목숨을 잃은 사람의 이야기이다. 어떤 사람이 남들이 뱀을 잡아먹는 것을 보고 처음에는 비웃다가 차츰 동참하게 되었다. 그러다가 결국 많은 사람들이 뱀독 때문에 목숨을 잃고 말았다. 남들이 나쁜 짓을 하는 것을 보면 처음에는 누구나 잘못이라고 여기지만, 자꾸 보면 자기도 모르게 똑같은 잘못을 저지르게 된다. 청렴결백한 사람도 탐욕에 물든 사람들과 어울리다 보면 탐욕에서 벗어나지 못하고, 도덕군자도 아름다운 여인을 밝히는 사람들 곁에 있다 보면 여색의 노예가 된다. 강희맹은 아들이 주위 사람들 때문에 자기도 모르게 잘못된 행동을 저지를까 염려하여 당부한 것이다.

부모를 뵈러 가는 벗에게

弘文館博士
曹太虛榮親序

부모에게 자식이 생겨서 포대기에 있으면 이마를 어루만지며 이렇게 말한다.

"네가 자라서 우리의 바람을 이루어 다오."

자식이 자라서 스승에게 보낼 때면 등을 어루만지며 이렇게 말한다.

"네가 학업을 성취하여 우리 집안을 계승하고 우리에게 효도하여라."

그러고는 밤이나 낮이나 마음속으로 이렇게 빌면서 천지신명에게 기도한다. 남들이 한 번이라도 자식을 칭찬하면 기뻐서 먹고 자는 것조차 잊어버리고, 남들이 한 번이라도 자식을 비난하면 걱정이 되어 가슴이 철렁한다. 이것은 외적인 요소가 애타게 만드는 것이 아니라 천성에서 우러난 참된 마음 때문이니, 그 사이에는 터럭만 한 거짓도 없다.

부모 자식의 관계는 이런 것이다. 어려서 젖을 먹고 있을 때는 철옹성 안에 들어가 있는 것처럼 어떠한 위험도 두려워하지 않는다. 천둥과 벼락이 머리 위를 지나가도 겁내지 않고 홍수와 화재가 앞에 닥쳐도 걱정하지 않는다. 심지어 잠을 자는 동안 꿈에서 온갖 괴물이 마구 쫓아와도 부모의 품속에 들어가면 저절로 멈춘다. 자식이 부모에게 이렇게 의지하니 잠시라도 부모의 슬하에서 멀리 떠나고 싶겠는가.

그럼에도 부모는 자식이 성취하기를 바라므로 애정을 끊고 바깥에 있는 스승에게 맡기며, 자식은 입신양명하여 부모를 영예롭게 하기를 바라므로 스승을 찾아 먼 곳으로 떠난다. 제(齊)와 노(魯) 땅으로 가고, 다시 초(楚)와 월(越) 땅까지 가는 것도 마다하지 않는다. 부모가 자식에게, 자식이 부모에게 서로 기대하고 바라는 데는 거짓이 끼어들 틈이 없다.

그러나 타고난 운명에 따라 성취가 빠르기도 하고 느리기도 하며, 곤궁과 영달에는 순서가 있는 법이다. 자식이 성취를 이루었는데 부모는 살아 계시지 않을 수도 있고, 부모는 건강하지만 자식이 가난하여 예를 갖추지 못할 수도 있다. 그러므로 자식이 원하는 바를 이루고 부모가 바라는 바를 누리는 경우는 천 명 백 명 중 한둘에 불과하다. 부모가 모두 살아 계실 때 부모를 영예롭게 하고 봉양하는 예를 다할 수 있다면 참으로 하늘을 우러러 부끄러움이 없고 제 마음에도 몹시 만족스러울 것이다.

나의 벗 조태허(曹太虛) 씨는 갑오년(1474년) 과거에 합격해 승문원에 들어갔다. 그리고 경학(經學)으로 인정을 받아 홍문관에 선발되어 임금을 가까이 모시며 융숭한 성은을 입었다. 사람들은 모두 재상감이라고 기대했다. 기해년(1479년) 봄, 예법에 따라 고향인 경상도 금산군(金山郡)으로 내려가서 영친연(榮親宴)을 열겠다고 청했다. 공의 부모님은 여전히 건강하니 그 영예가 지극하다고 하겠다. 그가 출발을 앞두고 나를 찾아와 작별하며 전송하는 글을 지어 달라기에 나는 이렇게 말한다.

태허 씨는 통쾌하겠구나. 태허 씨가 대궐을 나와서 남쪽 고을을 향하노라면 발걸음이 여유롭겠지. 고향의 산이 바라보이면 뽕나무 가래나무 울창할레라. 마을에 들어서면 친지들은 모여서 구경하고 하인들은 반갑게 맞이하겠지. 대문을 밀고 들어가 뜰에서 절을 올린 뒤 고개를 들고 바라보면 마루 위에 계신 부모님께서 환하게 웃으실 테고, 물러 나와 아우와 누이를 만나 인사를 나누겠지. 이어서 술상을 차려 즐겁게 담소하면 온 집안에 화기가 가득하겠지. 조금 있다가 고을 원님이 예법에 따라 잔치를 베풀면 그릇이 식탁에 가득하고 산해진미가 번갈아 나오며 노래를 부르고 음악을 연주하여 몹시 즐거운 가운데 고운 옷 입은 기생들이 너울너울 춤을 출 터. 이때 위를 올려다보면 늙으신 부모님은 기쁜 빛이 얼굴에 가득하리라. 이러한 때에는 자신의 숙원을 이루고 부모님의 바람에 만분의 일이나마 부응하겠지. 태허 씨는 통쾌하겠구나.

나 희맹은 일찍부터 집안에서 가르침을 받았다. 비록 큰 성취를 이루지는 못했지만 나이 열여덟에 진사시에 합격하고 스물넷에는 분에 넘치게도 문과에 장원 급제 하였다. 당시 부모님은 모두 예순을 넘지 않았다. 나는 국법에 따라 영친연을 열고자 했으나 선친 대민공(戴愍公)께서 화려한 것을 좋아하지 않는 성품이라 두 번 세 번 거절하셨다. 내가 그치지 않고 굳게 청했더니, 대민공께서 말씀하셨다.

"영예가 있으면 반드시 치욕이 생기는 법, 영예와 치욕이 오면 화란이 생긴다. 내가 어찌 내 성품을 거스르면서까지 네가 베푸는 영친연을 받겠느냐."

그러고는 굳게 거절하며 받지 않으셨다. 나는 마음속으로 '내가 한 번 잔치를 여는 기쁨은 다하지 못했으나 부모님께서 장수를 누리신다면 어찌 영예롭게 봉양할 길이 없겠는가.' 하며 스스로 위안으로 삼았다.

그러다가 서른다섯 살에 당상관이 되자 부모님께서 무척 기뻐하셨다. 나도 부모님을 영예롭게 해 드렸으니 경사라고 여겼다. 그러나 불행히도 이해 겨울 어머니께서 돌아가시고 이듬해 가을 아버지마저 세상을 떠나 선산 한 모퉁이에 솟은 두 봉분만 남았다. 영예롭게 봉양하려던 이전의 생각은 쓸쓸히 땅에 떨어져 어쩔 도리가 없었다.

이십여 년 뒤, 분에 넘치는 성은을 입어 판서의 반열을 출입하게 되었다. 녹봉이 부모님을 봉양하기에 충분하지만 봉양할 수가 없고, 성은이 부모님을 영예롭게 하기에 충분하지만 영예롭게 해 드릴 수가 없었다. 이때 오 년이 차서 관례에 따라 성묘를 위한 휴가를 받게 되었는데, 묘소에 가서 보니 소나무와 오동나무가 자라서 눈앞을 막고 있었다. 묘소로 들어가는 신도(神道) 아래에서 절을 올리는데, 묵은 풀은 봉분을 뒤덮었고 사시나무는 바람에 울부짖었다. 상석 앞에서 술을 따르노라니 슬픈 눈물만 줄줄 흐를 뿐 부모님의 목소리와 얼굴은 다시 접할 수 없었다. 붙잡기 어려운 부모님을 떠올리고 놓치기 쉬운 시절을 헛되이 보낸 일을 생각하니 어찌 부끄럽고 후회스러운 마음에 평생 슬픔을 안고 살아가지 않을 수 있겠는가.

지금 내가 높은 벼슬과 많은 녹봉을 가지고 태허 씨가 누리는 반나절의 즐거움과 바꾸고 싶더라도 바꿀 수 있겠는가. 태허 씨가 나와 달리 끝까지 부모님을 영예롭게 봉양할 수 있을지는 예측할 수 없지만, 앞길이 아직 창창한데도 시종일관 예의를 다했으니, 머지않아 높은 벼슬에 오르고 그에 걸맞게 온갖 음식을 준비하여 부모님을 봉양할 것이다. 어찌 나처럼 이제 어쩔 수가 없어 다시는 가망이 없는 사람과 같겠는가.

옛날 송나라 구래공(寇萊公)이 어릴 적 매를 날리고 개를 풀어 사냥을 했다. 그의 어머니는 성격이 엄격하여 저울추를 집어 던졌는데, 구래공의 발에 맞아 피가 흘렀다. 이를 계기로 구래공은 마음을 다잡고 학업에 힘썼으나 그가 고귀한 신분이 되었을 때 모친은 이미 돌아가신 뒤였다. 구래공은 그 흉터를 만질 때마다 통곡하곤 했다. 처음 추밀직학사(樞密直學士)가 되었을 때 상으로 하사받은 돈과 비단이 몹시 많았다. 그러자 유모가 울면서 말했다.

"대부인께서 돌아가셨을 때 수의를 지으려고 비단 한 폭을 구했지만 구할 수가 없었는데, 오늘날 이렇게 부귀해질 줄 어찌 알았겠습니까?"

그러자 구래공은 통곡하고 돈과 비단을 모두 나누어 주었으며, 평생 재물을 모으지 않았다.

아, 예로부터 지금까지 누군들 부귀해져 자기 부모를 봉양하고 싶지 않겠는가. 그러나 어쩌다 부귀가 찾아오면 괴롭게도 부모님은 계시지 않는다. 내가 태허 씨에게 쓸데없이 긴 말을 하는 이유는 구래공의 슬픔을 거울삼고 나의 통한을 경계 삼아 부모님이 살아 계시는 시간을 아깝게 여기며 정성을 다해 훗날 유감이 없도록 하려는 것이다.

이해 오월 상순, 삼가 서문을 쓴다.

해설

조선 시대 필독서인 『효경』의 첫머리에 이런 말이 있다.

"신체발부(身體髮膚)는 부모님께 받은 것이니 감히 손상하지 않는 것이 효의 시작이요, 입신양명(立身揚名)을 이루어 부모의 이름을 드러내 영광스럽게 해 드리는 것이 효의 끝이다."

입신양명은 자신을 위하는 동시에 부모에게 가장 효도하는 길이다. 부모의 이름을 세상에 드러내어 영광스럽게 하는 것을 영친(榮親)이라 한다. 고려 시대나 조선 시대에 문과에 급제한 사람은 영친연이라는 잔치를 열어 부모에게 영광을 돌렸다.

강희맹의 후학 조위(曺偉)는 경상도 금릉의 이름난 선비이다. 사림파의 영수 김종직(金宗直)이 그의 자형이자 스승이다. 조위는 1474년 21세로 문과에 급제하여 승문원과 홍문관 등에서 벼슬을 지냈다. 그는 5년에 한 번씩 받는 휴가를 이용해 1479년 드디어 금릉으로 내려가 영친연을 열게 되었다. 당시 강희맹은 조위를 전송하며 이 글을 지어 영친의 의미를 되새기게 했다.

강희맹은 영친연에 회한이 있었다. 그는 1447년 24세의 나이에 문과에 급제하여 영친연을 열고자 했다. 하지만 부친 강석덕이 경사가 있으면 반드시 재앙이 따르는 법이라며 거절했다. 그로부터 11년이 지난 1458년, 강희맹은 예조 참의에 올라 드디어 당상관이 되었다. 보란 듯이 영친연을 벌이고자 했으나 그의 부모가 연달아 세상을 떠나는 바람에 결국 뜻을 이루지 못했다.

"나무는 가만히 있고자 하나 바람이 그치지 않고, 자식은 봉양하고 싶어도 어버이가 기다려 주지 않는다.(樹欲靜而風不止, 子欲養而親不待.)"라는 옛말이 있듯이, 강희맹처럼 부모님을 영예롭게 봉양할 기회를 놓친 사람은 한둘이 아니었다. 송나라의 구래공 구준(寇準, 961~1023년) 역시 마찬가지였다. 구준은 어머니의 엄격한 가르침 덕택에 높은 관직에 올랐지만 이미 그의 어머니는 세상을 떠난 뒤였다. 강희맹은 자신의 경험과 구준의 일화를 들어 젊은 조위에게 때를 놓치지 말고 부모를 영예롭게 봉양하는 효도를 다하도록 당부했다.

김종직 金宗直

1431~1492년

본관은 선산(善山), 자는 계온(季昷), 호는 점필재(佔畢齋)이다. 고려 말의 학자 길재(吉再)의 학통을 이은 김숙자(金叔滋)의 아들로, 외가가 있는 밀양에서 태어났다. 1459년(세조 5년) 문과에 급제하고 사가독서를 했다. 조선 도학(道學)의 정맥을 계승한 인물로 평가받는다. 문학에도 뛰어나 서거정과 나란히 명성을 떨쳤지만 그의 견제로 대제학에 오르지 못했다. 김일손(金馹孫), 김굉필(金宏弼) 등의 스승으로 사림의 영수로 추앙받았고 남곤(南袞)을 비롯하여 문학에 능한 제자도 많이 길러 냈다. 항우(項羽)에게 살해당한 초(楚)나라 의제(義帝)를 애도하는 내용의 「조의제문(弔義帝文)」을 지었는데, 그가 죽은 뒤 이 글이 세조의 왕위 찬탈을 비난하는 의도로 지은 것이라 하여 문제가 되었다. 결국 이를 계기로 무오사화가 일어나고, 김종직은 부관참시(剖棺斬屍)의 형벌을 받았다.

신라에서 조선 초기까지의 시를 선발하여 『청구풍아(靑丘風雅)』를 편찬했다. 문집으로 『점필재집(佔畢齋集)』이 전한다. 지리산 여행기 「유두류록(遊頭流錄)」은 지리산 여행기의 전범이 되었으며, 신라 역사를 악부시로 노래한 「동도악부(東都樂府)」는 우리나라의 역사와 문화를 노래하는 해동악부(海東樂府)의 시초로서 문학사에서 중요하게 다루어지는 작품이다.

당신의 인생은 끝나지 않았다

答南秋江書

추강 형. 내가 호남에서 한양으로 돌아온 지 반년이 다 되어 가는데 우리 추강이 안부를 묻는 편지를 한 통도 보내오지 않아 이상하게 여겼소. 아마도 추강이 지난해 호남과 영남을 두루 유람하며 진한(辰韓)과 변한(弁韓)의 유적지를 남김없이 찾아다녔으니, 지금쯤은 필시 철령(鐵嶺) 이북이나 대동강 서쪽에서 두만강을 거슬러 올라가 물길(勿吉)과 읍루(挹婁)의 옛터를 바라보고는, 압록강에 배를 대고 국내성(國內城)과 환도성(丸都城)을 탐방하느라 잠시 지체하여 돌아오지 못하고 있는 것이라 여겼소. 그렇지 않다면 어째서 이 지경이 되도록 아무런 소식이 없겠소.

오늘 새벽에 문 두드리는 소리가 나더니 홀연 편지 한 통을 받았소. 깨끗한 종이에 단아한 글씨로 쓰인 것이 고관에게 올리는 편지 같았소. 뜯어보니 다름 아닌 우리 추강의 편지였소. 아, 추강이 어찌 나를 박대했을 리 있겠소? 내가 갈수록 노쇠하여 예의를 차리지 않은 지 오래인지라 군자의 정성스러운 예의를 감당하지 못한 때문이 어찌 아니겠소?

그런데 추강이 스스로 지은 만사(輓詞) 네 편이 편지 끝에 실려 있기에 두 번 세 번 읽고서야 우리 추강이 멀리 유람을 떠난 것이 아니라 병에 걸렸다는 것을 알게 되었소. 한스러운 것은 가을과 겨울 이후로 나 역시 병에 걸려 열흘이면 아흐레를 누워 있었기에 추강을 찾아가 이야기를 나눌 수 없었다는 점이오. 또 그 만사를 감상해 보니 도연명(陶淵明)과 진소유(秦少游)가 남긴 작품을 계승할 만했소. 그러나 이를 통해 우리 추강의 수명이 끝나지 않았음을 충분히 알 수 있었소.

저 두 사람의 만사는 모두 임종을 앞두고 지은 것인데, 도연명의 것은 활달하기만 하고 진소유의 것은 서글프기만 할 뿐 넉넉하게 다하지 않는 맛은 전혀 없소. 우리 추강은 세상의 여섯 가지 액운을 슬퍼하여 마침내 "삼십육 년의 세월 동안 항상 사람들의 시기를 받았다."라고 말한 듯하니, 자신의 삶에 부여한 의미가 깊다고 하겠소. 게다가 이 세상을 잊지 못하고 연연해하는 마음이 있으니 이것이 어찌 아침 이슬처럼 금세 사라질 사람의 말이라 하겠소. 추강 같은 사람이라면 병마가 몸을 괴롭힐 수는 있겠지만 그 수명을 조종할 수는 없을 것이오. 운명이 조만간 다할 것이라는 말은 점쟁이의 말과 비슷하니 추강이 할 말이 아닌 듯하오.

내가 예전에 들으니 옛사람은 살아 있을 때 자기가 묻힐 무덤을 미리 마련해 두는 일이 많았다고 하오. 또 시골 노인이 직접 관을 만들고 심지어 수의와 염습할 물건까지 빠짐없이 준비해 놓고 죽을 때까지 항상 그 속에 누워 있는 것도 본 적이 있소. 이는 갑자기 죽었을 때 쓰려고 그런 것만은 아니고 장수를 비는 것이오. 어떤 사람은 그들이 오래 살려고 몰래 푸닥거리한다고 비웃기도 하지요. 지금 우리 추강이 만사를 지어 놓은 것도 이와 같지 않겠소.

이 말은 농담이오. 정월이라 양기가 화창하고 만물이 소생하니 어머님을 위해 신중히 몸조리 잘하도록 하시오. 이만 줄이오.

해설

남효온(南孝溫)은 김종직과 같은 해 세상을 떠났지만 나이는 20여 살이나 어렸다. 남효온은 벼슬에 뜻이 없어 한강 하류의 행호(幸湖)에 살며 산수 유람을 즐겼다. 그는 1485년 봄 금강산을 유람하고 가을에 개성을 유람했는데, 이 무렵 김종직은 이조 참판, 예문관 제학 등을 지내며 서울에 살고 있었다.

아끼는 제자 남효온에게 소식이 없어 산수 유람을 떠났을 것이라 생각하던 김종직은 한 통의 편지를 받았다. 이 편지에는 스스로의 죽음을 애도한 자만시(自挽詩)가 실려 있었다. 남효온의 문집에는 「스스로를 애도하는 시 네 편을 지어 점필 선생에게 올리다(自挽四章上佔畢齋先生)」라는 제목으로 실려 있다. 당시 남효온은 다리가 마비되는 등 병이 깊어 소생할 가망이 없다고 여겼기에 하직 인사를 대신해 편지를 보낸 것이었다. 스승 김종직은 제자의 편지를 받고 무척 놀랐겠지만 차분히 남효온이 지은 네 편의 자만시를 평했다.

자만시는 도잠과 진관의 것이 특히 유명하다. 김종직은 남효온의 자만시가 두 사람의 작품에 필적한다고 칭찬하면서도, 생사를 달관한 도연명의 작품이나 자신의 처지를 애달파한 진관의 작품과 달리 남효온의 작품은 여유가 있고 세상에 미련을 버리지 않았으므로 그가 우려하듯 일찍 죽지는 않을 것이라고 위로했다.

남효온은 자신의 모습이 추하여 예쁜 여인이 가까이 오지 않았고, 집이 가난하여 술이 넉넉지 못했으며, 행실이 더러워서 미치광이로 불렸으며, 허리가 뻣뻣하여 고관의 노여움을 샀고, 신발이 뚫어져 발꿈치가 돌에 닿았으며, 집이 낮아 서까래가 이마를 때렸다고 했다. 이를 여섯 가지 액운이라 하면서 이 액운의 근원은 모두 세상 사람들의 시기와 질투라고 했다. 이에 대해 김종직은 스스로를 지나치게 높였다고 놀리며 남효온의 만사는 수의(壽衣)나 수장(壽藏)처럼 오래 살고자 하는 바람을 드러낸 것이라 했다. 사랑하는 제자가 병과 울분으로부터 벗어나기를 바라는 스승의 따뜻한 마음이 담긴 편지이다.

경학과 문학은 하나다

尹先生祥詩集序

경학(經學)을 하는 선비는 문학(文學)에 서투르고 문학을 하는 선비는 경학에 어둡다는 것이 세상 사람들의 말이다. 그러나 내가 보기에는 그렇지 않다. 문학은 경학에서 나오는 것이니 경학은 문학의 뿌리에 해당한다. 초목에 비유하자면 뿌리 없이 가지와 잎이 무성할 수 있겠으며 꽃과 열매가 아름답게 열릴 수 있겠는가? 『시경』과 『서경』을 비롯한 육경(六經)은 모두 경학이요, 『시경』과 『서경』을 비롯한 육경의 글이 바로 문학이다. 그 글을 통해 그 이치를 연구하며 정밀하게 살피고 여유롭게 젖어들어 이치와 글이 내 가슴속에 섞이면, 그것이 발현하여 언어(言語)와 사부(詞賦)가 되므로 잘 지으려 하지 않아도 절로 잘될 것이다. 예로부터 문학으로 당세에 명성을 떨치고 후세에 전해진 사람은 이와 같았을 따름이다.

그런데 오늘날 사람들은 경학이라는 것을 구두나 떼고 자구를 풀이하는 공부에 지나지 않는다고 보고, 이른바 문학이란 것을 예쁘게 꾸미고 묘하게 짜 맞추는 기교에 지나지 않는다고 본다. 구두를 떼고 자구를 풀이하는 것으로 국정을 보좌하고 세상을 다스리는 글을 지을 수 있겠으며, 예쁘게 꾸미고 묘하게 짜 맞추는 것으로 성리(性理)와 도덕의 학문에 기여할 수 있겠는가. 그리하여 마침내 경학과 문학을 둘로 나누어 보고 서로 도움이 되지 못한다고 의심하게 되었으니, 얕은 견해라고 하겠다.

요즘 세상에 크게 분발하여 속습을 벗어나 위로 공자와 맹자의 깊은 뜻을 찾아 넉넉히 작자의 경지에 들어가는 사람이 어찌 없겠는가. 그런 사람이 없다면 그만이지만 만일 있다면 세상 사람들의 말은 한 시대의 뛰어난 사람을 무고하는 것이 아니겠는가. 아무 관직을 지내고 돌아가신 예천(醴泉) 출신의 윤 선생이 바로 내가 말한 그 사람이다.

선생은 타고난 바탕이 순수하고 학문이 해박하여 정밀한 의리에 대해 스스로 터득한 바가 많았다. 그러므로 시골에서 떨쳐 일어나 국정을 보필했고, 이십여 년 동안 성균관에 있으면서 선비들 지도하는 일을 늙어서도 게을리하지 않았다. 당시 고관대작들이 모두 그의 문하에서 나왔으니 존엄한 스승의 면모를 보여 주기로는 양촌 권근 이후 유일한 분이다.

문학은 여가에 하는 일이었지만 평이하면서도 간결하여, 얼핏 보기에는 촌스러운 것 같으나 자세히 음미하면 충분히 깊은 맛이 있으니 모두 육경에서 흘러나와 이루어진 것이다. 당시에 스승의 자리를 차지한 인물로 판중추부사 김말(金末), 대사성 김반(金泮), 문장공(文長公) 김구(金鉤) 같은 분들이 있었는데 경학으로 말하자면 대등하다고 하겠지만 문학으로 말하자면 겨룰 상대가 못 된다. 선생은 참으로 덕과 재주를 겸비한 분이라고 하겠다.

선생이 평생 저술한 글이 적지 않지만 글을 지으면 바로 버리고 한 장도 보관하지 않았다. 선생의 아들로 군위(軍威) 현감을 지낸 계은(季殷)은 나와 같은 해에 진사시에 합격했는데, 흩어진 글을 간신히 모아 몇 권을 얻고는 깨끗이 써서 한 질을 만들고 나에게 서문을 부탁했다. 나는 이렇게 말한다.

"선생이 세상을 떠난 지 오래지만 지금까지 우리나라 사람들이 선생을 태산과 북두성처럼 추앙하고 있다. 제자들에게 말로 전수한 경전의 정수는 관원과 학자에서 평범한 선비에 이르기까지 모두 붓으로 기록하여 전하고 있다. 수많은 인재를 양성한 사실에 대해서는 사관(史官)이 역사책에 기록한 적이 한두 번이 아니니 혁혁한 공업은 후세에 빛나기에 충분하다. 이제 이렇게 남은 몇 토막의 글이 전해지지 않는다 한들 무슨 해가 되겠는가.

그러나 부모께서 남기신 유물이라면 두건이나 신발, 허리띠, 송곳이라도 자식으로서는 정성껏 간직하고 보존하는 법이다. 더구나 시와 문장이라는 것은 부모의 오장육부에서 나온 것이요, 부모의 음성으로 이루어진 것이 아닌가. 계은 군이 애써 수습하고 기록하여 영원히 자손에게 전하고자 하는 것도 당연하다. 나 역시 선생께 직접 배우지는 못했으나 마음속으로 본받은 사람이니, 감히 즐거운 마음으로 이 서문을 쓰지 않겠는가."

해설

이 글은 별동(別洞) 윤상(尹祥, 1373~1455년)의 시집에 실린 서문이다. 윤상은 세종 대에 예문관 제학과 성균관 대사성을 역임하며 후진 양성에 힘을 쏟은 학자다. 김종직의 부친 김숙자 역시 그에게 수학한 인연이 있다. 김종직은 1487년(성종 18년) 윤상의 아들 윤계은의 부탁을 받고 이 글을 썼다.

김종직은 대선배 윤상의 시를 칭송하며 경학과 문학이 두 가지가 아니라는 논리를 내세웠다. 주희는 "도(道)는 문(文)의 근본(根本)이요, 문은 도의 지엽(枝葉)이다. 오직 도를 근본으로 하므로 문으로 드러난 것이 모두 도이다."라고 했다. 경학과 문학은 하나이며 깊이 있는 경학 공부가 문학의 수준을 높인다는 것은 당대의 일반적인 관념이었다. 김종직은 이 논리에 기대 경학에 바탕한 윤상의 문학이야말로 우수한 문학이라고 주장했다. 세종 대에 윤상과 나란히 명성을 떨친 김말, 김반, 김구 등의 문학이 윤상에 비해 부족하다는 주장은 결국 윤상이 경학 방면에서도 이들보다 높은 수준에 도달했다는 주장과 같다.

가리온을 팔다 鬻駱說

옛날 장주(莊周, 장자)는 쓸모가 없어 오래 사는 고목과 울지 않아서 죽게 된 기러기를 보고 느낀 바가 있어 제자에게 "나는 앞으로 쓸모가 있는 '재(材)'와 쓸모가 없는 '부재(不材)'의 중간에 처신하겠다."라 말했다. 아, 장주가 바라던 처신이 나의 가리온 말과 같다.

우리 집에 가리온을 한 마리 기른 지 이제 삼 년이 되었다. 멀리서 그놈을 보면 몸집이 몹시 우람하다. 보폭이 매우 넓어 노둔한 말에 비하면 서너 걸음이 넓다. 울 때는 머리를 높이 쳐들고 길게 운다. 이러한 점은 그놈의 '재'라 하겠다.

그러나 가까이서 보면 뼈마디가 겉으로 드러날 정도로 앙상하고 밤낮으로 먹여도 몸통이 굵어지지 않는다. 달릴 때는 배와 등이 따로 놀아 좌우로 뒤뚱거리니 타고 있는 사람은 사지가 흔들리고 오장이 뒤틀려 피로를 견딜 수가 없다. 게다가 쉽게 놀라는 성질이라 늘 겁을 먹고 있는 듯하며 참새나 쥐가 지나가도 구유에 이리저리 코를 박고 씩씩 입김을 불어 댄다. 마부가 자칫 고삐를 놓치면 반드시 언덕과 개울을 마구 뛰어다니다가 놀란 마음이 진정된 뒤에야 멈추는데, 이러한 점은 그놈의 '부재'라 하겠다.

우리 집이 가난한 데다 큰 흉년까지 겹치자 처자식은 피죽도 마다하지 않았다. 환곡(還穀)을 독촉하는 아전이 아침저녁으로 대문 앞에 와서 소리 지르며 욕하니, 나는 어찌할 도리가 없어 늙은 하인을 시켜 이 말을 먼 곳으로 데려가 팔아 오라고 했다. 열흘 남짓 지나서야 반값에 팔고 돌아왔는데, 나는 반값밖에 받지 못했다고 나무라지 않고 그 돈을 모두 관아의 창고로 보냈다. 그리고 속으로 이렇게 중얼거렸다.

"이 말을 내가 시종일관 기르지 못한 까닭은 뼈마디가 겉으로 드러날 정도로 앙상하고, 타는 사람을 피곤하게 만들며, 성질이 쉽게 놀라기 때문이다. 그런데도 이렇게 쉽게 팔린 것은 몸집이 크며, 보폭이 넓고, 울음소리가 좋기 때문이다. 그러니 앞서 내가 '부재'라 한 점을 없애고 '재'라고 한 점을 보탰다면, 나는 시원찮은 사람이지만 말타기를 좋아하니, 꼴과 콩을 배불리 먹이지는 못해도 나와 함께 배를 곯고 배를 채웠을 것이다. 내가 어찌 저놈을 멀리 보내는 일이 있었겠는가.

설사 그놈을 끌고 천 가구가 넘는 큰 고을에 가서 날마다 달마다 팔고자 해도 돌아보는 사람이 없다면, 나는 푸줏간의 젊은이에게 부탁하여 그놈을 잡아 가죽으로 신을 만들고 힘줄로 활시위를 만들며 꼬리털로 끈을 만들었을 것이다. 울퉁불퉁하여 쓸모없는 나무와 잘 우는 기러기처럼 살아남아 타고난 수명을 온전히 누리기를 바란들 그럴 수 없었을 것이 분명하다. 내가 '부재'라고 여겨 버린 놈을 다른 사람은 '재'라고 여겨 기를 터이니, 이것을 과연 '재'라고 할 수 있겠는가.

비록 그렇지만 나는 느낀 바가 있다. 만물이 헤어지고 만나는 것은 정해진 이치이다. 이 말이 처음에는 내게 버림받았지만 결국에는 부잣집에 팔려 갔고 또 그 값을 받아 옛 주인에게 은혜를 갚았으니, '재'라고 하지는 못하더라도 '부재'라고 할 수도 없다. 그러므로 나는 '장주가 바라던 처신이 나의 가리온 말과 같다.'라고 한 것이다."

해설

검은 갈기가 있는 누런 말을 고라(高羅)라 하고 검은 갈기가 있는 흰 말을 가리온(加里溫)이라 한다. 당나라 백거이가 만년에 병이 들어 애첩 번소(樊素)를 내보내고 아끼던 말까지 팔았는데, 그 애마가 바로 가리온이다.

김종직은 기르던 가리온 말을 팔면서 『장자』에 나오는 이야기를 떠올렸다. 장자가 산을 지나다가 가지와 잎이 무성한 나무를 보았다. 나무꾼에게 이 나무를 베지 않는 까닭을 묻자, 울퉁불퉁하여 쓸모가 없기 때문이라고 대답했다. 이어 친구의 집에 들렀는데 친구가 하인을 시켜 기러기를 잡아 대접하려고 했다. 하인이 물었다.

"하나는 잘 울고 하나는 울지 못하는데 어느 놈을 잡을까요?"

친구가 말했다.

"울지 못하는 놈을 잡아라."

이튿날 장자의 제자가 장자에게 물었다.

"어제 산속의 나무는 부재(不材) 때문에 목숨을 보존했고 지금 주인의 기러기는 부재 때문에 죽었으니 선생은 어느 쪽에 처신하시겠습니까?"

장자는 웃으며 말했다.

"나는 재와 부재의 중간에 처신하겠노라."

김종직은 흉년을 당해 세금 독촉을 견디지 못하고 부득이 가리온을 팔았다. 쓸모없다고 여겨 팔았으니 '부재'라 하겠지만, 사 가는 사람이 있었으니 '재'라고 할 수도 있다. 보는 시각에 따라 이렇게 달라지는 것이다.

김시습
金時習

1435~1493년

본관은 강릉(江陵), 자는 열경(悅卿), 호는 매월당(梅月堂) · 청한자(淸寒子) · 동봉(東峰) · 벽산청은(碧山淸隱) · 췌세옹(贅世翁)이며 법명은 설잠(雪岑)이다. 심유적불(心儒跡佛), 곧 마음은 유자로되 행적은 승려라는 말이 그의 생애를 잘 나타낸다. 벗 서거정이 "청한자 설잠 상인은 바로 내 방외의 벗이라네.(淸寒岑上人, 是我方外親.)"라고 했듯, 불가에 몸담은 방외 선비의 전형이다. 어린 시절부터 영민하여 오세동자(五歲童子)라는 별명을 얻었지만 세조의 왕위 찬탈을 계기로 승려가 되어 떠돌이 생활을 했다. 이로 인해 생육신의 한 사람으로 꼽힌다.

시문에 뛰어나 방달(放達)과 초탈(超脫)의 미를 보여 준다고 평가받는다. 유학에서도 일가를 이루어 「귀신론(鬼神論)」을 비롯해 주목할 만한 논설을 여럿 남겼다. 문집 『매월당집(梅月堂集)』 외에 한문 소설 『금오신화(金鰲新話)』가 전한다. 이황(李滉)으로부터 색은행괴(索隱行怪), 곧 궁벽한 이치를 찾으려 들고 괴이한 행동을 한 인물이라 비판받았지만, 이이(李珥)가 그의 일대기를 「김시습전(金時習傳)」으로 엮어 칭송한 이래 조선 후기 서인(西人)들에게 추앙을 받았다.

항상 생각하라 無思

청한자(淸寒子)가 말했다.

"옛사람은 도를 닦을 때 항상 촌각도 아까워하며 마음을 놓은 적이 없었다. 그런데 요즘 사람들은 아침나절 내내 멍하니 있으면서 아무 생각도 고민도 하지 않으니, 언제 도를 깨닫겠는가?"

어떤 이가 비난하며 말했다.

"도라는 것은 절로 아무 생각도 고민도 없는 것이니, 생각이나 고민이 있으면 그것은 거짓일세. 도를 닦으며 생각하고 고민해서야 되겠는가?"

청한자는 이렇게 답했다.

"생각도 고민도 없는 것이 도의 본질이기는 하지만, 심사숙고하기를 게을리하지 않는 것이야말로 도를 터득하는 요령일세. 내가 평소 세상사를 보니 한 번이라도 생각을 거치지 않으면 만사가 와해되어 버리기 일쑤인지라. 하물며 거짓 없는 진실한 도를 게으름 피우면서 터득할 수 있겠는가?

노나라 계문자(季文子)는 '어떤 일이든 세 번 생각한 다음에 행동한다.' 했고, 공자는 아홉 가지를 생각하라는 구사(九思)를 제시했지. 또 증자는 『대학』에서 '생각한 다음에야 터득할 수 있다.' 했고, 공자는 『논어』에서 '사람이 멀리 생각하지 않으면 반드시 가까운 근심이 있다.'라고 경계했네. 타고난 성품이 총명하여 억지로 애쓸 필요가 없는 사람이 아니고서야 생각하지 않아도 되는 사람이 어디 있겠는가? 또 사람의 기질에는 어둡거나 밝고 어리석거나 똑똑한 차이가 있는 법이라, 부지런히 노력하지 않고서야 어떻게 성인의 경지에 오를 수 있겠는가? 반드시 심사숙고하고 날마다 갈고닦아 스스로 터득하는 경지에 도달한 다음에야 도라는 것은 아무 생각도 고민도 없는 것이라고 말할 수 있을 걸세."

그 사람이 말했다.

"유교의 가르침에서는 예법과 규범에 분명한 순서가 있네. 삼강(三綱)과 오륜(五倫), 팔조목(八條目)과 구경(九經)이 바로 그런 것이니, 처음부터 끝까지 질서 정연하다네. 삼강과 오륜은 부자(父子)에서 군신(君臣)으로, 팔조목은 격물(格物)에서 평천하(平天下)로, 구경은 존현(尊賢)에서 회제후(懷諸侯)로 나아가니, 위로는 제왕에서 아래로는 서민에 이르기까지 공부하는 순서가 있네. 오늘 한 가지 일을 마치고 내일 한 가지 일을 마치며 날마다 조금씩 갈고닦아 반드시 성인의 경지에 도달하고야 마는 것이네. 그렇기에 『주역』에서는 '의리를 정밀히 연구하여 입신(入神)의 경지에 오른다.'라는 오묘한 이치를 설명했고, 『중용』에서는 '신중하게 생각하여 밝게 분변한다.'라는 효과를 기록했지. 온 천하의 일이 질서 정연하게 자리 잡아야 이 세상을 살아갈 수 있고, 짐승이나 오랑캐와 같은 무리가 되지 않는 것이야.

반면 세상을 벗어난 방외의 선비들은 세상의 속박을 끊고 아무 생각도 하지 않네. 위로는 왕과 제후에게 허리를 굽히려 하지 않고 아래로는 일가친척도 공경하지 않으며 새나 짐승과 함께 즐거움을 누리고 담박한 생활을 참된 귀결로 삼으니, 마음 쓸 데가 어디 있겠으며 생각하거나 고민할 일이 무엇이겠는가?"

청한자가 대답했다.

“방외의 사람이 담박하게 사는 것이야 원래 그렇다지만, 가장 높은 경지에 도달하지 못한 이상 어찌 생각을 하지 않을 수 있겠는가? 세상 사람들은 선(禪)이라는 것을 선정(禪定)에 들어 편안하고 한가하다는 뜻으로 알고 있네. 하지만 선이라는 글자에 조용히 생각하고 고민한다는 뜻이 있다는 것은 모르고 있지. 하늘과 땅 사이의 모든 존재 가운데 사람이 가장 영험하여 지혜가 만물을 능가하니, 현달하고 곤궁한 차이는 있지만 하루라도 배우지 않아서야 되겠으며 하루라도 생각하지 않아서야 되겠는가? 『논어』에 ‘배우기만 하고 생각하지 않으면 얻는 것이 없고, 생각하기만 하고 배우지 않으면 위태로워진다.’라고 했네. 그 생각이란 사악한 생각이 아니라 도를 닦으려는 생각이며, 그 고민이란 헛된 고민이 아니라 학문을 하려는 고민이라네.

집 안을 배회하거나 재야에 머무르는 사람이라도 눈으로 살피고 마음으로 생각하며 조금씩 수양하면서 배우기를 선불리 그만두지 않아야 하네. 그러므로 산에 오르면 그 높음을 배우려고 생각하며, 물을 만나면 그 맑음을 배우려고 생각하며, 바위에 앉으면 그 굳음을 배우려고 생각하며, 소나무를 보면 그 곧음을 배우려고 생각하며, 달을 보면 그 밝음을 배우려고 생각해야지. 그렇게 하면 세상 만물의 형상이 내 마음속에 모두 또렷하게 나타날 것이네. 각각의 장점을 모조리 배우고 그 오묘한 이치를 깊이 연구하면 입신의 경지에 오를 것이니, 도를 닦지 못하는 곳이 있다는 말을 나는 믿지 못하겠구나.”

해설

김시습의 문집에는 '잡저(雜著)'라는 편명으로 20편의 글이 실려 있다. 모두 청한자와 객(客)의 문답으로 되어 있으며 이 글이 그 첫 번째이다. 이 밖에도 「산림(山林)」, 「인주(人主)」, 「인애(仁愛)」, 「성리(性理)」, 「귀신(鬼神)」 등의 글이 실려 있는데, 김시습의 사상을 집약하고 있다 할 만하다. 지금은 잡저라는 제목으로 전하지만 원래는 '청한자문답(淸寒子問答)' 따위의 제목이 붙은 독립된 저술이었을 가능성이 높다.

이 글에서 김시습은 방외의 선비라도 불가의 승려처럼 면벽을 하면서 명상에만 잠겨 치열한 사색과 고민을 하지 않아서는 안 된다고 주장했다. 사색과 고민을 바탕으로 학문을 이루는 것이야말로 선비의 기본 자세라는 것이다. 김시습의 대화 상대인 객은 방외의 승려인 듯하다. 그는 세간의 법도와 윤리를 벗어나고 생각을 초탈해야 한다는 반론을 개진했다. 이에 대해 김시습은 유교 경전의 내용에 근거해 생각의 중요성을 강조했다. 이어 속세를 떠나 산에 사는 방외인일지라도 산수를 눈으로 보기만 해서는 안 되고, 그 속에 내재한 이치를 깨달아야 한다고 역설했다. 도를 닦지 못하는 곳이란 없다고 강조한 마지막 문장에 힘이 있다.

재화를 늘리는 법 生財說

고금 천하에 하면 안 되는데도 억지로 하는 일이 있으니, 일시적이고 사적인 이익을 추구하는 것이다. 사적인 이익을 추구하면 실패하기 쉽다. 해야 하는 것이면서 저절로 되는 일이 있으니, 만세토록 영원할 공적인 의리를 추구하는 것이다. 그렇게 하지 못하는 이유는 사적인 욕심이 방해하기 때문이다. 그러나 공적인 의리를 추구하면 성공하기 쉽다. 실패하기 쉬우면 헤어나기 어렵고, 성공하기 쉬우면 흔들기 어렵다. 실패하기 쉬운 일은 처음에는 마음이 통쾌하지만 나중에는 반드시 욕심에 차지 않는다. 성공하기 쉬운 일은 처음에는 물정에 어두운 것 같지만 나중에는 반드시 뜻을 이룰 수 있다. 어째서 그러한가?

긁어모아서 재화를 얻는다면 다른 사람이 가진 것을 빼앗아 가져오는 것이므로 원한을 사게 되니, 실패하여 헤어나기 어렵다. 어진 정치로 재화를 늘린다면 나의 마음에 있는 것을 넓혀서 채우는 것이므로 널리 은혜를 베풀게 되니, 성공하여 흔들기 어렵다. 성공과 실패의 뿌리는 의리와 이익, 공과 사의 사이에서 싹튼다. 그 선악의 조짐은 털끝만큼 사소하지만 한번 마음을 어떻게 먹느냐에 따라 천 리가 넘는 큰 차이가 생길 수 있다. 어찌 신중하지 않을 수 있겠는가? 신중히 하는 요점은 내 마음을 미루어 살피는 것뿐이다.

누군들 재화를 늘리고 싶지 않으랴마는, 이러한 마음을 미루어 백성에게 미치면 백성도 자기 마음을 미루어 윗사람을 받들 것이다. 또 누군들 이익을 추구하고 싶지 않으랴마는, 이러한 마음을 미루어 백성에게 미치면 백성도 자기 마음을 미루어 윗사람을 이롭게 할 것이다. 내가 덕을 베풀면 저들은 정성으로 보답할 것이며, 내가 학대하면 저들은 원망할 것이다. 정성으로 덕을 갚고 원망으로 학대를 갚는 것은 당연한 이치이니 조금도 속일 수가 없다. 군주가 이 점을 잘 살핀다면 재화를 늘리는 방도가 마련될 것이다.

다시 자세히 따져 보겠다. 『대학』에 이르기를 "재화를 늘리는 데는 중요한 원리가 있다. 일하는 사람이 많고 놀고먹는 사람이 적으며, 생산하는 속도가 빠르고 소비하는 속도가 느리면 재화는 늘 풍족하다."라고 했다. 이 네 가지의 요체는 하나이니, 인(仁)에 불과하다. 인으로 아랫사람을 어루만지면 백성은 절로 안도하여 각기 생업에 힘쓸 것이므로 놀고먹는 사람은 적어지고 일하는 사람은 많아진다. 인으로 아랫사람을 부리면 신하들은 저절로 힘을 다하고 간사한 자들은 부끄러워 물러날 것이므로 자리만 차지하고 있는 사람이 적어져 놀고먹는 사람은 줄어든다. 인으로 백성을 부리면 함부로 토목 공사를 일으키지 않아 번거로운 노역이 없을 것이므로 백성이 농사철을 빼앗기지 않아 생산하는 속도가 빨라진다. 인으로 만물을 대하면 돈과 곡식, 기물에 들이는 노력을 따지고 수입을 헤아려 지출을 할 것이므로 소비하는 속도가 느려진다.

천지가 생성하는 재화와 만물은 각기 제한이 있으니 함부로 사용하면 안 된다. 절약해서 사용하지 않고 숲에 불을 질러 새를 잡거나 못의 물을 빼서 고기를 잡는다면 오래지 않아 궁핍해져 넉넉하지 않을 것이다. 더구나 일부러 백성을 고생시키고 재화를 낭비하면서 무익한 일을 늘려서야 되겠는가. 군주가 인으로 재화를 늘리고 의리로 절약한다면 백성이 모은 재화는 나의 재화가 될 것이요, 나의 창고는 백성의 창고가 될 것이다. 윗사람과 아랫사람이 서로 의지하고 농업과 상공업이 함께 유지되어 부족할 우려나 원망할 혐의가 없을 것이다. 『사기(史記)』에 "곡식이 넘쳐 벌겋게 썩어도 다 먹을 수 없을 정도이다."라고 한 말처럼 국가의 재화가 넉넉해질 것이다.

한(漢)나라의 상홍양(桑弘羊)과 유안(劉晏), 송나라 왕안석(王安石)은 재화를 관리하려 하면서 돈을 긁어모아 매점매석을 하여 백성과 이익을 다투었다. 이로 인해 끝없는 착취와 탐욕을 일으켰으니, 원망을 사고 원수를 만든 일을 이루 다 말할 수 있겠는가? 이것이야말로 실패하기 쉽고 헤어나기 어려운 재앙이다. 윗자리에 있는 사람이 잘 드러나지 않는 원망을 발견하고 일찌감치 해결하지 않아서야 되겠는가?

해설

김시습은 방외의 삶을 살았지만 유자가 지녀야 할 경세제민(經世濟民)의 뜻을 망각한 것은 아니었다. "한 쪽박 물과 한 사발 밥이라도, 절대 공으로 먹으려 들지 말지니, 한 끼 밥을 받으면 한 번 힘을 쓰고, 반드시 의리에 맞는지 알아야 한다.(水一瓢食一簞 切勿素餐 受一飯使一力 須知義適.)"라는 글을 집의 벽에다 써 붙였다. 인재를 고루 등용해야 한다는 내용의 「인재설(人才說)」, 명분을 바로잡는 정치를 강조한 「명분설(名分說)」 등을 지어 현실의 문제를 지적하고 대안을 제시했다.

이 글에서는 국가 경제의 문제를 다루었다. 한나라의 상홍양과 유안,

송나라의 왕안석은 국가 주도의 통화와 전매 정책으로 당면한 경제 문제를 해결하려 했다. 김시습을 위시한 조선의 학자들은 이에 반대하며 인(仁)을 바탕으로 하는 경세론을 개진했다. 김시습 역시 『대학』에 나오는 생재론(生財論)에 근거하여 어진 정치를 베푸는 것이야말로 경제 문제를 해결할 방법이라고 주장했다. 공의(公義)와 사리(私利)라는 상대적인 개념을 핵심어로 삼고, 이를 인과 연결했다. 인으로 백성의 자발적인 생산을 유도하는 한편 비용을 절약하여 소비를 억제하자는 주장은 소비 진작을 강조한 박제가(朴齊家) 등 일부의 주장을 제외하면 조선 시대의 전형적인 경제 논리라고 할 수 있다.

백성을 사랑하는 뜻 愛民義

『서경』에 "백성은 나라의 근본이니 근본이 튼튼하면 나라가 편안하다."라고 했다. 백성이 떠받들고 그를 통해 살아가는 일은 비록 임금에게 의존해야 하지만, 임금이 옥좌에서 부리는 사람도 바로 백성이다. 민심이 귀의하면 영원히 임금 노릇을 할 수 있지만, 민심이 떠나면 하룻저녁도 지나지 않아 필부(匹夫)가 되는 법이다. 임금과 필부의 차이는 터럭 하나만큼도 되지 않으니, 신중하지 않아서야 되겠는가?

그러므로 창고는 백성의 몸이요, 의복은 백성의 살갗이며, 술과 음식은 백성의 기름이요, 대궐과 수레는 백성의 힘줄이며 세금과 기물은 백성의 피다. 백성이 수확의 십분의 일을 세금으로 바쳐 윗사람을 받드는 까닭은 임금이 총명한 지혜를 써서 다스려 주길 바라기 때문이다. 임금은 음식을 먹을 때는 백성이 자기처럼 밥을 먹는지 생각하고, 옷을 입을 때는 백성이 자기처럼 옷을 입는지 생각하며, 대궐에 살 때는 만백성이 편안히 사는지 생각하고, 수레를 탈 때는 만백성이 즐거운지 생각해야 한다. 그래서 송나라 때는 "너의 옷과 너의 밥은 백성의 피와 살이다."라는 내용의 비석을 세워 관리들을 경계했다.

평상시 쓰는 물건도 아껴야 하거늘, 하물며 무익한 일을 함부로 벌여 백성을 힘들게 하고 농사철을 빼앗아 원망을 일으키며 조화로운 기운을 손상시키고 하늘의 재앙을 초래하여 기근이 닥치게 해서야 되겠는가? 인자한 부모와 효성스러운 자식이 함께 살지 못하고 흩어져 이리저리 떠돌다 죽어서 길바닥에 나뒹굴게 해서야 되겠는가?

아, 옛적 태평성대에는 임금과 백성이 한 몸과 같아 백성은 임금의 권력을 알 길이 없었다. 그래서 『시경』에 "우리 백성들을 먹여 살리시니, 이 모든 것이 당신 덕택이라"라 하고, "순박하여 아무런 지식이 없어도 그저 상제(上帝)의 뜻을 따르네"라 하였다. 그리고 "해 뜨면 일하고 해 지면 쉬니, 임금의 힘이 나에게 무엇이랴?"라는 「격양가(擊壤歌)」가 있었다.

세월이 흘러 포악한 군주가 교만하고 잔인한 짓을 하여 백성이 원망하고 탄식했다. 그래서 『시경』에는 "썩은 새끼줄로 여섯 마리 말을 모는 것처럼 겁이 나네"라 하고, "원망이 드러나야 알겠는가, 드러나기 전에 처리해야 하는 법"이라 했다. 그리고 『서경』에는 "이 태양은 언제쯤 사라질까? 내가 너와 함께 망하겠다."라는 말이 실려 있다. 폭군 걸왕(桀王)은 주지육림에 빠져 낮을 밤으로 삼아 놀고, 폭군 주왕(紂王)은 사람의 정강이를 자르고 임부의 배를 가르는 짓을 하면서도 "포악한들 해로울 것이 무엇이람."이라고 했다.

전국 시대에 이르러 약육강식이 횡행하니 전쟁으로 사상자가 속출하는 재앙이 거듭 일어났다. 무고한 백성을 반드시 죽을 곳으로 몰아넣었으니 몹시 심했다. 어찌하랴, 진(秦)과 한(漢) 이후 술사(術士)와 노자, 불가의 담론이 나날이 극성을 부리고, 화려한 궁궐을 짓고 쓸데없는 제사를 지내는 것처럼 무익한 데 쓰는 비용 때문에 백성을 더욱 괴롭히니 백성의 생업은 갈수록 피폐해졌다. 궁벽한 시골이나 뒷골목 사람들은 살길이 없어 다투어 도망가거나 모습을 바꾸고 숨어 사는 것을 편안하게 여겼다. 이렇게 되면 임금이 누구와 더불어 나라를 다스리겠는가?

그러므로 임금은 나라를 다스릴 적에 오로지 백성을 사랑하는 것을 근본으로 삼아야 한다. 백성을 사랑하는 방법은 어진 정치에 지나지 않는다. 어진 정치는 어떻게 해야 하는가? 그 답은 따스하게 감싸는 것도 아니요, 쓰다듬고 어루만지는 것도 아니다. 그저 농업과 잠업을 권장하여 생업에 힘쓰게 하면 그뿐이다. 농업과 잠업을 권하는 방법은 어떠해야 하는가? 그 답은 번잡하고 요란하게 명령 내리는 것도 아니요, 아침에 교육하고 저녁에 장려하는 것도 아니다. 세금과 부역을 줄이고 일할 시간을 빼앗지 않으면 그뿐이다. 이 때문에 성인은 『춘추』에서 궁궐과 누각을 세우거나 성곽을 쌓을 때 반드시 시기를 따르라고 적었으니, 후세의 임금이 백성 고생시키는 것을 중요한 일로 삼을까 경계한 것이다.

해설

김시습은 정치의 핵심이 인(仁)에 있다고 했다. 그가 말하는 인은 추상적인 개념이 아니다. 막연히 백성을 보호하고 위로하는 것이 아니라 백성이 생업에 힘쓸 수 있도록 여건을 마련해 주는 것이다. 이렇게 하면 백성은 절로 편안해지고, 백성이 편안해지면 나라가 절로 편안해진다고 했다.

『맹자』에 필부도 덕을 가지면 천하를 소유할 수 있다고 했으니, 이는 역으로 임금이 덕을 잃으면 왕좌에서 쫓겨나 필부가 된다는 뜻을 내포한다. 이것이 맹자가 말한 혁명(革命)이다. 김시습은 맹자의 논리를 서두에 배치하여 군왕의 경각심을 높였다. 왕위를 찬탈한 세조에게 들려주고 싶은 경계였는지, 정당한 방법으로 왕위에 오른 성종에게 바친 충언이었는지는 알 수 없으나 나라를 다스릴 적에는 오로지 백성을 사랑하는 것을 근본으로 삼아야 한다는 원칙에서 나왔다는 점이 중요하다.

김시습은 이 글과 함께 「인군의(人君義)」, 「인신의(人臣義)」, 「애물의(愛物義)」, 「예악의(禮樂義)」, 「척의의(戚儀義)」, 「덕행의(德行義)」, 「형정의(刑政義)」를 지어 수신제가 치국평천하(修身齊家治國平天下)의 방도를 제시했다. 김시습의 뜻을 공경한 이이가 『동호문답(東湖問答)』을 지어 군도(君道)와 신도(臣道)를 위시해 수신(修身)과 안민(安民) 등의 방책을 제시한 것과 크게 다르지 않다.

성현 成俔

1439~1504년

본관은 창녕(昌寧), 자는 경숙(磬叔), 호는 용재(慵齋)·부휴자(浮休子)·허백당(虛白堂)·국오(菊塢)다. 정승을 지낸 성여완(成汝完)이 고조이며 대제학을 지낸 성석인(成石珚)이 증조부이다. 조부 성엄(成揜)은 지중추(知中樞)를 역임했으며 부친 성염조(成念祖)도 병조와 형조의 참판을 거쳐 지중추에 올랐다. 큰형 성임(成任)과 둘째 형 성간(成侃)도 당대를 대표하는 문인이었으니, 자타가 공인하는 최고의 명문가 출신이었다. 윤자운(尹子雲), 강희맹, 이승소, 김수온 등에게 수학했고, 당대 현금(玄琴)의 명수였던 이마지(李亇之)에게 배워 음악에서도 일가를 이루었다. 홍문관, 예문관, 성균관에서 벼슬을 시작해 대사간, 대사성, 대사헌, 예조 판서, 한성판윤, 공조 판서, 대제학 등 청요직을 두루 역임했다. 장악원(掌樂院)에 재직했으며 관상감(觀象監)의 제조까지 맡았으니 음악뿐 아니라 천문학에도 관심이 있었다는 것을 알 수 있다.

『용재총화(慵齋叢話)』, 『풍소궤범(風騷軌範)』, 『악학궤범(樂學軌範)』, 『부휴자담론(浮休子談論)』 등 다양한 저술을 남겼으며, 문집으로는 『허백당집(虛白堂集)』이 있다.

장악원의 역사　掌樂院題名記

사람은 음악을 모르면 안 된다. 음악을 모르면 걱정스럽고 답답해도 기분을 풀 수가 없기 때문이다. 나라에는 하루라도 음악이 없으면 안 된다. 음악이 없으면 꽉 막히고 촌스러워서 조화를 이룰 수 없기 때문이다. 그러므로 옛날의 훌륭한 임금은 음악의 법도를 제정하고 음악을 담당하는 관원을 두었다. 모든 사람의 마음이 똑같이 느끼는 바를 가지고 마음을 움직여 감동시키고 잘못을 뉘우치도록 하려는 것이었다.

그리하여 노래와 시로 마음을 표현하고, 종과 북, 피리로 마음을 담으며, 곡조와 음률로 마음을 바로잡고, 장단과 박자로 마음을 절제했다. 조정에서 사용하면 윗사람과 아랫사람이 즐거워하고, 종묘에서 사용하면 귀신이 감동하고, 집 안에서 사용하고 고을에서 사용하면 모두가 기뻐하고 분발하여 문명을 고취하고 풍속을 바꿀 수 있다.

태곳적 후기(后夔)는 음악을 담당하여 요순의 태평성대를 이루었다. 『주례(周禮)』에 따르면 악관(樂官)의 우두머리인 대사악(大司樂)이 태학(太學)의 운영을 담당하여 귀족의 자제를 가르쳤다. 또 육률(六律)과 오성(五聲), 팔음(八音)으로 합주하여 귀신을 부르고 만백성을 화합하게 하며 손님을 편안하게 하고 멀리서 온 사람을 기쁘게 했다.

진한(秦漢) 시대에 악관은 한 사람이 아니었다. 태악서(太樂署)와 고취서(鼓吹署)를 두고 그 업무는 영승(令丞)과 협률랑(協律郎)이 주관했다. 당송 이후에는 관제가 완비되었지만 형식이 복잡해져 태곳적의 원기를 상실했다.

신라와 고려는 왕조마다 음악이 있었지만 전해지는 것은 모두 민간 남녀의 사랑 노래다. 어떤 것은 방탕하고 음란하며 어떤 것은 원망하고 슬퍼하는 것이라 박수(濮水)의 상간(桑間) 땅에서 불리던 정(鄭)나라와 위(衛)나라의 음탕한 음악과 다름이 없었다. 결국 말기에 이르자 임금과 신하가 주색에 빠져 나라를 잃고 말았다.

우리 세종 대왕께서는 지난 시대의 쇠퇴한 음악을 안타깝게 여겨 옛 음악을 회복하려 하셨다. 아악(雅樂)을 태상시(太常侍)에 맡기고, 관습도감(慣習都鑑)을 설치해 향악(鄕樂)과 당악(唐樂)을 가르치게 했으며, 맹사성(孟思誠)과 박연(朴堧)을 연달아 제조(提調)로 삼아 제도를 정비하는 임무를 맡겼다. 이른바 아악이라는 것은 제사 지낼 때 사용하는 올바른 음악이고, 당악이라는 것은 조정에서 조회할 때 사용하는 음악이며, 향악이라는 것은 우리나라 민간의 음악이다. 음악은 다르지만 오음(五音)과 육률을 번갈아 궁음(宮音)으로 삼아 이리저리 덜고 보탠 제도로 말하자면 서로 차이가 없다. 어찌 생(笙), 우(竽), 훈(塤), 지(篪)와 같은 악기가 아악에만 편리하고 향악이나 당악에는 불편할 리 있겠는가. 소리가 어우러지고 가락이 이루어진다면, 아악과 당악과 향악은 모두 서로 통한다.

세조 대왕께서는 이 점을 아시고 아악과 당악과 향악을 담당하는 관서를 하나로 합쳐 장악서(掌樂署)라 하고 장악 한 명, 별제(別提) 한 명을 두었다. 그렇지만 업무는 많고 사람은 적어서 제도에 걸맞지 않았으므로 그 뒤 장악원(掌樂院)으로 고쳐 정(正) 한 명을 두고 그 밑에 부정(副

正)과 첨정(僉正), 판관(判官), 주부(主簿), 직장(直長)을 두되 때에 따라 세 명만 임명했으니, 모두 합치면 네 명이었다. 제조를 맡은 사람은 한둘이 아니었지만 그중 처음부터 끝까지 전임으로 맡았던 사람은 중추(中樞) 정침(鄭沈) 공이었다.

장악원의 관아는 정해진 곳이 없어서 처음에는 제례(祭禮)를 관장하는 태상시에 붙여 놓았다가 나중에 태상시의 악학(樂學)에 두었는데, 비좁아서 다 들어갈 수가 없었다. 지금 주상께서 특별히 명을 내려 태상시 수십 보 동쪽으로 옮기고, 민가 몇 채를 철거해 넓은 관아를 지었다. 그러자 당상관(堂上官)과 낭관(郎官)이 머무는 처소가 위아래로 분명하게 나뉘고, 아악과 속악을 맡은 악사와 학생, 악공 수천 명이 제각기 머물 곳이 생겼다. 마침내 창고를 세워 악기를 보관하고, 또 동쪽과 서쪽으로 넓은 뜰을 만들어 정초와 동지에 조회하는 백관이 의식을 연습하는 장소로 삼았다. 겸임직을 추가로 두어 업무를 익히게 하고, 그 일은 실직(實職)에 있는 사람이 담당했다.

나는 재주 없는 사람인데도 겸임으로 선발되어 홍문관에서 임금을 모시는 신분으로 장악원에 출입한 지 거의 십 년이 되었다. 돌아보면 학문도 변변치 않고 배운 것도 지푸라기나 술지게미처럼 쓸모없어 음악의 근본을 알 수가 없으니, 어찌 감히 성인이 제정한 성대한 음악에 보탬이 되겠는가. 지금은 또 승정원 승지로 예악에 관한 일을 맡게 되었다. 예전에 다니던 곳을 생각하며 당시 함께 근무하던 관리와 악공을 만나 보니, 어찌 부지런히 힘쓰지 않을 수 있겠는가.

여러 사람이 내가 오랫동안 장악원에 있었다는 이유로 나에게 글을 지어 달라고 부탁하기에 대략 그 전말을 적어 보낸다. 경자년(1480년) 섣달 우승지 성 아무개가 쓴다.

해설

성현은 음악에 조예가 깊었던 사람이다. 겸관으로 1475년 장악원의 첨정을 맡아본 이래 1492년부터는 장악원 제조를 겸했다. 이와 같은 경력을 바탕으로 1493년 『악학궤범』을 편찬했다. 이 글은 승정원 승지로 있으면서 예악과 관련된 일을 맡았던 1480년에 지은 것이다.

제명기는 해당 관아에 근무하는 관리의 성명을 열거한 글로, 송나라 사마광(司馬光)이 지은 「간원제명기(諫院題名記)」가 유명하다. 제명기의 앞에는 그 관아의 역사와 의의를 기록한 서문을 붙이는 것이 관례인데, 후대로 오면 관리의 성명을 열거한 부분은 없어지고 서문에 해당하는 내용만 남는 경우가 대부분이다. 제명기는 조선 초기에 널리 유행하다가 시대적 추세에 따라 차츰 계회도(契會圖)로 대체되었다.

성현은 이 글에서 음악이 개인적으로는 걱정스럽고 우울한 마음을 풀어 주고, 국가적으로는 상하를 소통하게 하는 중차대한 기능을 담당하므로 제도를 정비해서 운용하는 것이 매우 중요하다고 했다. 따라서 이 일을 맡은 관아인 장악원의 역사를 반드시 기록하고자 했다. 성현이 『악학궤범』을 편찬한 목적도 마찬가지이다. 그는 『악학궤범』의 서문에 다음과 같이 썼다.

"좋은 음악도 귀를 스쳐 지나가면 바로 없어지고, 없어지면 흔적조차 남지 않는다. 마치 형체가 있으면 그림자가 생기고 형체가 없어지면 그림자도 사라지는 것과 같다. 그러나 악보가 있으면 음이 느린지 빠른지 알 수 있고, 그림이 있으면 악기의 형상을 분별할 수 있으며, 책이 있으면 시행하는 법을 알 수 있을 것이다. 이것이 『악학궤범』을 편찬한 이유이다."

덕 있는 사람의 시 富林君詩集序

시를 쉽게 말할 수 있겠는가? 시라는 것은 마음에서 우러나와 언어로 형상화된 것이니 언어의 정수라 하겠다. 나오는 언어를 보면 그 사람의 내면을 알 수 있다. 출세하여 윗자리에 있는 사람은 말이 평이하고, 부귀한 가문에서 자란 사람은 말이 화려하며, 세상에서 알아주지 않는 곤궁한 사람은 말이 서글프고 생경하다.

예전에 물을 보았더니, 평온하게 흐르는 물은 물결이 치지 않고 넘실넘실 끊임없이 흐르는데 그 깊이를 헤아릴 수가 없다. 그러다가도 사나운 바람을 만나거나 험준한 바위에 부딪히면 포효하며 솟구쳐 올라 아무도 막을 수 없다. 평온하게 흐르는 것이야말로 물의 본성이니, 솟구쳐 오르는 것이 어찌 물의 본성이겠는가? 단지 평온하지 않은 상황을 만났으므로 그렇게 변했을 뿐이다.

시인의 말도 이와 마찬가지이다. 그런데 세상 사람들이 평온한 것을 좋아하지 아니하고 평온하지 않은 것을 좋아하는 이유는 무엇인가? 아마도 화평한 말은 아름답게 만들기 어렵지만 근심하고 분개하는 말은 교묘하게 만들기 쉽기 때문이리라.

우리나라는 순박하고 두터운 덕으로 정치를 펴고 있어 문치가 옛날보다 훨씬 뛰어나다. 한 가지 재주와 한 가지 기예로 이름난 사람이라면 모두가 세상에 쓰이고 있으므로 아래에는 걱정하고 분노하며 슬퍼하고 원망하는 사람이 없고, 호화롭고 부귀한 집안 사람도 모두 시서(詩書)를 공부한다.

풍월정(風月亭)은 종실(宗室)의 어른으로서 풍류와 문학으로 한 시대에 명성을 떨쳤다. 부림군은 그와 어깨를 나란히 하며 시를 주고받았는데, 그 시가 사람들의 입에 회자되고 있다. 그가 지은 시는 온화하고 평담하며 전아하고 관대하여 과장되거나 화려한 티가 나지 않는다. 『예기』에 "온유돈후(溫柔惇厚)는 『시경』의 가르침이다."라고 했는데 부림군은 아마 『시경』의 가르침을 터득했으리라. 공자는 『논어』에서 "덕이 있는 사람은 반드시 좋은 말을 한다."라고 했으니, 부림군은 아마 덕이 있는 사람이리라.

내가 예전에 부림군을 만난 적이 있는데, 고귀한 용모에 눈은 그림처럼 고왔다. 당시 곁에서 이야기를 나누고자 했지만 그렇게 하지 못했다. 지금 그가 지은 시를 보면 외모처럼 아무런 흠이 없으니, 그 마음속의 덕도 이를 통해 알 수 있다. 하늘이 좀 더 수명을 늘려 주어 끊임없이 매진했더라면 반드시 『시경』의 아(雅)와 송(頌) 같은 아름다운 시를 지어 국가의 태평성대를 노래했을 터인데, 중도에 요절하여 그 재주를 다 펴지 못했으니 참으로 애석하다.

이제 부림군의 아드님이 서문을 부탁하기에 외람되게도 변변치 못한 글로 그분의 아름다운 재주와 덕을 찬양하고 아울러 나의 애도하는 뜻을 담는다.

해설

조선 전기의 종친(宗親), 즉 왕의 친척 중에는 문화적으로 뛰어난 업적을 남긴 인물이 많다. 안평 대군(安平大君)이 문학과 예술 양 방면에 모두 뛰어났고, 성종의 형 월산 대군(月山大君) 역시 문학으로 높은 성취를 거두었다. 이 글에서 언급한 풍월정은 월산 대군의 호로, 지금의 덕수궁 자리에 있던 집 이름이기도 하다. 마포 앞의 망원정(望遠亭) 역시 월산 대군의 정자였다.

월산 대군과 나란히 명성을 날린 부림군(富林君) 이식(李湜, 1458~1488년)은 호가 사우정(四雨亭)으로 세종의 손자이다. 불행히 서른의 나이로 요절했지만 시에 뛰어나 서거정, 김종직, 남효온 등 당대의 명류들과 문학으로 교유했다.

성현은 그의 문집에 서문을 쓰면서 문학이 어떠한 미(美)를 추구해야 하는지 논했다. 물은 그냥 두면 평온히 흐르지만 바람과 바위를 만나면 거센 풍랑이 이는 법이다. 문학도 마찬가지이다. 문학의 근본은 평온함이지만 험한 세상을 만나 비분강개하다 보면 저절로 서글프고 생경해진다. 이는 문학의 바른 길이 아니다. 『시경』 이래로 문학의 이상적인 경지는 온유돈후이다. 성현은 부림군의 시가 그러한 경지에 올랐다고 칭송했지만, 사실 부림군의 시를 보면 화려하면서도 비애가 서려 있다. 왕실의 후손으로서 부귀영화를 누렸으나 한편으로는 그것이 족쇄가 되었던 인생에서 비롯된 것이리라.

게으른 농부 惰農說

경인년(1470년), 큰 가뭄이 들었다. 정월부터 비가 내리지 않더니 칠월까지 가뭄이 계속되었다. 봄에는 쟁기질을 하지 못했고 여름에도 김맬 것이 없었다. 들판의 풀이 모조리 누렇게 마르고 논밭의 곡식도 하나같이 시들었다. 부지런한 농부는 이렇게 말했다.

"김을 매도 죽을 테고 김을 매지 않아도 죽을 테지만, 그냥 가만히 앉아서 기다리고 있느니 온 힘을 다해 살려 보는 것이 낫지 않을까? 만에 하나 비가 내리면 전혀 소용없는 일이 되지야 않겠지."

그리하여 부지런한 농부는 벌써 메말라 갈라진 논에서 김매기를 멈추지 않고, 이미 말라비틀어진 싹 주위에서 쉬지 않고 잡초를 베어 냈다. 한 해가 다 가도록 부지런히 일하며 죽기 전에는 그만두지 않으려 했다.

반면 게으른 농부는 이렇게 말했다.

"김을 매도 죽을 것이고 김을 매지 않아도 죽으리니, 힘들게 고생하느니 아무 일도 하지 않고 쉬는 게 낫지 않나? 만에 하나 비가 내리지 않는다면 다 소용없는 일이겠지."

그리하여 게으른 농부는 부지런한 농부를 보며 끊임없이 비웃고, 들밥을 내가는 아낙을 보며 쉴 새 없이 놀렸다. 한 해가 다 가도록 뒤로 물러나 앉은 채 운명을 기다릴 뿐이었다.

내가 예전에 가을걷이를 할 무렵 파주(坡州) 들판에 간 적이 있다. 논밭을 살펴보니 반은 황량하게 묵었고 반은 농사가 잘되어 있으며, 반은 곡식이 드문드문하고 반은 곡식이 빽빽했다. 어떤 사람은 뻣뻣이 고개를 든 채 하늘만 바라보고, 어떤 사람은 술에 취한 듯 목이 메인 듯 고개를 숙이고 있었다.

노인들에게 물었더니, 황량하고 곡식이 드문드문한 곳은 뻣뻣이 고개를 들고 하늘만 보던 사람이 소용없다고 여겨 김매지 않았던 곳이요, 농사가 잘되어 곡식이 빽빽한 곳은 술 취한 듯 목 메인 듯 고개를 숙이고 있던 사람이 마음과 힘을 다해 어떻게든 살려 보려고 든 곳이었다. 한 사람은 한때의 편안함을 도모하다가 일 년 내내 굶주리게 되었고, 한 사람은 한때의 고통을 참아 낸 결과 일 년 내내 배불리 먹을 수 있게 되었다.

아, 부지런하면 얻고 게으르면 잃는 법이니, 농사만 그런 것이 아니다. 지금 세상에서 글공부하여 벼슬길에 나아가려는 사람들이 어찌 이와 다르겠는가? 선비들이 젊은 시절에는 공부에 뜻을 두고 밤낮으로 부지런히 노력하여 온갖 경전과 역사책을 읽고 갖가지 문장을 익힌다. 뛰어난 재주를 품고 과거에 응시해 솜씨를 겨루다가 한 번 떨어지면 실망하고 두 번 떨어지면 멍해지며 세 번 떨어지면 망연자실해서 이렇게 말한다.

"공명은 운명에 달린 것이니 공부해서 얻을 수 있는 것이 아니며, 부귀는 천명에 달린 것이니 공부해서 얻을 수 있는 것이 아니다."

그러고는 공부를 그만두고 이전의 노력까지 모두 포기한다. 어떤 사람은 중도에 포기하고 어떤 사람은 거의 문턱까지 갔다가 되돌아온다. 흙으로 아홉 길의 산을 쌓다가 마지막 한 삼태기의 흙을 마저 옮기지 않은 격이니, 게을러서 김매기를 그만둔 농부와 마찬가지가 아니겠는가?

공부하는 수고는 농사짓는 고생에 비할 바가 아니다. 그렇지만 공부로 거두는 성과가 어찌 농사로 얻는 이익에 그치겠는가? 농사를 지으면 배를 채우니 이익이 적지만, 공부를 하면 명성을 얻으니 이익이 크다. 이익이 적은 일도 부지런히 하지 않으면 안 되는데, 이익이 큰 일을 부지런히 하지 않아서야 되겠는가? 머리를 써서 먹고사는 관리가 도리어 힘을 써서 먹고사는 백성만도 못하니, 이 이야기를 지어 깨우치고자 한다.

해설

조선 초기의 글 중에는 앞에서 본 강희맹의 「훈자오설」처럼 자녀 교육을 위해 지은 것이 꽤 있다. 이러한 교육용 글은 설(說)이라는 문체를 사용하는 경우가 많다. 전반부에 가상의 이야기를 제시하고, 후반부에서는 그 이야기를 통해 교훈을 제시하는 구조이다. 이 글 역시 같은 구성을 취하고 있다.

두 농부의 이야기는 성현이 파주 들판에서 목도한 광경을 토대로 그럴싸하게 지어낸 것이다. 가뭄이 들었지만 부지런한 농부는 계속 농사를 지어 결국 수확을 거두었고, 게으른 농부는 손을 놓고 있다가 굶주리게 되었다. 성현은 두 농부의 이야기를 선비의 공부에 비유했다. 많은 선비들이 청운의 뜻을 품고 열심히 공부하다가 한두 번 시험에 낙방하면 자포자기하고 만다. 공부하는 수고는 농사짓는 수고에 미치지 못하지만, 공부해서 얻는 이익은 농사지어 얻는 이익보다 훨씬 크다. 공부하는 선비가 부지런한 농부만도 못해서야 되겠느냐는 것이다. 한두 번의 실패로 포기하지 말고 부지런히 노력하라는 상투적인 교훈이지만, 절실한 비유를 통해 읽는 사람의 마음을 움직이고자 했다.

백성과 이익을 다투지 말라

浮休子傳

정나라 대부(大夫)가 밤나무 천 그루를 심었는데, 매우 큰 이익을 거두었다. 동료가 비웃으며 말했다.

"그대는 벌열 가문 출신으로 벼슬도 높고 녹봉도 많으며 집안의 재산도 넉넉한데, 무엇이 부족하다고 모든 이익을 다 차지하려 하는가?"

대부가 말했다.

"이익을 추구하는 사람을 미워하는 까닭은 수시로 돈을 출납하여 이자를 많이 받아먹고, 사사로이 농단하여 시장의 상품을 독점하며, 가렴주구를 일삼아 백성들의 재물을 착취하기 때문일세. 하지만 나는 그러지 않았네. 남에게 달라고 한 것이 아니라 내가 가지고 있는 물건을 팔아 돈을 벌었을 뿐이네."

동료가 말했다.

"그대는 어찌 그리 잘 꾸며 대는가? 천자는 많고 적음을 말하지 않고, 제후는 이익과 손해를 말하지 않으며, 대부는 얻고 잃는 것을 말하지 않는 법일세. 그러므로 천 대의 수레를 가진 부유한 제후의 집안에서는 닭과 돼지를 기르지 않고, 얼음을 저장해 두었다가 먹을 정도로 넉넉한 대부의 집안에서는 소나 양을 기르지 않으며, 녹봉을 받는 관리의 집안에서는 채소나 과일을 기르지 않는 법일세. 이 때문에 옛적 공의휴(公儀休)

는 베를 짜던 며느리를 내쫓고 채소밭을 엎어 버렸으니, 백성과 이익을 다투지 않으려 했기 때문일세.

이익이라는 것은 온갖 사물의 주인일세. 만약 이익을 모조리 차지하려 한다면 송곳 끝처럼 조그마한 이득이라도 남김없이 차지하려고 다툴 것이네. 신하 된 자는 이익을 생각하며 임금을 섬길 테고, 아들 된 자는 이익을 생각하며 아비를 섬길 것이네. 그렇다면 임금을 시해하거나 아버지를 때려서라도 이익을 빼앗기 전까지는 만족하지 않을 것이네. 『시경』에 '큰 바람이 들판에 부니, 탐욕스러운 자가 동족을 해치는구나'라고 풍자하지 않았던가?"

해설

성현의 『부휴자담론』은 가상의 인물 부휴자를 통해 정치, 사회, 문화, 예술 등 여러 분야의 현안에 대한 담론을 펼친 책이다. 이 책에서 부휴자는 마치 중국 전국 시대 제자백가의 한 사람처럼 묘사되어 있다. 때로는 공자와 맹자처럼 군왕의 도리와 신하의 임무를 논리 정연하게 설파하고, 때로는 장자와 열자처럼 허구적인 이야기로 사회를 풍자하기도 한다. 그런가 하면 중국 고대에 실제로 있었던 역사적 사건을 배경으로 역사책에 보이지 않는 인물을 등장시켜 군주를 비판하기도 한다.

이 글은 『부휴자담론』의 한 편으로, 높은 벼슬에 있는 사람이 백성과 이익을 다투는 행태를 풍자하는 내용이다. 본문에 등장하는 대부는 밤나무를 심어 큰 이익을 거두었다. 그는 고리대금을 한 것도 아니고 매점매석을 한 것도 아니며, 불법적인 수단으로 남의 재산을 빼앗은 것도 아니므로 자신의 행동이 정당하다고 항변한다.

하지만 동료는 춘추 시대 노나라 목공(穆公)의 재상 공의휴의 이야기를 거론하며 대부를 비판한다. 공의휴는 집에서 기른 맛 좋은 나물을 보고 밭의 채소를 모두 뽑아 버리게 했고, 집에서 짠 질 좋은 옷감을 보고 베틀을 불사르게 했다. 벼슬아치가 농부나 길쌈하는 여인과 이익을 다투어서는 안 된다는 이유였다. 제후의 집에서는 개와 닭을 기르지 않고, 대부의 집에서는 소와 양을 기르지 않으며, 관리의 집에서는 채소와 과일을 재배하지 않는다는 말은 『대학』에서 인용한 것이다.

유호인
兪好仁

1445~1494년

본관은 고령(高靈), 자는 극기(克己), 호는 임계(林溪) 또는 뇌계(㵢溪)이다. 김종직의 문인이며 사가독서를 받은 엘리트 문인이다. 성종이 1490년 그의 시고(詩藁)를 보고 상을 내리는 등 총애했다. 유호인이 귀향길에 오르자 성종이 "있으렴 부디 가려냐 아니 가든 못할쏘냐/ 무단히 네 싫더냐 남의 말을 들었느냐/ 그래도 하 애달프니 가는 뜻을 일러라"라는 시조를 지었다는 일화는 유명하다. 특히 시에 뛰어나 조위(曺偉)와 나란히 이름을 날렸으며 『속동문선』에 「유송도록(遊松都錄)」 등의 산문이 뽑혀 있다. 문집 『뇌계집(㵢谿集)』이 전한다.

스승을 찾아서 贈曺太虛詩序

선비는 원래 천지 사이에서 천명을 부여받은 존재이다. 그러므로 천지를 위해 마음을 바로 세우고 백성을 위해 천명을 따라야 한다. 그러기 위해서는 먼저 내가 타고난 그릇을 키워 우리 임금을 요순 같은 성군으로 만들어야 한다.

예전의 학자들은 이렇게 해야 한다는 것을 알고서 경계하는 마음으로 자신을 채찍질했다. 그러고도 천하의 좋은 것이라면 모두 자신의 것으로 만들고자 하였다. 그러므로 세상에 사모하고 좋아하는 사람이 있으면 반드시 만나고자 하였고, 만나지 못하면 그 사람의 행동과 음식, 기호라도 알아내려 하였다. 그것도 안 되면 동쪽 끝 빈(豳) 땅에서부터 서쪽 끝 영(營) 땅까지, 그리고 남북으로 만 리가 넘는 곳도 마다 않고 평생 부지런히 현인과 군자를 찾아서 스승이나 벗으로 삼으려 하면서도 찾지 못할까 전전긍긍했다. 행동과 음식, 기호를 알아내고자 먼 곳이라도 반드시 찾아간 이유가 어찌 다른 데 있겠는가. 오직 절차탁마하여 자신의 도를 크게 이루고자, 이렇게 부지런히 사모하고 좋아했던 것이다.

온 세상의 현인과 군자를 두루 찾아 좋은 점을 본받고도 만족하지 않고, 시대를 거슬러 올라가 벗을 찾으면서 "옛사람이여, 옛사람이여. 잠깐이라도 한번 만났으면 좋겠네."라고 하였다. 도를 찾으려는 마음이 과연 어떠한가? 공자는 "세 사람이 가면 반드시 나의 스승이 있다." 하며 노담(老聃)에게 예(禮)를 묻고 담자(郯子)에게 관제(官制)를 물었다. 성인도 이러했거늘 그보다 못한 사람은 어떻겠는가. 진번(陳蕃)의 의자를 내리게 한 사람도 있고, 이응(李膺)의 용문(龍門)에 오른 사람도 있고, 낙양(洛陽)에 눈이 석 자나 내렸는데도 밖에 나가지 않고 도를 강론한 원안(袁安)과 같은 사람도 있었다.

그런데 요즘 세상을 보니 배움의 길은 성인이나 바보나 다를 것이 없는데 늘 지금 사람이 옛사람에 못 미친다고 걱정하는 이유는 무엇인가. 옛사람은 다른 사람의 좋은 점을 본받는 것을 다행으로 여겼지만, 지금 세상에서는 남이 자기보다 못한 것을 다행으로 여기면서 잘못을 깨닫지 못하고 있으니, 참으로 슬픈 일이다.

나는 외딴 곳에서 나고 자라 고향 땅을 벗어난 적이 없다. 배운 것이라고는 모두 옛사람의 지난 자취였을 뿐, 내 의지를 분발시킬 만한 것이 없었다. 다행히 어진 사람들이 있는 마을에 살면서 몇몇 사람을 만나 아침저녁으로 함께 강론하면서 도를 추구했다. 그러다가 한양으로 올라와서 높고 화려한 대궐과 넓고 큰 후원, 성막을 우러러보게 되었다. 마침내 서해에 배를 띄워 중국 남방의 초(楚)나라와 오(吳)나라를 바라보고, 곡령(鵠嶺)에 올라 고려의 수도 개성(開城)을 굽어보았다. 우리나라의 장관을 모조리 보았지만 가슴속에 얻은 부귀가 얼마 되지 않아 만족하지 못했다. 간간이 홍문관에 근무하는 훌륭한 대가들을 만나 보고 다행으로 여긴 적이 한두 번이 아니었지만, 그래도 점필재 김종직 선생을 만나지 못했으니 이보다 심한 불행이 어디 있겠는가.

근래 성균관에서 그대를 만나고, 그대의 소개로 선생의 문하에 발을 들이게 되었다. 선생의 온화하고 우아한 얼굴을 뵙고, 선생의 웅장하고 호탕한 논의를 들으니 도를 구하는 길에 보탬이 되었다. 이 일은 우연이 아닌 듯하다. 만나 뵙지 못했을 때는 채찍을 들고 마부가 되는 천한 일이라도 하지 못할까 걱정하다가, 하루아침에 굶주린 자가 맛난 음식을 배불리 먹고 술을 실컷 마셔서 만족스럽게 여기는 격이니, 내게는 참으로 큰 다행이라 하겠다.

조태허(曺太虛)를 통해서 이렇게 다행한 일이 생겼으니, 내가 조태허를 만난 것이야말로 다행 중에 더욱 다행한 일이라 하겠다. 조태허는 겨우 약관의 나이를 넘었지만 반드시 큰 학문에 힘쓰려 하니, 원대한 경지에 도달할 만한 큰 그릇이다. 이것이 어찌 나만의 행운이겠는가. 동시대의 뛰어난 사대부들도 모두 깜짝 놀라 눈을 비비며 마치 한나라 선비들이 진준(陳遵)을 만나고자 했던 것처럼 그대를 만난 일을 몹시 다행스럽게 여긴다. 그러니 마땅히 천지와 백성을 위하여 마음을 바로 세우고 스승이나 벗과 함께 부족한 학문을 다 채워서, 도를 크게 이루어 세상에 나와야 할 것이다. 속 좁은 졸장부처럼 어쩌다 얻는 벼슬 따위를 영예와 치욕으로 삼아서야 되겠는가. 나는 이미 여기에 뜻을 두었으니, 떠나는 그대에게도 여기에 힘쓰라고 권하는 바이다.

해설

유호인이 벗 조위를 전송하며 준 글이다. 학문과 인생의 스승을 만나고자 하는 간절한 마음을 피력한 서두가 돋보인다. 이 글에서 그는 스승을 만나기 위해서라면 아무리 먼 곳도 마다 않고 찾아가며, 스승을 직접 만나지 못하면 그가 남긴 저술만이 아니라 행적이나 기호까지 따른다고 했다. 옛사람의 자취가 서린 유적지를 찾아보는 것은 행적을 통해 깨달음을 얻고자 하는 행위이며, 도연명이 좋아한 국화나 주돈이가 사랑한 연꽃을 감상하는 것은 기호를 통해 배움을 얻고자 하는 행위라는 것이다. 유호인이 서해와 개성 등지를 여행하며 견문을 넓힌 것도 직접 만날 수 없는 스승의 자취를 찾기 위해서였다.

유호인이 가장 큰 스승으로 생각한 인물은 점필재 김종직이었다. 유호인은 평소 김종직을 존경하여 만나고자 했으나 뜻을 이루지 못하다가, 한양으로 올라와 성균관에서 수학할 때 알게 된 조위의 소개로 그를 만날 수 있었다. 조위가 김종직의 처남이자 제자였기 때문이다. 이 인연으로 유호인은 김종직의 제자가 되었다. 28세 되던 1472년에는 김종직, 조위와 함께 지리산을 유람하기도 했다.

이 글은 그 이전에 지방관으로 부임한 조위에게 준 것으로 추정된다. 유호인은 조위를 통해 김종직을 만나게 된 일을 두고 인생의 큰 행운이라 하며, 조위에게 더욱 큰 학문을 이루도록 격려했다. 첫머리에 "선비는 천지를 위해 마음을 바로 세우고 백성을 위해 천명을 받든다."라는 송나라 장재(張載)의 말을 인용하고, 끝에서 천지와 백성을 위하는 학문을 이루도록 당부하여 일관된 논지를 갖추었다. 제목으로 보아 조위에게 시를 지어 주고 거기에 덧붙인 서문인 듯한데, 지금 전하는 문집에 시는 보이지 않는다.

채수 蔡壽

1449~1515년

본관은 인천(仁川), 자는 기지(耆之), 호는 난재(懶齋) 또는 청허자(淸虛子)이다. 명필로 알려진 채신보(蔡申保)의 아들이다. 젊은 시절 홍문관과 예문관, 사간원 등에서 근무했고, 중종반정에 참여한 공으로 인천군(仁川君)에 봉해졌다. 노년에는 벼슬에서 물러나 고향인 경상도 함창(咸昌)에 쾌재정(快哉亭)을 짓고 독서로 여생을 보냈다.

음악과 지리 등 다방면에 박학하고 시문에도 뛰어났다. 1511년 소설 「설공찬전(薛公贊傳)」을 지었는데 불교의 윤회와 화복에 관한 내용이 있다 하여 비난을 받았다. 성현과 친분이 깊어 『용재총화』 등에 그에 대한 일화가 여러 편 전한다. 문집 『난재집(懶齋集)』이 전하며 『속동문선』에도 그의 글이 여러 편 실려 있다.

폭포가 있는 석가산 石假山瀑沛記

나 청허자(淸虛子)는 평소 산수를 몹시 좋아했다. 우리나라 명산 중에 삼각산, 금강산, 지리산, 팔공산, 가야산, 비슬산, 황악산, 속리산 등은 모두 정상까지 올랐다. 속세를 벗어나 드넓은 세상을 바라보며 천지가 크고 높고 넓고 깊다는 것을 알게 되었다. 더욱 좋은 것은 만 길 높이로 솟은 기암괴석, 그 사이에 자라난 소나무와 전나무, 어른거리는 구름과 안개, 맑은 시내와 하얀 바위, 호젓한 개울과 으슥한 숲이다. 모두 세속의 걱정을 깨끗이 씻어 내고 의지와 기개를 키우기 충분하다. 사방을 유람하는 선비와 승려를 만나 산수 이야기를 하노라면 나는 몹시 즐거워 묻고 답하느라 입에 침이 줄줄 흘렀으니, 세상 사람들이 모두 벽(癖)이 있다고 비웃었다.

그러다 늘그막에 다리 힘이 빠져 잘 걷지 못하게 되자 어찌할 수가 없어 부득이 누워서 유람할 꾀를 내었다. 고금의 유명한 사람들이 그린 산수화를 모아서 벽에 걸어 놓고 보았다. 가서 구경하고 싶은 마음에 약간 위안이 되기는 했지만, 그저 정교하고 강건한 필력과 가물가물한 풍경을 건졌을 뿐, 생동하고 핍진한 형상은 찾아보기 어려웠기에 마음속으로 늘 안타까워했다.

남산에 있는 내 별장에는 남쪽 담장 바깥 바위틈에서 샘물이 흘러나

오는데 맛이 달고 시원하다. 그래서 마루 앞에 못을 파고 물을 담아 연꽃을 심고, 괴석을 가져다 그 가운데 가산(假山)을 만들고는 늙고 자그마한 소나무와 삼나무, 회양목을 심었다. 또 샘물이 나오는 바위틈을 계산하니 지면에서 석 자 정도 높았다. 땅 아래로 물을 끌어와 못 동쪽으로 흐르게 하였다. 대나무를 잘라서 구부린 다음 땅속에 묻어 대통으로 물이 들어가게 만드니, 그 물이 가산 위쪽으로 터져 나와 폭포가 되어 흘러내리는데, 두 단으로 못에 떨어지게 만들었다. 샘물이 담장 밖에 있는지도 모르고, 또 물이 땅 아래의 대통에서 나온 것도 모르다가 갑자기 맑은 물이 가산 꼭대기에서 솟아 흘러나오는 것을 보면, 모두들 깜짝 놀라며 그 물이 가산에서 바로 나온 줄 안다.

예로부터 산을 좋아하여 석가산(石假山)을 만든 사람은 많다. 간혹 폭포를 만든 사람도 있었지만, 으레 가산 뒤편의 땅을 높이고 가산 앞으로 물이 흐르도록 폭포를 만드는 것이 일반적이었다. 그러나 이렇게 해 놓으면 사면이 모두 못물에 둘러싸여 폭포의 맑은 물이 혼탁한 못물과 달라지는 문제가 있다. 여기에 비해 나의 것은 가산 꼭대기에서 물이 흘러나와 폭포를 이루니 더욱 기이하다. 고금에 이러한 것은 없었을 듯하다.

작은 것으로 큰 것을 비유하고 쉬운 것으로 어려운 것을 시도하는 법. 이 못은 둘레가 겨우 몇 길이고 깊이도 몇 자 되지 않는다. 산은 높이가 다섯 자이고 둘레가 일곱 자, 폭포는 두 자 남짓이고 나무는 네댓 치이다. 그런데도 봉우리가 험준하고 골짜기가 그윽하며 쏟아지는 폭포와 다투어 흐르는 물줄기가 진짜를 방불케 한다. 몇 길 땅 안에 큰 바다를 갈무리하고, 몇 자의 돌에다가 봉래산과 방장산을 축소해 넣었으니, 정건(鄭虔)이나 왕유(王維)처럼 솜씨 좋은 화가들이 정성을 쏟고 기교를 다해 그린 그림이라도 여기에 비하면 만분의 일도 담아 내지 못할 것이다.

아, 어느 것이 진짜고 어느 것이 가짜인가? 결국은 천지도 모두 가짜를 합한 것이고 사람의 육신과 사지도 모두 가짜를 합한 것이니, 큰 것과 작은 것, 진짜와 가짜를 따질 필요가 있겠는가? 그저 내가 좋아하는 바를 취할 뿐이다.

게다가 세상 만물에는 입에는 맞지만 눈에는 맞지 않는 것도 있고, 눈에는 맞지만 귀에는 맞지 않는 것도 있지 않은가? 이 샘물은 달고 시원하여 우리 집과 이웃에서 아침저녁 여기에 의지하고 있으니 입에 맞는다 하겠다. 이 샘물이 기암괴석과 소나무, 전나무 사이를 흘러 몇 자 높이에서 곧바로 떨어지는데, 마치 한 가닥 물줄기가 병풍 같은 푸른 산을 갈라놓은 듯 훤하다. 아침저녁으로 보아도 지겹지 않으니, 눈에 맞는다 하겠다. 고요한 밤에 잠을 이루지 못하여 베개를 높이 베고 그 소리를 듣노라면 공후(箜篌)나 축(筑)을 연주하는 맑은 소리처럼 울려 퍼지니, 귀에 맞는다 하겠다.

나는 집이 가난하고 벼슬이 초라하여 곱게 단장한 여인네가 눈을 즐겁게 하는 일도 없고, 달고 기름진 음식이 입을 즐겁게 하는 일도 없으며, 피리나 거문고 같은 악기가 귀를 즐겁게 하는 일도 없다. 그저 이 샘물 하나에 의지하여 세 가지 즐거움을 누리며 살아가니, 참으로 담박하면서도 운치가 있다. 세상의 호걸들은 모두 초라한 나를 비웃겠지만 나는 즐거우니, 이 즐거움을 다른 것과 바꾸지 않겠다.

해설

원래 석가산은 불가적인 목적이나 풍수지리적인 이유에서 만들어졌는데 조선 초기 이래 정원을 장식하는 조경물로 크게 유행했다. 그중 가장 독특한 것이 바로 남산에 있던 채수의 집에 만든 석가산이었다. 채수의 석가산은 대통을 이용해 땅속으로 물을 끌어와 연못 한가운데 있는 산 꼭대기에서 폭포가 되어 떨어지게 만들었다. 이렇게 만든 사례는 이후의 문헌에도 보이지 않는다.

조선 시대에 석가산을 만든 이유는 와유(臥遊), 즉 누워서 유람하기 위해서이다. 와유라는 개념은 송나라 때 종병(宗炳)이 늙고 병들자 평생 유람한 곳을 모두 그림으로 그려서 벽에 걸어 놓고 누워서 즐겼다는 고사에서 유래한다. 채수 역시 와유를 위해 산수화를 벽에 걸었지만 그것만으로는 생동감이 부족했다. 그래서 진짜 산을 대신할 작은 규모의 석가산을 만든 것이다. 채수는 당나라 서응(徐凝)의 「여산폭포(廬山瀑布)」에서 "고금의 세월 흰 비단처럼 날려서, 한 가닥 물이 푸른 산 빛을 부수어 가른다(今古長如白練飛, 一條界破青山色)"라는 구절을 인용해 석가산 폭포의 아름다움을 묘사했다.

석가산이 진짜가 아니라는 세간의 비판에 대해 채수는 불교의 가합(假合)이라는 개념을 내세웠다. 천지 만물은 모두 인연에 의해 잠시 이루어졌다가 사라지는 것이니, 진짜와 가짜를 구분하는 것 자체가 어리석은 일이라는 것이다. 불교에 심취한 그의 사상적 일면을 엿볼 수 있다.

꽃을 키우는 집 養花軒記

임인년(1482년) 여름, 나는 사헌부 대사헌으로 말을 잘못했다가 해직되어 함녕(咸寧, 함창)의 시골집으로 내려와 있었는데, 휘광(撝光)이 찾아와 말했다.

"나는 세상에 뜻이 없어 벼슬의 영욕을 벗어났소. 다만 적적한 시골에 살자니 시름을 풀 길이 없기에 마루 앞에 백 가지 꽃을 심어 손수 물을 주고 있소. 꽃이 피면 봄인 줄 알고 잎이 지면 가을인 줄 알 뿐이오. 이곳에서 술을 마시고 이곳에서 시를 짓고 이곳에서 한가하게 거닐고 이곳에서 휴식을 취하니, 이렇게 일생을 보내며 고고하게 살 만하다오. 그대는 한번 와서 보시지 않겠소?"

그리하여 종 하나만 데리고 혼자 말을 타고서 양화헌(養花軒)이라는 곳으로 가 보았다. 기둥 두 개를 세우고 소나무 가지로 처마를 만들었다. 낚싯대를 꽂아 놓고 바둑판을 펼쳐 놓았으며, 여러 가지 술잔을 상 위에 늘어놓고 실컷 술 마시는 곳으로 삼았다. 또 산기슭을 둘러 흙으로 섬돌을 쌓고 그 바깥에 울타리를 친 다음, 그 사이에 갖가지 화초를 심어 좌우에 형형색색으로 흐드러지게 피어 있었다. 어떤 것은 군자의 맑은 정신을 닮았고 어떤 것은 미녀의 요염한 외모를 닮았으며, 어떤 것은 부귀한 자의 화려한 모습을 닮았고 어떤 것은 은자의 고독한 형상을 닮았다.

참으로 휘광이 부지런히 꽃을 키우고 자유롭게 산다는 것을 알겠다.

비록 그렇지만 내가 듣기로 옛사람은 하늘과 땅을 천막과 자리로 삼고 해와 달을 등불과 촛불로 삼았다. 온 세상은 나에게 들어오는 문지방이요, 세상 만물은 나를 빚어 만드는 틀로 여겼다. 하늘을 나는 새와 물에서 헤엄치는 고기가 저절로 태어나 저절로 자라며 제각기 살 곳을 찾는 가운데, 나는 술병을 들고 지팡이를 끌고 유유자적하게 때로는 산으로 때로는 물로 때로는 언덕으로 때로는 들판으로 흥이 나면 갔다가 흥이 다하면 돌아오며 얼큰하게 술에 취했다 말끔하게 술에서 깨었다.

세상 만물과 함께 돌아가며 조물주와 함께 흘러가니, 천지 사이의 기이한 꽃과 풀은 모두 나의 초목이요, 진기한 새와 짐승은 모두 나의 금수이다. 굳이 정신을 허비하고 힘을 들여 가며 꽃을 옮기기 위해 뿌리를 뽑고, 과실을 접붙이기 위해 껍질을 벗기며, 새를 조롱에 가두어 발을 묶고, 짐승을 매어 놓아 천성을 잃게 하는 짓을 하며 만물의 이치를 어기고, 천지의 조화를 상하게 하고서 즐거워해서야 되겠는가?

옛사람(백거이를 가리킴)의 시에 "아무 일 없이 세월은 길기만 한데, 드넓은 천지 사이에 얽매이지 않는 몸이라네"라고 하였고, 또 다른 옛사람(진박(陳摶)을 가리킴)의 시에 "들판에 꽃이 피든 새가 울든 똑같은 봄이라네"라고 하였다. 만약 들판에 꽃이 피든 새가 울든 똑같은 봄으로 여기고 드넓은 천지 사이에서 아무 일에도 얽매이지 않는다면 그 또한 통쾌하지 않은가? 굳이 꽃을 키울 필요가 있겠는가? 비록 그렇지만, 구차하게 무언가를 얻으려 아등바등하고 이익과 욕망에 사로잡혀서 자두를 팔면서 씨앗에 구멍을 뚫은 인색한 사람이나, 한 끼에 열여덟 가지 음식을 먹은 사치한 사람에 비하면 얼마나 차이가 큰가?

휘광은 누구인가? 성은 이(李)요, 이름은 겸(謙)이다. 나와는 한양에서 죽마고우였고 함녕에서는 술친구인데 취수옹(醉睡翁)은 그의 호이다.

계묘년(1483년) 사월에 쓴다.

해설

채수는 1482년 봄 대사헌이 되었으나 그해 8월 성종의 비(妃)였다가 폐위된 연산군의 생모 윤씨(尹氏)를 위해 글을 올린 일로 벼슬에서 물러나 고향인 경상도 함창으로 내려왔다. 당시 벗 이겸이 같은 고을에 백화헌(百花軒)을 짓고 유유자적하고 있었다. 이 글은 그를 위해 지은 것이다.

백화헌은 글자 그대로 온갖 꽃을 심은 곳이었다. 군자의 맑은 정신을 닮은 연꽃, 미녀의 요염한 외모를 닮은 복숭아꽃, 부귀한 자의 화려한 모습을 닮은 모란 등을 심었다. 채수는 꽃을 사랑하면서 살아가는 이겸의 삶을 칭송하면서도, 인위적으로 옮겨 심거나 접붙여서 식물의 본성을 잃게 하는 행위에는 반대했다. 당시 원예(園藝)가 널리 유행하면서 이러한 기술이 자주 동원되었다는 사실은 강희안의 『양화소록』을 통해 알 수 있다. 채수는 자연의 조화를 중시했다.

홍귀달 역시 이겸의 양화헌을 위해 「취수옹양화기(醉睡翁養花記)」를 지었다. 이겸이 꽃을 키우는 행위를 완물상지(玩物喪志)라며 비판하는 사람에게 전하는 글인데, 이겸은 사사로운 마음으로 꽃을 소유하려는 것이 아니라 꽃과 더불어 일체가 되어 살아간다며 옹호하는 내용이다. 홍귀달은 이겸의 호 취수옹에 착안하여 이겸이 꽃나무 사이에서 술에 취하여 자는 모습을 묘사하고, 꽃을 기르는 일이 이겸에게 병폐가 되지 않는다고 했다.

홍유손 洪裕孫

1431～1529년

자는 여경(餘慶), 호는 소총(篠叢) 또는 광진자(狂眞子)이다. 원래 남양(南陽)의 천민이었지만 문장에 뛰어나 30세 때 남양 부사 채신(蔡申)이 향역(鄕役)을 면제해 주었다. 영남으로 가서 김종직을 스승으로 모시고 두보의 시를 배워 시로 이름을 떨쳤다. 노장(老莊) 사상에 심취하여 남효온, 김시습 등과 절친했다. 무오사화에 연루되어 제주에 유배된 이력이 있다. 도가(道家)의 양생술에도 밝아 야담에 따르면 90세에 아들을 낳았다고 하나 사실과 다르다.

문집 『소총유고(篠叢遺稿)』가 전한다. 그의 아들 지성(至性) 역시 제자백가를 섭렵하여 모르는 것이 없었고 제자가 1000명에 달했다고 한다.

국화에서 배우다 贈金上舍書

병을 치료하는 법은 의원과 약을 필요로 하지 않으니 혈기를 잘 조절하는 것이 요점이라네. 온몸에 가득한 혈기를 적절히 조절하면 오장육부가 따라서 튼튼해지고, 오장육부가 튼튼해지면 바깥의 나쁜 기운이 몸 안에 뭉치지 않아 혈기가 차가워지거나 부족해지는 폐단이 없다네. 의가(醫家)의 천만 가지 처방과 선가(仙家)의 비법에 나오는 이야기는 모두 양생술인데, 먼저 음식을 절제하는 방법을 말하고, 이어서 마음을 조절하는 방법을 말한 것일세. 음식을 절제하지 않고 마음을 조절하지 않으면 혈기가 부실해져 바깥의 나쁜 기운을 불러들이기 쉬워 몸이 위태로워진다네. 상사(上舍, 생원이나 진사를 이르는 말)는 남이 말해 주지 않아도 필시 알고 있을 테지. 얼마 전에 들으니, 상사는 말을 조금 더듬는 병이 갑자기 없어지고 눈동자가 또렷해졌다고 하는데, 살찐 몸이 여위었다고는 하지만 잠시일 뿐이니 염려할 필요는 없다네.

상사는 국화 감상하기를 좋아하니, 국화를 가지고 상사에게 충고해 보겠네. 국화는 늦가을에 피는데, 된서리와 찬바람을 이겨 내고 온갖 꽃보다 빼어난 이유는 빨리 피지 않았기 때문이네. 모든 사물에게 빠른 성취는 재앙이요, 빠르지 않고 늦게 성취해야 기운을 굳건하게 할 수 있는 법이네. 어째서인가? 천천히 천지의 기운을 모아 흩어지지 않게 하고 억지로 정기를 강하게 만들지 않으면 세월이 오래 지나 자연히 성취를 이루기 때문이네. 국화가 이른 봄에 싹이 트고 초여름에 자라고 초가을에 무성해지고 늦가을에 울창해지는 것은 이러하기 때문이라네.

사람이 세상을 살아가는 것도 어찌 이와 다르겠는가? 옛사람이 빠른 출세를 경계한 것도 이 때문이네. 상사는 소과(小科)에 합격한 것도 빠르다고 하겠는데, 대과(大科)에 빨리 급제하려고 급급해하고 있네. 대과에 응시할 자격이 되는 원점(圓點)을 채우지 못하여 걱정하다가 가슴속에 여러 가지 근심이 쌓이게 되었고, 또 마음을 조절하고 혈기를 화평하게 하여 사지(四肢)와 근골(筋骨)을 건강하게 만들지 못했다지.

이 늙은이가 감히 잘 안다고는 하지 못하겠으나, 영달이라는 것은 남을 위한 것이 아니라 자신을 위한 것이요, 남을 높이기 위한 것이 아니라 자신을 높이기 위한 것이라네. 자신을 높이고자 하는 사람은 마음을 우선시하고 외물(外物)을 뒷전으로 삼는다지. 기자가 남긴 홍범구주에 있는 오복(五福) 중에서 장수(長壽)가 첫째이니, 장수는 성인이 중시한 것일세. 성인만 장수를 중시한 것이 아니라 이나 서캐 따위 미물조차도 자기 생명을 소중히 여긴다네. 아무리 높은 벼슬자리에 오른다 한들 장수하지 못하면 부귀영화가 무슨 소용이겠는가?

상사는 영달을 잊고 양생에 전념하시게. 여러 사물의 겉을 보면서 그 안의 이치를 관찰하고, 병을 근심하지 말고 마음을 다스리는 일에 유념한다면, 장수를 누리면서 즐겁게 여러 책을 볼 수 있을 것일세. 그렇게 되면 기약하지 않아도 글솜씨가 절로 향상되고 바라지 않아도 높은 벼슬이 절로 찾아올 것이네. 무릇 장수와 요절은 모두 자초하는 것이지 남이 만드는 것이 아니며, 하늘이 주거나 빼앗는 것도 아니라네.

내가 이렇게 살아 있는 것도 하늘의 명을 거역하지 않고 순응했기 때문이라네. 하늘이 나에게 내려 준 운명이 본디 좋은 것은 아니었기에 지금까지도 이렇게 살고 있지만, 만약 이것을 버리고 다른 것을 찾기에 급급했다면 노인이 되지도 못했을 것이네. 나는 지금 칠순이 되었지만 머리가 세지도 않았고 바늘구멍에 실을 꿸 수도 있으니 나만 한 사람도 드물 것일세. 상사는 배를 잡고 웃으며 내 말을 틀렸다 여기지 말고, 부디 이 늙은이의 어리석고 객쩍은 말을 잘 들어 보시게. 출입과 기거를 삼가 질병이 온몸 구석구석에 오래 머물지 않도록 한다면 몹시 다행이겠네.

해설

칠순의 홍유손이 후배에게 건강을 유지하는 방법을 자상하게 일러 준 글이다. 막 소과에 합격한 젊은이가 바로 대과에 급제하려는 욕심에 건강을 해치고 말았다. 대과에 응시하려면 성균관에서 먹고 자면서 일정 기간을 채워야 하는데, 기간을 채우지 못해 마음이 조급해진 나머지 풍을 맞은 듯하다. 그래서 말이 어눌해지고 눈동자가 풀리는 증세가 나타났던 모양이다.

홍유손은 병의 원인이 조급증에 있다고 보아 국화를 예로 들어 깨달음을 주고자 했다. 국화는 다른 꽃이 다 진 후에 비로소 꽃을 피운다 해서 오상고절(傲霜孤節)이라 한다. 추운 날씨에 꽃을 피울 수 있는 이유는 속성(速成)을 바라지 않기 때문이다. "빨리 하고자 하면 이르지 못한다."라는 욕속부달(欲速不達)의 진리를 이렇게 깨우쳤다. 홍유손은 욕심을 부리지 않고 순리대로 살다 보니 머리가 세지 않았을 뿐 아니라 노안조차 오지 않았다고 하면서 칠순에도 건강을 유지하는 자신의 모습을 증거로 내세웠다. 일흔이 넘은 나이에 자식을 두었던 그가 마음을 다스리는 양생의 방법을 제대로 터득했다는 사실을 글에서도 확인할 수 있다.

남효온

南孝溫

1454~1492년

본관은 의령(宜寧), 자는 백공(伯恭)이다. 호는 추강(秋江)이 널리 알려져 있는데 행우(杏雨)·최락당(最樂堂)·벽사(碧沙) 등도 썼다. 영의정을 지낸 남재(南在)의 후손이다. 김종직의 문인으로 김굉필, 정여창, 김시습과 교유했다. 「육신전(六臣傳)」을 지어 사육신의 절개를 세상에 알렸으며, 그 자신도 생육신의 한 사람으로 일컬어진다.

문집 『추강집(秋江集)』이 있는데 여기에 실린 「육신전」, 「추강냉화(秋江冷話)」, 「사우명행록(師友名行錄)」 등은 별도의 책으로도 전한다. 특히 「육신전」은 당시 누구도 언급하지 못했던 세조의 찬탈을 정면으로 다루었다는 점에서 상당한 문제작이다. 훗날 「육신전」을 열람한 선조는 이 책을 모조리 불태우라 명했고 언급하는 것조차 금지했다.

물을 거울로 삼는 집 鑑亭記

물이라는 것은 만물을 비추어 곱고 추한 모습을 그대로 드러낸다. 그러므로 자신의 허물을 듣고 용감하게 고치려는 선비는 물을 좋아한다. 또 물은 천하의 가장 낮은 곳에 처하여 다른 사물과 다투지 않는다. 그러므로 겸손하게 물러나 부드럽게 처신하려는 사람은 물을 좋아한다. 이 때문에 공자와 같은 성인도 지혜로운 사람이 물을 좋아한다 했고, 노자와 같은 현인도 낮은 곳에 처하는 물의 성질을 말했으니, 내가 이들의 가르침을 따른 지 오래이다.

홍치(弘治) 4년(1491년, 성종 22년) 이월, 나는 호남으로 출발하여 다음 달 임술일에 여산(礪山)에 도착하고, 계옹(溪翁) 김영숙(金榮叔)의 시냇가 작은 정자에서 하루를 묵었다. 영숙이 정자의 이름을 지어 달라고 부탁하기에 시내 이름을 감계(鑑溪)라 하고 정자 이름을 감정(鑑亭)이라 하였다. 아, 내가 거울 감(鑑) 자에서 취한 뜻을 영숙은 음미하기 바란다.

산과 언덕과 들판과 습지가 많지 않은 것은 아니지만 굳이 물이 있는 곳에 정자를 지었으니 그 뜻을 알 만하다. 영숙은 기억력이 뛰어나고 행실이 도타운 선비이니, 이곳에 앉아서 즐기면 무언가 생각이 있지 않겠는가. 물이 고운 것을 비추면 내 마음의 선한 단서가 발현됨을 생각하여 마음이 곡진히 발현되게 하고, 물이 추한 것을 비추면 내 마음이 외물에 이끌려 사라짐을 생각하여 마음을 수습하여 회복할 것이다. 물이 큰 것을 비추면 나의 뛰어난 재능을 생각하여 더욱 배양하고, 물이 작은 것을 비추면 나의 편협한 단점을 생각하여 더욱 넓힐 것이다. 모든 사물에 이르기까지 모두 그렇게 한다면, 작게는 부부가 한집에 사는 일부터 크게는 성인과 천지도 다할 수 없는 일에 이르기까지, 삼백 조목이 넘는 예의(禮儀)와 삼천 조목이 넘는 위의(威儀)가 내 마음의 거울 속에 넉넉히 자리 잡을 것이다. 그렇다면 물의 효능에 힘입는 바가 참으로 크다 하겠다.

영숙은 성이 김씨로, 본디 경주에 대대로 살던 집안 출신이다. 고조부 월성군(月城君) 김수(金需) 때부터 우리나라의 문헌에 등장하는 큰 집안이 되었다. 조부 김민강(金閔姜)은 후진 양성을 즐겨했다. 나도 예전에 가르침을 받은 적이 있는데, 너그럽고 후한 성품의 어르신이다. 어진 사람에게는 반드시 훌륭한 후손이 있는 법이니, 그래서 영숙이 있는 것이다. 부친 김계전(金繼田)이 일찍 세상을 떠나자 모친 여흥 민씨(驪興閔氏)가 아침저녁으로 제사를 올리고 아내의 도리를 성실하게 수행하여 우리 주상 전하께서 즉위하신 지 삼 년이 되는 신묘년(1471년)에 정문(旌門)을 하사했다.

영숙은 어려서 부친을 여의었지만 집안의 가르침을 늘 보아 왔고 홀어머니를 봉양하며 제법 예절을 지켰기에 고을 선비들이 몹시 존경했다. 처음에는 은진에 살다가 나중에 여산으로 이사했는데, 여산에 처가가 있기 때문이다. 영숙은 집에서 이 리쯤 떨어진 작은 개울가에 초가 정자를 지었다. 책을 보관하고 도를 강론하며, 문학을 하는 선비와 날마다 그 주변에서 유유자적하며, 손으로 물을 떠서 얼굴을 씻고 개울가에 가서 갓끈을 씻었다. 아침마다 저녁마다 그곳에서 시를 읊으며 이렇게 노년을 보내기로 결심했다 한다. 함께 노닐며 친한 사람으로 양 씨(楊氏)가 있는데 이름이 배(培)이며 그 역시 재주 있는 선비이다.

정자 동북쪽에 빈 땅이 있는 것을 보고 내가 물으니, 영숙이 "대나무를 심으려고 합니다."라고 하였다. 아, 대나무는 군자의 곧은 절개를 도와주는 것이다. 또 서북쪽에 빈 땅이 있는 것을 보고 내가 물으니, 영숙이 "국화를 심으려고 합니다."라고 하였다. 아, 국화는 군자의 지조를 도와주는 것이다. 또 동남쪽에 반쯤 파다 완성하지 못한 연못이 있는 것을 보고 내가 물으니, 영숙이 "연(蓮)을 심고 순채를 심으려고 합니다."라고 하였다. 아, 연을 심는 이유는 속이 비고 밖이 곧은 뜻을 취하기 위해서이고, 순채를 심는 이유는 노인을 봉양하고 손님을 대접하는 뜻을 취하기 위해서이리라. 선비가 이 세상에 태어나서 성군(聖君)의 지우(知遇)를 입어 온 세상에 은택을 베풀지 못한다면, 영숙처럼 이렇게 살고자 하는 뜻 또한 훌륭한 것이다. 한나라의 중장통(仲長統)과 당나라의 이원(李愿)이 이러한 사람이리라.

추강 거사 남효온이 기문(記文)을 적는다.

해설

1478년, 25세의 남효온은 남학(南學)의 유생으로 국정을 개혁하는 방안을 제시하는 상소를 올렸으나 과격한 주장으로 광생(狂生)이라는 비난을 받았다. 이후 그는 세상에 뜻을 버리고 몸소 농사를 짓고 살면서 조선 팔도를 유람했다. 이 글은 1491년 전라도 지역을 유람하러 가는 길에 충청도 여산에서 김영숙이라는 벗을 만나 그의 정자에 감정(鑑亭)이라는 이름을 붙이고 써 준 글이다.

감(鑑)은 거울로, 귀감(龜鑑)의 뜻이다. 개울가에 정자를 지은 이유는 물을 귀감으로 삼고자 함이다. 물은 지혜와 겸양의 상징이다. 그래서 남효온은 김영숙이 물을 통해 선한 마음의 단서를 확충하고 방종한 마음을 수습하며, 장점을 발전시키고 단점을 보완하기를 바랐다. 이렇게 하면 부부의 인륜부터 천지자연의 진리에 이르기까지 모든 이치를 터득할 수 있을 것이라 했다. 여기에 더하여 김영숙이 심으려는 대나무와 국화, 연꽃, 순채는 군자가 갖추어야 하는 덕을 상징하므로, 이 역시 귀감으로 삼아야 한다고 했다. 그리고 글 말미에서는 「낙지론(樂志論)」을 지어 한적한 삶을 지향한 한나라의 중장통, 태항산(太行山)의 반곡(盤谷)에 은거한 당나라의 이원처럼 사는 것도 의미 있는 삶이라 하며 벼슬을 얻지 못한 벗을 위로했다.

낚시터에서 釣臺記

수령천(遂寧川)이 가지산(迦智山)에서 흘러나와 장흥부(長興府) 북쪽으로 몇 리를 흐르다가 꺾어서 동쪽으로 흘러가 동정(東亭)을 지나면 예양강(汭陽江)이 된다. 강물이 다시 남쪽으로 내려가 장흥부 남쪽으로 칠팔 리 떨어진 독곡(獨谷) 서쪽 기슭에 이르면 기이한 바위가 강을 굽어보고 있는데, 그 위에는 삼십여 명이 앉을 수 있다. 맑은 물결이 돌아 흐르고 괴석이 곁에 서 있으며 기이한 꽃과 풀이 그 주위에 뒤섞여 자란다. 북쪽으로 착두산(錯頭山)이 바라보이고 서쪽으로 수인산(修因山)이 보이며 남쪽으로 사인암(舍人巖)을 마주하고 있다. 사인암 뒤로는 만덕산(萬德山)이 봉우리를 드러내니 참으로 절경이다.

홍치 4년(1491년) 삼월 초, 나는 장흥부의 별관에 머물러 살면서 날마다 고을 선비들과 노닐었다. 마침 윤구(尹遘) 선생이란 분이 있었는데 자는 경회(慶會)이고 사복시 판관(司僕寺判官)으로 있다가 유배되어 성 남쪽에 살고 있었다. 이침(李琛) 선생이라는 분은 자가 가진(可珍)이고 함열(咸悅) 현감으로 있다가 모친상을 당했는데 상을 마친 뒤로는 조정에 나가지 않고 성 북쪽에 살고 있었다. 하루는 두 선생이 술과 낚시 도구를 준비하고는 나를 데리고 남강을 유람하다가 이 바위에 올랐다. 위아래가 큰 바위 세 개로 이루어져 있는데, 풀을 베어 와서 우묵한 곳을 채워

바닥에 겹겹으로 자리를 깔았다. 황어(黃魚)와 잉어를 낚아서 굽기도 하고 회를 치기도 하여 조촐한 술자리를 열고 청담을 나누었다.

이때 자리에 있던 손님 중에 김세언(金世彦) 공은 자가 자미(子美)이며 장흥 부사의 맏아들이다. 김양좌(金良佐) 공은 자가 인재(隣哉)이며 장흥 부사의 사위이다. 이세회(李世薈) 공은 자가 울지(蔚之)이며 윤경회의 사위이다. 시골 노인 두 사람도 있었는데 흰 수염이 기이하고도 아름다웠으며 야인(野人)의 복장을 하고 있었다. 한 사람은 박의손(朴義孫)이고 한 사람은 최석이(崔石伊)로 모두 두 선생을 따라왔다. 술이 몇 순배 돌자 해가 지고 달이 뜨더니 바람이 일어 물결이 일렁거렸다. 박의손이 일어나 춤을 추고 최석이가 노래를 부르자 손님들이 모두 즐거워했다. 두 선생이 상의했다.

"우리가 여기에서 노닌 지 오래되었지만 이곳에 이렇게 기이한 바위가 있는 줄은 몰랐소. 시골 노인들과 힘을 합쳐 축대를 쌓아 영원히 전해야 하지 않겠소?"

두 노인이 절을 하고 말했다.

"말씀대로 하겠습니다."

두 선생이 함께 말했다.

"오늘 가장 즐거웠던 일은 물고기를 낚은 것이니, 축대 이름을 조대(釣臺)라고 하는 것이 좋지 않겠소?"

그러고는 내게 기문을 지으라 하였다.

내 생각에 천지가 개벽하기 전부터 부여받은 운명이 동일하므로 만물이 태어나면서 타고나는 성품도 동일하다. 그러므로 안락을 추구하고 위험을 회피하며 살기를 좋아하고 죽기를 싫어하는 것은 사람이나 동물이나 마찬가지다. 그런데 사람은 물고기를 보면 잡아먹고 물고기는 사람을 보면 잡혀서 삶기는 신세가 된다. 그렇다면 물고기의 우환을 자신의 즐거움으로 삼아서야 되겠는가? 이 점에 대해서는 이렇게 말할 수 있다.

"하늘과 땅이 나뉜 뒤에 만물이 태어났다. 만물이 태어나서 자라기 위해서는 반드시 필요한 것이 있으니 바로 음식의 도(道)이다. 이미 음식을 도로 삼았다면 약육강식은 당연한 이치다. 그러므로 황제(黃帝)는 그물을 만들었고, 우임금은 백성에게 날고기를 먹였으며, 순임금은 뇌택(雷澤)이라는 곳에서 물고기를 잡았다. 공자는 그물을 치지는 않았지만 낚시는 그만두지 않았고, 맹자는 왕도 정치를 시행하면 물고기와 자라를 이루 다 먹을 수 없을 것이라고 하였다. 또 소강절(邵康節)은 「어초문대(漁樵問對)」에서 어부와 나무꾼이 하루 종일 시비를 따지다가 마침내 땔나무를 꺾어 물고기를 삶으며 『주역』을 이야기하는 것으로 마무리했다. 그러니 물고기를 낚는 것은 참으로 즐거운 일이리라. 게다가 물고기는 나에게 먹히고 나는 조물주에게 먹히니, 내가 조물주에게 먹히는 것이 즐거운 줄 안다면 물고기가 나에게 먹히는 것도 즐거운 줄 알 것이다. 어찌 낚는다는 뜻으로 축대의 이름을 붙이지 않을 수 있겠는가?"

기문을 다 짓고서 나는 다시 두 선생에게 다음과 같이 말했다.

"옛날 엄자릉(嚴子陵)이 동강(桐江)의 칠리탄(七里灘)에서 물고기를 낚았는데, 그가 앉던 곳에 조대라는 이름을 붙였다. 내가 가만히 생각해 보니 이곳과 그곳이 이름은 같지만 취향은 다르다. 엄자릉의 위대한 절개는 오랜 세월을 뛰어넘어 해나 달과 빛을 다툴 정도이지만, 군신의 의리를 억지로 끊어 버리고 초목처럼 헛되이 썩어 가는 것을 달갑게 여겼으니, 등용되면 도를 행하고 버려지면 숨어 살라고 한 우리 성인의 의리와는 크게 어긋난다.

경회로 말하자면 내가 어릴 적부터 함께 노닌 사람이다. 그는 학문이 넓고 엄정하며 성품이 온화하면서도 충직하며 재주와 지혜가 원대하여 조정에 쓰일 만한 그릇이라는 것을 잘 알고 있다. 가진으로 말하자면 행실이 효성스럽고 청렴하며 문무의 재주를 겸했다. 그는 함열 고을을 예악으로 다스려 명성과 치적이 높았다. 두 선생은 원래 고상한 절개를 추구하는 데 급급하거나 고고하게 유유자적하며 세월을 보내는 사람에 견줄 바가 아니다. 범중엄(范仲淹)의 「악양루기(岳陽樓記)」에서 말한 것처럼 멀리 강호에 살면서도 임금을 걱정하는 사람이다. 훗날 성상께서 시골 마을에 사는 선생들에게 은택을 베풀어 조대에 조서(詔書)가 내려온다면, 두 선생은 필시 미투리를 벗고 낚싯줄을 거두어들이고 낚싯대를 잡은 손을 옮겨 국정을 담당할 것이 분명하다. 어찌 융통성 없는 엄자릉의 조대와 비교할 수 있겠는가? 먼 옛날 강태공(姜太公)이 낚시를 하면서 문왕(文王)을 기다린 일과 우열을 다툴 것이다. 그렇다면 예양강의 조대를 훗날 사람들은 강태공이 낚시하던 위수(渭水)의 물가라고 지목할 것이 분명하다. 나는 이렇게 기대하니, 그대들은 이렇게 힘쓰도록 해라."

해설

남효온은 1485년 금강산 유람을 나선 이래 지리산, 평안도 등을 유람했고, 1491년에는 호남 지방을 유람하다가 장흥에 들렀다. 그는 오늘날 탐진강(耽津江)이라 부르는 예양강 강가의 바위에서 윤구, 이침 등과 조촐한 술자리를 가졌다. 이들은 장흥 출신으로 벼슬에서 물러나 있던 사람들이다. 남효온은 이들과 함께 앉아서 놀았던 바위에 조대(釣臺)라는 이름을 붙였다.

남효온은 "추위와 더위를 알고, 굶주리고 배부른 것을 인식하며, 살기를 좋아하고 죽기를 싫어하는 것, 이익을 따르고 위험을 피하는 것 등은 사람과 만물이 한가지다."라는 주희의 말을 인용하여 사람이 물고기를 잡아먹는 것이 온당한 행위인지 질문을 던졌다. 이어 『주역』을 인용하여 만물이 생장하는 데는 음식이 필수적이므로 약육강식은 어쩔 수 없는 이치라 했다. 남효온이 약육강식의 논리를 긍정한 이유는 인간이 조물주가 쳐 놓은 운명의 그물에서 자유롭지 않다는 점을 강조하기 위한 것이다. 물고기가 사람에게 잡아먹히는 것처럼, 인간은 조물주가 만들어 놓은 운명에 좌우되니 조물주에게 잡아먹히는 것이나 다름없다.

마지막에서는 선비의 출처(出處)를 논했다. 조대는 본디 후한(後漢) 광무제 때의 고사(高士) 엄광(嚴光, 자는 자릉)이 낚시하던 칠리탄의 바위 이름이다. 엄광은 은자로서 고고한 뜻을 지켰지만 임금의 부름을 거부했으니 선비의 의리를 지켰다고 할 수는 없다. 선비라면 『논어』에서 말한 대로 "등용되면 도를 행하고 버려지면 숨어 산다.(用之則行, 舍之則藏.)"라는 출처관을 따라야 하기 때문이다. 남효온은 장흥의 선비들에게 문왕을 도와 주나라를 건설한 강태공을 따르라고 권했지만, 정작 자신은 엄광을 따른 채 생을 마쳤다.

조위 曺偉

1454~1503년

본관은 창녕(昌寧), 자는 태허(太虛), 호는 매계(梅溪)이다. 김천 출신으로 김종직의 처남이자 제자이며 조신(曺伸)의 서형(庶兄)이기도 하다. 성종 때 사가독서에 선발되고 홍문관 교리를 거쳐 도승지, 관찰사 등을 역임했다. 무오사화가 일어나자 과거에 김종직의 시고(詩稿)를 편집했다는 이유로 오랫동안 의주에 유배되었다가 순천으로 옮겨진 뒤 그곳에서 죽었다.

함양 군수를 지낼 적에 『함양지도지(咸陽地圖志)』를 편찬했다고 하는데 지금은 전하지 않는다. 지역 사회에서 향사례(鄕射禮)와 향음주례(鄕飮酒禮) 등 사림의 예법을 실천하는 데 앞장섰다. 성종의 명을 받고 유윤겸(柳允謙) 등과 함께 두보의 시를 번역했다. 문집 『매계집(梅溪集)』이 전하며 미완의 시화집 『매계총화(梅溪叢話)』의 일부가 『대동패림(大東稗林)』 등에 실려 있다.

독서당을 세운 뜻 讀書堂記

큰 집을 지으려는 사람은 가시나무, 소태나무, 녹나무, 예덕나무처럼 좋은 나무를 수십 년에서 백 년 동안 미리 길러서 반드시 하늘까지 닿고 골짜기 위로 솟을 때까지 자라기를 기다린 뒤에야 기둥과 서까래로 쓰는 법이다. 만 리 길을 가려는 사람은 화류마(驊騮馬)와 녹이마(騄駬馬)처럼 좋은 품종의 말을 미리 찾아서 반드시 꼴과 콩을 배불리 먹이고 안장과 고삐를 정돈한 뒤에야 연(燕)나라나 초(楚)나라처럼 먼 곳에 갈 수 있는 법이다. 국가를 경영하는 사람이 뛰어난 인재를 미리 기르는 것이 어찌 이와 다르겠는가? 이것이 독서당(讀書堂)을 세운 이유이다.

삼가 생각하건대 우리 조선의 역대 임금께서 대를 이어 다스리자 문치가 날로 융성해졌다. 세종 대왕께서는 신묘한 생각과 심오한 지혜가 역대 어느 제왕보다 탁월하고 만드신 것마다 신묘하여 천지신명과 같았다. 그리고 "문물제도는 선비가 아니면 함께 제정할 수 없다."라고 하시며 문장에 뛰어난 선비를 널리 선발하여 집현전에 두고 아침저녁으로 다스림의 방도를 강구하셨다.

또 "오묘한 의리(義理)를 깊이 연구하고 방대한 서적들을 널리 모으려면 전념하여 공부하지 않으면 안 된다."라고 하시고, 처음으로 집현전 문신 권채(權採) 등 세 명에게 특별히 긴 휴가를 주어 산사에서 마음껏 독서하게 하셨다. 말년에는 다시 신숙주 등 여섯 명을 보내 실컷 공부하며 크게 힘을 쏟도록 하셨다. 문종께서 뒤를 이어 선비들을 각별히 대우하며 다시 홍응(洪應) 등 여섯 명에게 휴가를 주셨다. 당시 인재가 많기로는 한 시대의 으뜸이었고, 저술의 아름다움은 중국에 비길 정도였다.

지금 임금께서는 즉위하시자 먼저 예문관(藝文館)을 설치하여 예전 집현전의 제도를 복구하고 날마다 경연에 참석하여 서적을 깊이 연구하시니, 유학을 존숭하고 인재를 양성하는 것이 예전보다 더했다. 병신년(1476년), 다시 역대 임금의 고사에 따라 채수 등 여섯 명에게 휴가를 주셨다. 올봄에는 또 김감(金勘) 등 여덟 명에게 휴가를 주어 장의사(藏義寺)에 가서 독서하게 하셨다. 요리하는 사람을 시켜 음식을 만들어 보내고, 술 담그는 사람을 시켜 좋은 술을 걸러 보내었으며, 때때로 내시를 보내 자주 선물을 하사하셨다. 그러고는 승정원에 이렇게 말씀하셨다.

"도성 밖에 땅을 골라 건물을 세워 독서할 장소로 삼는 것이 좋겠다."

그러자 승정원에서 보고했다.

"용산(龍山)에 작은 암자가 있는데, 지금은 관아에 속해 있지만 버려져 있습니다. 보수하고 지붕을 다시 인다면 상쾌하고 호젓하여 공부하고 휴식하기에 아주 좋을 것입니다."

주상께서 그 청을 옳다고 여겨 관원을 보내 공사를 감독하게 하니 두 달 만에 완공되었다. 건물은 스무 칸밖에 되지 않지만 여름을 지낼 서늘한 마루와 겨울을 날 따뜻한 방이 각기 갖추어졌다. 그리하여 독서당이라는 편액을 내리고 신에게 기문을 지으라고 명하셨다.

나는 삼가 이렇게 생각한다. 『시경』「한록(旱麓)」에 "즐거운 군자여, 어찌 인재를 양성하지 않으랴?" 하였다. 인재가 나오는 것은 윗사람이 어떻게 하는가에 달려 있을 뿐이다. 만약 잘 양성한다면 수많은 선비가 이

나라에서 나올 것이고 잘 양성하지 못하면 나라에 제대로 된 인재가 없을 것이니, 누구와 함께 나라를 다스리겠는가? 만약 선비를 양성한다는 명성만 좋아하여 구차하게 선발한다면 닭 울음소리나 개 짖는 소리를 흉내 내는 하찮은 무리들이 몰래 끼어들 것이니, 신중하지 않을 수 있겠는가?

하, 은, 주 삼대의 인재는 모두 학교에서 나왔는데, 주나라의 선비를 양성하는 방법이 가장 자세하고 치밀했다. 한나라의 요재관(翹材館)이나 당나라의 문학관(文學館)은 구차하게 한때의 명성을 얻었지만 어찌 논할 만한 것이겠는가? 우리나라는 백 년 동안 배양하여 교화하고 인도하는 방법과 장려하고 양성하는 규모가 실로 주나라의 선비를 양성하는 법과 짝을 이룬다. 성균관과 홍문관 외에도 뛰어난 인재를 양성하는 곳을 두어 엄격하게 선발하고 후하게 대우하니, 『시경』에서 "끼니마다 넉넉하지 못하여 처음과는 달라졌다"라고 한 말에 비할 바가 아니다. 『주역』에 "성인은 뛰어난 인재를 양성하여 만백성이 혜택을 입게 한다."라고 하였는데, 정이(程頤)의 『역전(易傳)』에서는 "뛰어난 인재를 양성하는 이유는 만백성을 기르기 위해서이다."라고 하였다.

지금 건물을 빌려주고 음식을 제공하는 일은 나라를 다스리는 방도와는 관계가 없다. 게다가 임금께서는 끝없는 업무에 시달리며 마음을 쓰고 계시니, 이 일은 절실하지 않은 것처럼 보이기도 한다. 하지만 훗날 나라를 다스릴 방도를 계획하고 임금의 교화를 인도하려면 필시 이렇게 양성된 인재를 통하지 않고서는 안 될 것이다. 태평성대를 자랑하고 만백성에게 은택을 입히는 효과가 얼마나 원대할지는 이루 헤아릴 수 없을 것이다. 큰 집을 짓기 위해 가시나무, 소태나무, 녹나무, 예덕나무처럼 좋은 재목을 모으고 만 리 길을 가기 위해 화류마와 녹이마처럼 좋은 말을 찾는 것보다 훨씬 낫지 않겠는가? 전하께서 급선무로 여기신 것은 옛날에 비해 훨씬 훌륭하다고 하겠다. 그렇다면 독서당에 선발된 사람들은 성상께서 즐겁게 인재를 양성하신 은혜에 부응하고자 생각하지 않을 수 있겠는가?

성인의 도는 옛글에 다 실려 있다. 경전의 심오한 의리와 역사서의 같고 다른 사실, 폭넓은 제자백가를 반드시 두루 망라해야 한다. 그 흐름을 섭렵하여 그 정수를 모으고 그 전체를 보고 그 요점을 찾아내어 극도로 방대하면서도 핵심으로 돌아온 뒤에야 심오한 경지에 나아가 근원을 찾을 수 있을 것이다.

역대 제왕의 도와 예악형정(禮樂刑政)의 근본, 수신제가와 치국평천하의 요점이 모두 여기에 있으니, 실제로 시행하는 것은 힘쓰기에 달려 있다. 한나라 동중서가 "학문에 힘쓰면 견문이 넓어지고 지혜가 밝아지며, 도를 행하는 데 힘쓰면 덕이 날로 높아져 큰 공을 이룬다."라고 한 말의 효과를 볼 수 있을 것이다. 그리하지 않고서 한갓 껍데기만 주워 외울거리로 삼고, 화려하게 꾸미는 솜씨로 음률을 갖춘 글을 지어 세상에 과시하고 세속을 현혹한다면, 조정에서 선비를 양성하는 뜻이 아니다.

아! 학문의 효과는 변화를 귀하게 여긴다. 오늘 한 권의 책을 읽고도 여전히 똑같은 사람이고, 내일 한 권의 책을 읽고서도 또 여전히 똑같은 사람이라면, 아무리 많이 읽은들 무엇 하겠는가? 공자는 "배우기만 하고 생각하지 않으면 소득이 없다."라고 하였고, 또 자하(子夏)에게 "너는 부디 군자 같은 선비가 되어야지 소인 같은 선비는 되지 마라."라고 하였으니, 힘쓰지 않을 수 있겠는가?

해설

조선은 건국 후 인재 선발을 위해 과거 제도를 정비하는 한편, 선발한 인재의 재교육에도 상당한 신경을 썼다. 특히 세종은 뛰어난 인재를 선발해 휴가를 주고 마음껏 독서하도록 하는 사가독서제를 실시했다. 사가독서제는 세조 때 잠시 폐지되었다가 성종 때 부활되었다. 조위는 이때 채수, 권건(權健), 허침(許琛), 유호인, 양희지(楊熙止) 등과 함께 사가독서에 선발되어 인왕산 기슭에 있던 장의사에서 독서를 했다. 처음에는 사가독서를 위한 공간이 따로 없었으나, 성종이 1492년(성종 23년) 조위의 건의에 따라 이듬해 용산의 버려진 사찰을 수리하고 독서당이라는 편액을 내렸다. 이로부터 독서당의 역사가 시작되었다.

독서당의 낙성식이 열린 것은 이해 5월 12일이다. 이날의 실록에 따르면 성종이 독서당이라는 편액을 내리고 기문을 붙였다고 했으므로, 조위의 글은 이때 지은 것으로 보인다. 조위의 문집에는 1476년 왕명을 받아 지었다는 주석이 달려 있지만 사실과 다르다. 본문에 언급된 김감 등 8인이 사가독서에 선발된 것이 1492년이기 때문이다.

이 글은 사가독서제를 통한 인재 양성의 의미를 설명했다. 그 효과를 의심하는 사람들을 설득하고자 사가독서제는 미래의 국가 경영에 필요한 인재를 기르기 위한 제도임을 천명했다. 그러므로 사가독서에 선발된 사람은 한 가지 재주를 익힐 것이 아니라 국가 경영을 위해 통합적인 학문을 익혀야 한다고 주장했다.

최충성
崔忠成

1458~1491년

본관은 전주(全州), 자는 필경(弼卿), 호는 산당서객(山堂書客)이다. 산당은 산속의 집이라는 뜻으로, 젊은 시절 산사를 돌아다니며 책을 읽었기에 호로 삼은 것이다. 세종 때 집현전 직제학을 지낸 최덕지(崔德之)의 손자로 나주에서 태어났다. 신진 사류의 한 사람으로 김굉필의 문하에 출입하여 『소학(小學)』을 학문의 근본으로 삼았다. 생전 과거에 합격하지 못하고 벼슬에도 오르지 못했으며 내세울 만한 저술도 남기지 못한 채 34세의 젊은 나이에 죽었다. 훗날 조부와 함께 영암의 녹동 서원(鹿洞書院)에 배향되었다.

문집 『산당집(山堂集)』이 전한다. 성종 때 경복궁 경회루의 수리를 기념하여 지은 「경회루기(慶會樓記)」, 산사에서 공부하다가 생긴 병을 치료하려고 한증막을 만든 경위를 밝힌 「증실기(蒸室記)」 등이 주목된다.

약을 먹어야 병이 낫는다 藥戒

몸에 깊은 병이 든 사람이 있었다. 항상 좋은 의원을 만나지 못했다고 한탄하면서, 정작 좋은 의원을 만나면 병을 숨기고 치료받기를 꺼렸다. 그 이유를 물었더니 이렇게 말했다.

"독한 약을 쓸까 봐 겁이 나서 그러네."

"그러면 왜 좋은 의원을 만나지 못했다며 한탄하는가?"

"고통스러워 그러지."

"자네는 병이 고통스러운 줄은 알면서 몸이 죽어 가는 것이 더욱 고통스럽다는 것은 모르고 있네. 고통스러운 줄 안다면 어찌 독한 약을 겁내겠는가? 병이 갈수록 깊어지고 고통이 갈수록 심해진다면 약도 갈수록 독해져야 치료할 수 있네. 이제 자네는 병이 갈수록 깊어져 치료할 날은 갈수록 줄어들고 있어. 항상 고통스러워하면서 언제 죽을지 모르니 내가 경계하지 않을 수 있겠는가? 그렇지만 자네가 마땅히 경계해야 할 것은 나라를 다스리는 사람도 경계해야 할 것이라네.

천하는 하나의 사람과 같다네. 사해(四海)는 사람의 신체이고, 만백성은 사람의 골격이며, 조정은 복부이고 명령은 목구멍과 혀, 기강은 명맥이지. 재상은 사람의 팔다리가 되어 음양을 다스려 명맥을 조절하고, 장군은 사람의 손발이 되어 외부의 우환을 막고 복부를 보호한다네. 임금은 사람의 머리가 되고 눈과 귀가 되어 쉽고 어려운 것을 살피며 옳고 그름을 듣고서 사지를 편안하게 한다네. 그렇다면 눈과 귀가 밝고 손발을 잘 움직이고 팔다리를 자유롭게 놀려야 몸이 편안해지겠지.

만약 기운이 조화롭지 않아 온갖 병이 생기면, 병이 생긴 것을 보고서 치료하고 약을 먹이는 것은 간관(諫官)이라네. 병이 나면 약을 먹어야 하는데, 약을 먹이려 해도 임금이 싫어하고, 싫어하여 치료할 수 없는 지경에 이른다면 감히 경계하지 않을 수 있겠는가? 병이 생기면 눈과 귀가 어두워지고 팔다리와 손발이 마비되어 함부로 움직일 수 없네. 이렇게 되면 사지는 비록 편안하지만 복부의 병세는 무척 위태로워. 그런데도 임금은 안일에 젖어 좋은 약이 입에 쓰다며 싫어하고 병이 깊어지는 것도 모른다네. 이 때문에 치료를 꺼리고 병을 숨기니, 병을 숨기면 병이 갈수록 깊어져 배가 붓고 목구멍과 혀가 막히며 명맥이 뭉쳐서 몸이 쓰러지는 지경에 이르게 된다네. 이때는 천하의 명의라는 편작(扁鵲)이라 한들 어찌할 방법이 없을 것이니, 후회해도 소용없다네. 윗자리에서 무슨 일을 하려는 사람은 내 이야기를 잘 기억해야 하네. 병든 사람이 경계해야 할 것을 그리할 만하다고 여겨 경계한다면, 그 나라는 거의 잘 다스려질 것이야.

그렇기는 하지만 어찌 나라만 그렇겠는가? 사람은 누구나 치료해야 하는 병이 있다네. 무명지가 구부러져 펴지지 않으면 심하게 아프거나 방해가 되는 것은 아니지만, 손가락 하나를 치료하느라 등과 어깨를 잃어버린다면 경계하지 않을 수 있겠는가? 사지에 아무런 병이 없고 눈과 귀에 아무런 문제가 없더라도 마음이 편안하지 못하여 바깥으로 도망가 허둥지둥하며 안정을 찾지 못한다면, 일신의 병 가운데 이보다 더 심한 것이 있겠는가? 세상 사람들은 이 병을 고통으로 여기지 않고 약으로 치료할 줄도 몰라 마침내 마음이 무너지고 몸이 쓰러져 사지를 보존하지 못하게 되니, 주의하지 않을 수 있겠는가?

그렇다면 무슨 약으로 치료해야 할까? 오직 성실과 공경이라 하겠네. 아, 경계할지어다. 나는 병든 사람을 계기로 세 가지 경계를 말한다."

해설

국가의 폐단은 흔히 육체의 병에 비유되곤 한다. 육체의 병을 치료하는 것은 약이고, 국가의 폐단은 간관이 바로잡는다. 약이 쓰다고 먹지 않으면 병이 깊어져 결국 죽게 되는 것처럼 임금이 간관의 말을 듣기 싫어하면 국가의 폐단은 더욱 심해져 멸망에 이른다. 이것이 첫 번째 경계이다.

무명지의 비유는 맹자의 말을 인용한 것이다. "무명지가 구부러져 펴지지 않더라도 심하게 아프거나 방해가 되는 것은 아니지만, 펴 주는 사람이 있으면 아무리 먼 곳도 멀다 않고 찾아가니, 손가락이 남과 다르기 때문이다. 손가락이 남과 다르면 싫어할 줄 알면서 마음이 남과 다르면 싫어할 줄 모른다." "손가락 하나를 치료하다가 어깨와 등을 잃어버리는 줄도 모른다."라는 것도 맹자의 말이다. 겉으로 드러나는 사소한 문제는 심각하게 여기지만 정작 내면의 중요한 문제는 심각하게 여기지 않는 세태를 꼬집었다. 이것이 두 번째 경계이다.

사람의 병 가운데 가장 심각한 것은 마음의 병이다. 그런데 사람들은 마음의 병을 병으로 여기지 않아 결국 제 몸을 망치는 지경에 이르고 만다. 이것이 세 번째 경계이다. 오직 성실과 공경만이 국가의 폐단과 개인의 과실 그리고 마음의 병을 치료할 수 있다는 말로 끝을 맺었다.

김일손

金馹孫

1464~1498년

본관은 김해(金海), 자는 계운(季雲), 호는 탁영(濯纓)이며 김종직의 문인이다. 1486년 생원시, 진사시, 문과에 연달아 합격하고 정자(正字)에 임명되었으나 곧 벼슬을 버리고 고향 청도(淸道)로 돌아가 운계 정사(雲溪精舍)를 짓고 강학했다. 이후 다시 관직에 나아가 벼슬이 이조 정랑을 역임했다. 여러 차례 사가독서를 받은 촉망받는 문인이었으나 훈구파와 각을 세운 탓에 무오사화 때 처형당했다. 과거 사관으로 재직할 때 김종직의 「조의제문」을 사초에 수록해 세조의 찬탈을 비방했다는 이유였다.

당대부터 산문 방면의 성취를 인정받아 박은(朴誾)의 시와 나란히 일컬어졌으며, 『속동문선』에 무려 27편의 산문이 선발되어 있다. 문집 『탁영집(濯纓集)』이 전한다.

미친한 아이의 글씨

題士浩跋朴訥書後

내가 예전에 『자치통감강목(資治通鑑綱目)』 교정청(校正廳)에 있을 적의 일이다. 박경(朴耕)은 글씨 쓰는 사람으로 교정청에 소속되어 있었다. 오랫동안 함께 지내면서 그의 사람됨을 알게 되었는데, 잠부(潛夫)와 같은 부류였다. 박경은 집이 가난해서 글씨를 써서 먹고살았지만, 그의 뜻은 글씨를 쓰는 데 있지 않았다.

하루는 박경의 집에 갔다가 그의 아들을 보게 되었는데, 참으로 소를 잡아먹을 듯한 아이였다. 용모가 수려하고 행동이 자연스러우며 침착하고 법도가 있었으니, 그가 바로 박눌(朴訥)이다. 붓을 들고 글자 하나를 썼는데 크기가 한 말 정도 되었으며, 정신이 생동했다. 나는 깜짝 놀라 박경에게 훌륭한 아들이 있다는 사실을 알게 되었다.

만약 이 아이가 좋은 집안에서 태어났다면 반드시 세상에 널리 알려졌을 것이고, 중국의 일 많은 곳에서 태어났다면 반드시 노숙한 선비의 존경을 얻고 왕족의 사랑을 받았을 것이니, 이렇게 굶주리고 추위에 떨지는 않았을 것이다. 애석하게도 나라의 법이 구속하고 나라의 풍속이 사람의 재능을 중시하지 않아 박눌 부자를 곤궁하게 만든 것이다. 하지만 아무도 그들의 훌륭한 점을 기록하는 글을 짓지 않았다.

지금 다행히 강혼(姜渾) 군이 칭찬하고 또 글까지 지어 주었으니 박씨 집안의 입장에서는 한 번 인정을 받은 것이다. 옛사람은 문자의 영예를 벼슬보다 중요하게 여겼으니, 재주가 뛰어나기도 어려운 일이지만 인정을 받기도 어려운 법이다. 강 군의 글이 나오자 박눌의 이름이 세상에 알려지고 박경의 존재도 이로 인해 드러나게 되었으니, 박눌 부자가 이 글을 얻은 것은 벼슬보다 중요하다. 벼슬은 얻었지만 기록으로 남길 만한 재주가 없는 사람이 고금에 얼마나 많았는가. 이로 말하자면 조물주가 박눌 부자를 후하게 대접하지 않았다고 할 수는 없을 것이다.

하루는 강 군이 남쪽으로 간다고 하기에 내가 박눌의 서첩을 선물로 주었다. 강 군은 몹시 아끼며 감히 자기가 갖지 않고 어버이에게 드리고자 하였다. 강 군이야말로 재주 있는 사람을 몹시 좋아하고 온갖 방법으로 어버이를 즐겁게 해 드리는 사람이다.

해설

김일손이 교정청에서 만난 박경은 글씨에 뛰어난 인물이었다. 그의 아들 박눌 역시 어린 나이에도 글씨에 뛰어나 김일손을 놀라게 했다. 하지만 박경이 서얼 출신이었으므로 이들 부자는 출세를 기대할 수 없었다. 김일손은 이 점을 몹시 아쉬워했다. 다행히 강혼(姜渾, 1464~1519년)이 이들 부자의 뛰어난 재주를 알아보고 칭송하는 글을 지어 주었다. 강혼의 글이 나오자 박경과 박눌 부자의 존재가 세상에 널리 알려지게 되었으니, 오히려 벼슬을 얻은 것보다 낫다는 것이 김일손의 논리이다.

『패관잡기(稗官雜記)』에 따르면 김일손은 박눌의 글씨로 병풍을 만들어 독서당에 갖다 놓았다고 한다. 촉망받는 신진 문사들이 모이는 독서당에 놓을 정도였다면, 그 글씨의 수준이 어떠했을지 짐작할 수 있다. 『소문쇄록(諛聞瑣錄)』에서는 박경을 안평 대군, 강희안, 성임(成任) 등과 함께 조선 초기의 대표적인 서예가로 거론했다. 박경은 1507년 남곤(南袞)으로부터 역모를 꾀하였다는 모함을 받고 죽임을 당했기에 남아 있는 글씨가 거의 없다.

신용개
申用漑

1463~1519년

본관은 고령(高靈), 자는 개지(漑之), 호는 이요정(二樂亭)이다. 신숙주의 손자다. 부친 신면(申沔)은 함길도 관찰사로 재직 중 이시애(李施愛)의 난으로 죽임을 당했는데, 훗날 신용개가 한양에서 원수를 만나 때려죽였다. 문과에 급제한 뒤 사가독서를 거쳤다. 무오사화가 일어나자 김종직의 문인이었다는 이유로 국문을 받았으며, 갑자사화가 일어나자 전라도 영광(靈光)에 유배되었다. 중종반정 이후 조정에 복귀해 대제학, 좌의정을 역임했다.

『속동문선』, 『속삼강행실도(續三綱行實圖)』의 편찬에 참여했으며, 문집 『이요정집(二樂亭集)』이 전한다.

법이 있어야 하는 이유 後續錄序

법이라는 것은 제왕이 시대에 따라 적절하게 만들어 세상을 다스리고 사물에 대응하는 것입니다. 이로써 천하의 변고에 통달하고 천하의 업무를 완성하며, 정사를 다스리고 교화를 시행합니다. 법의 강령은 하나이지만 조목은 수만 가지로 나뉘니, 제정하기는 지극히 간단하지만 닥치는 일은 무궁합니다. 이 때문에 예로부터 세상을 다스리던 사람은 덜고 보태어 그 시대의 중요한 일을 해결하였습니다.

하, 은, 주 삼대 이전에는 민심이 순박하여 교화가 쉽게 시행되었습니다. 아래에는 거짓을 일삼는 자가 드물고 위에는 번거롭게 일삼는 자가 없었기에 사람에게 맡기고 법에 맡기지 않았으니, 조목을 나누고 법조문을 지어 다스림을 도왔다는 이야기는 듣지 못했습니다. 세상이 쇠퇴하고 시대가 달라지면서 다스림의 도구가 점차 갖추어져 주나라에 이르러 완비되었습니다. 육경(六卿)을 두어 육전(六典)을 담당하게 하고, 각기 관원을 거느리고 사무를 다스려 융성한 치세를 이룩했으니, 후세의 율령과 조례로 삼기에 마땅했습니다. 한나라, 당나라 이후로는 법조문이 터럭처럼 많아져 수시로 제정하고 폐지했으니, 비록 윗자리에 있는 사람이라도 하나의 도리를 지켜 규제를 정할 수 없었습니다. 이는 풍속이 야박해지고 백성이 간사해져 일이 날마다 달라졌기 때문이기도 합니다. 명령을 내려도 형세가 막히고 법이 오래되어 폐단이 생겼으니, 이를 시대에 맞게 변통하는 일은 아무리 명철한 임금이라도 먼저 힘써야 합니다.

삼가 생각건대 우리나라는 태조(太祖) 강헌 대왕(康獻大王)께서 나라를 세우고 왕위를 후세에 전하니, 여러 임금이 수성(守成)하여 예악을 일으키고 인의를 실천하여 차츰 삼황오제(三皇五帝)의 기풍을 회복했습니다. 우리나라 백성의 풍속이 바른 길로 돌아오게 하였으니, 참으로 근래에 없던 성대한 다스림입니다. 강령을 세우고 제도를 정하여 다스리는 도구로 삼은 것이 지극히 정밀하고 완비되었으니, 『경제육전(經濟六典)』과 『속경제육전(續經濟六典)』, 『대전속록(大典續錄)』을 보면 선대 임금들께서 거대하고 심오한 계획으로 법을 제정하고 덜고 보태어 조절하여 세상을 다스렸다는 것을 알 수 있습니다.

아, 선대 임금들의 훌륭한 법과 아름다운 뜻이 연산군의 난정으로 반나마 무너졌는데, 우리 성상께서 중흥하시어 난잡한 것을 모조리 제거하고 새로 기강을 잡아 한결같이 선왕의 옛 법을 따르셨습니다. 그러나 미처 다 제거하지 못한 것이 있어 명령이 여전히 문서에 남아 있으므로 관리가 그대로 따르는 결과를 면치 못했습니다. 또 『대전속록』이 편찬된 뒤로 새로 제정된 법률이 한두 가지가 아닌데, 앞뒤가 서로 어긋나고 시대와 맞지 않는 것도 있으니, 너무 번잡하여 받들어 시행하는 자가 지키기 혼란스러우므로 요약하지 않으면 시행하기 어렵습니다.

성상께서는 이 점을 염려하여 좌찬성 이손(李蓀)과 우찬성 이집(李諿) 등에게 명령하여 여러 조례를 수집하고 불필요한 것을 없애도록 하셨습니다. 다시 삼정승과 육조 판서에게 명하여 정밀하게 취사선택하도록 하니, 모순되는 것을 통일하고 간략하게 만들도록 힘써서 모두 윤허를 받았습니다. 책을 바치자 『후속록(後續錄)』이라 명명했습니다. 아, 아름답습니다. 선대 임금들이 덜고 보태고 조절하여 세상을 다스렸던 성대한 마음이 아니겠습니까?

신이 삼가 생각건대 다스리는 방도에는 근본이 있고 말단이 있으니, 덕은 근본이며 법은 말단입니다. 근본이 바로 서면 말단은 반드시 거행되니, 근본에 힘쓰지 않고 말단적인 법제만 일삼고도 잘 다스릴 수 있는 사람은 없습니다. 옛날의 명철한 왕은 반드시 먼저 자기의 덕을 밝히는 것으로 근본을 삼고, 이로 말미암아 집안을 가지런히 하고, 이로 말미암아 나라를 다스리고, 이로 말미암아 천하를 평정했습니다. 천하가 평정되면 백성을 새롭게 하는 공로가 지극한 것입니다. 백성이 새로워지면 법을 쓸 데가 없으나, 법이 없으면 백성이 행여 따르지 않을 수도 있습니다. 덕으로 인도하고 예로 가지런히 하는 것은 백성을 새롭게 하는 일이니, 정치와 형벌은 또 그 채찍과 같습니다. 그렇다면 법이 없어도 될 것 같지만 법이 없어서는 안 됩니다. 『중용』의 아홉 가지 법도는 자신을 수양하는 것이 첫째요, 어진 이를 높이는 것이 다음입니다. 만약 위에서 덕을 밝히고 아래로 어진 이를 임용한다면 백성이 절로 교화되고 법이 절로 시행될 것이므로 세상이 잘 다스려지기는 어렵지 않습니다. 그렇지 않으면 날마다 법을 하나씩 바꾸고 날마다 폐단을 하나씩 제거하더라도 폐단이 법과 함께 생겨나 이루 다 바로잡을 수가 없을 것입니다.

성상께서 위에서 덕을 밝혀 백성을 새롭게 하는 근본을 세우고, 아래로는 법을 바로잡아 적절히 덜고 보태어 조절했습니다. 이와 같으면 어진 사람이 높은 자리에 있고 능력 있는 사람이 직분을 맡아 법이 시행되어 백 년이 지나도록 폐단이 없을 것입니다. 어찌 한때 시행하고 말 뿐이겠습니까? 맹자가 "한갓 선한 마음만 가지고는 법으로 삼기 부족하고, 한갓 법만 가지고는 저절로 시행되지 않는다."라고 하였고, 또 "선왕의 법을 따르면서 잘못을 저지르는 경우는 없다."라고 하였으니, 이야말로 만세 제왕이 법도로 삼아야 할 바입니다. 유념하지 않을 수 있겠습니까?

정덕(正德) 8년 계유(1513년) 십일월 하순, 신 아무개가 머리를 조아리고 삼가 서문을 씁니다.

해설

이 글은 1543년 완성된 『대전후속록』의 서문이다. 조선 시대 법 개정은 기존의 법에 새로운 법이 추가되는 방식으로 이루어졌다. 새로운 법은 국왕의 수교(受敎), 곧 국왕의 명령에 의해 추가된다. 국왕의 명령은 법과 동등한 효력을 가지기 때문이다.

국왕의 수교는 수시로 내려지므로, 어느 정도 시기가 지나면 그때까지 내려진 수교를 정리해 새로운 법전으로 간행할 필요가 있었다. 1492년 편찬된 『대전속록』은 1484년 편찬된 『경국대전』 이후의 수교를 정리한 것이며, 『대전후속록』은 『대전속록』 이후의 수교를 정리한 것이다. 특히 『대전후속록』의 편찬을 즈음한 중종 초기는 연산군의 폭정으로 법체계가 무너져 새로운 법전의 편찬이 시급한 시기였다.

공자가 "덕으로 인도하고 예로 가지런히 한다.(道之以德, 齊之以禮.)"라고 한 이래로 유교적 이념에서 정치의 핵심은 덕과 예이며, 정치와 형벌은 어디까지나 부차적인 도구였다. 신용개 역시 이 점을 부정하지는 않았으나, 덕과 예를 보완하는 정치적 도구로서 법의 중요성을 강조하는 한편 선대 임금들이 제정한 법을 바탕으로 시대에 따라 덜고 보태어 조절할 필요가 있다는 논지를 폈다.

어미 개를 구한 강아지 予見犬雛救咬母咬之犬

나는 강아지가 어미 개를 문 개를 물어서 어미 개를 구하는 모습을 보았다. 아무것도 모르고 그랬는가, 이유가 있어서 그리했는가? 지금 시사를 논하는 자들이 이 동물만도 못한 이유는 무엇인가. 논하라.〔연산군이 이렇게 질문하자 공이 이 글을 지었다.〕

다음과 같이 논합니다.

천지 사이에 이치는 하나뿐입니다. 사람과 동물의 본성이 각기 다르기는 하지만 하늘의 이치를 받아 태어난 것은 마찬가지입니다. 그렇다고 사람과 동물이 부여받은 이치가 같은가 하면 그렇지는 않습니다. 치우치고 막힌 이치를 얻으면 동물이 되고, 온전하고 통한 이치를 얻으면 사람이 됩니다. 부여받은 이치가 치우치고 막혔으므로 기린, 봉황, 거북, 용은 날개가 있고 털이 있고 비늘이 있고 껍데기가 있는 동물의 우두머리이자 상서로운 세상을 알리는 영험한 동물이지만, 결국은 동물을 벗어나지 못합니다. 부여받은 이치가 온전하고 통했으므로 사람은 만물의 영장이 되는 것이니, 모질고 어리석어 고칠 수 없는 바보 같은 자라도 타고난 인륜만은 간직하고 있는 법입니다.

그렇다면 미련하고 지각이 없는 것은 모두 동물이니, 이치가 어디에 깃들겠습니까. 발굽이 있어 달리거나 날개가 있어 날아다니며 때 지어 움직이고 때 지어 쉬는 것은 모두 동물이니, 이치가 어디에 깃들겠습니까. 이것은 알기 쉽습니다. 호랑이는 지극히 흉포한 동물이지만 부자의 정은 사라지지 않았습니다. 벌과 개미는 지극히 작은 동물이지만 군신의 예가 분명합니다. 물수리는 제 짝을 구분하는 의리가 있으며, 까마귀는 먹은 것을 토해 어미를 먹여 주어 보답합니다. 이들 모두 부여받은 이치가 심하게 치우치고 막힌 동물이지만 하늘이 내린 이치의 일부를 얻어서 그나마 각기 저절로 그러한 본성을 가지고 있습니다. 이치가 동물조차 빠뜨리지 않는 것이 이와 같습니다. 더구나 만물의 본성 가운데 가장 먼저 얻고 가장 절실한 것이 부자간의 사랑입니다. 태어난 존재는 반드시 이러한 감정이 있고, 움직이는 것은 모두 그러합니다.

지금 저 강아지는 어미 개가 다른 개에게 물리는 것을 보고서 사랑하는 어미를 구하려는 마음이 저절로 생겨나, 제 힘이 약한 줄도 모르고 구하러 달려가서 울부짖고 물었으니, 감정이 일어나 스스로 멈출 수 없었던 것입니다. 이때 강아지는 어미 개를 구해야 한다는 것만 알고 그 밖의 일은 몰랐으니, 본성에서 나온 행동이라 자기가 뭘 하는지도 몰랐던 것입니다. 그 누가 동물을 두고 지각없이 아무렇게나 움직인다고 하겠습니까. 그 누가 동물이 어리석어 하늘로부터 부여받은 본성이 없다고 하겠습니까.

이치가 동물에 깃들면 동물은 그 일부를 얻지만, 그래도 타고난 천성을 잃지 않는 것이 이와 같습니다. 그렇다면 온갖 이치를 받아 본성으로 삼은 사람이 그 본성을 확충하여 온전히 만들 생각을 하지 않아서야 되겠습니까. 하늘은 삼강오륜의 도를 사람에게 부여하여 본성으로 삼았습니다. 사람은 그 도를 얻어서 사람이 되는 것입니다. 사람이 태어나서 처음에야 누군들 어버이를 효성으로 섬기고 임금을 충성으로 섬기며, 집안에서 효도하고 이를 옮겨 나라에 충성하려 하지 않겠습니까. 그러나 간혹 그렇게 하지 못하는 자는 본성을 잃은 것이지 하늘이 내린 이치가 부족해서 그러는 것은 아닙니다. 어리석고 모질어 이익을 좇거나 악행을 저지를 마음이 있지 않은 이상, 스스로 기약하는 바는 모두 충성과 효도에 근본을 두고 있을 따름입니다. 이와 같지 않다면 금수만도 못한 것입니다.

그렇다면 지금 시사를 논하는 자들이 하는 말을 어미 개를 구한 강아지에 비하면 어떠합니까. 같은지 다른지는 신이 알 수 없으나 그 논의를 바탕으로 끝까지 따져 보고 그 이치가 온당한지 아닌지 살펴보면 논의한 자의 마음을 알 수 있습니다.

대저 어진 신하가 임금을 섬길 적에는 성실하게 마음을 잡고 성실하게 직무를 수행하며, 도에 어긋나지 않게 시사를 논하고 올바른 방법으로 진언하여 가부를 결정하고 시비를 따집니다. 이것은 자기 임금을 순임금과 문왕처럼 훌륭하고 효성스럽게 만들고 순임금과 문왕처럼 덕과 업적을 세우게 하려는 것입니다. 그리고 순임금과 문왕처럼 당대에 교화를 베풀고 후세에 전해져 만세토록 모범이 되도록 하여, 과실 없는 곳으로 이끌고 지극한 성인의 경지에 이르게 하려는 것입니다. 그 말을 들어보면 임금의 뜻과 일치하지는 않으나 그 마음은 임금을 바로잡기에 절실합니다.

아첨하여 환심을 얻으려는 자로 말하자면 그렇지 않습니다. 사악한 마음을 지니고 구차하게 직무를 수행하며, 윗사람의 뜻에 영합하여 시사를 논하고 올바르지 않은 방법으로 진언합니다. 그 논의를 들어 보면 비록 귀에 거슬리지는 않으나 그 마음을 따져 보면 모두 윗사람의 환심을 사고 총애를 받으려는 것입니다. 비록 그렇지만 위에 현명한 임금이 있으면 아래에는 저절로 환심을 사려는 신하가 없는 법입니다.

신이 삼가 살피건대 요임금과 순임금이 임금 노릇 할 적에 덕은 하늘과 같았고 밝기는 태양과 같았습니다. 조정에 있는 신하들은 따르기에 겨를이 없어야 마땅하니, 경계하는 일은 없었을 듯합니다. 하지만 논의할 적에 사악(四岳), 고(皐), 기(夔), 익(益), 직(稷)과 같은 신하들이 번갈아 경계하고 번갈아 반대했습니다. 이는 다름이 아니라 임금을 사랑하는 정성이 언어로 나타나고 임금의 덕이 날로 진보하여 쇠하지 않기를 바랐기 때문입니다. 그들이 경계하고 반대한 일은 요순의 단점이 되기에 부족하며, 요순시대의 지극히 덕 있는 기풍이 되었습니다.

지금 우리 성상께서는 덕이 요순과 같고 밝기가 요순과 같으며, 요순의 다스림에 마음을 두고 계십니다. 아래에 있는 대신은 항상 돕고 바로잡을 마음을 가지고 있으며, 소신은 항상 마음과 힘을 다해 직분을 수행하고자 합니다. 비록 사악, 고, 기, 익, 직이 했던 것처럼 할 수는 없지만 마음만은 임금에게 정성을 다하여 함께 요순 같은 교화를 이룩하고 길이 요순 같은 임금의 신하가 되고자 합니다. 비록 일에 따라 진언할 적에 논의가 간혹 다를 수도 있으나, 마음만은 지극히 마땅한 결론을 내고자 합니다. 밝으신 임금이 위에 계신데 신이 어찌 감히 충성과 효도에 마음을 두지 않을 수 있겠습니까. 이렇게 하지 않는다면 금수만도 못한 것입니다. 하늘이 부여한 본성을 잃었는데 요순과 같이 밝으신 임금의 눈을 피할 수 있겠으며, 어미 개를 구한 강아지에게 부끄럽지 않을 수 있겠습니까. 신은 그러므로 이렇게 말합니다. 논의를 바탕으로 끝까지 따져 보고 그 이치가 온당한지 아닌지 살펴보면 논의한 자의 마음을 알 수 있으니, 강아지는 비교할 것이 못 됩니다. 삼가 논합니다.

해설

연산군은 1500년(연산 6년) 11월 5일 홍문관과 승정원의 관원에게 어미 개를 구한 새끼 개를 주제로 논술을 제출했다. 연산군이 이처럼 이상한 문제를 출제한 데는 이유가 있었다. 연산군의 생모는 투기가 심하다는 이유로 폐출되어 사약을 받고 죽은 폐비(廢妃) 윤씨(尹氏)이다. 윤씨가 죽었을 때 연산군은 겨우 일곱 살이었다. 실록에 따르면, 연산군은 즉위 후 부친 성종의 묘지문(墓誌文)을 지을 때에야 비로소 윤씨가 폐출되어 죽었다는 사실을 알게 되었다고 한다. 이 사실을 알고 연산군은 한동안 식음을 전폐했다.

이후 연산군은 윤씨의 묘를 이장하고 회릉(懷陵)으로 승격하는 등 단계적으로 윤씨의 복권을 시도했다. 하지만 윤씨는 엄연히 임금에게 죄를 지은 죄인이었으므로, 윤씨의 복권에 반대하는 신하들도 적지 않았다. 연산군도 이 점을 감안하여 매우 조심스럽게 일을 추진했으며 윤씨의 폐위에 관여한 이들을 문제 삼지도 않았다. 그러나 연산군은 이 문제를 출제함으로써 결국 윤씨의 폐위에 관여한 이들에 대한 원한을 노골적으로 드러내었다.

연산군이 출제한 문제에서 강아지는 연산군, 어미 개는 폐비 윤씨 그리고 어미 개를 문 개는 윤씨의 폐위에 관여한 이들을 비유한다. 강아지가 어미 개를 문 개에게 달려드는 것처럼 자신도 생모의 폐위에 관여한 이들에게 복수하는 것이 당연하지 않느냐는 논리였다. 연산군은 복수의 정당성을 입증하고자 이 문제를 출제했던 것이다. 당시 홍문관과 승정원의 관원들이 연산군의 의도를 눈치채지 못했을 리 없다. 신용개는 연산군의 복수심 때문에 피비린내 나는 사화(士禍)가 일어나는 것을 막고자 현명한 답변을 내놓았다.

강아지가 어미 개를 구하기 위해 목숨을 아끼지 않는 것은 본성이다. 자식이 부모에게 효도하려는 것도 본성이며, 신하가 임금에게 충성하려는 것도 하늘이 부여한 본성이다. 폐비 윤씨에 대한 신하들의 논의가 마음에 들지 않더라도, 논의한 내용을 끝까지 따져 보고 그 이치가 온당한지 그렇지 않은지 살펴보면 논의한 자의 마음을 알 수 있을 것이라 했다. 신하들의 논의가 임금과 의견이 다를 수도 있지만, 지극히 마땅한 결론을 내리려는 신하들의 진심 어린 충정을 알아 달라는 것이다. 신용개는 연산군에게 성군으로 이름난 요임금과 순임금에게도 경계하고 반대하는 신하들이 있었던 사실을 기억하라고 당부했다.

그러나 이러한 원론적인 이야기로는 연산군의 복수심을 누그러뜨리지 못했다. 결국 연산군은 1504년, 윤씨의 폐위에 관여한 이들에 대한 대대적인 숙청을 단행했다. 이것이 갑자사화다. 연루되어 죽거나 유배된 이들이 수백 명에 달하는 조선 초유의 대규모 사화였다. 신용개 역시 전라도 영광으로 유배되는 신세를 면치 못했다.

이주

李冑

1468~1504년

본관은 철성(鐵城, 고성(固城)이라고도 함), 자는 주지(冑之), 호는 망헌(忘軒)이다. 5대조 이암(李嵒), 고조 이강(李岡), 증조 이원(李原) 삼대는 여말 선초에 명망이 높았다. 김종직의 문도로 신진 사류의 대표적 인물이다. 젊은 시절부터 학문과 문장이 뛰어나 사가독서에 선발되었다. 무오사화가 일어나자 붕당을 결성하여 국정을 비판하고 시사를 비방했다는 혐의로 1502년 진도로 유배되었다. 여기에 폐비 윤씨와 관련된 죄가 더해져 1504년 5월 문무백관이 도열한 가운데 군기시(軍器寺) 앞에서 효수되었다. 문집 『망헌유고(忘軒遺稿)』가 전한다.

진도의 금골산 金骨山錄

금골산(金骨山)은 진도(珍島) 관아 서쪽 이십 리 거리에 있다. 가운데 봉우리가 가장 높고 사면이 모두 바위이므로 멀리서 바라보면 옥으로 만든 흰 연꽃 같다. 서북쪽은 바다와 맞닿아 있고, 남서쪽은 산맥이 구불구불 남으로 이 리쯤 달려 간재(艮岾)를 이룬다. 또 동쪽으로는 이 리쯤 가서 용장산(龍莊山)을 이루고 벽파도(碧波渡)에 가서야 멈춘다. 산의 둘레는 삼십여 리이다. 그 아래에 큰 절터가 있는데 해원사(海院寺)라고 한다. 구층 석탑이 있고 탑의 서쪽에는 버려진 우물이 있다. 그 위에 세 개의 동굴이 있으며 가장 아래에 있는 것이 서굴(西窟)이다. 서굴은 산의 서쪽 기슭에 있는데 만들어진 연대는 알 수 없다. 근래 일행(一行)이라는 승려가 향나무로 십육 나한(羅漢)을 흙으로 빚어 그 속에 안치했다. 서굴 옆에는 따로 낡은 사찰 예닐곱 칸이 있어 승려들이 살고 있다.

가장 높은 곳에 있는 것이 상굴(上窟)이다. 상굴은 가운데 봉우리의 정상 동쪽에 있다. 깎아지른 벼랑이 높이를 헤아릴 수 없어 날랜 원숭이조차 지나갈 수 없을 정도다. 동쪽에서는 손으로 잡거나 발을 붙일 곳이 없어서 서굴을 경유하여 동쪽으로 올라가야 하는데 길이 몹시 험하다. 절벽을 타고 바위를 돌아서 조금씩 앞으로 일 리쯤 가면 바위 봉우리가 우뚝 솟아 있다. 날아가도 넘을 수 없을 정도인데 바위를 쌓아 열

세 개의 높은 계단을 만들었다. 아래를 내려다보면 바닥이 보이지 않아 마음과 눈이 모두 어찔하다. 이곳을 올라가면 바로 정상이다. 정상에서 동쪽으로 방향을 틀어 내려가면 삼십 보쯤 되는 곳에 바위를 오목하게 파서 발을 붙이고 오르내릴 수 있게 만든 데가 열두 군데이다. 여기에서 아래로 열 걸음쯤 내려가면 상굴이다.

다시 그 북쪽 바위에서 몇 걸음 가면 또 벼랑을 뚫어 허공에 다리를 놓았다. 여기를 건너 동쪽으로 곧장 내려와 여덟아홉 걸음을 가면 동굴(東窟)이다. 앞채와 주방은 모두 비바람에 무너져 있다. 동굴의 북쪽 벼랑에는 미륵불을 깎아 놓았다. 옛날 군수 유호지(柳好池)가 창건한 것이다. 승려들이 전하는 말에 따르면, 이 산에는 예로부터 영험한 일이 많았는데, 해마다 광채가 솟는 기이한 광경이 나타나며 전염병이 돌거나 장마와 가뭄이 들어 기도를 올리면 반드시 효험이 있었지만 미륵불을 깎아 만든 뒤로는 산에서 다시는 광채가 솟는 일이 없었다고 한다. 저 유호지는 외도(外道)의 김동(金同)과 같은 자이거나 아니면 반드시 산을 억누르는 귀신일 것이다. 이 이야기는 황당하지만 그래도 들을 만하다.

무오년(1498년, 연산군 4년) 가을, 나는 죄를 짓고 이 섬에서 귀양살이를 하게 되었다. 그해 겨울 이 산을 두루 둘러보다가 앞서 말한 세 개의 동굴을 보고 마음속으로 기억해 두었다. 사 년이 지난 임술년(1502년) 구월 왕세자가 책봉되자 그날 나라에 대사면을 내렸는데, 유독 무오년에 다 같이 벌을 받은 조정의 선비들은 사면에 포함되지 않았다. 나는 자신을 책망하며 말했다.

"선비가 이 세상에 태어나면 반드시 충성하고 효도하기를 기약하는 법인데, 지금 나는 몹시 무거운 죄악을 저질러 성상께 버림받았다. 신하 노릇을 하려 해도 임금에게 충성할 수 없고 자식 노릇을 하려 해도 어버이에게 효도할 수 없다. 형제, 친구, 처자가 있지만 형제, 친구, 처자와 즐겁게 지낼 수도 없으니 나는 사람이 아니다."

이렇게 해서 점점 세상사에 뜻이 없어졌다. 하루는 동자에게 술통을 들게 하고 쓸쓸히 서굴로 가서 승려 언옹(彦顒)과 지순(智純)을 데리고 곧장 상굴로 갔다. 상굴은 불당과 부엌을 합쳐 두 칸인데, 비어 있은 지 오래고 머무는 승려도 없어 낙엽이 문을 막고 모래와 먼지가 방에 가득했다. 산에서는 바람이 불고 바다에서는 안개가 스며들어 흙먼지가 자욱하고 습기가 차니 거처할 수가 없었다.

그리하여 모래와 먼지를 털어 내고 창과 벽에 종이를 새로 발랐다. 나무를 베어 아궁이에 불을 지피고, 문을 열어 공기가 통하게 했다. 낮이면 밥 한 사발을 먹고 아침저녁으로 차 한 사발을 마셨다. 닭이 새벽에 우는 소리를 듣고 새벽인 줄 알았고, 앞바다의 밀물과 썰물을 보고 시각을 짐작했다. 내 마음 가는 대로 잠자고 쉬고 듣고 생각하고 움직였다. 다섯 편의 게송(偈頌)을 짓고 승려 지순을 시켜 매일 밤 나누어 부르게 하고는 새벽까지 누워서 들었으니, 이 또한 한 가지 멋진 일이었다. 이렇게 반달을 지내자 군수 이세진(李世珍)이 술을 가지고 와서 위로하며 이렇게 말했다.

"이곳은 매우 위험하니 속히 내려오시오. 만약 방외(方外)의 승려들과 소일하고 싶다면 서굴이 적당할 것이오."

최탁경(崔倬卿)과 박이경(朴而經)도 편지를 보내왔다.

"당신이 상굴에 투숙하고 있다고 들었소. 헤아릴 수 없이 위험한 곳에 사는 것은 천명을 아는 군자가 할 짓이 아니오."

손여림(孫汝霖)은 한양에서 어명을 받들고 백성의 고충을 살피러 왔는데, 몇몇 사람의 의견을 전하며 나를 몹시 나무랐다. 내가 말했다.

"벗이란 선(善)을 하라고 요구하는 사이라더니, 헛말이 아니구려. 내가 어리석어 애당초 벼슬길이 구절양장(九折羊腸)보다 험하다는 것을 모른 채 쉬지 않고 다니다가 내 수레를 망가뜨린 격이오. 지금은 또 이 동굴에 살면서도 위험한 줄 모르고 있으니, 만약 한 번 발을 헛디뎌 부모님께서 주신 몸을 상한다면 불효막심한 일이겠지요."

그리하여 지순과 언옹 두 스님에게 돌아가겠다고 했다. 하산하려 하니 스님이 나를 전송하며 해원사 석탑 아래까지 와서 말했다.

"산승의 종적은 구름처럼 한곳에 머물지 않는 법이지요. 어찌 집착이 있겠습니까? 어르신께서는 조만간 성은을 입고 한양으로 돌아가실 터이니, 이 금골산에 다시 오실 리가 있겠습니까. 한 말씀 남김없이 적어 주시어 훗날 얼굴 대신 보도록 해 주시지 않겠습니까?"

내가 말했다.

"스님의 말씀 때문에 글을 쓰겠소. 『동국여지승람』을 살펴보니 이 진도의 명산 가운데 금골산은 실려 있지 않고, 사찰에 대한 기록에도 이 세 동굴은 빠져 있소. 이것은 태평성대에 만든 지리서의 흠이자 금골산의 큰 불행이라오. 이제 두 스님의 말씀 때문에 금골산을 기록으로 남겨 훗날 이 글을 보는 사람에게 진도에 금골산이 있고 금골산에 세 동굴이 있다는 것을 알리겠소. 또 두 스님이 나와 함께 동굴에 살았다는 것도 알리겠소. 그렇게 된다면 오늘날의 일이 고사가 되지 않겠소?"

두 스님이 "예, 예." 하였다. 그리하여 지어 놓은 글 몇 편을 날짜대로 함께 기록하여 마침내 금골록이라 하고는 서굴에 남겨 놓는다. 산에 있었던 기간은 스물사흘이다.

홍치(弘治) 임술년 시월 철성(鐵城) 이주가 기록하다.

해설

1498년 무오사화가 일어나자 이주는 김종직의 문도로 붕당을 결성하여 국정을 비판하고 시사를 비방했다는 혐의로 곤장을 100대나 맞고 진도로 유배되었다. 당시 그의 나이 서른하나였다. 이주는 진도에서 6년의 세월을 보냈다. 돌아갈 수 없는 절해고도에서 할 수 있는 일이란 그저 술이나 마시며 소일하는 것뿐이었다.

1502년 9월, 왕세자 책봉을 기념하여 대사면이 내려졌다. 이주는 자기도 풀려나기를 기대했지만, 무오사화에 연루되어 유배된 사람들은 사면에 포함되지 않았다. 이주는 자포자기하는 심정으로 금골산 깊은 곳으로 들어갔다. 세상과 완전히 결별하고자 했던 것이다. 이주는 상굴에 살면서 다섯 편의 게송을 짓고는 지순을 시켜 매일 밤 나누어 부르도록 하고 누운 채로 들었다. 다섯 편의 게송은 푸른 솔, 지는 잎, 조수(潮), 흰 구름, 대나무를 두고 지은 글이다. 자기가 지은 글을 게송이라 했으니, 승려로 자처한 셈이다. 당시 그와 친분이 깊었던 벗들은 유자의 처신이 아니라 꾸짖으며 하산하라고 종용했다. 결국 이주는 하산을 결심하고 자신이 살던 자취를 남기기 위해 이 글을 지었다.

이주는 1504년 4월 제주도로 이배(移配)되었다가 5월에 다시 한양으로 압송되어 군기시 앞에서 백관이 보는 가운데 효수형을 당했다. 재산은 몰수되고 부친과 아들도 참형을 당했으며 딸들은 노비가 되었다. 그는 비참하게 생을 마감했지만, 생의 마지막 공간이었던 금골산에서 지은 시문은 그의 명성을 오래 전했다. 이 글과 함께 금골산에서 지은 「밤에 앉아서(夜坐)」라는 작품이 그의 대표작이다. 처연한 분위기가 지금껏 사람들의 마음을 사로잡는다.

음산한 바람 불고 비는 추적추적 내리는데　　陰風慘慘雨淋淋
바다 기운이 산속 깊은 석굴까지 이르네　　海氣連山石竇深
이 밤 덧없는 인생 흰머리만 남았기에　　此夜浮生餘白首
등불 켜고 때때로 초년의 마음을 돌아본다　　點燈時復顧初心

남곤 南袞

1471~1527년

본관은 의령(宜寧), 자는 사화(士華), 호는 지정(止亭)이며 김종직의 문하에서 수학했다. 호당록(湖堂錄)에 이름을 올린 엘리트 문인으로, 약관의 나이에 문장으로 명성을 떨쳤다. 젊은 시절 영의정 윤필상(尹弼商)을 탄핵하는 등 개혁적인 성향을 보였고 정희량(鄭希良), 박은(朴誾), 이행(李荇) 등 신진 사류와도 절친했다. 그러나 중종반정 이후 훈구파의 우두머리가 되어 조광조 등과 대립하고, 결국 기묘사화의 원흉으로 지목되었다. 중종 연간 대제학으로 문형을 잡았으며 영의정에까지 올랐다.

일설에 따르면 남곤이 죽을 때 문집을 불태웠다고 하지만 이는 사실과 다르다. 『명종실록』에 따르면 이행, 강혼의 문집과 함께 그의 문집을 간행하자는 논의가 있었고, 『월정만필(月汀漫筆)』에는 남곤의 외손자 송인(宋寅)이 인쇄한 문집을 소장하고 있었는데 산문만 수록되어 있었다고 나온다. 『신증동국여지승람』과 『국조시산(國朝詩刪)』 등에 그의 시가 일부 실려 있으며, 박은, 이행과의 공동 시집 『천마잠두록(天磨蠶頭錄)』도 간행되어 전한다. 신용개, 김전(金詮), 이행 등과 함께 『속동문선』을 편찬하기도 했다. 『소학』을 부정했다고 알려져 있으나, 사실 『소학언해』와 『여씨향약(呂氏鄉約)』 등이 그의 손에 의해 편찬되었다.

백사정에서 노닐다 遊白沙汀記

아랑포(阿郎浦)는 서해의 외진 곳에 있다. 산이 있어 연강현(淵康縣, 황해도 장연(長淵)) 관아 북쪽에서 서쪽으로 뻗는데, 푸른빛이 무성하게 구불구불 수십 리를 달리다가 항구를 만나서야 멈춘다. 강이 있어 항구에서 거꾸로 꺾어져 동쪽으로 뻗는데, 산을 따라 빙글빙글 돌면서 콸콸 흘러 다시 수십 리를 달리다가 언덕을 만나서야 줄어든다. 산세가 멈춘 곳에는 끊어진 벼랑이 우뚝 솟아 있고, 그 위에 울타리를 둘러친 곳이 만호영(萬戶營)이다. 물이 줄어든 곳에는 큰 바위가 사람처럼 서 있고, 그 아래에 고깃배와 장삿배가 정박하는 곳이 입죽암(立竹巖)이다.

만호영에서 서쪽을 바라보면 거울처럼 맑은 물이 십여 리나 펼쳐져 눈이 시원하다. 짙푸른 봉우리 하나가 거울 같은 물 앞에 불룩한 곳이 승선봉(勝仙峯)이다. 그 짙푸른 봉우리 너머에 눈이 하늘 높이 쌓여 있고 푸른 소나무가 그 아래를 둘러싼 곳이 비로봉(毗盧峯)이다. 눈이 쌓인 곳 아래 흰모래가 평평하게 깔려 있는 물가 이곳저곳에 해당화가 붉게 나부끼는 곳이 백사정(白沙汀)이다. 승선봉과 비로봉도 기막힌 절경이지만, 높고 추워서 덜덜 떨리니 신선의 몸을 가진 사람이 아니면 오래 머물 수 없다. 호젓하면서도 수려하여 노닐기에 알맞은 곳은 백사정이 독점하고 있으므로 가장 널리 알려져 있다.

기사년(1509년, 중종 4년)에 나는 관찰사 겸 절도사로 부임하여 관내를 순시하다가 이곳에 왔다. 군사를 점검하다가 짬을 내어 누각에 올라 멀리 바라보고는 이곳이 승경인 줄 알았지만, 공무가 바빠서 자세히 찾아볼 겨를이 없었기에 하루만 묵고 돌아왔다. 떠나기에 앞서 머뭇거리며 마음이 몹시 섭섭했다.

이듬해 경오년 가을, 막료 정숙간(鄭叔幹) 군과 공무를 보고 나서 회포를 풀다가 백사정의 빼어난 경치 이야기가 나왔다. 숙간이 말했다.

"사람의 일은 어긋나기 쉽고 빼어난 경치는 만나기 어려운 법입니다. 공께서 임기를 마치고 돌아가실 날이 벌써 다가왔는데, 마침 가을철이라 송사(訟事)도 그리 많지 않습니다. 지금 한번 가 보지 않으면 산수에 진 빚을 언제 갚을 수 있겠습니까? 더구나 팔월 달빛 아래 호수 구경은 옛사람도 기이하고 빼어난 일이라 하였습니다. 만약 공을 따라서 한번 장관을 구경한다면 그 역시 제 평생의 행운이겠습니다."

좌중에 이청로(李淸老)라는 사람이 있는데 나와 같은 마을 사람으로 어릴 때 풀피리를 불며 놀던 사이이다. 나를 찾아왔다가 숙간의 말을 듣더니 입에 침이 마르도록 찬성했다. 마침내 함께 가기로 결정하고 말몰이꾼과 하인 수를 줄여서 정 군과 이 군 두 사람과 연강현으로 갔다.

팔월 보름, 앞서 말한 입죽암이라는 곳에 도착했다. 현감 신경광(申景洸)이 배를 마련해 놓고 기다리고 있었다. 잠시 후 황주 목사 유세웅(柳世雄)도 전갈을 받고서 도착했다. 잠시 물가에 머물러 간략히 안부 인사를 나누었다. 뱃사람이 바삐 오더니 말했다.

"곧 썰물이 되니 서둘러 배에 올라야 합니다. 그러지 않으면 앞에 얕은 여울이 있어 필시 배가 걸릴 것입니다."

우리는 서로 재촉하여 배에 올랐다. 썰물을 따라 배를 띄워 물결을 타고 내려갔다. 포구의 넓이는 수백 무(畝) 정도 되는데, 양쪽 물가를 산이 둘러싸고 층층의 멧부리가 첩첩이 겹쳐 있어 완연히 한 폭의 그림 같았다. 갈매기와 해오라기 수천 마리가 모래톱 사이로 울며 내려앉고, 헤엄치는 물고기는 배 아래에서 파닥거리는데 어떤 놈은 물 위로 두어 자나 뛰어올랐다. 참으로 장자가 말한 것처럼 강호에서 서로의 존재를 잊고 사는 모습이었다.

무관(武官) 손수용(孫守庸)은 뱃노래를 잘 불렀다. 뱃전에 기대서 노래를 부르고 함께 배에 탄 사람들이 풍악을 울려 화답하니, 그 소리가 숲을 뒤흔들었다. 좌중의 모든 사람이 몹시 즐거워했다. 큰 사발로 술을 돌리고, 또 술 마시는 규칙을 정하기를 "단숨에 마시고 바로 사발을 엎는다."라고 하였기에 좌중이 모두 취했다.

이십 리쯤 가니 만호영 남쪽이었다. 황주 목사가 술을 이기지 못하여 먼저 배 안에 드러눕고, 이어서 나도 드러누웠다. 배는 나는 듯이 달려 더 이상 노를 저을 필요가 없었다. 앞서 말한 거울처럼 맑은 물 십여 리를 눈 깜짝할 사이에 지나갔다. 그 사이에 있는 산천의 형승은 도무지 기억나지 않는다.

해질 무렵 술이 약간 깨어 고개를 들어 보니 배는 승선봉 아래에 있었다. 여기에서부터는 배에서 내려 육지로 올라갔다. 말을 타고 몇 리를 가니 백사정이 나왔다. 관아의 주방을 맡은 사람이 벌써 밥을 차려 놓고 기다리고 있었다. 이때 저녁 바닷물이 이미 빠져 바위와 갯벌이 모두 드러났다. 바닷가 산은 희미한데 물새가 쌍쌍이 노을 사이를 날며 울었다. 우리들은 아직 숙취가 남은 데다 눈에 핏발이 서서 아무것도 보이지 않았다. 흥이 극도로 오르자 슬퍼져 몹시 참담한 마음이 들었다.

견여(肩輿)를 타고 비로봉으로 향하자 무성한 숲 사이로 나무 그림자가 어른거렸다. 동쪽을 바라보니 달이 벌써 두어 길이나 올라와 있었다. 앞에서 말한 하늘 높이 눈이 쌓인 곳 위에 올라 큰 바다를 내려다보니, 위아래가 짙푸르게 한 가지 빛깔로 섞인 모습만 보였다. 달도 엷은 구름에 가려져 제법 몽롱했다.

이윽고 거센 바람이 서북쪽에서 불어오자 소나무와 전나무가 쏴 하는 소리를 내었다. 가린 구름이 흩어지니 달빛이 맑고 밝았다. 한밤에 밀물이 다시 올라오며 세차게 솟구치는데 은으로 만든 듯한 산과 눈으로 지은 듯한 집이 아득히 먼 곳에서 요동쳤다. 바다 안개가 공중에 떠올라 흰 비단처럼 쌓이자 내가 올라간 봉우리가 광활한 허공에 둥둥 떠 있는 것 같았다. 마치 시원한 바람을 타고 한만(汗漫)의 세계에서 노니는 듯 황홀했다. 그 호탕하고 시원한 기분은 묘사할 수가 없다. 아이를 시켜 퉁소를 불고 북을 치게 하고, 또 피리와 날라리를 연주하게 하니 그 소리가 하늘에 울려 퍼졌다. 십주(十洲)와 삼도(三島)의 신선을 만날 수 있을 것만 같았다. 나는 그제야 무릎을 치며 감탄했다.

"나는 이제야 조물주의 솜씨가 뛰어난 줄 알겠다. 모래는 원래 붙지 않는 것인지라 모아서 뭉쳐 놓아도 손을 놓으면 바로 흩어진다. 그런데 이곳의 모래만은 첩첩이 쌓여 봉우리를 이루고 바닷바람에도 날려 가지 않으니, 조물주의 솜씨가 아니고 무엇이겠는가? 바닷가 외진 곳의 절경이 맑고 호젓한 광경을 독차지하고 인간 세상의 티끌도 날아오지 않으니, 화식(火食)을 하는 사람들에게 더럽혀져서야 되겠는가?"

그러자 신 현감이 나와서 말했다.

"고을의 노인들이 말하기를, 이곳에는 신령한 신선의 자취가 숨겨져 있는데 놀러 온 사람들이 함부로 밟고 다니면 반드시 비바람이 몰아치는 변고가 생긴다고 합니다. 이 때문에 대부분의 사람들이 황급히 돌아가는 바람에 끝까지 유람한 사람이 없다고 합니다. 이제 공께서 오셨는데 또 신령한 신선이 예전에 하던 대로 공의 즐거운 유람을 막을까 걱정했지만 이번에는 그러지 않았습니다. 입죽암 아래에서부터 물결이 잔잔하고 바람이 조용하여 거슬리는 일이 없었고, 이 산의 정상에 오르자 은하수가 반짝이고 하늘을 가리고 있던 것들이 사라졌습니다. 하늘이 아끼고 땅이 감추던 것을 공을 위해 드러내었으니, 공께서는 아마도 신선 세상의 사람이신가 봅니다."

그러고는 함께 큰 소리로 웃으며 술잔의 수를 헤아릴 수 없을 정도로 실컷 마셨다. 나와 숙간, 청로는 각기 운자(韻字)에 따라 시를 지었다. 한밤중이 다 되어서야 취한 몸을 가누며 내려와 봉우리 곁의 정사(精舍)에서 잠시 눈을 붙였다.

이튿날 또 이부자리에서 간단히 아침을 먹고 올라가서 지난밤의 놀이를 계속했다. 가을 하늘은 높고 햇살은 맑은데 우주는 드넓었다. 고래가 뿜는 파도도 잔잔해지고 신기루도 사라져 작은 물결조차 일지 않았다. 초도(椒島)와 장산(長山)은 용이 할퀴듯 범이 움키듯 우리가 앉은자리 아래에서 다투어 기이한 모습을 드러냈다. 그저 내 몸이 몹시 작고 내 안목이 몹시 낮으며, 하늘이 몹시 높고 땅이 몹시 두껍다는 사실을 깨달을 뿐이었다. 작고 초라한 도랑이나 개울은 물론 장강, 회수, 황하, 한수(漢水)처럼 큰 강조차 졸졸 흘러갈 뿐 감히 물이라고 하기에 부족했다. 거대한 호수 운몽택(雲夢澤) 예닐곱 개를 가슴속에 삼켜도 전혀 걸릴 것이 없다는 사마상여의 말이 과장이 아니라는 것을 알겠다. 천지개벽의 혼돈 한가운데서 태초의 풍광을 이웃하고 있는 것 같아 멍하니 망연자실할 뿐, 말이나 글로 표현할 수가 없었다. 오묘한 광경에 만족스럽기가 거의 지난밤보다 더했다. 숙간 이하 여러 사람이 번갈아 일어나 장수를 기원하는 술잔을 권했다. 더는 과음을 경계하지 않고 흠뻑 취하고 말았다. 정오가 되어서야 부축을 받고 내려와 백사정에서 잠시 쉬면서 밀물이 들어오기를 기다렸다. 어스름한 저녁이 되자 승선봉에 올라서 둘러앉아 술자리를 벌였다. 신 현감이 다시 앞으로 나와서 말했다.

"오늘 저녁에는 달이 조금 늦게 뜰 것이니 서두르지 말고 기다렸다가 달이 뜨거든 배를 타는 것이 유쾌하지 않겠습니까?"

내가 좋다고 했다. 어느덧 시간이 흐르자 아이종이 와서 달이 벌써 떴다고 아뢰었다. 곧 사공을 불러 배를 타고서 언덕을 스칠 듯이 지나가자 맑은 바람이 사방에서 솔솔 불어왔다. 달이 호수 한가운데 비치니 백옥으로 만든 부도(浮屠)가 만경창파(萬頃蒼波)에 가로놓여 있는 것 같았는데, 물결 따라 흔들흔들 일렁이며 이지러졌다가 다시 둥글어졌다. 청로가 소동파의 시 「도해(渡海)」 함련(頷聯)을 읊조렸다.

"구름 흩어지고 달 밝으니 누가 만든 모습인가. 하늘 모습과 바다 빛깔이 원래 맑은 것이라네."

이어서 또 읊었다.

"이번 유람 더없이 기이하여 평생에 제일이라네."

읊는 목소리가 맑아서 유장하게 끝없는 생각이 일어났다. 좌중의 모든 사람들이 조용히 듣고 있다가 말했다.

"동파 옹이 바로 오늘을 위해 지은 시 같소."

내가 두 손을 맞잡고 말했다.

"저승에 있는 동파가 다시 살아난다면 나는 그를 위해 말채찍이라도 들고 따르겠소."

그리고 큰 사발에 술을 부어 청로에게 권하며 말했다.

"부디 잘 기르고 「각궁(角弓)」의 노래를 잊지 마시오."

그러자 좌중이 모두 즐겁게 웃고 실컷 마셨다.

멀리 만호영 쪽을 바라보니 횃불을 늘어세워 대낮처럼 밝히고 우리가 오기를 기다리고 있었다. 배가 가까워지자 군사들이 모두 갑옷을 입고 방패를 세운 채 맞이했다. 깎아지른 벼랑 아래에 배를 대자 북을 치고 피리를 불며 여러 무관들에게 각자 일어나 춤을 추어 돛 내리는 노래에 화답하게 했다. 밤이 깊어서야 파했다. 이튿날 연강현으로 돌아와 어제 놀던 곳을 돌아보니 물안개가 자욱하고 산안개가 흐릿했다. 마음이 아련하여 마치 사랑하는 사람과 이별하는 듯 마음이 석연치 않았다.

내가 예전에 『여지승람(輿地勝覽)』을 읽다가 김극기(金克己)의 시 「백령도(白翎島)」를 보았는데 "사선(四仙)이 떠난 뒤로 진정한 유람이 없다(四仙去後無眞賞)"라는 구절이 있었다. 그제야 신라의 사선이 서해 일대를 두루 유람했다는 사실을 알게 되었다. 아랑포에서 백령도까지는 물길로 하루도 걸리지 않으니, 포구의 이름은 사선의 유람을 계기로 생긴 것이 매우 분명하다. 아랑포라고 한 이유는 당시 사람들이 사선의 빼어난 모습을 보고 좋아하여 자랑하려고 붙인 듯하다. 시골 사람들이라 글을 남기지 않은 것이 안타깝다.

우리나라 사람들은 일 벌이기를 좋아하지 않아서 사선이 회오리바람으로 가는 수레 표거(飇車)와 학이 끄는 수레 우륜(羽輪)을 타고 노닌 일이나, 기린 고기로 만든 육포와 오이만 한 대추를 차려 놓고 잔치를 벌인 일이 잊혀 전하지 않게 되었다. 하물며 우리들이 일엽편주로 파도를 넘나들며 노래와 춤을 즐긴 일이야 일단 지난 일이 되면 그 누가 다시 알아주겠는가? 그래도 믿을 것이 있다면 글에 의지하는 방법뿐이리라.

글이라는 것은 천지 사이에서 영원히 썩지 않는 물건이다. 옛날부터 고고하고 이름난 선비들 가운데 강산의 승경을 즐기며 술잔을 주고받은 이가 얼마나 되는지 알 수 없을 정도이지만, 오직 왕희지(王羲之)가 회계(會稽)의 산음(山陰)에서 계회(禊會)를 열었던 일과 손흥공(孫興公)이 천태산(天台山)을 유람한 일, 이태백(李太白)이 채석강(採石江)에서 달구경을 즐긴 일, 소동파가 적벽강(赤壁江)에서 뱃놀이한 일만 지금껏 사람들이 너도나도 어제 일처럼 또렷하게 말할 수 있다. 다름이 아니라 글을 남겼기 때문이다. 가령 사선이 뛰어난 글솜씨를 부려 당시의 대단했던 일을 기록했더라면 만 길의 광채가 동방을 밝게 비추어 집집마다 전하고 사람마다 외웠을 것이니, 비단 저 몇몇 사람들의 글과 같은 정도에 그치지 않았을 것이다. 그렇다면 저 사선이 유람한 자취가 잊혀져 전하지 않는 이유는 시골이라 글을 지을 사람이 없었기 때문만이 아니라 사선이 달갑게 여기지 않았기 때문이기도 하다.

비록 그렇지만 이름이라는 것은 실상의 손님이니, 실상이 없으면 이름이 성립하지 않는다. 글이라는 것은 이름의 찌꺼기에 불과하니, 글에 의지하여 영원히 전하기를 도모하는 것도 말단적인 일이다. 실상이란 무엇인가. 천지 사이에 서서 위로는 하늘에 부끄럽지 않고 아래로는 땅에 부끄럽지 않으며, 사람들이 들어 주기를 바라지 않더라도 사람들이 저절로 들어 주고, 천하 후세가 알아주기를 바라지 않더라도 천하 후세가 저절로 알아주지 않을 수 없는 것이 바로 실상이다. 그렇다면 우리 선비들 또한 실상에 힘쓰지 않을 수 있겠는가.

연강현에 도착한 날, 숙간과 청로가 모두 나에게 기문을 쓰라고 권하기에 사양하지 못하고 대략 이상과 같이 적는다.

해설

남곤은 1509년 9월 5일 황해도 관찰사로 임명되었다. 그는 부임한 뒤로 교육에 힘써 해주(海州) 향교를 중수하고 그 기문을 짓기도 했다. 이 무렵 북숭산(北嵩山)에 있는 신광사(神光寺)를 유람하고 지은 시는 『국조시산』에 선발된 뛰어난 작품이다. 남곤은 이듬해 추석날 신경광, 유세웅, 정숙간, 이청로, 손수용 등과 함께 백사정 일대를 유람했다.

장연의 명승 백사정은 길이가 7~8리, 너비는 3~4리에 이른다. 북쪽에 승선봉이 있고 그 위에 잔디밭이 있으며 삼면이 바다로 트여 있다. 흰모래가 바람을 따라 밀려다니며 언덕을 이루고, 소나무와 해당화가 울긋불긋 어리비치는 아름다운 곳이었다. 조선 시대의 수많은 문인들이 다투어 시를 지은 곳이기도 하다. 이 글에는 나오지 않지만 인근에 금사사(金沙寺)라는 절이 있었기에 백사정을 금사정(金沙汀)이라고도 한다. 김수증(金壽增)의 「백사정을 유람한 기문(遊白沙汀記)」은 이 글과 함께 읽어볼 만하다.

이 글에는 백사정 일대의 풍광과 그곳에서 노니는 풍류가 운치 있게 묘사되어 있다. 남곤의 외손 송인은 당시 최고의 문사이자 남곤의 벗이었던 이행도 이러한 글은 짓지 못했을 것이라며 높이 평가했다. 이 글은 『신증동국여지승람』 외에 장서각본 『와유록(臥遊錄)』에도 실려 있으니, 많은 사람들이 읽었던 것이 분명하다.

남곤은 문장이야말로 불후의 성사(盛事)라는 조비(曹丕)의 주장을 부연하면서도, 글이 작가의 실상과 부합해야 한다고 맺었다. 이 말은 후세에 논란을 일으켰다. 김창흡(金昌翕)은 "문장이 전해지고 전해지지 않고는 그 사람의 선악이 어떠한가에 달려 있다.(文章之傳遠與否, 在其人善惡如

何.)"라고 하면서, 남곤이 이 글을 지을 때의 마음을 잘 지켰더라면 무오사화를 일으키지 않았을 것이며 그의 이름 역시 후세에 길이 전해졌을 것이라 했다. 안석경(安錫儆)도 이 부분을 거론하며 남곤의 문장은 뛰어났지만 그의 행실 때문에 문집이 전해지지 않는 것이 당연하다고 비판했다.

김세필
金世弼

1473~1533년

본관은 경주(慶州), 자는 공석(公碩), 호는 십청헌(十淸軒)·지비옹(知非翁)이다. 18세에 응제시(應製詩) 「낙하(落霞)」로 명성을 날리고 과거에 합격하여 홍문관 정자(正字)를 지냈지만 1504년 무오사화에 연루되어 거제도로 유배되었다. 중종반정 이후 사가독서를 거치고 대사헌, 이조 참판 등을 역임했다. 이행(李荇), 박상(朴祥) 등과 교분이 깊었다. 노년에는 벼슬에서 물러나 충주의 지비천(知非川) 곁에 공당(工堂)을 짓고 후진을 양성했다.

문집 『십청선생집(十淸先生集)』이 전한다. 이식(李植)은 그가 풍부한 학문을 바탕으로 평이한 문장을 써 냈다고 평가했으며, 송시열(宋時烈)은 화려한 수식이 전혀 없는 것이 그의 문학적 특징이라고 했다. 1519년 명나라에 사신으로 다녀오면서 왕수인(王守仁)의 『전습록(傳習錄)』을 들여온 인물로도 알려져 있다.

세 가지 어려운 일 答客問 贈魚子游別序

어떤 사람이 나에게 어자유(魚子游)에 대해 묻기에 나는 이렇게 말했다.

"어자유 군은 세 가지 하기 어려운 일을 잘 한다. 벗과 교제하는 어려움, 백성을 다스리는 어려움, 염치를 알아 물러나는 어려움이다. 이 세 가지는 예나 지금이나 하기 어려운 일인데 어자유 군은 모두 쉽게 한다. 사람들은 그가 쉽게 하는 일을 어려워한다."

그 사람이 말했다.

"자세한 이야기를 들을 수 있겠는가?"

내가 말했다.

"내가 보니 세속의 교제는 권세와 이익이 있으면 상종하고 서로 마음이 맞으면 결탁하기 마련이다. 살갗이 맞닿고 뼈까지 붙을 정도로 가깝게 지내면서, 하늘을 가리키고 태양에 맹세하여 기쁘거나 슬프거나 죽으나 사나 저버리지 않을 것처럼 한다. 그러나 맹세하면서 입에 바른 피가 채 마르기도 전에, 우물에 던진 돌이 채 떨어지기도 전에 저 변화무상한 구름과 비처럼 변해 버린다. 악기 훈(壎)과 지(篪)가 조화로운 소리를 내는 것처럼 시작하지만 결국에는 군자들에게 빈축을 사는 경우가 많다. 어자유 군의 교제는 이와 반대이다. 반드시 의리로 결속하고 반드시 성심으로 좋아하여 시종일관 변치 않고 신의를 지켜 도를 완성한다.

나와 관계된 일로 말하자면, 어자유 군과 나는 함께 벼슬길에 나아가 나란히 홍문관에 들어갔다. 걸을 때는 발을 맞추고 먹을 때는 밥상을 나란히 했다. 몇 년 뒤 어자유 군은 양친을 봉양하기 위해 외직으로 나갔는데, 그때 나는 여전히 조정에서 성은을 입고 있다가 갑자년 사화에 연루되어 절해고도에 유배되었다. 이때 죄목이 몹시 엄중하여 나를 돌보아 주던 사람들은 모두 뜻밖의 화를 당할까 걱정했고, 골육 간이라도 감히 찾아올 생각을 하지 못했다. 그런데도 어자유 군은 춥고 배고픈 나를 보면 마치 자기가 춥고 배고픈 것처럼 여기고 위험을 무릅쓰고 찾아와서는 빠뜨린 것 없이 두루 도와주었다. 그 뒤로도 잘되든 못되든, 기쁘든 슬프든, 해와 달이 바뀌든, 어자유 군이 나를 대하는 태도는 삼십 년간 하루같이 변함없었다. 이처럼 의리로 굳게 결속하고 성심으로 좋아하기는 남들이 지극히 어려워하는 일이지만 어자유 군은 쉽게 했다. 이것이 첫 번째 어려운 일이다.

내가 보니 세상에서 관리가 되어 목민관의 임무를 맡은 자들은, 백성을 착취하여 관아의 창고를 채우면서 안으로는 자기 집을 살찌우고 밖으로는 남의 입을 채워 준다. 민가에서는 시름하고 탄식하는 소리가 미어지는데 조정에서는 칭송하는 소리가 자자하다. 이렇게 요직에 있는 사람을 통하여 좋은 자리에 오르는 자들이 벼슬길에 이어진다. 이렇게 입에 오르는 걸 부끄러워하는 사람들은 미치광이나 바보 신세를 면하지 못한다. 칭송받으려고 백성을 착취하는 폐해는 앞에서 말한 것과 다르지만, 백성이 그 사람 덕을 보지 못하기는 마찬가지이다.

어자유 군이 처음 산음(山陰) 땅에 부임했을 때 그 고을은 영남의 조그마한 마을이었다. 땅은 수십 리가 되지 않고 집은 여남은 채에 불과하여 아무 일 없는 때조차 세금을 걷기가 어려웠다. 당시 갑자년(1504년)

과 을축년(1505년)의 혼란한 정국을 만나 백성이 도망가지 않으면 썩어 문드러질 지경이라 어떻게 해 볼 방법이 없었다. 어자유 군은 이러한 때에 백성을 착취하지도, 속이지도 않았다. 인자하게 백성을 돌보고 지혜롭게 변고에 대응했다. 몸과 마음을 다하며 게으름을 피우거나 두려워하지 않고, 휘하의 백성이 도망가거나 썩어 문드러지는 고통을 받지 않도록 하면서 백성이 다칠까 우려한 문왕(文王)의 시대가 오기를 기다렸다. 이러한 일은 선정을 베풀었던 한나라 때의 공수(龔遂)와 황패(黃霸), 소신신(召信臣)과 두시(杜詩)와 같은 수령도 하기 어려웠을 터인데 어자유 군은 잘 해냈다. 이것이 두 번째 어려운 일이다.

명성과 이익이 있는 곳이라면 목마른 사람이 물을 찾는 것처럼 달려가는 것은 예나 지금이나 똑같은 문제이다. 남의 무덤에 가서 제삿밥을 구걸하거나 썩은 쥐를 빼앗길까 소리치는 짓거리는 선비라는 자들도 때때로 면치 못한다. 하물며 아등바등하면서 벼슬을 잃을까 근심하는 비루하고 천박한 자들이야 말할 것이 있겠는가?

우리 조정에서 인재를 등용하는 길이 한 가지가 아니지만, 그중에 가장 바르고 깨끗한 것은 문반(文班)이다. 문학으로 과거에 급제한 이들은 큰 잘못을 저지르지 않는 한 남들 하는 대로 따라 하면서 구차하게 세월만 보내면 높은 벼슬을 얻어 조정의 반열에서 영화를 누리고 고향에서 으스댈 수 있다.

어자유 군이 벼슬하는 것을 보니, 서른도 못 되어 문과에 급제하여 요직에 올랐다. 높은 관직이 발아래 있고 앞길이 만 리나 펼쳐졌는데도 몸을 굽혀 고을의 수령이 되었다. 비록 양친 때문이라고 했지만 사실은 부귀영달을 좋아하지 않아서였다. 조정에서는 재주와 행실이 뛰어난 인재를 구하기 어렵다는 이유로 그를 요직에 두려고 했으나 나오지 않는 경우가 많았다. 양친이 세상을 떠나자 벼슬의 속박이 더욱 싫어져 조용한 곳에 집을 짓고 속세의 일을 사절한 채 살았다. 임금의 조서가 내리자 부득이 대각(臺閣)으로 부임하라는 명령을 따랐으나 반년도 못 되어 또 사직하고 떠났다. 재상과 벗들이 부지런히 말렸지만 그의 지조를 흔들거나 생각을 바꾸지 못했다. 밀어내도 떠나지 않고 진흙탕에서 도포를 끌고 다니는 자들과 청렴하게 물러난 그의 행동을 비교하면 얼마나 차이가 큰가. 이것이 세 번째 어려운 일이다."

어떤 사람이 말했다.

"이 세 가지는 과연 사람들이 어려워하는 일인데 어자유 군은 실로 잘했다. 하지만 그 어렵다는 일들은 모두 당연한 의리에서 나온 것이다. 벼슬에서 나아가고 물러나는 절차에 부족한 점이 없다고 한다면 괜찮지만, 터럭만큼이라도 미진한 점이 있다면 그 어렵다는 일은 구차한 일이 될 것이다. 어려운 일을 어찌 구차하게 잘하려고 한단 말인가. 교제하는 도리와 백성 다스리는 일이 어렵다는 것은 사실이다. 하지만 청렴하게 물러나는 일이 어렵다는 점에 대해서는 할 말이 있다.

선비가 나아가고 물러날 때에는 의리와 운명에 따라야 한다. 구차하게 나아가서 목숨을 버려도 안 되고, 반드시 물러나려고 하여 대의를 손상해서도 안 된다. 제 몸의 안일을 추구하느라 직무에 얽매이는 것을 싫어한다면 의리가 아니다. 세상 사람들이 아등바등하는 꼴을 달갑게 여기지 않으며, 그저 자기가 더럽혀질까 두려워하며 뒤도 돌아보지 않고 떠나는 것도 의리가 아니다. 위에 밝은 임금이 계시고 아래에 어진 신하들이 있어서 조정에 나아가면 뜻을 실천할 수 있는데도 기어이 물러나 자기 좋아하는 대로 하려는 것은 더욱 의리가 아니다.

어자유 군은 지난해 임금의 부름을 받고 승정원에 들어갔다가 사헌부로 옮기고 다시 세자시강원으로 옮겼다. 여러 관직을 역임했지만 한 달을 채우지 못했다. 위에서 주시하는 뜻과 아래에서 기대하는 바가 모두 보통이 아니었지만, 어자유 군은 고향에 성묘하러 가겠다고 청하고는 그대로 병을 이유로 사직했다. 조정의 반열에서 부지런히 몸을 굽히는 것이 괴로워서이다. 나는 성현의 도리와 군신의 의리가 과연 이러한 것인지 모르겠다. 이 때문에 내가 그를 두고 어려운 일을 구차하게 하니 완벽하지 않다고 보는 것이다."

내가 말했다.

"당신의 말이 옳다. 어자유 군이 이 말을 듣고서 의리로 바로잡는다면, 필시 미진한 점을 가다듬어 완벽해질 것이다."

지금 멀리 흥해(興海)로 가는 어자유 군을 전송하는데 한마디 말을 하지 않을 수 없기에 이 이야기를 기록하여 송별하는 선물로 삼는다.

해설

어득강(魚得江, 1470~1550년)은 자가 자유(子游)이며, 호는 관포(灌圃), 혼돈산인(渾沌山人)이다. 김정국(金正國)의 『사재척언(思齋摭言)』에 따르면 어득강은 과거에 급제한 뒤로 누차 외직에 임명되기를 자청했고, 성품이 담백하여 물러나기를 좋아했다. 벼슬에 뜻이 없었기에 조정에서 좋은 관직으로 불러도 좀처럼 나가지 않았다고 한다. 어득강이 1524년 세자시강원 필선과 같은 요직을 마다하고 경상도 바닷가 흥해 군수로 부임하게 되자 김세필이 그를 전송하는 의미에서 이 글을 주었다.

김세필은 이 글에서 선비가 하기 어려운 일로 세 가지를 꼽았다. 벗과의 신의 있는 교제, 백성을 바르게 다스리는 일, 염치를 알고 제때 물러나는 일이다. 김세필은 어득강이 이 세 가지 어려운 일을 잘했다고 칭찬했다. 무오사화에 연루되어 거제도에 유배되어 있던 자신을 찾아온 일, 산음(지금의 산청) 현감을 지낼 때의 선정, 부귀영화를 누릴 수 있는 벼슬에 연연하지 않은 사실을 구체적으로 거론했다. 어득강의 깨끗한 처신을 칭송하면서, 그와 반대로 행동하는 선비들의 탐욕을 은근히 풍자했다.

이 글은 저자와 객의 문답으로 되어 있다는 점에서 일반적인 증서류(贈序類)와 상이하다. 선비의 행실을 논하기 위해 문답을 가설하는 글쓰기 방식을 선택한 듯하다. 다만 마지막 부분에서 객의 말을 통해 무작정 물러나는 독선(獨善)이 선비의 의리가 아니라는 점을 부각하며, 어득강이 지방에서 선정을 베풀고 조정으로 돌아와 더욱 큰일을 해 주기를 당부한 점은 증서류의 취지를 잘 살린 구성이라 하겠다.

이행 李荇

1478~1534년

본관은 덕수(德水), 자는 택지(擇之), 호는 용재(容齋)이다. 아버지는 판의금부사를 지낸 이의무(李宜茂), 어머니는 조선 초기의 명신 성석용(成石瑢)의 증손이다. 연산군 때 벼슬길에 올라 홍문관과 사간원에서 언관으로 활약하다가 갑자사화에 연루되어 유배되었다. 그 뒤 폐비 윤씨에게 시호를 올리는 데 반대했다는 이유로 죽을 위기를 겪고 겨우 목숨을 건져 거제도에 유배되었다. 중종반정 이후로는 승승장구하여 대제학을 지내고 우의정에 올랐다. 그러나 1532년 김안로(金安老)의 견제를 받고 평안도 함종(咸從)에 유배되어 그곳에서 죽었다.

시에 뛰어나 허균(許筠)이 조선의 제일 대가로 칭송하였다. 문집 『용재집(容齋集)』 외에 『화주문공남악창수집(和朱文公南岳唱酬集)』도 따로 전한다. 『신증동국여지승람』의 편찬에도 깊이 관여했다.

소요유의 공간 逍遙洞記

병인년(1506년, 연산군 12년), 나는 거제도로 유배되어 고절령(高絶嶺) 아래에 유폐되었다. 영남 사람들은 이 고개를 고자고개(火者峴)라고 하는데 내가 지금의 이름으로 고쳤다. 고절령(高節嶺)이라고도 부른다. 계룡산(鷄龍山)이 오른쪽에 펼쳐지고 망현(莽峴)이 왼쪽을 에워싸며 증산(甑山)이 앞을 가리고 있다. 수목이 무성한 데다 땅이 비좁고 구불구불하니 멀리 바라볼 수가 없어 기분이 답답했다.

이리저리 배회하다가 고절령을 돌아보니 구름 속에 숨고 안개에 가려 몹시 기이한 것이 있을 듯했다. 서너 걸음 앞으로 나아가자 작은 시내가 나왔다. 시내를 거슬러 칠팔십 걸음을 가니 골짜기가 나왔다. 깊고 으슥한 데다 조용한 숲에 둘러싸이고 맑은 물이 쏟아졌다. 눈에 보이는 푸른 산과 귀에 들리는 물소리가 어우러져 빼어난 경치를 이루었다. 기괴하게 생긴 바위와 나무가 이끼에 덮여 있는데 깃털이 푸르고 꼬리가 긴 새들이 여기저기서 마음껏 울었다. 더러운 속세를 떠나고 육신의 구속을 벗어나 세상 바깥에서 노니는 듯 시원했다. 나는 산수에 뜻을 둔 지 거의 십수 년에 가까웠지만 실행에 옮기지 못하다가 결국 곤란한 처지에 놓이게 되었다. 아! 이것으로 소원을 이루게 된 것인가?

예전에는 이곳에 이름이 없었기에 이제 이 골짜기를 소요동(逍遙洞)이라 하고, 개울은 백운계(白雲溪)라 했다. 늙은 소나무가 북쪽 벼랑에 기대어 있는데, 비스듬하게 남쪽으로 시내를 가로질러 그늘을 드리우고 있어 누군가가 일부러 그렇게 만든 것 같다. 그곳에 정자를 짓고 세한정(歲寒亭)이라 했다.

바위 사이에 샘이 있는데 맑고 차가우며 도도하게 흘러내려 이름을 성심천(醒心泉)이라 했다. 그 물을 끌어들여 작은 못을 만들었으니 너비는 한 길이고 깊이는 발등이 잠길 정도이다. 푸른 창포를 심었더니 향기 자욱하고 작은 물고기를 풀어놓자 유유히 헤엄치며 즐거워했다. 서너 그루 심은 대나무는 높고 씩씩했다. 물빛이 일렁이면 고운 모습을 볼 수 있기에, 이름을 군자지(君子池)라 했다. 또 그 아래에 정자를 짓고 이름을 차군정(此君亭)이라 했다.

개울의 근원을 따라 거슬러 올라가면 갈수록 산뜻하고 기이한 자태가 나타나 이루 형용하기 어렵다. 푸른 벼랑이 우뚝 서 있고 폭포가 곧바로 쏟아져 큰 소리를 내며 흩어진다. 하늘에서 떨어지는 것 같아 이름을 운문폭(雲門瀑)이라 했다. 폭포가 아래로 떨어지며 우묵한 웅덩이를 이룬다. 바닥은 하나의 바위로 이루어져 영롱하게 빛나고 모래와 흙이 섞이지 않았다. 마치 조물주가 빚어낸 듯하여 이름을 신청담(神清潭)이라 했다.

깎아지른 벼랑은 병풍을 펼쳐 놓은 듯하고 평평한 반석은 돗자리를 깔아 놓은 듯하여 기대고 앉고 눕기에 적당하다. 좌우에는 단풍나무도 많고 진달래꽃도 많으며 풀은 대부분 족두리풀이다. 고목이 띄엄띄엄 서 있는데 늙은 칡넝쿨이 구불구불 휘감아 짙은 녹음을 드리워 뜨거운 햇살도 뚫지 못한다. 마른 가지를 꺾고 묵은 낙엽을 쓸자 쉴 만한 곳이 되었다. 이름을 지족정(止足亭)이라 했다. 구경은 여기에서 끝난다. 여기에서부터는 더 이상 끝까지 가 보고 싶지 않다.

세상 만물 중에 빼어난 것은 반드시 누군가가 알아주기 마련이지만, 간혹 알아주지 않는 경우도 있다. 가령 이 골짜기가 큰 도회지 가까이에 있었더라면 고귀한 사람들이 밤낮으로 와서 노래하고 웃으며 즐길 것이니, 이렇게 된다면 알아주었다고 해도 좋을 것이다. 그러나 이렇게 먼 변방의 외딴곳에 버려져 있고 큰 바다로 막혀 도깨비들이나 살고 있으니, 세상에서 큰 죄를 짓고 유배된 자가 아니면 아무도 가까이 오지 않을 것이다. 이야말로 알아주지 않는 것이 아니겠는가?

아, 알아주고 알아주지 않는 것은 우연인가, 조물주가 그렇게 만든 것인가? 저 조물주라는 것은 과연 존재하는가? 만약 존재하지 않는다면 이 빼어난 경치는 누가 만든 것인가? 존재한다면 이 골짜기가 알아주는 사람을 만나지 못했으니, 조물주가 좋아하고 싫어하는 것이 사람과 다르기 때문인가? 나는 세상에서 알아주지 않는 사람인데 이렇게 이 골짜기를 알게 되었으니, 서로를 기다렸던 것이 아니겠는가? 사람들이 알아주지 않았기 때문에 이렇게 내가 알아주게 되었다. 내가 말하는 알아주고 알아주지 않는 것이 과연 조물주의 뜻에 맞는 것인가? 이 또한 알 수 없는 일이다. 그렇다면 결국 우연으로 돌려야 하는가?

해설

1504년 이행은 폐비 윤씨에게 시호를 올리는 데 반대했다는 죄목으로 충주로 유배되었다가 다시 함안(咸安)으로 옮겨졌다. 시련은 여기에서 끝나지 않았다. 익명의 편지가 대궐로 날아드는 사건이 발생했는데, 이 때문에 다시 서울로 압송되어 혹독한 문초를 당하고 1506년 1월 거제도로 옮겨졌다. 2월 거제도에 도착한 이행은 가시나무를 둘러친 집에 갇혀 사는 위리안치(圍籬安置) 형을 받았다. 가시가 무성한 탱자나무 울타리로 둘러싸였을 뿐 아니라 병졸들이 지키고 서 있기까지 했다. 이것도 못 미더워 조정에서는 2품의 고관을 진유근리사(鎭幽謹理使)라는 명목으로 파견하여 출입을 감독하게 했다. 낮에는 밖에서 양을 치는 잡역을 시켰는데, 가끔은 며칠씩 출입조차 아예 금하기도 했다.

그래도 이행은 집 주변에 대나무도 심고 창포도 심고 국화도 심었다. 틈이 나는 대로 좁은 집을 빠져나와 개울가를 거닐었다. 불이 없어서 밤에 책을 읽지 못하자 벽에 큰 구멍을 뚫고 종이를 발라 관솔불을 피워 그 빛으로 글을 읽었다. 그리고 유배의 땅을 은자의 땅으로 바꾸어 갔다.

이행이 살던 곳은 거제 관아에서 남쪽으로 10리쯤 떨어진 고절령 아래다. 원래 이 산은 고자고개라 불렀다. 예전에 고을에 사역을 맡은 백성이 있어 이 고개를 오갔는데 일은 힘들고 길은 험하여 마침내 자신의 성기를 잘라 버렸으므로 이런 이름이 붙은 것이다. 이행은 이름이 비루하다 하면서 자신의 절조를 드러내고자 고절령이라 바꾸었다. 또 골짜기 이름을 소요동이라 하여 은자가 거니는 곳으로 삼았다. 개울을 백운계라 하여 청운(青雲)이 아닌 백운(白雲)의 삶을 지향했다. 세한정, 성심천, 군자지, 차군정, 운문폭, 신청담, 지족정 등 그가 붙인 이름은 모두 절조 높은 은자의 삶을 나타낸다. 하루라도 대나무가 없어서는 안 된다고 한 왕희지의 멋을 배워, 군자지에 대나무를 심어 두고 차군정에 올라 차군, 즉 대나무를 즐겼다. 자신이 거처하는 집은 참된 본성을 보존한다는 뜻에서 보진당(保眞堂)이라 했다. 그리고 「명산수설(名山水說)」을 지어 이 모든 것에 이름을 붙인 까닭을 밝혔다.

유배지를 은자의 땅으로 바꾸는 과정을 서술한 이 글의 키워드는 '우(遇)'와 '불우(不遇)'이다. 자신은 임금에게 버림받았으니 불우한 인생이요, 소요동은 아무도 찾지 않으니 그 역시 불우한 땅이다. 그는 불우한 인생이 불우한 땅을 만나게 된 이유를 자문하며, 이곳에서 장자가 말한 소요유(逍遙遊)의 삶을 누렸다.

김안국 金安國

1478~1543년

본관은 의성(義城), 자는 국경(國卿), 호는 모재(慕齋)이다. 문학적 재능이 뛰어나 주로 홍문관에서 문장을 짓는 업무를 맡았고, 1511년에는 이행, 김안로(金安老), 소세양(蘇世讓), 정사룡(鄭士龍) 등과 사가독서를 받았다. 1506년 중국 사신 서목길(徐穆吉)을 맞이하는 종사관(從事官)이 되었고, 1512년 일본에서 붕중(弸中) 등이 사신으로 왔을 때 선위사(宣慰使)를 맡는 등 외교 분야에서도 탁월한 능력을 발휘했다. 대사간, 공조 판서, 경상도 관찰사 등 중임을 두루 역임하다가 1519년 전라도 관찰사로 재직하던 중 기묘사화가 일어나 파직되면서 산림처사로 돌아갔다. 이천으로 물러나 주촌산로(注村散老)라 자호하고 제생 서원(諸生書院)과 아배 서원(兒輩書院)을 만들어 강학에 힘을 쏟았다. 나중에 여주의 이호(梨湖)로 옮겨 가 범사정(泛槎亭)을 짓고 살았는데 그를 방문한 이황(李滉)이 '정인군자(正人君子)'라고 칭송했다. 1537년 조정에 복귀하여 예조 판서와 병조 판서, 대제학, 한성 판윤, 좌찬성 등을 두루 지냈다.

문집 『모재집(慕齋集)』이 전하며 『이륜행실도(二倫行實圖)』, 『정속편언해(正俗篇諺解)』, 『여씨향약(呂氏鄕約)』 등 교화서의 편찬에도 깊이 관여했다.

모나게 산다 稜岩亭記

오산(鰲山)의 유자제(兪子制)는 나의 벗이다. 사람됨이 선을 좋아하여 시속에 구차하게 영합하려 하지 않았다. 교유하는 사람으로는 반드시 뜻이 같아 의기투합하는 이를 선택했으므로, 내가 기뻐서 교유하게 되었다. 하루는 그를 찾아갔더니 마침 손님과 마주 앉아 술을 마시고 있었다. 곧장 들어가 읍하고 자리에 앉아 살펴보니, 주인이 손님을 대접하는 태도가 몹시 간곡하여 그 손님이 범상한 사람이 아니라는 것을 알았다. 이윽고 술상이 들어와 서로 술잔을 돌리며 마셨다. 일어서서 그의 이름을 물었더니, 최 아무개 군으로 자는 산수(山叟)였다. 성격이 호탕하고 언변이 기이했다. 한번 나를 보더니 오래된 벗인 양 손을 잡고 이렇게 말했다.

"내 재주가 이 시대에 맞지 않고 뜻이 시속과 같지 않으므로 물러나 중원(中原, 충주)의 시골에서 단출하게 지내며 산수 구경을 낙으로 삼고 있소. 사는 곳 옆에 능암(稜岩)이라는 승경이 있는데, 큰 강을 굽어보고 푸른 산이 멀리 바라보여 그 경치가 중원에서 으뜸이라오. 내가 예전에 그곳에 놀러 갔다가 좋아하여 그 위에 작은 정자를 짓고 아침저녁으로 즐기면서 세상일을 잊었소. 그리하여 율시 한 편을 지어 그 뜻을 담았다오. 당신은 여기에 차운하는 시를 지어 내 정자가 더욱 빼어난 곳이 되도록 해 주지 않겠소?"

그러고는 그곳 산수의 맑고 아름다운 모습과 구름이 일어나고 바람이 불며 안개가 끼는 풍경을 매우 자세하게 말해 주었다. 내가 그 말을 들으니, 마치 몸소 그곳을 노니는 것처럼 또렷하였다. 이리저리 상상하노라니 나도 모르게 손이 붓에 가고 입에서 시가 흘러나와 곧장 그 시에 차운하였다. 시를 완성하자 최 군이 두세 번 읊조리더니 마음에 맞는지 몹시 기뻐하면서 다시 내게 기문을 써 달라고 하면서 말했다.

"능암의 예전 이름은 곰 바위 웅암(熊岩)이라오. 내 뜻이 시속에 구차하게 영합하는 것을 좋아하지 않아 원만한 것을 싫어하고 모난 것을 좋아하므로 웅암을 모나다는 뜻의 능암으로 고쳤소이다. 당신은 어찌 생각하시오?"

최 군의 뜻이 참으로 가상하다. 세도가 땅에 떨어지고 절의가 바로 서지 못하니, 선비라면 누군들 모난 부분을 갈고 깎아 시속에 아부하여 부귀를 얻으려 하지 않겠는가? 그런데도 최 군은 혼자 고고한 태도로 시속과 어울리려 하지 않고, 차라리 말라비틀어진 채 버려질지언정 후회하지 않는다. 심지어 눈으로 보고 귀로 듣는 모든 외물(外物)은 산 하나 강 하나까지도 반드시 모난 것을 취하려 하니, 하물며 사람에 대해서는 어떠하겠으며 자신에 대해서는 어떠하겠는가.

나는 안타깝게도 그저 어진 이를 좋아하는 마음만 있을 뿐 어진 이를 끌어들일 힘이 없어 지금과 같은 태평성대에 임금에게 천거하여 방정하고 강직한 기풍을 조정에 진작할 수가 없다. 저 능암의 승경이 참으로 기이하기는 하지만, 최 군이 정자를 짓고 그 이름을 고친 뒤에야 산이 더욱 높아지고 물은 더욱 맑아지며, 구름과 안개와 바람과 달빛이 더욱 조화롭고 깨끗해졌다. 그러니 능암은 최 군이 승경으로 만든 것이지 저절로 승경이 된 것은 아니다. 기문을 짓지 않을 수 있겠는가.

비록 그렇지만 내가 듣기로 군자의 학문은 경(敬)으로 내면을 바르게 하고 의(義)로 외면을 반듯하게 하는 것이라 하였다. 효성과 우애가 가정에서 드러나고 충성과 신의가 마을에 두루 퍼져, 벼슬하면 재주를 펼치고 물러나면 자기 뜻을 즐긴다. 부드럽고 온화한 기운이 말과 얼굴에 넘치니, 남들과 다르게 보이려 하지 않아도 저절로 남들이 미치지 못한다고 할 것이다. 이것이 바로 모날 '능(稜)'의 뜻이다. 한갓 뻣뻣하고 억센 태도로 남들과 다르게 보이려 한다고 모나다고 하겠는가. 최 군이 말하는 모나다는 뜻이 과연 이와 같은가.

나로 말하자면 세상에 골몰하며 구차하게 시속에 동조하니, 모나게 살려고 해도 그리할 수가 없는 사람이다. 어떻게 하면 최 군과 정자에서 술잔을 들고 저 능암의 승경을 감상하며 세속을 벗어난 즐거움을 함께 이야기할 수 있을까.

해설

능암정(稜岩亭)은 충주에 있던 최인우(崔仁祐)라는 사람의 정자다. 최인우와 능암정은 김안국의 이 글 덕택에 희미하게나마 역사에 이름을 남기게 되었다. 김안국은 최인우가 능암정을 세움으로써 그곳의 강산이 더욱 아름다워질 것이라 했는데, 이러한 논리는 유종원의 "아름다운 경치는 절로 아름다운 것이 아니라 사람으로 인하여 드러난다."라는 명언에 바탕을 두고 있다. 정자를 짓고 기문을 청하는 이유도 여기에 있다.

세상 사람들이 하는 대로 따라 사는 것이 원만한 삶이라면, 세상 사람들과 각을 세우고 자신만의 가치를 지키며 고고하게 사는 것이 모난 삶이다. 최인우는 곰 바위 웅암을 모난 바위 능암으로 바꾸고, 그곳에 정자를 지어 모난 삶을 지향했다. 김안국은 최인우의 모난 삶을 칭송하면서도 조언을 덧붙였다. 모난 삶은 남을 무시하고 잘난 체하며 남과 다르게 보이려 하는 삶이 아니다. 경(敬)으로 마음을 바르게 하고 의(義)로 행실을 반듯하게 하며, 부드럽고 온화한 태도를 견지하는 것이 진정한 모난 삶이라고 했다.

이름 없는 집 草菴記

조우 선사(祖遇禪師)는 불교계의 거물이다. 젊은 시절에는 구름처럼 정처 없이 떠돌았는데, 집의 이름을 현묵헌(玄默軒)이라 하고 유명한 관원과 학자들에게 시문을 청하니 그것이 쌓여 책이 될 정도였다. 만년에는 여주의 장흥사(長興寺)에 머물며 절 북쪽 산기슭 바위 곁에 작은 암자를 지었다. 그곳에서 미음을 먹고 그곳에서 죽을 먹으며, 그곳에서 앉고 눕고 잠자고 쉬면서 잠시도 떠난 적이 없었다. 어떤 사람이 찾아와 그 암자의 이름을 묻자 선사는 이렇게 대답했다.

"승려가 사는 집은 시설이 완비되면 사(寺)라 하고, 구조가 좁고 소략하면 암(菴)이라 하며, 땅을 파고 살면 굴(窟), 따로 깨끗한 곳에 자리하면 정사(精舍)라 합니다. 그 밖에도 초제(招提)니 방장(方丈)이니 난야(蘭若)니 하는 이름이 한둘이 아니지요. 절 안의 건물도 당(堂), 실(室), 방(房), 요(寮) 등 제도에 따라 이름이 다릅니다.

제가 사는 곳은 절도 굴도 정사도 아닙니다. 절에 붙어 있지만 절에 속한 것은 아니니 당, 실, 방, 요라고 할 수도 없습니다. 나무가 굽으면 굽은 대로 곧으면 곧은 대로 구차하게 얽었는데, 좁아서 겨우 다리를 뻗을 수 있는 정도이니 암자와 비슷하다고 할 수는 있겠지요. 여기에 풀로 지붕을 덮어 비바람을 막았기에 그저 초암(草菴)이라 부를 뿐입니다. 무슨 다른 이름이 있겠습니까?"

그러자 그 사람이 말했다.

"지금의 선사는 예전의 선사와 같은 사람인데, 예전에는 집에 이름을 붙이더니 지금은 붙이지 않았소. 전에는 이름을 드러냈는데 이제 없애 버렸으니 이상하지 않소? 앞서는 알 수 없다는 뜻의 현(玄) 자에 말이 없다는 뜻의 묵(默) 자를 썼으니, 이것은 이름을 붙였지만 붙이지 않은 것이나 마찬가지였소. 지금은 풀로 지붕을 덮었다는 뜻의 초(草) 자에 암자라는 뜻의 암(菴) 자를 썼으니, 이것은 이름을 붙이지 않았지만 붙인 것에 가깝소. 지금은 이름을 붙이지 않았지만 붙인 것이나 다름없으니, 이것은 이름을 드러낸 것이 아니겠소? 또 예전에는 이름을 붙였지만 붙이지 않은 것이나 한가지였으니, 이것은 이름을 없애 버린 것이 아니겠소?

이름을 붙였지만 붙이지 않은 것이나 다름없는 경우와 이름을 붙이지 않았지만 붙인 것이나 다름없는 경우 두 가지 가운데 전자가 진짜라면 후자는 가짜일 것이요, 앞이 가짜라면 뒤는 진짜이겠지요. 드러낼 때도 있고 없앨 때도 있으며 진실과 거짓이 섞였으니, 내 어찌 이것을 보면서 헷갈리지 않을 수 있겠소?"

선사가 말했다.

"그런 뜻이 아닙니다. 거짓이라 여기고 거짓을 본다면 무엇인들 거짓이 아니겠으며, 진실이라 여기고 진실을 본다면 무엇인들 진실이 아니겠습니까? 예전에 제가 이름을 붙였을 때는 이름을 붙이고도 이름을 붙이지 않았다고 여겼으니, 이것은 거짓입니다. 하지만 진실이라 여기면 거짓이 아니라 진실입니다. 지금 저는 이름을 붙이지 않았는데, 이름을 붙이지 않고도 이름을 붙였다고 여기니, 이것은 거짓입니다. 하지만 진실이라 여기고 보면 이 역시 거짓이 아니라 진실입니다. 현묵을 추구하면서 기어이 현묵이라 부르기를 고집한다면 그 현묵은 진정한 현묵이 될 수 없습니다. 이것이 바로 이름을 붙였지만 붙이지 않은 것이나 마찬가지라는 말입니다. 풀을 엮어 암자를 짓고서 초암이라고 하였는데, 초암은 실제로 풀로 지은 암자입니다. 이것이 바로 이름을 붙이지 않았지만 이름을 붙인 것이나 마찬가지라는 말입니다.

드러내 놓고 없앴다고 하거나 없애 놓고서 드러냈다고 하는 것이나, 드러내놓고 드러냈다고 하거나 없애고서 없앴다고 하는 것이나 마찬가지입니다. 차라리 드러내고 없애는 것 모두를 잊어버리는 편이 나을 것입니다. 지금이나 예전이나 경치를 보면 참된 생각과 거짓 생각이 뒤섞이고 공(空)과 색(色)의 구분이 없어지지 않으니, 이것은 여러 신체 기관의 감각에 가려졌기 때문입니다. 구름이 뭉게뭉게 피어나고 바람이 쏴 하고 불며 우레가 쾅쾅 울려 대고 번개가 번쩍번쩍 치며 비가 억수같이 퍼부으면 금세 변하여 모두 적막한 공으로 돌아갈 뿐입니다.

반짝반짝 화려하여 색깔이 같지 않은 꽃, 울창하게 우거져 모습이 제각기 다른 나무, 수북하게 쌓여 형상이 저마다 다른 바위, 이들도 끝내는 변화하고 역시 사라져 아무런 자취가 없어집니다. 어찌 예전에 요란하던 것을 거짓이라 하고 지금 고요한 것을 진실이라 하며, 예전에 나타나던 것을 조잡하다 하고 지금 거두어진 것을 정밀하다 할 수 있겠습니까? 요란한 것과 고요한 것은 차이가 없고, 나타난 것과 거두어진 것은 하나로 귀결되니, 모르는 사람은 여전히 의혹이 있겠지만 깨달은 자는 환하게 알 수 있습니다. 그대는 어찌 이를 의심합니까? 비록 그렇지만 고요한 것과 거두어진 것은 서로 뿌리가 되는 법이니, 이름을 붙이거나 붙이지 않거나 그 사이에 묵묵히 깨닫는 바가 있을 것입니다."

이 말을 들은 사람은 따질 수가 없어 우선 적어 두고 방외(方外)의 달관한 큰 선비에게 묻고자 했다고 한다.

해설

김안국이 이천과 여주 등지에 물러나 살던 시절, 절친하게 지낸 방외의 벗이 바로 조우라는 승려였다. 조우는 호를 현묵헌이라 하였다. 김안국과 김정 등 기묘명현(己卯名賢)과 친분이 있어 이들의 문집에는 조우를 위해 지어 준 시가 실려 있다. 조우는 여주의 장흥사에서 주지로 있던 노년 무렵 절 인근에 초암을 짓고 살았다.

이 글에는 '이름을 붙이다(名)'와 '이름 붙이지 않다(不名)', '가짜(妄)'와 '진짜(眞)', '없애다(泯)'와 '드러내다(標)' 등의 상대적 개념이 등장한다. 조우는 처음 자신의 호를 현묵이라 했는데, 이는 청정무위(淸淨無爲)의 삶을 표방한 것이다. 그러자 어떤 사람이 반론을 제기한다. 현묵이라 한 것은 남들에게 드러내 알릴 것이 아니라 숨겨야 하는데도 드러내고자 했으니 이는 망상(妄想)이요, 초암이라 한 것은 이름을 붙이지 않은 것이나 다름없지만 오히려 이를 통해 무엇인가를 드러내고자 했으니 이 역시 망상이라고 했다. 이에 대해 조우는 가짜와 진짜가 본질적으로 차이가 없다는 주장을 내세웠다.

김안국은 조우와 매우 많은 시를 주고받았다. 「조우 선사의 시에 차운하여 답하다(答次祖遇師)」에서 "초암의 서늘한 달빛에 그리움이 사무쳤나, 어젯밤 꿈에 자네 만나 좋은 인연 말했지. 오늘 짧은 시에 소식을 전하니, 만 가닥 저 물길도 하나의 강물임을 이제 알겠네.(草菴凉月想依然,

昨夢逢君話勝緣. 今日小詩傳信息, 方知萬流本同川.)"라 하였고, 「장흥사로 조우 선사를 찾아가다(訪祖遇師于長興寺)」에서 "멋대로 개울 따라 달빛 밟으며 와서, 우연히 절간에서 담소를 나누게 되었구나. 스님이 내어놓은 석 잔 술 마신 후, 다시 푸른 산을 위하여 한 잔 술을 권하노라.(縱蹇沿溪踏月來, 偶從方丈笑談開. 三杯倒盡山僧酒, 更爲靑山勸一杯.)"라 하였다. 유가와 불가로 처신은 달랐지만 풍류는 다르지 않았다.

박은 朴誾

1479~1504년

본관은 고령(高靈), 자는 중열(仲說), 호는 읍취헌(挹翠軒)이다. 18세에 문과에 급제하여 신용개, 이주, 김일손, 남곤 등과 함께 사가독서를 한 엘리트 문인이다. 성격이 강직하여 정승 성준(成俊)의 비행을 탄핵하다가 하옥당했고 결국 갑자사화 때 "거짓 충성을 하면서도 편안하였고, 신진으로서 장관을 모욕했다."라는 죄목을 목에 건 채 군기시 앞에서 백관이 바라보는 가운데 효수형을 당했다.

시에 뛰어나 이덕무(李德懋)는 그를 "동방의 두보"라 했고 정조는 그의 시를 높게 평가해 문집 『읍취헌유고(挹翠軒遺稿)』를 간행하도록 했다. 남곤 등과 함께 지은 시를 모은 『천마잠두록(天磨蠶頭錄)』이 따로 전한다. 『속동문선』에도 그의 시문이 여러 편 선발되어 있다.

아내의 일생 亡室高靈申氏行狀

박은은 말한다.

죽은 아내 의인(宜人)은 성이 신씨이고 본관은 고령이다. 고령 부원군 신숙주는 세종, 문종, 세조, 예종, 성종을 섬겨 정난(靖難), 익재(翊戴), 좌익(佐翊), 좌리(佐理) 등의 공신에 책훈(策勳)되고 의정부 영의정을 지냈다. 시호는 문충공(文忠公)이며 성종의 묘정(廟庭)에 배향되었다. 그의 아들 신면(申沔)은 함길도(咸吉道) 관찰사가 되었다가 정해년(1467년, 세조 13년) 이시애(李施愛)의 난으로 죽자 조정에서 표창하여 의정부 좌찬성에 추증했다. 그의 아들 신용개(申用漑)는 작년 겨울에 승정원 도승지를 거쳐 충청도 수군절도사로 부임했다. 아내는 그의 맏딸이다. 어머니는 밀양 박씨이며, 지금 의정부 좌찬성으로 있는 박건(朴楗)이 외조부이다.

아내는 성화(成化) 기해년(1479년) 정월에 태어났다. 태어난 뒤로 외가에서 자랐는데 어려서부터 영특하고 단정했으며 하는 놀이가 모두 여인의 법도에 맞았다. 조부 찬성 공(贊成公, 박건)이 어질다고 하며 친자식처럼 사랑했다. 계축년(1493년) 봄, 아내는 열다섯 살의 나이로 나에게 시집왔다. 대대로 높은 벼슬을 지낸 집안에서 자랐지만 교만하거나 게으른 태도가 없었다. 시가에 들어와서는 예의와 공경을 다하였다. 나의 누이들과 함께 어버이를 모시며 즐겁게 담소를 나누고 화목하게 어울려 부모님이 몹시 기뻐하셨다.

병진년(1496년), 나는 과거에 급제했고 정사년(1497년)에 분가하여 살았다. 부인은 길쌈에서 담장과 건물에 관한 일까지 집 안팎의 일을 도맡았는데 모두 꼼꼼하고 자세했다. 종을 부릴 적에는 조금이라도 예의에 맞지 않으면 엄히 꾸짖어 금지하니, 위아래가 분명하고 집안이 숙연하였다. 나는 성품이 소탈하고 게으를뿐더러 아내가 어질었기에 집안일은 까마득히 잊었다.

당시 나의 조모와 외조모가 모두 살아 계셨는데, 아내는 제철 음식을 장만해 바치느라 늘 때를 맞추지 못할까 급급해하였다. 조모 한씨(韓氏)는 집안의 법도가 몹시 엄하고 사람 보는 눈이 귀신같았는데, 사람들에게 "우리 손자며느리는 참으로 어질다."라고 자주 말씀하셨다. 외조모 이씨는 지금도 여전히 정정하신데 내게 말씀하시기를 "네가 태어날 때 내 나이 예순이었는데, 이제 네 아내의 봉양을 받을 줄 어찌 알았겠느냐."라고 하셨다.

나는 구속을 받지 않는 성격이라 남들과 시 짓고 술 마시는 것을 좋아하여 집안 형편이 어떠한지는 물은 적이 없었다. 아내는 힘을 다해 비용을 마련하여 내 마음을 기쁘게 해 주려고 애썼으며 혹시라도 뜻을 어기는 일이 있을까 걱정했다. 내가 남에게 베풀 일이 있으면 역시 즐거운 마음으로 나를 따라 주었다. 집이 가난했지만 내게 알리지 않았다.

평소 아내와 약속하여 "당신과 함께 조그마한 수레를 끌고 시골로 내려가 작은 집을 짓고 살면서 위로는 부모를 모시고 아래로는 자식들을 키우면서 즐겁게 백년해로한다면 얼마나 좋겠소?"라 했다. 그때마다 아내는 기뻐하며 "그야말로 저의 뜻입니다. 산수에 집을 지을 비용은 제가 마련하지요."라 했다. 그러므로 내가 벼슬을 얻어도 아내는 기뻐하지 않았고, 벼슬을 잃어도 아내는 슬퍼하지 않았으니 참으로 나와 마음이 잘 맞았다. 사람이 누군들 내조를 받지 않겠는가마는 나는 어리석어서 더욱 많은 내조를 받았다.

올해 이월, 나는 남쪽으로 내려가 보령의 수영(水營)에서 외숙을 뵈었다. 삼월 열흘날 무렵 아내가 병들었다는 소식을 듣고 말을 달려 집으로 돌아오니 병은 이미 깊어져 있었다. 아내는 나를 보고도 말을 하지 못하였고 나도 그저 눈물만 줄줄 흘리며 닦지도 못했다. 한참 만에 아내가 "왜 이렇게 늦게 오셨어요? 하마터면 얼굴을 보고 영결하지 못할 뻔했군요."라고 했다. 하지만 이렇게 하루아침에 훌쩍 세상을 떠날 줄 생각이나 했을까.

병이 위중해지자 아내는 손수 글을 써서 내 누이들에게 남기며 아이들을 부탁하고는 이렇게 당부했다. "살아서 시부모님께 효도하지 못했습니다. 불효를 하고 싶지는 않았지만 이제 병이 낫지 않으니 어찌하겠나요? 내가 죽은 뒤 이 글을 보거든 나를 보는 것처럼 여겨 주세요." 글을 다 쓰자 나더러 읽게 하고 듣더니, 다 듣고 나자 길게 탄식했다. 숨을 거둘 때 나를 돌아보며 말했다. "잘 계세요. 잘 계세요. 나는 이제 갑니다." 이처럼 정신이 흐려지지 않았다.

아내는 여섯 아이를 낳았다. 장남 인량(寅亮)은 겨우 아홉 살인데, 어른들이 모두 남다른 자질을 지녔다고 한다. 제 아비를 따라 여막에 기거하면서 고기를 먹지 않으며 상을 치른 지 이제 삼 년이 되었다. 그사이에 병이 든 적이 있어 고깃국을 만들어 주었더니 뿌리치며 먹지 않았다. 그 뒤로는 나물죽도 잘 먹으려 하지 않았다. 그 아래 대춘(大春)은 겨우 여덟 살이고, 그 아래 대붕(大鵬)은 태어난 지 이태 만에 요절했다. 그 아래 딸 여순(女順)은 겨우 다섯 살이고, 그 아래 딸 여항(女恒)은 겨우 세

살이다. 그 아래 아들 동숙(同叔)은 태어난 지 석 달도 되지 않았다. 나와 아내는 모두 해년(亥年)에 태어났는데 이 아이도 해년에 태어났기에 이름을 동숙이라 지었다. 동숙은 태어났을 때부터 얼굴이 고와서 아내가 예뻐했다. 병석에서도 탄식하며 "우리 아이가 몹시 고와서 장성하는 것을 보려고 했는데 결국 그러지 못하는구나."라고 하였다. 아내가 눈을 감은 날은 삼월 열엿새 계미일이고, 장례를 치른 날은 오월 이레 임신일이다. 애통하구나!

부부의 의리는 중대하다. 살아서는 함께 늙고 죽어서는 함께 가더라도 유감이 없을 수 없다. 계축년부터 지금까지 열두 해도 되지 않았는데 백년해로하려던 계획이 여기에서 그치고 말았단 말인가! 비록 함께 늙고 함께 가지는 못하더라도 일이십 년만 더 살아서 아들이 장가가고 딸이 시집가는 것만 보았더라면 좋았을 것이다. 어린아이들이 모두 포대기에 싸여 있는데 아내는 홀로 버리고 가서 돌아보지 않으며 아울러 우리 부모에게 근심을 끼쳤다. 이는 모두 내가 못나서 초래한 일이다. 아내여, 운명인 걸 어찌하겠나!

해설

박은은 열다섯 살에 신용개의 딸과 혼인했다. 박은은 천상의 사람 같은 미남자요, 당대에 손꼽히는 재사(才士)였기에 신용개가 그를 보고 곧장 사위로 삼았다. 동갑내기였던 박은 부부는 참으로 다정했다. 박은은 실의에 차서 강개한 나날을 보낼 때 절친한 벗 이행에게 보낸 「택지에게 보내다(寄擇之)」라는 시에서 "바람은 나뭇잎을 좇아 우수수 지나가기에,

아내더러 술을 조금씩 따르게 하노라(風從木葉蕭蕭過 酒許山妻淺淺斟)"라는 명구를 남기기도 했다. 그러나 박은 부부는 백년해로는커녕 10년밖에 함께 살지 못했다. 어린아이들이 포대기를 벗어나지도 못했을 때이니, 박은의 비통한 마음은 이루 말할 수 없었을 것이다. 그는 이행에게 보낸 시에서 당시의 솔직한 심정을 아래와 같이 토로했다.

> 나는 한두 해 전부터 흰머리가 생기기 시작했네. 예전에 생긴 머리카락도 뿌리가 허연 것이 자주 보여. 아내가 족집게로 뽑아서 나에게 보여 주기에 그저 장난으로 여기며 우연이라고 했지. 하지만 우환을 겪으면서 흰머리가 생기고 눈이 어두워지는 것이 전보다 심해졌어. 슬프구나. 세상 살기가 얼마나 오래간다고 사화(士華, 남곤)는 술을 절제하라고 경계하는가? 비바람이 휘몰아치는데 홀로 앉아 장탄식하노라니 감정이 북받쳐 시가 되었네. 시를 다 읊고 나니 남은 생애에 비감이 드네. 이 때문에 글을 써서 보이니, 자네는 어떠한가?

조선 시대에 죽은 아내의 만사를 짓는 경우는 많지만 행장을 직접 지은 사례는 참으로 드물다. 굳이 남의 손에 맡기지 않고 스스로 아내의 행장을 지었으니, 그 각별한 정을 짐작게 한다. 박은도 아내가 죽은 지 1년 만에 연산군의 폭력 앞에 형장의 이슬로 사라졌다.

이자 李耔

1480~1533년

본관은 한산(韓山), 자는 차야(次野)이다. 호는 음애(陰崖)가 널리 알려져 있지만 몽옹(夢翁)·계옹(溪翁)·과정(瓜亭)이라고도 했다. 고려 후기를 대표하는 문인 이색의 후손이며, 대사간을 지낸 이예견(李禮堅)의 아들이다. 외가 쪽으로는 서거정과 연결되며, 비록 소원하게 지냈지만 중종 때의 권신 김안로와는 동서 사이이다. 주계군(朱溪君) 이심원(李深源)에게 수학했다. 출사한 이후 홍문관에서 응교, 부교리, 교리 등 핵심적인 문한(文翰)의 자리를 맡았고 사가독서에 선발되어 호당록(湖堂錄)에 이름을 올렸다. 도승지, 대사헌, 한성 판윤, 형조 판서, 우참찬 등 청요직을 두루 지냈다. 기묘사화가 일어나 절친한 벗이었던 조광조가 사형을 당하자, 선영이 있던 용인으로 물러나 살다가 음성의 음애동으로 들어갔다. 충주 달천(獺川) 상류 토계(兎溪)에서 노년을 보냈다.

문집 『음애집(陰崖集)』이 전하며, 이 책의 「자서(自敍)」에 자신의 생애를 자세히 서술했다. 또 「음애일기(陰崖日記)」는 『대동야승(大東野乘)』에 실릴 만큼 사료로 널리 읽혔다.

세상을 떠난 벗을 추억하며 答趙秀才

지난달에 거의 죽을 때가 다 된 이 늙은이를 찾아와 주었고, 오늘은 따로 인편을 보내 편지로 안부를 물어 주셨소. 또 음식까지 보내 주었는데 맛이 아주 좋으니 이렇게 고마운 일이 있겠소. 예전에 그대의 선친과 내가 교유한 일에 대해 물었는데, 그때는 바빠서 자세히 이야기하지 못했으니 이번 편지에서 대략 이야기해 보려오.

나와 효직(孝直, 조광조) 그리고 그대 선친의 형제들은 의리로 말하자면 형제와 같았고, 실로 함께 진리를 추구하는 도반(道伴)이었소. 그리고 효직과 나는 모두 선산이 용인에 있고, 중익(仲翼, 조광보) 형제의 시골집도 용인에 있었소. 한양에 있으면 하루라도 모이지 않은 날이 없었고, 시골에 내려오면 함께 두암(斗巖)에서 물고기를 잡고 심곡(深谷)에서 꽃지짐을 해 먹었으며 방동(方洞)에서 꽃구경을 했소. 그때는 정말 한가롭게 짬을 낼 수 있는 시절이 아니었지만, 서로 절차탁마하며 도움을 주는 가운데 느꼈던 지극한 즐거움은 다른 사람이 알 수 없는 것이었소.

중익은 갑술년(1514년) 사화가 일어났을 때 바보처럼 미친 사람 흉내를 내며 숨어 지냈소. 이 때문에 기묘년(1519년) 효직이 대사헌에 임명되어 임금의 신임을 받고 있을 때 계량(季良, 조광자)을 불러서 벼슬에 나오게 했지만 중익은 나오게 할 수 없었소. 효직은 중익이 벼슬하지 않으려는 것을 알고 있었기 때문이오. 중익이 벼슬하지 않은 이유는 실로 우리들보다 몇 등급이나 뜻이 높았기 때문이라오. 효직은 늘 중익을 두고 "안연(顔淵, 안회)이 다시 태어났다."라 하였고, 계량을 칭찬하여 "호탕한 선비로다."라 하였소. 중익은 효직에게 이렇게 말했다오. "자네는 이 두 가지를 겸비하고 학문으로 확충했네. 다만 너무 일찍 벼슬에 나간 것이 안타까워."

효직과 계량의 불행은 참혹하여 차마 말할 수가 없소. 나만 죄를 지은 채 목숨을 보전했으니, 공자께서 말씀하신 "요행히 살아 있는 사람"이라 하겠소. 예전에 중익의 말을 따랐다면 효직과 계량이 어찌 이렇게 되었겠소.

이보다 앞서 중익과 효직, 계량 그리고 나는 두암 위에 작은 집 한 칸을 지어 여기에서 낚시하고 여기에서 나물을 뜯고 여기에서 나무하고 여기에서 밭을 갈기로 했소. 이 네 가지를 즐긴다는 뜻에서 그 정자의 이름을 사은정(四隱亭)이라 하였소. 중익은 그곳의 주인 노릇을 하며 일생을 보내고자 했소. 그러나 기묘년의 사화를 당하여 효직은 유배지에서 죽고 계량은 곤장을 맞고 죽었소. 중익은 모친을 모시고 고향으로 내려갔다가 얼마 지나지 않아 저세상으로 갔고, 지금 나만 늙도록 죽지 않고 있소. 여기까지 말을 하니 눈물을 금하지 못하겠구려.

중익과 계량이 나와 주고받은 편지는 수백 통이나 될 정도로 많소. 그러나 계량의 편지는 기묘년에 벌써 불에 던져 넣었고, 중익은 평생 숨어 살면서 남이 알아주기를 바라지 않았소. 이 때문에 중익이 죽은 뒤 내게 보냈던 편지는 모두 불태웠소. 오직 가을 무렵에 보낸 편지 두 통만 내 책상에 남아 있었기에 날마다 경건하게 읽었소. 하지만 지난달 그대가 나를 방문하고 돌아간 뒤에 또 불태웠으니 지금은 남은 것이 없소.

기억나는 것은 이 한 구절뿐이오.

"금마문(金馬門)과 옥당서(玉堂署)는 차지해 봐야 구차한데 사람들은 다투고, 푸른 산과 파란 강물은 찾아가면 소유할 수 있으니 아무도 막지 않는다네."

그 밖의 내용은 많지만 다 기억할 수 없소. 아쉽게도 계량이 지은 글은 기묘년에 중익이 불태웠고, 중익이 지은 글은 그가 임종할 때 제 손으로 다 불태웠으니 지금은 한 글자도 세상에 전하지 않소. 참으로 안타깝고 또 안타깝소. 내가 중익과 계량에게 보낸 편지도 중익이 불태웠다고 하오. 그대 집에도 필시 한 글자도 남아 있지 않을 것이니, 그대가 모르는 것이 당연하오. 괴이할 것이 뭐 있겠소. 그대가 편지에서 언급한 전답으로 말하자면, 방동에 있으니 필시 그대 집안의 전답이겠지만 내가 오래 산 사람이 아니므로 자세히는 모르겠소. 이만 줄이오.

병술년(1526년) 삼월 스무아흐레 이자가 병들어 다른 사람에게 대신 쓰게 하오.

해설

기묘사화가 일어난 이듬해인 1520년 3월 29일, 조광좌(趙廣佐)의 아들 조항(趙沆)이 선친이 남긴 글을 찾고자 이자에게 편지를 보냈다. 아울러 용인의 전답에 대해서도 질문한 모양이다. 편지를 받은 이자는 조광조(자(字) 효직), 조광보(趙廣輔, 자 중익), 조광좌(자 계량)와의 우정을 회상하며 이 글을 지었다.

이자는 조광조와 평생의 벗이었다. 조광조의 선영은 용인의 상현(上峴)

에 있었다. 1514년 이자는 인근 용인의 기곡(器谷) 양지리(陽智里)로 내려가 사암(思庵)을 지었다. 이 무렵 이자는 조광조, 조광보, 조광좌와 함께 사은정을 짓기로 약속했다. 사은정은 이들 네 사람이 낚시를 하고 나물을 뜯고 나무를 하고 밭 갈면서 숨어 사는 집이라는 뜻에서 붙인 이름이다. 네 사람은 개혁을 부르짖는 젊은 학자들이었지만 두암에서 낚시를 하고 심곡에서 꽃지짐을 해 먹고 방동에서 꽃구경을 하면서 한가로이 살고자 했다.

기묘사화가 일어나 조광조는 유배지에서 최후를 맞았다. 조광보는 조광조가 너무 일찍 벼슬에 나아가 화를 당할 것을 우려한 적이 있는데, 과연 그의 말대로 되고 말았던 것이다. 벗들이 죽어 가는 광경을 목도한 조광보는 이자에게 보낸 편지에서 금마문과 옥당서에 들어가려고 아등바등하기보다 푸른 산과 파란 강물에서 유유자적하는 것이 낫다고 했다. 금마문과 옥당서는 문인이라면 누구나 꿈꾸는 명예로운 한림원 학사의 직책을 이르는 말인데, 이로 인해 죽임을 당한 벗을 보니 허망한 심정에 그렇게 말한 것이다.

사은정은 조광조가 죽은 뒤 조용히 사라졌다가 그로부터 300여 년의 세월이 지난 18세기 말엽, 그의 뜻을 기리고자 하는 후손들에 의해 중건되었다. 조광조의 9대손인 조국인(趙國仁), 이자의 후손 이두인(李斗演), 조광좌의 후손 조홍술(趙弘述) 등이 힘을 합쳐 사은정을 새로 지은 것이다. 이때 정범조(丁範祖)가 지은 기문에는 다음과 같은 내용이 있다.

"선생(조광조)에게는 도의로 사귄 벗 세 사람이 있었으니, 음애 이 공(李公, 이자) 그리고 종인(宗人) 방은(傍隱, 조광보), 회곡(晦谷, 조광좌) 형제 두 분이다. 선생은 휴가를 얻으면 세 군자와 더불어 사은정에서 경전의 뜻을 밝히며 매우 즐겁게 지냈다. 선생이 화를 당하자 회곡이 힘써 선비들을 구하고자 했으나 그 역시 화를 당하게 되었다. 슬프구나. 은거하여 낮은 자리에 있는 것은 군자가 원하는 바가 아니지만, 아침에 현달한 자리에 올랐다가 저녁에 구덩이로 굴러 떨어지느니 차라리 은거하며 보신하는 것이 낫지 않겠는가."

신광한 申光漢

1484~1555년

본관은 고령(高靈), 자는 한지(漢之)·시회(時晦)이며 호는 기재(企齋)·낙봉(駱峯)·석선재(石仙齋)·청성동주(靑城洞主) 등 여러 가지이다. 낙봉은 낙산의 다른 이름이고 청성은 동성(東城), 곧 낙산 일대를 가리키는 말이다. 신숙주가 그의 조부이다. 문과에 급제하여 사가독서에 선발되는 영예를 입었으나, 젊은 시절 조광조와 친분이 깊었기에 1519년 기묘사화에 연루되어 삼척 부사로 좌천되었고, 1521년 신사무옥(辛巳誣獄)으로 인해 관직을 삭탈당하고 여주로 물러나 살았다. 1537년 기묘명현들이 복권되면서 이듬해 대사성으로 복직하여 서울의 낙산 아래 옛집으로 돌아가 폭천 정사(瀑泉精舍)를 짓고 그곳에서 노년을 보냈다. 대사간, 대사헌, 대제학 등 청요직을 두루 지내고 좌찬성을 역임했다.

문집 『기재집(企齋集)』이 전한다. 특히 시에 뛰어났으며, 『기재기이(企齋記異)』는 그가 지은 소설을 묶은 책으로 알려져 있다.

내가 바라는 것 企齋記

집에 '바란다(企)'고 이름 붙였으니 무엇을 바란다는 뜻인가? 우리 할아버지처럼 되기를 바란다는 것이다. 우리 할아버지는 어진 이가 되기를 바란다는 뜻에서 집 이름을 희현당(希賢堂)이라 하였는데, 나는 집 이름을 기재(企齋)라 하였으니, 우리 할아버지처럼 되기를 바라는 것은 곧 어진 이가 되기를 바라는 것이다. 어진 이가 되기를 바라면 성인(聖人)이 되기를 바랄 것이고, 성인이 되기를 바라면 하늘처럼 되기를 바랄 것이다. 그러나 이것은 바란다고 될 일이 아니다. 그러면 바라서는 안 되는 것인가? 나는 이렇게 말한다. 바라지 못할 것은 없다고.

우리 집 동쪽에 우뚝 솟은 산이 있다. 산이 높으면 오르기를 바라며 위를 본다. 우리 집 서쪽에 평평하고 곧은 길이 있다. 길이 멀면 가기를 바라며 걸어간다. 우리 집 앞쪽에 콸콸 흐르는 강이 있다. 쉬지 않고 흐르는 강물을 보면 강물처럼 쉬지 않고 노력하기를 바라며 탄식한다. 우리 집 뒤쪽에 무성한 소나무가 숲을 이루고 있다. 겨울철에도 시들지 않는 소나무를 보면 소나무처럼 지조를 변치 않기를 바라며 부러워한다.

우리 집 안에 향 하나가 있고 거문고 하나가 있고 책 만 권이 있다. 때때로 향을 사르고 거문고를 연주하며, 거문고를 던져두고 책을 읽으니, 그 또한 바라는 것이 있어서가 아니겠는가. 책 속에는 어진 이가 있으니,

어진 이를 보면 어진 이가 되기를 바라고 성인을 보면 성인이 되기를 바란다. 성인은 하늘과 같으니, 하늘 같은 경지에 오르면 편안해진다. 하늘의 뜻을 편안히 여기며 운명으로 삼는 것이 바로 내가 바라는 것이다. 마침내 기재의 기문으로 삼는다.

해설

신광한은 1524년 정월 천민천(天民川)이 흐르는 여주의 원형리(元亨里)로 내려가 18년간 은둔의 삶을 살았다. 『주역』에 나오는 '원형(元亨)'이라는 말은 하늘의 뜻을 따라 행동하면 크게 길하다는 의미로, 이 말에 따라 자신의 호를 원형옹(元亨翁)이라 지었다. 신광한은 이곳에서 평범한 백성처럼 농사를 지으며 살았다. 초라한 집이지만 대나무와 국화와 연꽃을 심어 가꾸었다. 여주에 살던 시절 신광한의 집 이름이 바로 기재이다.

기재는 발돋움을 해서 바라보는 집이라는 뜻이다. 그가 바라보고자 한 사람은 조부 신숙주였다. 신숙주는 호를 희현당(希賢堂)이라 하였다. '희현'은 이윤(伊尹)이 뜻한 바를 자신의 뜻으로 삼고, 안회가 배운 것을 자신의 공부로 삼겠다는 주렴계(周濂溪)의 말에서 나온 것이다. 신광한은 성현이 되기를 꿈꾸었던 조부처럼 되기를 바란다는 뜻에서 이 이름을 붙였다. 그러면서 전원의 한가한 삶을 꿈꾸었다. 조사수(趙士秀)가 쓴 행장에 따르면, 당시 신광한은 방 안에 책을 쌓아 두고 두문불출했으며, 터럭 하나라도 남에게 요구하지 않았다고 한다.

신광한은 기재에서 보이는 여덟 가지 아름다운 풍광을 정하고 이를 기재팔영(企齋八詠)이라 하였다. 동쪽 못의 봄물(東池春水), 율정의 밝은 달빛(栗亭明月), 남쪽 밭의 농요(南畝農歌), 노석의 고기잡이(露石釣魚), 평리의 아스라한 꽃(坪里煙花), 천민천의 먼 배(民川遠帆), 오압산의 저녁 햇살(鴨山秋色), 관야의 갠 눈(鸛野晴雪)이 그것이다. 신광한은 1538년 대사성으로 복직하여 서울의 낙산 아래 옛집으로 돌아가 폭천 정사를 지었다. 그리고 여주의 집에 붙였던 '기재'라는 현판을 이곳으로 옮겨 달았다. 그는 이곳에서 만년을 보내다 1555년 숨을 거두었다.

김정국 金正國

1485~1541년

본관은 의성(義城), 자는 국필(國弼), 호는 사재(思齋)이다. 김안국의 아우다. 김정국의 호 사재와 김안국의 호 모재는 모두 부모를 사모한다는 뜻에서 붙인 이름이다. 일찍 부모를 잃고 부친의 벗인 조유형(趙有亨)에게 의지하여 학업을 닦았으며, 김굉필의 문하에서 배우기도 했다. 홍문관 직제학, 사간원 사간, 승정원 좌승지 등 요직을 지냈다. 1517년 황해도 관찰사로 부임하여 『경민편(警民篇)』을 편찬하고 민간에 배포하여 교육에 힘을 쏟았다. 아울러 「학령이십사조(學令二十四條)」를 지어 배움의 길에 들어선 초학자들을 훈도했다. 1519년 기묘사화가 일어났을 때 상소를 올려 사류를 구원하려다가 탄핵을 받자, 김정국은 생각을 바꾸어 고양군 서쪽의 망동리(芒洞里)로 들어가 작은 정자에 짚으로 지붕을 이어 은휴정(恩休亭)이라 이름하고 교육에 힘을 쏟았다. 이곳에 '사재'라는 편액을 내걸었다. 1538년 조정으로 복귀하여 전라도 관찰사, 경상도 관찰사 등을 지내면서 목민관으로 이름을 날렸다.
문집 『사재집(思齋集)』 외에 『촌가구급방(村家求急方)』, 『성리대전서절요(性理大全書節要)』 등 다양한 저술을 남겼다.

여덟 가지 남는 것　八餘居士自序

나는 평소 성격이 조용한 것을 좋아하고 번잡한 것을 싫어한다. 예전에는 괴롭게도 벼슬의 멍에에 얽매여 본성을 거스르고 마음을 괴롭히며 고생스럽게 남을 좇아다녔다. 세상에 아무런 보탬도 되지 못하면서 구차하게 녹봉만 받는 것이 부끄러웠다. 한번은 황정견(黃庭堅)의 「사휴정시서(四休亭詩序)」를 읽다가 나도 모르게 한가로운 흥취가 일어나 각건(角巾)을 쓰고 고향으로 돌아가고픈 생각이 들었다. 사휴거사(四休居士) 손방(孫昉)의 뒤를 이어 유유자적하면서 여생을 마치고 싶었지만 실천에 옮기지는 못했다.

그러다가 환난이 일어나자 여기에 연루되어 벼슬에서 물러나 쉬게 되었다. 이제 평소의 뜻을 이룰 수 있게 되었으니 다행이다. 한가롭고 소박하게 지내면서 내가 즐길 만한 것이 네 가지에 그치지 않는다. 그제야 황정견의 '사휴'는 실마리만 대충 제시한 것이며, 한적한 생활을 즐기는 데는 빠진 것이 있다는 사실을 알았다.

내 눈으로 보고 귀로 들은 바가 몸에 맞고 마음에 편안하면 즐기지 못할 것이 없다. 우선 그 가운데 큰 것만 뽑아서 여덟 가지 남는 것이라는 뜻의 팔여(八餘)를 나의 호로 삼았다. 이른바 여덟 가지 남는 것이란 애써 영위하는 수고 없이 하늘의 뜻에 순응하는 것이다. 다투는 일도 없고 금지하는 일도 없고 빼앗기는 일도 없고 피해 보는 일도 없어 매일 사용해도 없어지지 않고, 많이 가져다 써도 꺼릴 것이 없다. 이것은 일생의 즐거움으로 삼아도 충분히 남음이 있다.

어떤 사람이 물었다.

"여덟 가지 남는 것이 무엇인가?"

내가 말했다.

"토란국과 보리밥은 배부르게 먹고도 남음이 있고, 부들자리에 따스한 온돌은 누워도 남음이 있고, 퐁퐁 솟는 맑은 샘물은 마셔도 남음이 있고, 서가에 가득한 책은 읽어도 남음이 있고, 봄꽃이며 가을 달빛은 감상해도 남음이 있으며, 새소리 솔바람 소리는 들어도 남음이 있고, 눈 속의 매화와 서리 맞은 국화의 향은 맡아도 남음이 있고, 이 일곱 가지 남는 것은 즐겨도 남음이 있다네."

그가 물러나 앉아 한참을 골똘하게 생각하더니 다시 와서 말했다.

"세상에는 이와 반대인 경우도 있네. 흰 쌀밥에 진수성찬을 배불리 먹어도 부족하고, 붉은 난간과 비단 병풍 곁에 누워도 부족하고, 귀한 술을 마셔도 부족하고, 화려한 그림을 보아도, 말할 줄 아는 꽃처럼 아리따운 기녀를 보아도 부족하고, 봉황이 새겨진 생황 소리와 용이 새겨진 피리 소리를 들어도 부족하고, 수침향(水沈香)과 계설향(鷄舌香)처럼 좋은 향을 맡아도 부족하고, 이 일곱 가지가 부족하여 부족하다고 걱정한다네. 차라리 주인처럼 즐거움이 남는 사람이 될지언정 속된 사람처럼 부족하다고 근심하는 자가 되지는 않으리. 물러나서 노력해 보도록 하겠네."

해설

만족을 아는 삶을 지향한 문인들은 쉰다는 뜻의 휴(休) 자를 당호로 즐겨 사용했다. 당나라 사공도(司空圖)는 재주를 헤아려 보아 부족하면 물러나야 하고, 분수를 헤아려 보아 넘치면 물러나야 하고, 늙어서 정신이 혼미해지면 물러나야 한다며 삼휴정(三休亭)을 짓고 은거했다.

이 글에서 말하는 황정견의 「사휴정시서(四休亭詩序)」는 사휴거사 손방을 위해 지은 시다. 손방은 "맛없는 차와 거친 밥을 먹고 배부르면 쉬고, 찢어진 옷으로 한기를 막아 따뜻하면 쉬고, 먹고사는 것이 편안하고 하는 일이 적당하면 쉬고, 탐내지 않고 시기하지 않으면서 늘그막이 되면 쉰다."라고 했다. 조선에서도 이러한 삶을 지향한 이들이 있었으니, 손순효(孫舜孝)의 칠휴정(七休亭), 윤관(尹寬)의 삼휴정 등이 그러한 예이다. 김정국 역시 자신의 정자를 은휴정(恩休亭)이라 일컬었다. 임금의 은혜로 휴식을 얻게 되었다는 뜻이다.

그는 기묘사화가 일어나자 고양으로 물러나 살면서 팔여거사(八餘居士)라 자호(自號)했다. 조정의 부귀영화는 잃었지만 시골에서 얻은 여덟 가지 즐거움은 실컷 즐기고도 남음이 있었다. 이 무렵 지은 시에서도 부족한 가운데 여유를 찾는 태도를 엿볼 수 있다. 「기묘사화가 일어나자 나는 연좌되어 고양 망동의 시골집에 물러나 살게 되었는데 이웃 마을의 수재 변호가 편지를 보내어 무료함을 위로하니 곧바로 편지 끝에 써서 답장한다(己卯禍起 余坐累 退居于高陽芒洞之村舍 隣村有邊秀才灝 致書慰以無聊 卽書簡尾以復)」라는 긴 제목의 시다.

내 밭이 비록 넓지 않지만　　我田雖不饒

한 끼 배부르기에는 남음이 있다네	一飽即有餘
내 집이 비록 좁고 누추하지만	我廬雖武陋
이 한 몸 늘 편안하다네	一身常晏如
창가에 아침 햇살이 오르니	晴窓朝日昇
베개에 기대어 옛 책을 읽는다네	依枕看古書
술이 있어 내가 따라 마시니	有酒吾自斟
궁달도 나를 어쩌지 못한다네	榮悴不關予
내 무료하다 말하지 말게나	勿謂我無聊
진짜 즐거움은 한가한 삶에 있는 법	眞樂在閑居

여섯 가지 힘쓸 일 六務堂記

나는 죄에 연루되어 고양의 망동 시골집으로 물러나 살게 되었다. 남쪽 언덕 위에 작은 초가를 지어 놓고 학생들이 공부할 장소로 삼았더니 책 상자를 짊어지고 오는 사람이 줄을 이었다. 새로 온 사람은 머물고 떠나는 사람은 나가니 마치 여관의 과객과 같았다. 세월이 오래되자 집이 허물어져 벽이 부서지고 지붕이 새었다. 하지만 그냥 그럭저럭 버틸 뿐 수선할 엄두를 내지 못했다. 뒤늦게 유충량(柳忠良) 군이 한양에서 찾아와 머물렀는데, 공부하는 여가에 배회하며 둘러보고는 한숨을 쉬며 말했다.

"이 집은 처음부터 우리를 위해 지은 것입니다. 무너져 가는데도 수리하지 않고 그대로 내버려 둔 채 공사를 시작하지 않아 어르신께 거듭 근심을 끼칠 수 있겠습니까? 지난 일은 차치하고 지금 수리하는 책임은 우리에게 있지 않겠습니까?"

그러고는 함께 머물던 몇 사람과 의논해서 벽을 새로 바르고, 부서진 지붕을 수리해 새롭게 만들고는 이튿날 내게 말했다.

"부서지고 새는 집을 보수하여 대충 완성했습니다. 다만 내걸 만한 이름이 없어 우리 학생들을 깨우칠 수가 없으니 한스럽습니다. 선생께서 한 말씀 해 주시기 바랍니다."

내가 말했다.

"알았네. 옛날에는 한 가문에서 천자의 나라에 이르기까지 모두 학교가 있었네. 국학(國學), 당상(黨庠), 술서(術序), 가숙(家塾)이 이렇게 만들어진 것이라네. 가숙이 사라지자 서당이 생겼는데, 서당을 지으면 이름을 붙이고 이름을 붙이면 그 뜻을 자세히 풀이하였으니 어찌 이유 없이 한 일이겠는가. 서당에 머무는 이가 그 이름을 보고서 그 뜻을 생각하고, 그 뜻을 생각하여 자신을 경계한다면 학문을 닦고 자신을 수양하는 공부에 도움이 되지 않겠는가. 그러니 여섯 가지 일에 힘쓰라는 육무(六務)로 이름을 붙이겠네."

"여섯 가지 힘쓸 일은 무엇입니까?"

"첫째는 뜻을 세우는 입지(立志)라네. 독실하고 원대하게 하도록 힘써야 하고, 천박하고 경솔하지 않도록 경계해야 하네. 둘째는 책을 읽는 독서(讀書)라네. 힘을 다해 노고를 아끼지 않도록 힘써야 하고, 나태하지 않도록 경계해야지. 셋째는 배우고 묻는 학문(學問)이라네. 깊이 파고들어 몸소 실천하도록 힘써야 하고, 방심하여 넘어가지 않도록 경계해야 하네. 넷째는 마음을 다잡는 조심(操心)이라네. 평온하고 너그럽도록 힘써야 하고, 편협하지 않도록 경계해야 마땅해. 다섯째는 제 몸을 다스리는 처기(處己)라네. 단속하고 수습하도록 힘써야 하고, 방종하지 않도록 경계해야 하네. 여섯째는 대화를 나누는 담론(談論)이라네. 문학과 행실에 힘써야 하고 용렬하거나 조잡하지 않도록 경계해야 옳네. 선비가 힘써야 할 일이 이 여섯 가지에 그치지야 않지만, 그 요점은 이를 벗어나지 않네. 돌아가서 사람들과 함께 노력한다면 소득이 있을 것이네."

며칠 후 군이 다시 나를 찾아와 말했다.

"서당에 붙일 편액의 의미는 잘 알겠습니다. 하지만 글이 없으면 나중에 오는 사람들이 어찌 알겠습니까? 다시 한 말씀을 내려 자세히 설명해 주십시오."

내가 알았다고 하고 다음과 같이 말했다.

"여섯 가지에 힘쓰라는 말이 경전에는 보이지 않으나 그 뜻은 모두 경전에 나오는 격언을 바꾼 것이네. 그대들은 늙은이의 말이라고 소홀히 여기지 말게. 아, 나는 그대들의 말 때문에 이름을 붙였으니, 이름을 부탁한 것은 그대들이 시작한 일이네. 이제부터 이 서당에 와서 묵는 사람은 현판을 우러러보고 그 이름의 뜻을 생각하여 정성을 다해 뜻을 가다듬도록 하게. 여기에 종사하여 일어선다면 이 서당의 이름이 그대들에게만 도움이 되는 것이 아니라 나중에 오는 사람에게도 끝없이 도움이 될 것이네. 그렇다면 그대들을 이 서당의 스승이라고 해도 좋겠지. 한 서당의 스승에서 미루어 나가면 한 시대의 스승이 될 수 있고, 한 시대의 스승에서 미루어 나가면 먼 후세의 스승이 될 수 있을 것이니, 그대들은 힘쓰도록 하게.

행여 나태하거나 방심하여 일과 공부를 팽개치고 노는 데만 열중하고 외적인 욕구에 탐닉한다면, 이 서당의 편액을 본들 무엇 하겠는가. 독실하게 공부하고 힘써 실천하려는 뜻이 없다면 기꺼이 자포자기하는 지경에 빠지는 것이네. 썩은 나무는 조각할 수 없고 더러운 흙으로는 벽을 바를 수 없다는 공자의 말씀처럼, 끝내 초목과 함께 썩어 사라질 뿐. 비록 이 서당의 편액에 백 가지를 힘쓰라는 백무(百務)라는 말을 붙인들 무슨 도움이 되겠는가.

이 서당은 강을 내려다보고 산을 등지고 있네. 주위에 있는 것이 모두 강산의 승경이니 서당의 이름으로 삼을 것이 부족하랴마는, 굳이 여섯 가지에 힘쓰라는 편액을 단 이유는 외적인 것을 버리고 내적인 것을 취하고자 해서야. 유 군이 이름을 청한 뜻도 여기에 있지 다른 데 있지는 않을 것이네. 그대들은 이 점을 기억하시게."

해설

김정국이 망동으로 물러나 살자 많은 학생들이 배우러 왔다. 학생들이 일정 기간 머물다 돌아가면 또 새로운 학생이 찾아오곤 했다. 이렇게 세월이 흐르자 건물이 낡아졌다. 이때 유충량이라는 제자가 한양에서 왔다가 자신들을 위해 지은 서당이 퇴락한 모습을 보고 동문들과 의논하여 보수했다. 그리고 김정국에게 서당의 편액을 청했다.

김정국은 옛날에 대부의 가문에서부터 천자의 나라에 이르기까지 모두 학교가 있었으니, 나라의 학교 국학, 고을의 학교 술서, 마을의 학교 당상, 집안의 학교 가숙이 그러한 예라 했다. 서당의 이름은 여섯 가지 일에 힘을 쏟는 집이라는 뜻에서 육무당이라 지었다. 서당에 머무는 이가 그 의미를 생각한다면 학문을 강마하고 자신을 수양하는 데 큰 도움이 될 것이라 덧붙였다.

육무당에서 김정국이 양성한 제자 중에는 유충량 외에도 누이의 사위인 유용겸(柳用謙) 그리고 정지운(鄭之雲), 박형(朴衡) 등이 있었다. 특히 『천명도설(天命圖說)』을 지은 정지운은 훗날 뛰어난 산림의 학자로 성장했다. 기대승(奇大升)이 쓴 「정추만천명도설서(鄭秋巒天命圖說序)」에 따르면 김정국이 망동에 은거할 때 기대승이 같은 마을에 살면서 그의 문하에서 배웠다고도 하니, 기대승 역시 김정국의 문하생이었다. 고양의 별칭이 고봉이므로, 기대승의 호 고봉이 여기에서 나온 것이기도 하다.

서경덕 徐敬德

1489~1546년

본관은 당성(唐城), 자는 가구(可久), 호는 복재(復齋) 또는 화담(花潭)이다. 개성의 화정리(禾井里)에서 태어났다. 생원시에 합격하고 유일(遺逸)로 천거를 받아 후릉참봉(厚陵參奉)에 임명되었지만 나아가지 않았다. 평생 박연 폭포 곁의 화담에 집을 짓고 살면서 학문에 전념했다. 송나라 학자 주돈이(周敦頤)의 「태극도설(太極圖說)」과 소옹(邵雍)의 『황극경세서(皇極經世書)』에 특히 조예가 깊었다. 「원리기(原理氣)」, 「이기설(理氣說)」, 「태허설(太虛說)」, 「귀신사생론(鬼神死生論)」, 「복기견천지지심설(復其見天地之心說)」 등 철학사적으로 주목할 만한 글을 남겼다. 문집 『화담집(花潭集)』이 전하는데, 『사고전서(四庫全書)』에도 편입되어 있다. 훗날 화담에 화곡 서원(花谷書院)이 세워져 배향되었다.

멈추어야 할 곳 送沈敎授序

떠나는 사람에게 글을 지어 주는 것은 벗의 도리이다. 나는 가난하여 주머니에 동전 한 푼 없는 사람이니, 그저 멈춤(止)이라는 한마디 말을 주고자 한다.

천하 만물과 만사는 멈추는 데가 없는 것이 없다. 하늘은 위에서 멈추고, 땅은 아래에서 멈춘다. 높은 산과 흐르는 물, 나는 새와 달리는 짐승도 저마다 멈추는 곳이 있어 혼동하지 않는다. 우리 인간으로 말하자면 더욱 멈추는 데가 없을 수 없다. 또 멈추어야 할 곳이 하나가 아니라서 각자의 처지에 따라 멈출 곳을 알아야 한다. 아버지와 아들은 은혜에서 멈추어야 하고 임금과 신하는 의리에서 멈추어야 하니, 이 모든 것은 천성에서 나온 만물의 법칙이다. 음식과 의복, 보고 듣고 말하고 움직이는 것에도 어찌 멈추어야 할 곳이 없겠는가.

이로 미루어 보자면 움직이면 가만히 있고 싶고, 고생하면 편안히 있고 싶고, 뜨거운 데 있으면 시원한 데로 가고 싶고, 피곤하면 자고 싶은 법이다. 움직이고 고생하면 조용하고 편안한 곳에서 멈추지 않을 수 있겠으며, 뜨겁고 피곤하면 시원한 잠잘 곳에서 멈추지 않을 수 있겠는가? 이러한 경우는 지혜로운 사람이 아니라도 멈출 곳이 어디인지 안다. 군자가 학문을 귀하게 여기는 이유는 멈출 곳을 알 수 있기 때문이다. 학문을 하고도 멈출 곳을 모른다면 하지 않은 것과 무엇이 다르겠는가.

문예도 하나의 학문이니, 과정을 엄격하게 정해 놓고 힘을 다하여 반드시 자기가 기약한 바를 달성해야 한다. 그리고 끝에 가서 공부한 재주가 잘되었는지 못되었는지, 효과가 어떠한지를 살핀 다음 일체 버리고 물러나 억지로 일삼지 않는다면 초연히 멈출 곳을 아는 경지가 아니겠는가. 모든 일에는 법도가 있으니, 처음과 끝의 순서를 무시하고 억지로 해서는 안 된다.

대관자(大觀子, 심의)는 시를 공부하여 젊어서부터 힘을 쏟고 늙어서도 멈추지 않았다. 그가 지은 시는 우아하고 굳세며 착실하여 국풍(國風)과 「이소(離騷)」에 필적한다. 이제 시집을 탈고했으니 부지런하다고 하겠다. 그가 벼슬할 적에는 낮은 관직을 하찮게 여기지 않고 운명에 몸을 맡겼다. 백발이 되도록 낭관 벼슬에 그쳤지만 끝내 성난 기색이 없었으니 공손하다고 하겠다. 개성의 교수에 임명되어서는 학교를 살펴보지 않는 날이 없었다. 학업을 전수하여 성취를 도와 젊은 후배들 아름답게 변화하여 일어나도록 고무했으니 부지런했다고 하겠다.

내가 보건대 일흔의 나이에도 건강하니 장수하지 않았다고 할 수 없고, 하대부(下大夫)의 자리에서 벼슬하고 있으니 귀하지 않다고 할 수 없으며, 또 시를 잘 짓는다고 알려졌으니 성취가 없다고 할 수 없다. 장수하고 귀해진 데다 여가에 지은 글이 영원히 전해지게 되었으니, 앞서 언급한 '자기가 기약한 바를 달성하는 것'도 만족시킨 듯하다. 그렇지만 앞으로의 일은 선생이 힘써서 되는 일이 아니다. 그렇다면 지금이야말로 소요(逍遙)의 땅에 살면서 담박한 곳에서 노닐 때가 아니겠는가.

『주역』에 "때를 보아 멈출 만하면 멈추고 때를 보아 나아갈 만하면 나아간다."라고 하였다. 때가 나아갈 만하여 나아간다면 나아감에 멈추는 것이요, 때가 멈출 만하여 멈춘다면 멈춤에 멈추는 것이다. 멈추어야 할 때 멈추는 경지에 도달했다면 굳이 괴롭게 시를 읊조릴 필요도 없고, 굳이 빨리 벼슬할 필요도 없으며, 굳이 육신을 번거롭게 움직일 필요가 없다. 그렇다면 생각이 끊임없이 오가며 멈추지 않을 수 있겠는가.

공자는 늙은 뒤로 두 번 다시 꿈에서 주공(周公)을 만나지 못했으니, 멈추어야 할 때에 멈출 줄 알았던 것이다. 소강절의 시 「소거음(小車吟)」에 "책을 읽지 않은 지 열두 해다." 하였으니, 그가 독서를 멈추었다는 것을 알 수 있다. 또 「삼혹(三惑)」에 "한가한데도 마음이 맑지 않은 것이 첫 번째 미혹이요, 늙어서 쉬지 않는 것이 두 번째 미혹이다."라고 하였으니, 한가하면 맑은 데서 멈추는 것이 마땅하고 늙어서는 쉬는 데에 멈추는 것이 마땅한 줄 알았던 것이다. 한가한데도 마음이 맑지 않고 늙어서도 쉬지 않는다면 미혹이 아니고 무엇이겠는가.

우리 선생은 이미 늙고 한가해졌으니, 조용히 앉아서 모든 것을 잊고 살아야지 바삐 움직이면 안 된다. 몸과 마음을 다잡아 아무 생각도 하지 않고 아무 행위도 하지 않는 시간과 공간에 멈추어야 할 것이다. 아무 생각도 하지 않고 아무 행위도 하지 않는다는 것은 불교에서 말하는 적멸(寂滅)이나 노자(老子)가 말하는 허무(虛無), 열자(列子)가 말하는 구관(九觀)의 침잠, 장자가 말하는 육기(六氣)의 통제, 위백양(魏伯陽)의 단약(丹藥) 복용과는 다르다. 저들은 천하의 학문 중에 자신의 학술보다 높은 것이 없다고 여겼지만, 그들의 행위를 살펴보면 대부분 한 모퉁이에 멈추고 말았다. 어찌 매우 중도에 맞고 지극히 바르며 체용(體用)을 포괄하고 동정(動靜)을 하나로 보아 드러나든 숨든 차이가 없는 우리 유학의 도(道)와 같겠는가. 우리가 멈추어야 할 곳은 이곳이지 저곳이 아니다.

그렇다면 어떻게 노력해야 아무 생각도 없고 아무 행위도 없는 경지에 멈출 수 있겠는가. 공경하는 마음으로 이치를 살피는 것이 바로 그 방법이다. 공경이라는 것은 한곳에 집중하여 다른 곳으로 가지 않는 주일무적(主一無適)이다. 한 가지 사물을 만나면 만나는 곳에 멈추고, 한 가지 사건에 응하면 응하는 곳에 멈추어 다른 것이 끼어들지 못하게 하면 마음을 한결같이 유지할 수 있다. 사물과 사건이 지나가면 마음을 수렴하여 마치 아무것도 비치지 않는 거울처럼 맑아야 할 것이다.

그렇지만 내가 공경하는 마음이 익숙하지 않으면 한곳에 집중할 때 진흙에 붙은 것처럼 멈추지 않는 경우가 드물다. 진흙에 붙은 것처럼 멈춘다면 그 또한 굴레가 될 뿐이다. 반드시 공경하는 마음을 오래 유지하되 고요함을 지키면서 움직임을 통제하며, 바깥으로는 진흙에 붙은 것처럼 멈추지 않고 안으로는 막혀서 멈추는 일이 없어야 아무 생각도 없고 아무 행위도 없는 경지에 도달할 수 있다.

선생에게 서재가 있어 대관(大觀)이라 편액을 붙였다. 대관은 멈추어야 할 곳에 멈추는 것이 가장 중요하다. 선생은 제법 옛사람의 풍모가 있다. 그는 세상을 살면서 마치 두기공(杜祈公)이 말한 것처럼 스스로 모난 부분을 깎아 내고 원만하게 지내며 특이하거나 세상과 동떨어진 행동을 하지 않는다. 만약 멈추어야 할 곳을 알아서 멈추고 멈추어야 할 때를 알아서 멈춘다면, 아흔 살에 「억잠(抑箴)」을 지은 위 무공(衛武公)과 같은 경지에 오르는 것도 늦지 않으리라. 만약 성큼성큼 활보하고 이백(李白)과 두보(杜甫)의 경지를 엿보며 멋진 시구를 찾으려는 버릇이 여전히 남아 있다면, 아무런 집착 없이 거문고를 연주하던 소문(昭文)과는 다를 것이다. 만약 "시는 성정(性情)을 즐겁게 할 수 있으니 뜻을 잃지 않으면 되는 것이요, 벼슬은 의리와 천명을 따를 뿐이니 죽은 뒤에야 그만두게 될 것이다."라고 한다면 그것도 괜찮을 것이다. 나는 마침 『주역』을 읽다가 간괘(艮卦)에 대한 설명에서 멈춤(止)이라는 글자를 보고, 선생의 행실에 대해 그 설명을 부연하여 선물로 삼는다.

해설

심의(沈義, 1475년~?)는 간신 심정(沈貞)의 아우이지만 바른 사람으로 알려졌다. 문장에도 능하여 사가독서의 은전을 받았으나 끝내 현달하지 못했다. 소설 『대관재몽유록(大觀齊夢遊錄)』으로 문장 왕국의 꿈을 형상화한 그는 호를 대관재(大觀齋)라 했는데, 대관은 『주역』에서 남들이 우러러보는 위치를 이르는 말이다. 「대관부(大觀賦)」와 「소관부(小觀賦)」를 지어 달인(達人)의 시각을 대관이라 하고 속세 사람의 시각을 소관이라 하면서 은근히 달관한 사람임을 자부했다. 그러자 벗 서경덕이 이 글을 지어 처세와 문학 모두에서 만족할 줄 알아야 한다고 역설했다.

이 글의 기본적인 발상은 "때를 보아 멈출 만하면 멈추고 때를 보아 나아갈 만하면 나아가, 움직이거나 고요히 있거나 그 마땅한 때를 잃지 않으니 그 도가 광명하다.(時止則止, 時行則行, 動靜不失其時, 其道光明.)"라는 『주역』 간괘(艮卦)의 단사(彖辭)에서 나온 것이다. 『사고전서총목(四庫全書總目)』에서는 『화담집』을 소개하며 이 글이 소옹의 학문을 바탕에 두고 있다고 평가했다.

서경덕은 심의를 위하여 이 글과 함께 세 편의 시를 지어 주었다. 이 시를 보면 심의가 3년 동안 개성 교수로 있으면서 훌륭하게 교육을 수행하고 양성(陽城, 안성)으로 돌아갔음을 알 수 있다.

옛 도읍에서 삼 년 동안 교육하여 故國三年教
여러 학생 옥같이 아름답게 만들었네 諸生喜玉成
이별의 회포 감당하지 못하리니 離懷應不耐
양성에서 부를 길 없구나 無路請陽城

화담에서 함께 발을 씻고 花溪同濯足
자하동(紫霞洞)서 함께 술잔 기울였지 霞洞共傾杯
세상 밖에서 소요하던 곳 象外逍遙地
훗날 꿈속에서 보이겠지 他年夢一回

푸른 산속 몇 칸의 집 青山數間屋
누런 책이 상 위에 놓였지 黃卷一床書
나무꾼 늙은이에게 묻기를 有問蒭蕘老
근래 너무 소원하지 않았는지 年來太懶疏

기준 奇遵

1492~1521년

본관은 행주(幸州), 자는 자경(子敬), 호는 복재(服齋)·덕양(德陽)이다. 조광조의 문인으로 학문과 문학이 뛰어나 사가독서의 영예를 입었다. 홍문관 응교로 있을 때 기묘사화에 연루되어 1519년 아산(牙山)으로 유배되었고, 이듬해 함경도 온성(穩城)에 위리안치되었으며 1521년 송사련(宋祀連)의 무옥(誣獄)으로 죄가 더해져 사사(賜死)되었다.

문집은 처음 『덕양유고(德陽遺稿)』로 간행되었고 후대에 『복재집(服齋集)』으로 다시 간행되었다. 문집 외에 『무인기문(戊寅紀聞)』, 『덕양일기(德陽日記)』 등의 저술도 전한다. 사약을 받고 쓴 시 "해 지자 하늘은 먹빛 같고, 산 깊어 골짜기는 구름 같네. 천년 군신의 의리여, 슬프게 외로운 무덤 하나뿐.(日落天如墨, 山深谷似雲, 君臣千載意, 惆悵一孤墳.)"이 널리 알려졌다.

유배지에서 키운 노루 畜獐說

나는 온성에 갇혀 지내느라 다른 사람을 만날 수 없었다. 어떤 이가 키우던 노루를 보내 주었는데, 외로운 내 처지를 가련하게 여겨 적막하게 지내는 와중에 벗으로 삼으라고 한 것이다. 진귀한 애완용으로 삼으라는 것은 아니었기에 사양하지 않았다. 노루는 뿔이 높다랗게 솟아 모습이 우뚝하고 고고한 데다 이빨이 있지만 깨물 줄을 몰랐고 뿔이 있지만 들이받을 줄 몰랐으니, 정말 해를 끼치지 않는 동물이었다.

처음에는 그다지 친하지 않았는데 곡식을 주고 손으로 쓰다듬으니 점점 길들여져 날마다 가까워졌다. 내가 앉으나 서나 반드시 함께하고 신발을 신고 나서면 따라오는데 마치 주인을 좋아하는 것 같았다. 그러나 안개 낀 아침이나 달빛 비치는 저녁에 바람이 슬프고 날씨가 스산하면 서성거리며 주저하였다. 제 무리가 보고 싶은 듯 울음소리가 가여웠고 아름다운 산과 물을 그리워하는 듯 모습이 애처로웠다. 나는 야생의 본성이 사람 때문에 얽매여 있는 것을 차마 볼 수가 없어 숲으로 돌려보내 마음껏 살게 하고 싶었다. 하지만 그렇게 하면 사람과 친하게 지낸 지 벌써 오래이므로 사냥꾼에게 잡힐까 걱정이었다. 그래서 잡아 두고 키웠지만 모습이 초췌해지고 마음이 처량해져 활기차게 뛰어다니는 모습을 점점 볼 수가 없었다.

때때로 우리 집에서 키우던 개와 장난을 쳤는데, 개도 놀라지 않았으므로 서로 꾀를 다투고 재주를 겨루며 번갈아 이기고 지면서 함께 놀았다. 이렇게 지낸 것이 여러 번이었다. 그런데 어느 날 저녁, 노루가 이웃집 개를 만나 집에서 키우던 개에게 하던 것처럼 장난을 걸려고 했다. 이웃집 개는 놀라서 겁을 먹고 서 있다가 다시 눈알을 굴리고 노려보더니 덮쳐 물어 버렸다. 다리뼈가 부러진 노루는 죽고 말았다.

개라는 동물은 본성이 덮치고 깨물기를 잘하여 여우나 토끼, 사슴 잡기를 좋아한다. 노루는 장난을 건 상대가 힘이 약한 것도 아니고 이빨이 무딘 것도 아닌데 여러 번 부딪쳐 보고도 위험한 줄 몰랐다. 이웃집 개는 친하게 지내던 우리 집 개와 다른데도 조심하지 않고 덤볐다가 마침내 목숨을 잃은 것이다. 몹시 어리석지 않은가.

아, 세상의 군자들이 사귀는 사람을 신중히 고르지 않고 간과 쓸개를 다 내보였다가 마침내 해를 당하는 일이 너무나 많다. 사람과 동물이 다르다지만 지혜는 마찬가지이므로 이 일을 기록한다.

해설

기준은 기묘사화에 연루되어 아산으로 유배 보내졌다가, 1520년 2월 죄가 더해져 극변(極邊)의 땅 온성으로 유배지를 옮겨 이듬해 10월 죽임을 당했다. 20개월 정도 온성에 살았는데 기준의 문집에는 이때 지은 글이 많다. 적소(謫所)의 위리안치에 대해 자세히 기록한 「위리기(圍籬記)」, 적소 주변에 있는 60종의 기물에 이름을 붙인 「물명기(名物記)」와 기물에 자경(自警)의 뜻을 붙인 「육십명(六十銘)」 등이 볼만하다.

이 글 역시 유배지에서 적적한 마음에 기르던 노루의 죽음을 두고 쓴 것이다. 기준은 두 가지 생각을 한 듯하다. 집에서 키우는 야생의 노루가 제 무리와 산을 그리워하는 모습에서 가시덤불로 덮인 좁은 집에서 죄수로 살아가는 자신의 처지를 떠올렸다. 다른 한편 노루가 개에게 물려 죽게 된 것을 두고, 남과의 교제에서 속마음을 다 보였다가 오히려 큰 피해를 보게 되는 인간사의 문제를 생각했다. 유배지에서 일상사 하나하나가 절로 자신의 일에 포개어졌음을 볼 수 있다.

물고기를 위로하는 글 養魚說

오랑캐 땅에 사는 사람이 작은 물고기를 그물로 잡아다 성 밖에서 팔아 이익을 보았다. 이웃 아이들이 잘 아는 사람을 통해 얻어다가 반찬을 만들고, 그중에 살아 있는 놈 대여섯 마리를 나에게 주었다. 나는 물고기가 거품을 뿜으면서 죽어 가는 모습을 차마 볼 수가 없어 질 화분에 넣고 물을 부어 주었다. 물이 가득 차는데도 물고기는 움직이지 않았다. 어떤 놈은 둥둥 뜨고 어떤 놈은 축 가라앉았다. 그저 물이 움직이는 대로 오르락내리락할 뿐이었다.

아이종은 죽었다고 여겨 남에게 주려고 했는데, 내가 말리며 지켜보았다. 이윽고 물고기가 입을 벌리고 물을 마시더니 비늘을 움직여 진흙을 털었다. 가라앉아 있던 놈은 솟구쳐 올라가고 둥둥 떠 있던 놈은 꼬리를 흔들며 내려갔다. 나란히 나아가기도 하고 아가미를 벌름거리며 모이기도 하고, 파닥거리며 장난치기도 하고 유유히 헤엄치기도 했다. 얼마 안 되는 물이 괴로운 줄도 모르고 편안히 여기는 것 같았다.

나는 이렇게 생각한다. 하늘이 사물에게 똑같이 생명을 불어넣었으니, 크고 작고를 막론하고 모두 자라기를 바란다. 자라는 것을 막지 않고, 다 자란 뒤에 쓰는 것이 바로 천지의 마땅한 이치이자 어진 사람의 마음이다. 내가 너를 살려서 다 자라게 하려는 것도 아니요, 너를 길러 어딘가에 쓰려고 하는 것도 아니다. 그저 눈으로 보고 느낀 바가 있어서 고통스럽게 죽어 가는 목숨을 살려 준 것이다. 어찌 타고난 본성대로 자라게 해 주려는 것이겠는가. 개울과 골짜기에서 마음껏 노닐고 헤엄치며 지내야 즐겁다는 것을 내가 모르지 않지만, 내가 갇혀 있는 죄수 신세라 나 자신도 보호할 수 없는데 너를 어떻게 저 멀리 있는 강이나 바다로 보내 줄 수 있겠는가.

내가 측은한 마음이 드는 이유는 비단 너를 보고 마음에 느낀 바가 있어서 그런 것은 아니다. 내 마음대로 하지 못하는 것이 있고 내 힘이 닿지 않는 것이 있어서이다. 하늘과 땅은 크고 사물의 종류도 무척 많다. 꾸물거리는 벌레와 무성한 초목에 내가 어찌 관여할 수 있겠는가. 아, 네가 중국 땅에 태어나서 촘촘한 그물을 사용하지 못하게 한 성인의 정치를 만났더라면 상수(湘水)에서 마음껏 헤엄치고 동정호(洞庭湖)에서 여유롭게 노닐면서 알을 낳고 새끼를 키우며 천성대로 살 수 있었을 것이다. 설령 그렇게 되지는 못하더라도 만 길이나 되는 깊은 못 속에 숨거나 천 리 먼 바다에 살면서 향긋한 미끼를 가까이하지 않는다면, 용으로 변해 하늘 높이 올라가는 것까지는 기대하지 못하더라도 솥에 삶기는 피해는 충분히 면할 수 있을 것이다.

그런데 어찌하여 바람과 서리가 몰아치는 땅의 지저분한 도랑에 살다가 비린내 풍기는 오랑캐의 먹이가 되고 아이들에게 곤욕을 당하게 되었단 말이냐. 교룡(蛟龍)처럼 큰 동물도 제 집을 잃으면 개미처럼 조그만 곤충이 덤비는 법이거늘, 하물며 너의 고기를 먹어 제 배를 불리고 제 몸을 살찌게 하려는 자들이 얼마나 많겠느냐. 물고기야, 물고기야, 사는 것도 운명이고 죽는 것도 운명이다. 자초한 것이니 누구를 원망하겠는가?

해설

기준이 온성에 유배되어 살 때 지은 글이다. 이웃 아이가 물고기를 얻어 불쌍한 귀양다리에게 주었다. 죽을 위기에 처하면 다른 생명의 귀중함을 아는 법이다. 그래서 기준은 차마 물고기를 먹지 못하고 어항에 넣었다. 처음에는 죽은 것처럼 보이던 물고기가 점차 생기를 찾아 자유롭게 노닐었다.

여기에서 세상 사는 이치를 깨달은 기준은 길게 하소연했다. 맹자는 왕도 정치를 설명하며 촘촘한 그물을 사용하지 못하게 하면 물고기가 이루 다 먹을 수 없을 만큼 많아진다고 했다. 기준은 왕도 정치가 시행되지 않고 있는 조선의 현실을 상기하며 물고기가 중국에서 태어나지 못한 것이 안타깝다고 했다. 물고기를 두고 하는 말 같지만, 실은 좁은 조선 땅에서 큰 뜻을 펼치지 못하는 자신의 처지를 한탄한 것이다.

주세붕

周世鵬

1495~1554년

본관은 상주(尙州), 자는 경유(景游)이며 호는 신재(愼齋)·남고(南皐)·무릉도인(武陵道人)·손옹(巽翁) 등 여러 가지를 사용했다. 세거지(世居地) 경상도 합천(陜川)에서 태어났다가 나중에 부친을 따라 칠원(漆原)으로 이주했다. 문과에 급제하고 사가독서에 선발되었으며 홍문관, 사간원 등에서 관직을 역임했다. 지방관으로도 명성을 날렸으며 풍기 군수(豊基郡守)로 있을 때 조선에서 처음으로 서원을 설립했는데 이것이 백운동 서원(白雲洞書院, 소수 서원(紹修書院))이다. 훗날 해주에 수양 서원(首陽書院)도 건립했다.

경기체가 「도동곡(道東曲)」과 「육현가(六賢歌)」, 「엄연곡(儼然曲)」, 「태평곡(太平曲)」 등 한국 문학사에서 중요한 작품을 남겼으며, 청량산 유람기 「유청량산록(遊淸凉山錄)」도 널리 알려져 있다. 문집 『무릉잡고(武陵雜稿)』 외에 백운동 서원과 관련한 자료를 집성한 『죽계지(竹溪志)』가 전한다. 북경대 도서관에 소장되어 있는 『심도(心圖)』도 그의 저술이다.

죽은 병사의 백골을 묻어 줍시다 勸埋征南亡卒白骨文

씨를 많이 뿌린 자는 부자가 되려 하지 않아도 저절로 부자가 되고, 인(仁)을 많이 베푼 자는 복을 구하지 않아도 저절로 복을 받습니다. 그러나 씨를 뿌리는 자는 홍수와 가뭄, 병충해 따위의 재해를 만나면 때로는 수확이 없는 경우도 있습니다. 홍수와 가뭄, 병충해 따위의 재해를 만나지 않고, 언제나 수확하려면 인을 베풀어야 합니다. 그러므로 선행을 많이 한 집안은 후손에게 경사가 생긴다는 말이 『주역』에 실려 있고, 선행을 하면 복이 내린다는 말이 『서경』에 실려 있습니다. 공자가 이를 기록하여 영원히 전하도록 했으니, 이것이 어찌 우연이겠습니까?

얼마 전 왜구가 노략질을 했을 때 죄 없는 사람들이 느닷없이 칼과 화살에 맞아 죽어 웅천진(熊川鎭)과 제포진(薺浦鎭) 사이에 시신이 쌓여 들판을 덮고 흐르는 피가 길을 적셨습니다. 난리가 평정되고 얼마 지나지 않아 밭을 갈던 고을 백성이 시신을 거꾸로 끌고 가서 물에 빠뜨리기도 하고 뒤집어 끌어다 언덕에 버리기도 했습니다. 구더기, 파리, 까마귀, 솔개, 고양이, 개가 낮이면 그 고기를 질리도록 먹고 여우, 살쾡이, 이리, 들개, 족제비, 다람쥐가 밤이면 그 살로 배를 채웠습니다. 그러고 남은 백골조차 거두지 못해 흩어지니, 사지가 나뉘고 뼈마디가 풀어져 어지러운 삼대처럼 뒤섞였습니다. 햇볕과 바람에 노출되고 구름과 비에 썩어 가니, 혼백이 슬피 우느라 기나긴 밤이 어둡기만 합니다.

아, 슬픕니다. 이렇게 죽은 사람이 누군들 부모가 없겠으며, 누군들 처자가 없겠으며, 누군들 형제와 벗이 없겠습니까? 부모, 처자, 형제, 벗이 사랑하던 몸이 이미 죽은 부모 형제와 벗이 사랑하던 땅에 나뒹굴고 있습니다. 낙양성(洛陽城) 아래에서 고향을 그리워하는 꿈이 얼마나 간절했겠습니까마는 차가운 달빛이 비치는 전장에서 부질없이 떠도는 혼령이 되고 말았습니다. 동해 바닷물을 다 쏟아부어도 그 슬픔을 씻을 수 없을 것이요, 태산의 흙을 다 덮어도 그 원한을 묻을 수 없을 것입니다.

지금 성스럽고 밝은 임금이 위에 계시고 어진 재상이 아래에 있어 은택이 짐승에게까지 미치고 교화가 초목을 뒤덮고 있습니다. 말라비틀어진 해골을 수습하여 장사 지내는 것은 사소한 일이 아닙니다. 또 천하가 태평하지만 자주 태풍과 홍수의 재해가 일어나 남쪽 백성이 매번 그 피해를 입어 제가 예전부터 괴이하게 여겼습니다. 지금 생각해 보니 백골의 원한이 조금이나마 우리 백성에게 조화롭지 못한 기운을 초래한 것이 아닌가 합니다.

석매(石梅)는 산에 사는 승려인데, 산과 바다에서 말라비틀어진 해골을 수습하고 영원히 머물 집을 세워 곤궁하고 원통한 귀신을 길이 진정시키고자 합니다. 아, 높은 관원들도 미처 생각하지 못한 일을 산에 사는 승려가 생각했으니 그 뜻이 몹시 가상하지 않습니까. 옛 선비가 이르기를 "백성은 나의 동포요, 만물은 나의 동류(同類)이다."라 하였습니다. 이로 미루어 말하자면 이번에 죽은 사람은 모두 우리 부모의 자식이요, 모두 우리 임금의 백성이요, 모두 우리의 형제입니다. 불행히 이 지경이 되었으니 어찌 슬프지 않겠습니까? 제 말을 들은 사람이라면 측은하게 여기는 마음이 저절로 생길 것입니다.

삼포왜란(三浦倭亂)이 일어났을 때는 태평을 누린 지 오래되어 백성이 전쟁을 몰랐습니다. 이들이 죽을힘을 다해 피 흘리며 싸우지 않았더라면, 우리들이 모조리 왜적의 손에 살육을 당했을지 알 수 없는 일입니다. 그러므로 제가 권고하는 글을 지으면서 옛사람이 남몰래 음덕을 베푼 일을 일일이 거론하여 번거롭게 아뢰지는 못하고, 그저 인을 베풀면 복을 받는다는 한 가지 일을 언급하여 군자에게 눈물을 흘리며 다음과 같이 말합니다.

"이 백골을 장사 지내 이 원통함이 없어진다면 어찌 귀신에게만 다행한 일이겠는가? 실로 우리 백성에게도 다행한 일이로다. 이 원통함을 묻어서 이 재해가 없어진다면 어찌 우리 백성에게만 다행한 일이겠는가? 실로 우리 조선의 억만 년 영원히 다행한 일이로다. 게다가 저승에까지 인을 베풀어 재물을 아끼지 않고 장사 지낼 비용을 댄다면 얼마나 상서로운 일이겠는가."

정덕 14년(1519년) 사월 이틀 무진일(戊辰日)에 씁니다.

해설

조선은 왜인을 통제하기 위해 부산포(富山浦)와 웅천(熊川, 진해)의 제포(薺浦), 울산의 염포(鹽浦) 등 삼포(三浦)를 개항하고 왜관(倭館)을 설치해 제한적으로 교역을 허용했다. 그러나 왜인들이 법규를 자주 위반하고 소요를 일으키자 1506년 엄격하게 통제하는 법규를 만들었다. 이에 불만을 품은 왜인들이 1510년 4월 무리를 이끌고 침공했다. 이것이 삼포왜란이다. 조정에서는 황형(黃衡)과 유담년(柳聃年)을 방어사로 삼아 이들을 진압했다. 그러나 이때 조선의 백성 272명이 피살되고 민가 796호가 불탔다. 왜란을 진압한 관리와 군사들은 포상을 받았지만 전쟁에 희생된 군졸의 시신은 제때 수습되지 못했다.

향시(鄕試)에 합격하고 칠원의 무릉리(武陵里)에 머물면서 학업을 익히던 27세의 청년 주세붕은 석매라는 승려가 방치된 유골을 수습하고 있다는 이야기를 듣고 이 글을 지었다. 구천에 떠도는 원혼을 위로하면 재해를 없앨 수 있다고 해서 시신 수습의 이점을 먼저 밝힌 뒤, 장재(張載)가 「서명(西銘)」에서 "백성은 나의 동포요, 만물이 나의 동류다.(民吾同胞, 物吾與也.)"라 한 말을 인용하여 미천한 군졸의 시신을 수습하는 것이 국가와 관리의 임무임을 강조했다. 그리고 마지막에 이를 압축한 권고의 말을 덧붙였다. 처참한 실상을 기록하면서도 사륙문(四六文)에 가까운 문체를 구사했다는 점이 주목되는데, 아마도 주세붕이 과거 공부를 하던 시절 익힌 문체 때문인 듯하다.

성운 成運

1497~1579년

본관은 창녕(昌寧), 자는 건숙(健叔), 호는 대곡(大谷)이다. 허보(虛父), 삼산병인(三山病人)이라고도 했다. 평생 벼슬길에 나아가지 않고 아내의 고향 보은(報恩)의 속리산 기슭에 대곡서실(大谷書室)을 짓고 은거했다. 산수를 소요하며 거문고를 타고 시를 읊조리면서 살았기에 이황은 은성(隱成)이라 높여 불렀다. 사촌 형 성수침(成守琛) 및 조식(曺植), 성제원(成悌元), 서경덕, 이지함(李之菡) 등과 교유했다. 조식은 그를 두고 정금미옥(精金美玉)의 기품을 지녔다고 높이 평가했다. 문집 『대곡집(大谷集)』이 전한다.

허수아비 虛父贊

풀을 엮어 사람 모양으로 만든 것을 허수아비라고 한다. 나는 근래 귀가 먹어 남의 말을 듣지 못하고 정신이 혼미하여 사람 일을 알지 못한다. 그저 겉모습만 멀쩡하니 참으로 허수아비와 비슷하다. 그러므로 나 자신을 허수아비라 부르기로 하고 찬(贊)을 짓는다.

짚으로 살갗 엮고 새끼로 힘줄 얽어
사람 같은 모습으로 우두커니 서 있네
심장도 없고 배 속까지 비었구나
하늘과 땅 사이에 있으면서 보지도 듣지도 않으니
알아주는 사람 없다 한들 누구에게 화를 내랴

해설

송준길(宋浚吉)은 성운의 행장에서 이렇게 말했다.

"때때로 대나무 지팡이에 짚신을 신고 소를 타거나 말에 몸을 맡기고서 정처 없이 홀로 나가기도 하고, 아이 몇 명을 데리고 산수를 배회하며 술 두서너 잔을 마시고 거문고 몇 곡조를 타곤 했는데, 그 가락이 맑고 웅장했다. 그리고 스스로 느낀 정취를 이따금 시로 드러내며 유유자적 지내느라 늙는 줄도 몰랐다. 만년에 귀가 먹자 허보(虛父, 허수아비)라고 자호(自號)하고서 찬을 지어 그 뜻을 담았다."

바로 이 글을 두고 한 말이다. 이식(李植)은 성운을 조식과 함께 세상에서 보기 드문 고상한 선비라 칭송하며, 이 글이 방외(方外)의 언어라고 했다. 세상의 구속을 벗어나 자유로운 삶을 추구한 뜻을 이렇게 평가한 것이다.

주
註

김수온

선비와 승려 80쪽

- 고시(高柴) 원문에는 고시(羔柴)로 되어 있는데 같은 인물이다. 자가 자고(子羔)여서 이렇게 부르기도 한다.

김시습

항상 생각하라 164쪽

- 아홉 가지를 생각하라는 구사(九思) 밝게 볼 것을 생각하고, 밝게 들을 것을 생각하고, 안색을 온화하게 할 것을 생각하고, 용모를 공손하게 할 것을 생각하고, 진실하게 말할 것을 생각하고, 공경하는 마음으로 일할 것을 생각하고, 의심나면 질문할 것을 생각하고, 화가 나면 그 이후의 어려움에 대해 생각하고, 무엇을 얻게 되면 의리를 생각하라는 것이다.
- 삼강(三綱)과 오륜(五倫) 삼강은 군위신강(君爲臣綱), 부위자강(父爲子綱), 부위부강(夫爲婦綱)이다. 임금은 신하의 기준이 되고 부모는 자식의 기준이 되며, 남편은 아내의 기준이 된다는 말이다. 오륜은 부자유친(父子有親), 군신유의(君臣有義), 부부유별(夫婦有別), 장유유서(長幼有序), 붕우유신(朋友有信)이다. 부모 자식 사이에는 친함이 있고 임금과 신하 사이에는 의리가 있으며 남편과 아내 사이에는 구별이 있고 어른과 아이 사이에는 순서가 있으며 벗 사이에는 믿음이 있어야 한다는 말이다.
- 팔조목(八條目)과 구경(九經) 팔조목은 『대학』에서 말하는 여덟 가지 학문의 순서로 격물(格物), 치지(致知), 성의(誠意), 정심(正心), 수신(修身), 제가

(齊家), 치국(治國), 평천하(平天下)이다. 즉 사물의 이치를 궁구하고, 지식을 극도로 넓히고, 뜻을 성실하게 하고, 마음을 바르게 하고, 몸을 수양하고, 집안을 가지런히 하고, 나라를 다스리고, 천하를 평정하는 것이다. 구경은 『중용』에서 말하는 나라를 다스리는 아홉 가지 원칙으로 수신(修身), 존현(尊賢), 친친(親親), 경대신(敬大臣), 체군신(體群臣), 자서민(子庶民), 내백공(來百工), 유원인(柔遠人), 회제후(懷諸侯)이다. 곧 몸을 수양하고, 어진 이를 높이고, 친척을 친애하고, 대신을 존경하고, 신하들을 내 몸처럼 여기고, 백성을 자식처럼 아끼고, 모든 기술자들을 불러 모으며, 먼 곳의 사람들을 회유하고, 제후들에게 은혜를 베푸는 것이다.

성현

장악원의 역사 177쪽

- 육률(六律) 황종(黃鍾), 태주(大蔟), 고선(姑洗), 유빈(蕤賓), 이칙(夷則), 무역(無射) 등 높낮이의 기준이 되는 6종의 음률.
- 오성(五聲) 궁(宮), 상(商), 각(角), 치(徵), 우(羽)의 서로 다른 5종의 음률.
- 팔음(八音) 쇠(金), 돌(石), 실(絲), 대(竹), 박(匏), 흙(土), 가죽(革), 나무(木) 등 8종의 재질로 만든 악기에서 나는 음률.

유호인

스승을 찾아서 191쪽

- 진번(陳蕃)의 의자를 내리게 한 사람 한(漢)나라 사람 진번은 다른 손님은

일절 만나지 않았지만 벗 서치(徐穉)가 찾아오면 반가이 맞이하며 걸상을 내려놓고, 서치가 돌아가면 다시 걸상을 벽에 걸어 아무도 앉지 못하게 했다.

- 이응(李膺)의 용문(龍門)에 오른 사람 이응은 후한(後漢) 사람으로 명망이 매우 높은 선비였다. 그에게 인정을 받은 사람을 두고 사람들은 '용문에 올랐다(登龍門)'고 했다.
- 낙양(洛陽)에 눈이 석 자나 내렸는데도 밖에 나가지 않고 도를 강론한 원안(袁安)과 같은 사람 원안은 후한의 은자이다. 낙양에 폭설이 내리자 낙양 영(令)이 순찰을 돌았는데, 원안의 집 앞에는 발자국이 없었다. 영이 이상하게 여겨 집으로 들어가 보니 원안은 꼼짝 않고 자리에 누워 있었다. 이유를 물어보자 원안은 "큰 눈이 내려 사람들이 모두 굶주리고 있으니, 남을 찾아가는 것은 온당치 못하다."라고 했다.

채수

꽃을 키우는 집 196쪽

- 자두를 팔면서 씨앗에 구멍을 뚫은 인색한 사람 진(晉)나라 왕융(王戎)은 자기 집에서 재배한 품질 좋은 자두를 팔면서 남들이 심지 못하도록 씨앗에 구멍을 뚫었다고 한다.
- 한 끼에 열여덟 가지 음식을 먹은 사치한 사람 북위(北魏) 이숭(李崇)의 고사이다.

김일손

미천한 아이의 글씨 229쪽

• 잠부(潛夫) 한(漢)나라 사람 왕부(王符)를 말한다. 성격이 강직해 세속에 영합하지 않고 은거했다. 『잠부론(潛夫論)』을 지었다.

• 참으로 소를 잡아먹을 듯한 아이였다. 『시자(尸子)』에 "범과 표범의 새끼는 무늬가 생기기도 전에 소를 잡아먹을 기세가 있다."라는 구절이 있다.

이주

진도의 금골산 244쪽

• 외도(外道)의 김동(金同) 김동은 금동 거사(金同居士)라고도 하며 고려 말엽에 금강산에 살던 사람이다. 그는 기교를 다해 바위에 불상을 새겼는데, 나옹(懶翁)이 새겨 놓은 불상이 자기 것보다 훨씬 훌륭하다는 것을 알고는 바위 아래로 몸을 던져 스스로 목숨을 끊었다.

남곤

백사정에서 노닐다 251쪽

• 참으로 장자가 말한 것처럼 강호에서 서로의 존재를 잊고 사는 모습이었다. 『장자』 대종사(大宗師)에 "샘이 말라 물고기가 육지에 있게 되면 서로 김을 내뿜어 적셔 주고 서로 거품을 내어 발라 주는데, 강호에서 서로 잊고

사는 것이 낫다."라고 하였다.

- 십주(十洲)와 삼도(三島) 십주는 바다에 있다고 전하는 신선의 세계로 조주(祖洲), 영주(瀛洲), 현주(玄洲), 염주(炎洲), 장주(長洲), 원주(元洲), 유주(流洲), 생주(生洲), 봉린주(鳳麟洲), 취굴주(聚窟洲)이며, 삼도 역시 바다에 있다고 전하는 신선의 산인 봉래(蓬萊), 방장(方丈), 영주(瀛洲)를 말한다.
- 부디 잘 기르고 「각궁(角弓)」의 노래를 잊지 마시오. 춘추 시대 진(晉)나라 한선자(韓宣子)가 노(魯)나라에 사신으로 갔을 때, 소공(昭公)이 한선자에게 잔치를 베풀면서 양국의 우호를 기원하는 뜻에서 『시경』 「각궁」의 시를 노래했다. 다시 계무자(季武子)의 주연에 참석해서는 정원에 서 있는 아름다운 나무를 보고 칭찬했는데, 계무자가 "제가 이 나무를 잘 길러서 「각궁」의 시를 노래하신 은혜를 깊이 새기지 않을 수 있습니까?"라 했다. 변함없는 우정을 비유한 말이다.

김세필

세 가지 어려운 일 262쪽

- 남의 무덤에 가서 제삿밥을 구걸하거나 『맹자』에 어떤 사람이 날마다 집을 나가 동곽(東郭)의 무덤 사이를 돌아다니면서 남은 음식을 얻어먹고, 집에 돌아와서는 처첩에게 부귀한 사람들과 만나서 먹었다고 거짓말했다는 고사가 보인다.
- 썩은 쥐를 빼앗길까 소리치는 짓거리 『장자』에 원추(鵷鶵)라는 새가 남쪽 바다를 떠나 북쪽 바다로 날아가는데, 오동나무가 아니면 쉬지 않고 대나무 열매가 아니면 먹지 않으며 단물이 나는 샘이 아니면 마시지 않았다. 그런데도 올빼미가 썩은 쥐를 잡고 있으면서 원추에게 빼앗길까 소리쳤다는 고사가 있다.

김안국

이름 없는 집 279쪽

- 초제(招提)니 방장(方丈)이니 난야(蘭若) 모두 사찰을 가리키는 불교 용어이다.

이자

세상을 떠난 벗을 추억하며 291쪽

- "요행히 살아 있는 사람" 『논어』「옹야(雍也)」에 "사람이 살아가는 이치는 정직해야 하니, 정직하지 않으면서도 살아 있다면 요행히 죽음을 면한 것이다."라고 하였다.

서경덕

멈추어야 할 곳 310쪽

- 소문(昭文) 소문은 거문고의 명인이다. 『장자』「제물론」에 "소문이 거문고를 연주하면 성공과 실패가 있지만 연주하지 않으면 성공도 실패도 없다." 하였다. 세상사에 손을 떼고 저절로 이루어지게 내버려두라는 뜻이다.

원문 原文

鄭道傳

答田夫 22쪽

寓舍卑側隘陋, 心志鬱陶. 一日出遊於野, 見一田父. 厖眉皓首, 泥塗沾背, 手鋤而耘. 予立其側曰: "父勞矣." 田父久而後視之, 置鉏田中, 行原以上, 兩手據膝而坐, 頤予而進之. 予以其老也, 趨進拱立. 田父問曰: "子何如人也? 子之服雖敝, 長裾博袖, 行止徐徐, 其儒者歟? 手足不胼胝, 豐頰皤腹, 其朝士歟? 何故至於斯? 吾老人, 生於此, 老於此. 荒絶之野, 窮僻瘴癘之鄕, 魑魅之與處, 魚鰕之與居, 朝士非得罪放逐者不至. 子其負罪者歟?" 曰: "然."

曰: "何罪也? 豈以口腹之奉, 妻子之養, 車馬宮室之故, 不顧不義, 貪欲無厭以得罪歟? 抑銳意仕進, 無由自致, 近權附勢, 奔走於車塵馬足之間, 仰哺於殘杯冷炙之餘, 聳肩諂笑, 苟容取悅, 一資或得, 衆皆含怒, 一朝勢去, 竟以此得罪歟?" 曰: "否."

"然則豈端言正色, 外示謙退, 盜竊虛名, 昏夜奔走, 作飛鳥依人之態, 乞哀求憐, 曲邀横結, 釣取祿位, 或有官守, 或居言責, 徒食其祿, 不思其職, 視國家之安危, 生民之休戚, 時政之得失, 風俗之美惡, 漠然不以爲意, 如秦人視越人之肥瘠, 以全軀保妻子之計, 偸延歲月, 如見忠義之士不顧身慮, 以赴公家之急, 守職敢言, 直道取禍, 則內忌其名, 外幸其敗, 誹謗侮笑, 自以爲得計. 然公論諠騰, 天道顯明, 詐窮罪覺以至此乎?" 曰: "否."

"然則豈爲將爲帥, 廣樹黨與, 前驅後擁, 在平居無事之時, 大言恐喝, 希望寵錫, 官祿爵賞, 惟意所恣, 志滿氣盛, 輕侮朝士, 及至見敵, 虎皮雖蔚, 羊質易慄, 不待交兵, 望風先走, 棄生靈於鋒刃, 誤國家之大事. 否則豈爲卿爲相, 狼愎自用, 不恤人言, 佞己者悅之, 附己者進之, 直士抗言則怒, 正士守道則排,竊君上之爵祿爲己私惠, 弄國家之刑典爲己私用, 惡稔而禍至, 坐此得罪歟?" 曰: "否."

"然則吾子之罪, 我知之矣. 不量其力之不足而好大言, 不知其時之不可而好直言, 生乎今而慕乎古, 處乎下而拂乎上, 此豈得罪之由歟? 昔賈誼好大, 屈原好直, 韓愈好古, 關龍逢好拂上. 此四子皆有道之士, 或貶或死, 不能自保. 今子以一身犯數忌, 僅得竄逐, 以全首領, 吾雖野人, 可知國家之典寬也. 子自今其戒之, 庶乎免矣."

予聞其言, 知其爲有道之士. 請曰: "父隱君子也. 願館而受業焉." 父曰: "予世農也, 耕田輸公家之租, 餘以養妻子, 過此以往, 非予之所知也. 子去矣, 毋亂我." 遂不復言, 予退而歎之. 若父者, 其沮溺之流乎?(『東文選』 卷107)

鄭沈傳 27쪽

鄭沈, 羅州人也. 仕州爲戶長, 善騎射, 不事家人生產. 洪武四年春, 以全羅道按廉使, 命奉濟州山川祝幣, 航海而去. 與倭賊相遇, 衆寡不敵, 舟中皆懼, 議將迎降. 沈獨以爲不可, 決意與戰, 射賊應弦而斃, 賊不能逼. 及矢竭, 沈知事不濟, 具袍笏正坐. 賊驚謂曰: "官人也." 相戒莫敢害. 沈自投水以死, 而舟中人皆降賊, 死者唯沈而已. 其鄉人皆惜其死之不幸, 而愚其果於自死也. 鄭先生聞而悲之, 爲之作傳, 且曰:

嗟乎, 死生固大矣, 然人往往有視死如歸者, 爲義與名也. 彼自重之士, 當其義之可以死也, 雖湯鑊在前, 刀鋸在後, 矢石注於上, 白刃交於下, 觸之而不辭, 蹈之而不避, 豈非義爲重死爲輕歟? 果有能言之士, 述之於後, 著在簡編, 其英聲義烈, 照耀人耳目, 聳動人心志, 其人雖死, 有不死者存焉. 故好名之士, 甘心一死, 而不以爲悔. 今夫沈之死也, 國家不得知, 又無能言之士爲之記述以垂於後, 則沈之忠義, 與水波而俱逝矣, 吁可悲也.

且以子路之賢, 結纓之事, 人以爲難, 沈一鄕曲吏耳, 而知降賊之不義, 雖在急迫之時, 能不失其正, 具盛服待死, 賊人見之, 凜然莫敢犯, 則其忠壯之氣, 有以折服頑兇之心矣. 賊旣不能害, 勇於自裁, 投之不測之淵, 無一毫汙染, 從容就義, 慷慨殺身, 雖古人不及也, 此皆出於天質之美, 又非好名之士有所爲而爲者比也. 忠義之烈如此, 而世無知者, 雖在鄕黨, 不過惜其死之愚耳. 嗚呼, 誠使人無死, 則人道滅久矣. 當寇敵脅降之時, 忠臣非死, 何以全其義? 當彊暴侵逼之時, 烈女非死, 何以保其節? 人遭難處之事, 能不失其正者, 幸有一死焉耳.

以今言之, 倭寇作患, 將三十年于玆, 族姓士女, 多被虜掠, 甘爲僕妾而不辭, 甚者爲之行諜指道, 視其所爲, 曾狗彘之不若, 而不以爲愧, 無他, 畏死故也. 其視沈之死, 爲如何哉? 且在平居之時, 聞人行義, 常自激昂策勵, 思效其萬一. 至於一朝親履其變, 畏怯恐懼, 奪於利害, 偸生負義者皆是, 況不知其死之爲義而以爲愚乎? 況其死泯滅而不傳乎? 嗚呼, 操行之難, 而名姓翳然, 又爲時俗所侮笑者, 豈獨沈哉? 此傳所以作也.(『東文選』 卷101)

京山李子安陶隱文集序 31쪽

日月星辰, 天之文也, 山川草木, 地之文也, 詩書禮樂, 人之文也. 然天以氣, 地以形, 而人則以道, 故曰文者, 載道之器. 言人文也得其道, 詩書禮樂之敎, 明於天下, 順三光之行, 理萬物之宜, 文之盛至此極矣. 士生天地間, 鍾其秀氣, 發爲文章. 或揚于天子之庭, 或仕于諸侯之國, 如尹吉甫在周, 賦穆如之雅, 史克在魯, 亦能陳無邪之頌. 至於春秋列國大夫, 朝聘往來, 能賦稱詩, 感物喩志, 若晉之叔向, 鄭之子產, 亦可尙已. 及漢盛時, 董仲舒賈誼之徒出, 對策獻書, 明天人之蘊, 論治安之要, 而枚乘相如, 遊於諸侯, 咸能振英摛藻, 吟詠性情, 以懿文德.

吾東方雖在海外, 世慕華風, 文學之儒, 前後相望. 在高句麗曰乙支文德, 在新羅曰崔致遠. 入本朝曰金侍中富軾, 李學士奎報, 其尤者也. 近世大儒, 有若鷄林益齋李公, 始以古文之學倡焉, 韓山稼亭李公, 京山樵隱李公, 從而和之. 今牧隱李先生早承家庭之訓, 北學中原, 得師友淵源之正, 窮性命道德之說. 旣東還, 延引諸生, 見而興起者, 烏川鄭公達可, 京山李公子安, 潘陽朴公尙衷, 密陽朴公子虛, 永嘉金公敬之, 權公可遠, 茂松尹公紹宗, 雖以予之不肖, 亦獲側於數君子之列. 子安氏精深明快, 度越諸子; 其聞先生之說, 默識心通, 不煩再請, 至其所獨得, 超出人意表, 博極群書, 一覽輒記. 所著述詩文若干篇, 本於詩之興比書之典謨, 其和順之積, 榮華之發, 又皆自禮樂中來, 非深於道者, 能之乎?

皇明受命, 帝有天下, 修德偃武, 文軌畢同, 其制禮作樂, 化成人文, 以經緯天地. 此其時也, 王國事大之文, 大抵出子安氏, 天子嘉之曰: "表辭誠切." 今玆修歲時之事, 渡遼瀋逕齊魯, 涉黃河之奔放, 入天子之朝, 其所得於觀感者爲如何哉! 嗚呼, 季札適魯觀周樂, 尙能知其德之盛, 子安氏此行, 適當制作之盛際, 將有以發其所觀感者, 記功述德, 爲明雅頌, 以追于尹吉甫無愧矣. 子安氏歸也, 持以示予, 則當題曰觀光集云.(『東文選』卷89)

賦稅 36쪽

孟子曰: "無野人, 莫養君子; 無君子, 莫治野人." 古之聖人, 立賦稅之法, 非徒取民以自奉. 民之相聚也, 飮食衣服之欲攻乎外, 男女之欲攻乎內, 在醜則爭之, 力敵則鬪之, 以至於相殘. 爲人上者, 執法以治之, 使爭者平鬪者和, 而後民生安焉. 然不可耕且爲也, 則民之出乎什一, 以養其上, 其取直也大, 而上之所以報其養者亦重矣. 後之人不知立法之義, 乃曰: "民之供我者, 乃其職分之當然也." 聚斂掊克, 猶恐不勝, 而民亦效之, 起而爭奪, 禍亂生焉. 蓋先王所以立其法者, 天理也, 後世所以作其弊者, 人欲也. 才臣計吏之治賦稅者, 當思遏人欲而存天理可也.

國家賦稅之法, 租則一出於田, 而所謂常徭雜貢者, 隨其地之所出而納之官府, 蓋唐租庸調之遺意也. 殿下尙慮賦稅之重, 有以困吾民, 爰命攸司, 改正田賦, 詳定常徭雜貢, 庶幾得中正之道. 然租則驗其田之開荒, 所出之數可稽, 其常徭雜貢者, 但定其官府所納之數, 不分言其有戶則出某物爲調, 有身則出某物爲庸. 吏因緣爲姦, 濫徵橫斂, 而民益困, 豪富之家, 多方規避, 而用反不足. 殿下愛民定賦之意, 不得下究, 有司之責也. 幸當無事閒暇之時, 講而行之可也.(『三峯集』 卷7)

佛氏輪迴之辨 39쪽

人物之生生而無窮, 乃天地之化運行而不已者也. 原夫大極有動靜而陰陽生, 陰陽有變合而五行具, 於是無極大極之眞, 陰陽五行之精, 妙合而凝, 人物生生焉. 其已生者往而過, 未生者來而續, 其間不容一息之停也. 佛之言曰: "人死, 精神不滅, 隨復受形." 於是輪迴之說興焉.

易曰: "原始反終, 故知死生之說." 又曰: "精氣爲物, 游魂爲變." 先儒解之曰: "天地之化, 雖生生不窮, 然而有聚必有散, 有生必有死. 能原其始而知其聚之生, 則必知其後之必散而死, 能知其生也得於氣化之自然, 初無精神寄寓於大虛之中, 則知其死也與氣而俱散, 無復更有形象尙留於冥漠之內." 又曰: "精氣爲物, 游魂爲變, 天地陰陽之氣交合, 便成人物, 到得魂氣歸于天, 體魄歸于地, 便是變了." "精氣爲物, 是合精與氣而成物, 精魄而氣魂也. 游魂爲變, 變則是魂魄相離游散而變, 變非變化之變, 旣是變, 則堅者腐, 存者亡, 更無物也."

天地間如烘爐, 雖生物, 皆銷鑠已盡, 安有已散者復合, 而已往者復來乎? 今且驗之吾身, 一呼一吸之間, 氣一出焉, 謂之一息, 其呼而出者, 非吸而入之也. 然則人之氣息. 亦生生不窮, 而往者過來者續之理, 可見也. 外而驗之於物, 凡草木自根而幹而枝而葉而華實, 一氣通貫, 當春夏時, 其氣滋至而華葉暢茂, 至秋冬, 其氣收斂而華葉衰落, 至明年春夏, 又復暢茂, 非已落之葉, 返本歸源而復生也. 又井中之水, 朝朝而汲之, 爨飮食者火煮而盡之, 濯衣服者, 日曝而乾之, 泯然無迹, 而井中之泉, 源源而出, 無有窮盡, 非已汲之水, 返其故處而復生也. 且百穀之生也, 春而種十石, 秋而收百石, 以至千萬, 利其倍蓰, 是百穀亦生生也.

今以佛氏輪迴之說觀之, 凡有血氣者, 自有定數, 來來去去, 無復增損. 然則天地之造物, 反不如農夫之生利也. 且血氣之屬, 不爲人類, 則爲鳥獸魚鼈昆蟲, 其數有定, 此蕃則彼必耗矣, 此耗則彼必蕃矣, 不應一時俱蕃, 一時俱耗矣. 自今觀之, 當盛世, 人類蕃庶, 鳥獸魚鼈昆虫亦蕃庶, 當衰世, 人物耗損, 鳥獸魚鼈昆虫亦耗損. 是人與萬物, 皆爲天地之氣所生, 故氣盛則一時蕃庶, 氣衰則一時耗損明矣. 予憤佛氏輪迴之說, 惑世尤甚, 幽而質諸天地之化, 明而驗諸人物之生, 得其說如此, 與我同志者, 幸共鑑焉.(『東文選』 卷105)

權近

古澗記 44쪽

浮圖然師, 神印之韻釋也. 冲然其氣, 澹然其心, 舍利名縛禪寂, 時之士大夫多重之. 今以古澗之扁請余記, 余惟人性之善也, 猶水性之淸也, 性本善而惡生者, 欲誘之也. 水本淸而濁見者, 穢汙之也, 去其惡而存其善, 則人性之復其初也, 激其濁而揚其淸, 則水性之得其常也. 然天下之水, 小而溝池, 大而河海, 皆水也. 溝池其居下, 故穢皆歸而易汙, 河海其量弘, 故濁皆受而不辭, 皆不能極其淸也. 極其淸者, 其惟澗之在山乎.

其源峻, 穢無由歸焉, 其流駛, 濁無能留焉, 有石以激之, 有沙以淘之. 雖其流注盈溢, 徐疾激揚, 崖而爲瀑, 坳而爲洄, 或夷以直, 或屈而曲, 或暴或怒, 或潛或隱, 潦而漲, 冰而咽, 其變也極矣, 而其淸自若, 潺湲汩瀄, 晝夜不舍, 歷萬古而不息焉. 修道之士, 宜以之自強, 淸其心復其性, 恒久於善而不失也.

今然師逃空虛入山林, 昧昧惟恐其不深, 廬其澗上而栖焉. 晨而起觀其流, 夜而坐聽其聲, 每以反躬而自省. 心與之俱淸, 而功與之無息, 天性之善, 澹然自存, 日以流行於動靜語嘿之間, 此古澗之所以自扁歟. 余於禪學, 未嘗涉其流, 故不之及. 蒼龍甲子冬十月甲戌.(『東文選』 卷78)

恩門牧隱先生文集序 47쪽

有天地自然之理, 卽有天地自然之文, 日月星辰得之以照臨, 風雨霜露得之以變化, 山河得之以流峙, 草木得之以敷榮, 魚鳶得之以飛躍, 凡萬物之有聲而盈兩儀者, 莫不各有自然之文焉. 其在人也, 大而禮樂刑政之懿, 小而威儀文辭之著, 何莫非此理之發見也? 物得其偏, 而人得其全, 然因氣稟之所拘, 學問之所造, 能保其全而不偏者鮮矣. 聖人猶天地也, 六籍所載, 其理之備, 其文之雅, 蔑以加矣. 秦漢已前, 其氣渾然, 曹魏以降, 光岳氣分, 規模蕩盡, 文與理固蓁塞也. 唐興文敎大振, 作者繼起, 初各以奇偏, 僅能自名. 逮至李杜韓柳, 然後渾涵汪洋, 千彙萬狀, 有所緫萃, 宋之歐蘇, 亦能奮起, 追軼前光, 嗚呼盛哉.

吾東方牧隱先生, 質粹而氣淸, 學博而理明, 所存妙契於至精, 所養能配於至大, 故其發而措諸文辭者, 優游而有餘, 渾厚而無涯, 其明昭乎日月, 其變驟乎風雨, 巋然而崒乎山岳, 霈然而浩乎江河, 賁若草木之華, 動若鳶魚之活, 富若萬物各得其自然之妙, 與夫禮樂刑政之大, 仁義道德之正, 亦皆粹然會歸於其極. 苟非禀天地之精英, 窮聖賢之蘊奧, 騁歐蘇之軌轍, 升韓柳之室堂, 曷能臻於此哉? 自吾東方文學以來, 未有盛於先生者也. 嗚呼至哉.(『東文選』 卷91)

舟翁說 50쪽

客有問舟翁曰: "子之居舟也, 以爲漁也則無鉤, 以爲商也則無貨, 以爲津之吏也, 則中流而無所往來, 泛一葉於不測, 凌萬頃之無涯, 風狂浪駭, 檣傾楫摧, 神魂飄慄, 命在咫尺之間, 蹈至險而冒至危, 子乃樂是, 長往而不回, 何說歟?"

翁曰: "噫噫, 客不之思耶? 夫人之心, 操舍無常, 履平陸則泰以肆, 處險境則慄以惶, 慄以惶, 可儆而固存也, 泰以肆, 必蕩而危亡也. 吾寧蹈險而常儆, 不欲居泰以自荒. 況吾舟也浮游無定形, 苟有偏重, 其勢必傾, 不左不右, 無重無輕, 吾守其滿, 中持其衡, 然後不欹不側, 以守吾舟之平. 縱風浪之震蕩, 詎能撓吾心之獨寧者乎? 且夫人世一巨浸也, 人心一大風也, 而吾一身之微, 渺然漂溺於其中, 猶一葉之扁舟, 泛萬里之空濛. 盖自吾之居于舟也, 祇見一世之人, 恃其安而不思其患, 肆其欲而不圖其終, 以至胥淪而覆沒者多矣. 客何不是之爲懼, 而反以危吾也耶? 翁扣舷而歌之曰: "渺江海兮悠悠, 泛虛舟兮中流. 載明月兮獨往, 聊卒歲以優游." 謝客而去, 不復與言.(『東文選』 卷98)

騎牛說 53쪽

吾嘗謂山水遊觀, 惟心無私累, 然後可以樂其樂也. 友人李公周道, 家居平海, 每月夜携酒騎牛. 遊於山水之間. 平海號稱形勝, 其遊觀之樂, 李君能盡得古人所不知之妙也. 凡寓目於物者, 疾則粗, 遲則盡得其妙. 馬疾牛遲, 騎牛欲其遲也. 想夫明月在天, 山高水闊, 上下一色, 俯仰無垠, 等萬事於浮雲, 寄高嘯於淸風, 縱牛所如, 隨意自酌, 胷次悠然, 自有其樂, 此豈拘於私累者所能爲也? 古之人亦有能得此樂者乎? 坡公赤壁之遊, 殆庶幾矣. 然乘舟危, 則不若牛背之安也. 無酒無肴, 歸而謀婦, 則不若自携之易也. 桂棹蘭槳, 不旣煩矣乎? 捨舟而山, 不旣勞矣乎? 騎牛之樂, 人孰知之? 及於聖人之門, 其見喟然之嘆, 無疑也.(『東文選』 卷98)

童頭說 56쪽

鷄林金君子靜, 買地構屋, 覆以茅, 自號童頭. 人有問之者則曰: "吾貌澤, 吾髮本稀, 吾雖不能飮, 苟有酒, 無問醇漓淸濁而不辭, 醉則脫帽露頂, 人之見之者, 皆謂吾頭童, 故吾因以爲號焉. 夫號所以呼我也, 我童者也, 呼我以童, 不亦可乎? 人以吾形呼之, 吾而受之亦宜也. 昔夫子生而圩頂, 因爲名若字, 支離其形者, 謂之支離, 踈傴其躬者, 謂之駱駝. 古之聖賢, 以其形爲號者, 亦多矣, 吾其可獨辭邪? 且諺以爲頭童者, 無乞食, 安知其非福徵也? 人老則頭必童, 又安知其非壽徵也? 吾之貧, 不至於乞食, 壽又得享其考終, 則吾童之德于我者, 爲如何哉? 富貴而壽考, 人孰不慕之, 然天之生物, 與之齒者, 去其角, 附之翼者, 兩其足, 於人亦然, 富貴壽考, 兼之者鮮矣. 富貴而不能保, 吾見亦多矣. 吾何慕富貴爲哉? 有草屋以庇吾身, 麤糲以充吾飢, 如是而終吾天年焉而已矣. 人以是稱吾, 吾以是自稱, 所以樂吾童也."

予聞之曰: "甚矣, 子之志, 有同於予也. 予之色烏, 人有目小烏者, 予亦嘗受之矣. 童也烏也, 非外飾也. 然亦由外而目之爾, 若夫中之所存, 則在吾所養如何耳. 顏如渥丹美而狠者, 豈可貌定其貞否邪? 金君以雄博之學, 閎敏之材, 立於朝, 有年矣. 敭歷臺諫, 優游侍從, 華問大播, 人皆以遠大期之, 而其心謙謙然, 無慕乎富貴, 若將終身於草屋, 其所養可知已. 所謂吾無間然者, 其不在斯人歟?" 蒼龍壬子秋八月中旬有二日, 小烏子.(『東文選』 卷98)

卞季良

鑄字跋 60쪽

鑄字之設, 可印群書, 以傳永世, 誠爲無窮之利矣. 然其始鑄字樣, 有未盡善者, 印書者病其功不易就. 永樂庚子冬十有一月, 我殿下發於宸衷, 命工曹參判臣李蕆, 新鑄字樣, 極爲精緻. 命知申事臣金益精, 左代言臣鄭招等, 監掌其事, 七閱月而功訖. 印者便之, 而一日所印, 多至二十餘紙矣. 恭惟我恭定大王作之於前, 今我主上殿下, 述之於後, 而條理之密, 又有加焉者. 由是而無書不印, 無人不學, 文教之興當日進, 而世道之隆當益盛矣. 視彼漢唐人主, 規規於財理兵革, 以爲國家之先務者, 不啻霄壤矣, 實我朝鮮萬世無疆之福也.(『東文選』 卷103)

金墩

欽敬閣記 63쪽

若稽帝王發政成務, 必先於明曆授時, 而授時之要, 實在於觀天察候, 此璣衡儀表所由設也. 然考驗之方, 極精至密, 非一器一象所能取正. 我主上殿下命攸司, 制諸儀象, 若大小簡儀渾儀渾象仰釜日晷日星定時圭表禁漏等器, 皆極精巧, 夐越前規, 猶慮制度未盡, 且諸器皆設於後苑, 難以時時占察. 乃於千秋殿西庭, 建一間小閣, 糊紙爲山, 高七尺許, 置於其中, 內設玉漏機輪, 以水激之, 用金爲日, 大如彈丸, 五雲繞之, 行於山腰之上, 一日一周, 晝見山外, 夜沒山中, 斜勢准天行, 去極遠近出入之分, 各隨節氣, 與天日合.

日下有玉女四人, 手執金鐸, 乘雲而立於四方, 寅卯辰初正, 在東者每振之, 巳午未初正, 在南者振之, 西北皆然. 下有四神, 各立其方, 皆面山, 寅時至則青龍北向, 卯時至則東向, 辰時則南向, 巳時則還復西向, 而朱雀復東向, 以次向方如前, 他倣此. 山之南麓, 有高臺, 司辰一人, 具絳公服, 背山而立, 有武士三人, 皆具甲胄, 一執鐘槌, 西向立於東, 一執鼓桴, 東向立於西近北, 一執鉦鞭, 亦東向立於西近南, 每時至則司辰回顧鐘人, 鐘人亦回視司辰, 乃擊鐘. 每更鼓人擊鼓, 每點鉦人點鉦, 其相顧亦如之, 更點鉦鼓之數, 並如常法.

又其下平地之上, 十二神各伏其位, 十二神之後, 各有穴常閉, 子時至則鼠後之穴自開, 有玉女執時牌出, 而鼠起於前, 子時盡, 則玉女還入, 其穴還自閉, 鼠還伏. 丑時至, 則牛後之穴自開, 玉女亦出, 牛亦起, 二十時皆然. 午位之前, 又有臺, 臺上置欹器, 器北有官人執金甁以注之, 用漏之餘水, 源源不絶, 虛則欹, 中則正, 滿則覆, 皆如古訓. 又山之東, 則作春三月之景, 南則夏三月之景, 秋冬亦然. 依豳風之圖, 刻木爲人物禽獸草木之形, 按其節候而布之, 七月一篇之事,無不備具. 閣名曰欽敬, 取堯典欽若昊天, 敬授民時之義也.

夫自唐虞測候之器, 代各有制, 唐宋以來, 其法寖備, 若唐之黃道游儀, 水運渾天, 宋之浮漏表影, 渾天儀象, 以至元朝, 仰儀簡儀, 皆號精妙. 然大率各成一制, 未得兼考, 而運用之機, 多借人爲. 今則天日之度, 晷漏之刻, 與夫四神十二神鼓人鐘人司辰玉女, 凡百機關, 以次俱作, 不由人力, 自擊自行, 若神使然, 觀者駭愕, 莫測其由, 而上與天行, 不差毫釐, 制作之規, 可謂妙矣, 而又用漏之餘水, 作欹器, 以觀天道盈虛之理, 山之四方, 陳豳風, 以見民生稼穡之艱, 此則又前代所無之美意也. 于以常接乎左右, 每警於宸慮, 亦寓夫憂勤宵旰之節, 豈但成湯沐浴之盤, 武王戶牖之銘而已哉? 其法天順時欽敬之意, 至矣盡矣, 而愛民重農仁厚之德, 當與周家並美, 而傳於無窮矣. 閣既成, 命臣書其事, 謹述梗槩, 拜手稽首以獻.(『東文選』 卷82)

柳方善

西坡三友說 70쪽

西坡三友者, 吾友李而立之自號也. 而立人豪也, 少通六籍, 擅名斯文, 中乙酉科, 歷臺諫, 掌銓選, 十年宦遊, 功昭名著, 可謂天縱之才矣. 歲己亥秋, 乞退南還, 居永之西坡里, 自號曰西坡三友. 三友者, 陽燧也, 角觥也, 鐵刀也. 其自言曰: "余既離群索居, 人不欲求友於我, 而我亦不必求友於人. 今以三者爲友, 火以司爨, 觥以崇酒, 刀以膾鮮, 自酌自飮, 既醉既飽, 逍遙魚稻之鄕, 鼓舞唐虞之天, 此吾所以取友之意也. 子幸有以張之."

余惟友也者, 友其德也. 苟有可友之德, 則人與物, 皆可以爲友也. 故古之人,多以物爲友者矣. 然物之可取以爲友者, 非獨此也, 而必以此爲友者, 豈眞以爲口腹之計乎? 子所言者謙也. 吾觀陽燧者, 取火器也, 一得其火, 而使之不滅, 則其光無不照, 如德之一明, 而使之不息, 則其明無不盡. 取此火者, 存此思, 則必有日新又新之功矣, 豈止卬烘于煁而已也? 觥之爲物, 角也, 虛中而向內, 有臨下之道, 其入也, 或淸或濁, 懷有容之量, 用其器者, 思其德, 則必有休休樂善之心矣, 何有三爵不識之患乎? 若乃刀則金也, 其氣配秋, 而其德在利矣. 用其利於物, 則陳平之分肉, 甚均也, 用其利於政, 則如晦之制事, 善斷也. 執此刀, 審所用, 則游刃有餘地矣, 彼烏敢當我之足言哉?

是則內而自修之方, 外而臨民之道, 實具於三者之中, 而夫子所稱之益友, 孟氏所論之尙友, 端不過此矣. 以斯人而得斯友, 可謂知取友之法, 而其所取以善者, 夫豈小哉? 他日應束帛之徵, 膺具瞻之責, 進退百官, 陶甄一世, 上贊南面之化, 下垂竹帛之名者, 未必不資於三友之力也歟? 嗚呼, 大丈夫生斯世也, 遇不遇天也, 雖然, 方今聖明在上, 泰道維新, 拔茅彙征, 惟其時也, 吾何不爲豫哉? 當刮目以竢云耳.(『東文選』 卷98)

鄭麟趾

訓民正音序 75쪽

有天地自然之聲, 則必有天地自然之文, 所以古人因聲制字, 以通萬物之情, 以載三才之道, 而後世不能易也. 然四方風土區別, 聲氣亦隨而異焉. 蓋外國之語, 有其聲而無其字, 假中國之字, 以通其用, 是猶枘鑿之鉏鋙也, 豈能達而無礙乎? 要皆各隨所處而安, 不可强之使同也. 吾東方禮樂文物, 侔擬華夏, 但方言俚語, 不與之同, 學書者患其旨趣之難曉, 治獄者病其曲折之難通. 昔新羅薛聰始作吏讀, 官府民間, 至今行之, 然皆假字而用, 或澁或窒, 非但鄙陋無稽而已, 至於言語之間, 則不能達其萬一焉.

癸亥冬, 我殿下創制正音二十八字, 略揭例義以示之, 名曰訓民正音. 象形而字倣古篆, 因聲而音叶七調, 三極之義, 二氣之妙, 莫不該括. 以二十八字, 而轉換無窮, 簡而要, 精而通, 故智者不崇朝而會, 愚者可浹旬而學, 以是解書, 可以知其義, 以是聽訟, 可以得其情. 字韻則清濁之能卞, 樂歌則律呂之克諧, 無所用而不備, 無所往而不達, 雖風聲鶴唳鷄鳴狗吠, 皆可得而書矣. 遂命詳加解釋, 以喻諸人. 於是, 臣與集賢殿應教崔恒, 副校理朴彭年, 申叔舟, 修撰成三問, 敦寧注簿姜希顔, 行集賢殿副修撰李塏, 李善老等, 謹作諸解及例, 以敍其梗槪, 庶使觀者不師而自悟. 若其淵源精義之妙, 則非臣等之所能發揮也. 恭惟我殿下天縱之聖, 制度施爲, 超越百王, 正音之作, 無所祖述, 而成於自然, 豈以其至理之無所不在, 而非人爲之私也? 夫東方有國, 不爲不久, 而開物成務之大智, 蓋有待於今日也歟!(『世宗實錄』 卷113)

金守溫

贈敏大選序 80쪽

儒者譏余曰: "公之善談佛理猶僧也. 不網不釣, 惡其殺命, 尤猶僧也, 何不髡其顚而緇其服乎?" 佛者譏余曰: "又公之善談佛理猶吾也, 不網不釣, 惡其殺命, 尤猶吾也, 而廣畜姬妾, 育子與孫, 貪嗜麴孼, 不擇鷄猪而啗之, 何行之乖剌若是歟? 噫, 以余不肖之身, 儒佛兩毁之, 信難乎其爲人矣. 雖然, 余之所樂者道也, 余樂道也, 夫庸知儒佛之先後叢攻於余乎? 雖然, 余之於人也, 誰毀誰譽? 儒者之徒至, 則必告之以詩書仁義之道, 而從之則悅, 佛者之徒至, 則亦必告之以詩書仁義之道, 而或從焉, 或否焉, 從之則悅, 而不從亦不慍也.

華嚴大選省敏, 謬聞余能文名, 披蓬荻而謁余. 異日入余室, 聞余能誦之聲, 則若將翻然而有改, 若將充然而有得. 於是又卽擧其前之告儒佛者而申之, 使省敏學問之博也, 而馳騁於二帝三王之囿, 玩學之深也, 而沈潛乎萬理四端之府, 則庶幾知余之所以告人者, 不悖於道, 而儒以之爲儒, 佛以之爲佛矣. 且古之聖人, 未嘗去人倫滅種類以爲高, 亦未嘗淫殺戮賤物命以爲忍, 又五典之倫而夫婦居一, 羔柴之不折, 夫子之不網, 聖賢之爲心可見. 與其道非先王之法言, 不惟愈於口淸淨寂滅之道, 以醒其心乎? 然則余之所以犯侮笑於人者, 未始不爲詩書仁義之道, 而余之獨樂於心者, 固自若也. 彼譏余詘余, 特好音英華之無迹也. 敏旣熟余, 索言以爲貽, 則余之所以恒道於人者, 敏亦知之, 故又以仁義詩書之說而復焉. 吾夫子所謂以我爲隱乎? 吾無隱子之義也. 若敏携之以求詩於縉紳諸公, 則非余意也.(『續東文選』卷15)

戒溢亭記 83쪽

水於五行, 其體最微, 而其性無定, 坳而渟之, 則爲池爲沼, 決而行之, 則爲溪爲澗. 夫行水之動也, 則有周流無滯之義, 故智者於是乎有所樂. 止水之靜也, 則有盈虛減滿之道, 故君子於是乎有所鑑. 吾壯元延城府院君李公園中有亭, 亭下有池, 同年乖崖子造焉, 則引而觴之於其上曰: "吾池之水, 方塘數丈, 積波數尺, 其小無匹. 然且寓其情興, 繞水徘徊. 嘗溝其下流, 障之以石, 水滿則開之, 水減則障之, 不滿不減, 常使水平以爲玩. 他日親朋萃止, 與坐而彈碁, 置酒飮歡. 石乎忘其開, 水乎忽其滿, 則須臾之間, 莎沈岸沒, 漫淫於几席, 而賓主爲之忙忙. 因思世之或門閥之融赫, 或祿位之崇高, 或道藝之贍敏, 或錢財之富厚, 有他人所未有, 而恃其封已, 則鮮有不盈而滿, 滿而驕者, 是豈非吾池之溢而可以爲戒之大者乎? 且人之或兼其有而不得不驕, 猶吾池之塞其已流者不得不溢. 吾故曰: '人無於人, 當於水鑑也.'

昔者赤之適齊, 乘肥衣輕, 士之溢也. 管仲相桓, 三歸反坫, 大夫之溢也. 問鼎大小, 楚子之僭也, 而非諸侯之溢乎? 窮兵黷武, 秦皇漢武之好大也, 而非天子之溢乎? 是則其所當戒, 宜無大於溢. 故吾夫子之拳拳以高而不危, 滿而不溢, 爲先王至德要道之本, 而語於曾子也. 且吾蔭吾亭而且臨之, 得於水性悉矣, 其或風和景明, 波恬綠靜, 天光雲影, 昭回照映, 則是水之平而性之淸也. 其或街童巷子尋春, 戕花賊柳, 狂塊悖石, 雜然而投, 則泥汩濁起, 魚驚鼈縮, 龜黽皆遁. 雖芙蕖蒲葦之生乎四渚, 莖傾葉敗, 亦且殃及, 何暇澄涵萬類而得其本然乎? 故水平則體靜, 體靜則性淸, 性淸則衆物來照. 比之於心, 喜怒哀樂之未發, 無所偏倚. 天下之理, 皆由此出, 天下之大本也. 若其泥汩之濁, 則陷於人欲之累也. 雖然, 水之淸濁, 人所易見, 而水之滿溢, 人所易忽. 欲淸心以得本體之明, 非嗜學之士不能. 小不謹則驕溢自至, 乃人人之所當戒. 此吾之不此之取, 而取函波, 戒溢名吾亭也. 子其演其義."

乖崖子曰: "壯元以三科壯元, 文章勳業, 蔚爲一代之名卿, 而位極人臣, 宜其自視焰然而深戒於溢德也. 夫流水之不舍晝夜, 固可以爲智者之所樂, 而止水之盈虛消息, 又可以爲反省之功. 若其淸濁之分, 亦吾心理欲之辨, 宜乎壯元之善觀於水而取比之切也. 雖然, 今壯元所說, 水之澤者也. 凡天下之物, 莫不先靜而後動者也. 夫水匯而爲七澤五湖, 然後沛然流而爲江淮河海, 以達于溟渤而爲大瀛海, 則呑吐日月, 出沒鯨鯢, 大旱焦土而不爲減, 大浸稽天而不爲溢. 無池沼之可渟, 無溪澗之可行, 則雖欲求夫盈虛之道, 顧安所取? 而彼一石之開障, 而輒爲之減滿, 特水之小者也, 惡足爲大方道乎?" 壯元莞爾而笑曰: "吾與

子言者, 吾池之水也. 若其瀛海之說, 請竢異日更理之." 乖崖子遂筆之, 爲戒溢亭記.(『拭疣集』 卷2)

梁誠之

請建弘文館 89쪽

臣竊觀歷代書籍, 或藏於名山, 或藏於秘閣, 所以備遺失而傳永久也. 前朝肅宗始藏經籍, 其圖書之文, 一曰: "高麗國十四葉辛巳歲御藏書, 大宋建中靖國元年, 大遼乾統元年." 一曰: "高麗國御藏書." 自肅宗朝, 至今三百六十三年, 印文如昨, 文獻可考. 今內藏萬卷書, 多其時所藏而傳之者. 乞今藏書後面圖書, 稱"朝鮮國第六代癸未歲御藏書, 本朝九年, 大明天順七年", 以眞字書之. 前面圖書, 稱"朝鮮國御藏書", 以篆字書之, 遍着諸冊, 昭示萬世, 或依新羅及前朝盛時例, 別建年號, 以爲標識.

臣又竊觀君上御筆, 與雲漢同其昭回, 與奎壁同其粲爛, 萬世臣子所當尊閣而寶藏者也. 宋朝聖製, 例皆建閣以藏之, 設官以掌之, 太宗龍圖閣, 眞宗曰天章閣, 仁宗曰寶文閣, 神宗曰顯謨閣, 哲宗曰徽猷閣, 高宗曰煥章閣, 孝宗曰華文閣, 皆置學士直學士待制直閣等官. 乞令臣等勘進御製詩文, 奉安于麟趾堂東別室, 名曰崇文殿, 又諸書所藏內閣, 名曰弘文館, 皆置大提學提學直提學直殿等官, 堂上以他官帶之, 郎廳以藝文祿官兼差, 俾掌出納.(『訥齋集』 卷2)

申叔舟

海東諸國記序 93쪽

夫交隣聘問, 撫接殊俗, 必知其情, 然後可以盡其禮, 盡其禮, 然後可以盡其心矣. 我主上殿下命臣叔舟, 撰海東諸國朝聘往來之舊, 館穀禮接之例以來. 臣受命祗栗, 謹稽舊籍, 參之見聞, 圖其地勢, 略敍世係源委, 風土所尙, 以至我應接節目, 裒輯爲書以進. 臣叔舟久典禮官, 且嘗渡海, 躬涉其地, 島居星散, 風俗殊異, 今爲是書, 終不能得其要領. 然因是知其梗槩, 庶幾可以探其情酌其禮, 而收其心矣.

竊觀國於東海之中者非一, 而日本最久且大, 其地始於黑龍江之北, 至于我濟州之南, 與琉球相接, 其勢甚長. 厥初處處保聚, 各自爲國, 周平王四十八年, 其始祖狄野起兵誅討, 始置州郡, 大臣各占分治, 猶中國之封建, 不甚統屬. 習性強猂, 精於劍槊, 慣於舟楫, 與我隔海相望, 撫之得其道, 則朝聘以禮, 失其道, 則輒肆剽竊. 前朝之季, 國亂政紊, 撫之失道, 遂爲邊患, 沿海數千里之地, 廢爲榛莽. 我太祖奮起, 如智異東亭引月兎洞, 力戰數十, 然後賊不得肆. 開國以來, 列聖相承, 政淸事理, 內治旣隆, 外服卽序, 邊氓按堵. 世祖中興, 値數世之昇平, 慮宴安之鴆毒, 敬天勤民, 甄拔人才, 與共庶政, 振擧廢墜, 修明紀綱, 宵衣旰食, 勵精圖理, 治化旣洽, 聲敎遠暢, 萬里梯航, 無遠不至.

臣嘗聞待夷狄之道, 不在乎外攘, 而在乎內修, 不在乎邊禦, 而在乎朝廷, 不在乎兵革, 而在乎紀綱, 其於是乎驗矣. 益之戒舜曰: "儆戒無虞, 罔失法度, 罔遊于逸, 罔淫于樂, 任賢勿貳, 去邪勿疑. 罔違道以干百姓之譽, 罔咈百姓以從己之欲, 無怠無荒, 四夷來王." 以舜爲君而益之戒如是者, 蓋當國家無虞之時, 法度易以廢弛, 逸樂易至縱恣. 自修之道, 苟有所未至, 則行之朝廷, 施之天下,推之四夷, 安得不失其理哉? 誠能修己而治人, 修內而治外, 亦必無怠於心, 無荒於事, 而後治化之隆, 遠達四夷矣. 益之深意, 其不在玆乎? 其或捨近而圖遠, 窮兵而黷武, 以事外夷, 則終於疲弊天下, 如漢武而已矣. 其或自恃殷富, 窮奢極侈, 誇耀外夷, 則終於身且不保, 如隋煬而已矣. 其或紀綱不立, 將士驕惰, 橫挑強胡, 則終於身罹戮辱, 如石晉而已矣. 是皆棄本而逐末, 虛內而務外, 內旣不治, 寧能及外哉? 有非儆戒無虞無怠無荒之義矣. 雖欲探情酌禮, 以收其心, 其可得乎? 光武之閉玉門而謝西域之質, 亦爲先內後外之意矣. 故聲名洋溢乎中國, 施及蠻貊, 日月所照, 霜露所墜, 莫不尊親. 是乃配天之極功, 帝王之盛節也.

今我國家, 來則撫之, 優其餼廩, 厚其禮意, 彼乃狃於尋常, 欺誑眞僞, 處處稽留, 動經時月, 變詐百端, 溪壑之欲無窮, 小咈其意, 則便發忿言. 地絶海隔, 不可究其端倪, 審其情僞. 其待之也, 宜按先王舊例以鎭之, 而其情勢各有重輕, 亦不得不爲之厚薄也. 然此瑣瑣之節目, 特有司之事耳. 聖上念古人之所戒, 鑑歷代之所失, 先修之於己, 以及朝廷, 以及四方, 以及外域, 則其於終致配天之極功也, 無難矣. 何況於瑣瑣節目乎?(『東文選』卷95)

姜希顔

養花解 100쪽

菁川子一夕痾僂庭際, 封土以植, 曾不知爲倦. 客有來訪者謂之曰: "子之於養花得養生之術, 則吾旣聞命. 若勞形勤力, 悅其目迷其心, 以爲外物所役何也? 心之所之者志也, 則其志寧不有喪耶?"

菁川子曰: "噓嘻乎噫, 誠如子言, 是枯木其形, 蓬艾其心, 然後已也. 吾觀萬物之盈天地間者, 芸芸也綿綿也, 玄之又玄而各有理焉, 理苟不窮, 知亦未至, 故雖一草一木之微, 亦當各究其理, 各歸其根, 使其知無不周徧, 使其心無不貫通, 則吾之心自然不物於物, 超乎萬物之表矣, 其志奚獨喪失之有? 又況觀物省身知至意誠, 古人嘗有是言矣. 今夫蒼官丈夫, 蕭散後凋之操, 獨出千卉百木之上, 旣不可尙已, 其餘隱逸之菊, 高格之梅, 與夫蘭蕙瑞香十餘種品, 各擅風韻, 而菖蒲有孤寒之節, 怪石得堅確之德, 固宜君子所友于, 相與寓於目體於心, 皆不可棄之而遐遠也. 儀彼所有, 爲我之德, 其所益豈不爲多乎哉? 其志豈不有浩然也哉? 有廣廈細氈, 携珠翠引笙歌者, 求以悅心目, 適足以斧斤性命, 萌芽驕吝而已, 庸詎知夫志之喪失, 而反害於吾身哉." 客曰: "子之言是, 吾從子歸."(『養花小錄』, 『晉山世稿』 卷4)

徐居正

烏圓子賦 104쪽

歲在火鷄, 夏至之夕, 風雨晦冥, 夜昏如漆. 四佳子患心痞, 身不帖席, 倚壁而睡. 忽聞屛幃間有聲摩戛, 乍止乍作. 予有鷄雛籠在臥榻之側, 呼童子而護之以防猫竊, 童子鼻雷, 其睡也熟. 予意老猫幸人之睡, 磨牙鼓吻於弱之肉也, 猝然奮杖而怒曰: "養猫所以除鼠, 非爲害物, 今反不爾, 惟職之闕, 當一擊而粉碎, 予於猫乎何惜?" 俄有二物, 掠吾脛而閃去, 前者小而後者大, 狀若猫之捍鼠, 蹴童燭之, 鼠已屠盡, 而猫則寢處乎其所矣.

四佳子矍然驚曰: "猫捍其鼠, 乃職其職, 予不自明, 以忖以臆, 致疑於猫, 幾蹈不測. 嗚呼嘻噫, 鼠之爲蟲, 物莫比其賤, 毛淺不售, 肉卑不薦. 尖鬚悍目, 孰賦爾質? 處涸穴壞, 孰爭爾窟? 循墻其詐, 托社其黠, 爾腹易盈, 何欲乎溪壑? 爾啄不長, 何銛乎戈戟? 善伺巧候, 晝竄夜縱, 穿我箱篋, 攪我盆甕, 我衣何完, 我粟何贏? 孰腐其嚇, 孰肝其烹? 地嫌忌器, 勢倚熏屋, 跳梁跋扈, 天壅厥惡. 此所以國風刺碩, 麟史書食, 當斯時不有烏圓子驅除之功, 幾何不逝汝彼適者乎? 我嘗讀禮, 迎猫有法, 興我田功, 利民澤物. 予養烏圓子, 意盖如此. 同我衾褥, 分我甘旨."

惟烏圓子感激知己, 奮氣鼓勇, 效才展技, 猛然其聲, 眈然其視, 劃若電邁, 焂若風動. 鼠輩帖伏, 主臣人拱, 攫生搏走, 搪突戹奰, 或抉其目, 或截其首, 磔裂狼籍, 肝腦塗地, 擣巢盪穴, 無俾易種. 當此時, 雖封以肉食之侯, 日享大官之羞, 未足償功而酬德, 何一念之不察, 紛然致此惑也? 爾以直而賈害, 我以疑而枉殺. 我雖仁於鷄雛, 而不仁於爾, 爲鼠報仇, 豈理也哉? 嗚呼, 天下事理無窮, 人之酬酢, 有萬不同. 有疑於不疑, 有不疑於疑, 疑與不疑, 毫釐千里, 不揆以理而揆以心, 不跡其實而跡其似, 靡有不鷄鼠於其間, 而致疑於烏圓子也. 呼童子而書之, 因以自矢.(『四佳詩集』 卷1)

東文選序 108쪽

乾坤肇判, 文乃生焉, 日月星辰, 森列乎上, 而爲天之文, 山海岳瀆, 流峙乎下, 而爲地之文. 聖人畫卦造書, 人文漸宣, 精一中極, 文之體也, 詩書禮樂, 文之用也. 是以代各有文, 而文各有體. 讀典謨, 知唐虞之文, 讀訓誥誓命, 知三代之文, 秦而漢, 漢而魏晉, 魏晉而隋唐, 隋唐而宋元, 論其世, 考其文, 則以文選文粹文鑑文類諸篇, 而亦槩論後世文運之上下者矣. 近世論文者, 有曰宋不唐, 唐不漢, 漢不春秋戰國, 戰國不三代唐虞, 此誠有見之論也.

吾東方, 檀君立國, 鴻荒莫追, 箕子闡九疇敷八條, 當其時, 必有文治可尙, 而載籍不存. 三國鼎峙, 干戈日尋, 安事詩書? 然在高句麗, 乙支文德善辭命, 抗隋家百萬之師, 在新羅, 入唐登第者, 五十有餘人, 崔致遠黃巢之檄, 名震天下, 非無能言之士, 而今皆罕傳, 良可嘆已. 高麗氏統三以來, 文治漸興, 光宗設科取士, 睿宗好文雅, 繼而仁明, 亦尙儒雅, 豪傑之士, 彬彬輩出. 當兩宋遼金搶攘之日, 屢以文詞, 得紓國患. 至元朝, 由賓貢中制科, 與中原才士頡頏上下者, 前後相望. 皇明混一, 光岳氣全, 我國家列聖相承, 涵養百年, 人物之生於其間, 磅礴精粹, 作爲文章, 動盪發越者, 亦無讓於古. 是則我東方之文, 非漢唐之文, 亦非宋元之文, 而乃我國之文也. 宜與歷代之文, 幷行於天地間, 胡可泯焉而無傳也哉? 奈何金台鉉作文鑑, 失之踈略, 崔瀣著東人文, 散逸尙多, 豈不爲文獻之一大慨也哉?

恭惟殿下, 天縱聖學, 日御經筵, 樂觀經史, 以篇翰著述, 雖非六籍之比, 然亦可見文運之興替, 命領敦寧府事臣盧思愼, 吏曹判書臣姜希孟, 工曹判書臣梁誠之, 吏曹參判臣李坡曁臣居正, 裒集諸家所作, 粹爲一帙. 臣等仰承隆委, 採自三國至于當代辭賦詩文若干體, 取其詞理醇正有補治敎者, 分門類聚, 釐爲百三十卷, 編成以進, 賜名曰東文選.

臣居正竊念, 易曰: "觀乎人文, 以化成天下." 蓋天地有自然之文, 故聖人法天地之文, 時運有盛衰之殊, 故文章有高下之異. 六經之後, 惟漢唐宋元皇朝之文爲近古, 由其天地氣盛, 大音自完, 無異時南北分裂之患故也. 吾東方之文, 始於三國, 盛於高麗, 極於聖朝, 其關於天地氣運之盛衰者, 因亦可考矣. 況文者貫道之器, 六經之文, 非有意於文, 而自然配乎道. 後世之文, 先有意於文, 而或未純乎道. 今之學者誠能心於道, 不文於文, 本乎經, 不規規於諸子, 崇雅黜浮, 高明正太, 則其所以羽翼聖經者, 必有其道. 如或文於文, 不本乎道, 背六經之規矱, 落諸子之科臼, 則文非貫道之文, 而非今日開牖之盛意也. 然今聖明在上, 天地氣盛, 人物之應期而生, 以文鳴世者, 必于于而興焉, 亦何患乎無人也? 臣雖不才, 尙當秉筆竢之. 戊戌.(『四佳文集』 卷4)

送李書狀詩序 113쪽

士可以遠遊乎? 曰: “讀書萬卷, 不出戶而知天下古今之事, 何必遠遊乎哉?” 士可以不遠遊乎? 曰: “奉使四方, 歷覽山川, 增益其文章意氣, 何不遠遊乎哉?” 然則讀萬卷, 以立其體, 遊四方, 以達其用, 然後大丈夫之能事畢矣.

弘文館直提學光山李可行氏, 居正少年執友, 而久叨僚席, 爲人好古博雅, 淹貫經史, 又有專對之才. 今奉使日域, 躍躍然無持被刺刺之色, 予固奇之矣. 其姪子司憲監察李復善氏, 早以文學得譽於縉紳間, 今膺千秋使書狀官赴京, 將以四月初吉, 同時發軔. 居正曰: “讀萬卷, 使四方, 明體適用之才, 何萃於光山一門如是乎? 嘗觀古之人, 有閉戶讀書, 生白髮者矣, 有終日端坐, 膝穿榻者矣, 有騎款段而遊鄕里者矣, 及其論古今得失天下九州之事, 如足履而目覩之, 何必僕僕焉鞍馬勤勩之爲哉?

然而覩長淮大河之汩潏, 瞻嵩華衡岱之穹崇, 之沅湘, 之鄒魯, 文章之發, 隨處轉換, 有浩汗焉, 有峭拔焉, 有悲惋焉, 有典雅焉. 其氣雄, 其詞壯, 如子長者, 非數子之闖其藩籬也, 又況觀周如吳札, 奉使如陸賈蘇轍者, 何能髣髴其萬一哉? 堂堂天朝, 文物全盛, 復善氏道遼霫, 經閭碣, 歷幽薊, 直造乎燕都, 觀夫宮室城郭之壯麗也, 禮樂典章之明備也, 衣裳舟車之會同也, 所見愈高, 所得益深, 發而爲文章者, 當不下於子長矣. 其與叔氏駕風鞭霆, 杯視東溟, 而壯其氣, 奇其文者, 亦可以頡頏上下矣. 丈夫之能事, 豈不於是乎畢也? 可行氏之還, 居正當以隻鷄斗酒, 竢於上東門外, 復善氏亦必來會, 居正爲兩君擧酒相屬, 更畢遠遊之說焉.” 己亥.(『四佳文集』 卷5)

守職 117쪽

凡物各有職, 牛之職, 職耕稼, 馬之職, 職服乘, 鷄職晨, 犬職夜. 能職其職, 謂之守職, 不職其職, 而代他職, 謂之越職. 越職則悖理, 悖理則受禍. 今以一物譬之, 鷄不晨而夜, 則人皆驚恠之, 磔禳之, 得非禍於越職乎?

吾見士大夫居家, 奴職耕, 婢職織, 奴耕婢織, 而家事理, 若奴而織, 婢而耕, 則人皆驚恠之矣, 焉知有磔禳之禍乎? 至於治國, 公卿宰執, 職公卿宰執, 近侍臺諫, 職近侍臺諫, 贅御僕從, 職贅御僕從, 府吏胥徒, 職府吏胥徒, 各職其職, 則官事理而國治矣. 若贅御僕從, 而職公卿宰執之職, 府吏胥徒, 而職近侍臺諫之職, 公卿宰執, 近侍臺諫, 不職其職, 而思出其位, 是越職而悖理, 不祥莫大焉. 南華老仙有言曰: "庖人雖不治庖, 尸祝不越尊俎而代之." 此至論也.

近有一甲, 起自微賤, 因緣僥倖, 得參盟府, 官躋一品, 職非臺諫, 而職臺諫之職, 好爲章奏, 彈擊人物, 嘗上疏論一大臣, 極口詆毁, 比之霍光梁冀, 章三四上, 殊不知息. 又上疏歷毁三公六卿, 朝無全人, 陵轢朝廷, 鞭撻簪紳, 自以爲得計. 又上疏論一近侍, 極言其無狀小人, 比之李林甫盧杞賈似道韓侂胄, 伏閶闔抗天顔, 而固爭之甚於臺諫. 居正聞之笑曰: "某甲賢則賢矣. 才則才矣, 文則文矣. 然好越職論事, 吾恐有鷄夜磔禳之禍矣."

居無何, 朝中士大夫, 以朋黨亂政受辜, 坐黨附權要, 羅織人罪, 誣罔上疏, 削勳籍編配遠方. 人皆曰: "越職之禍也." 是故, 君子貴守職.(『四佳文集』 補遺 卷2)

李承召

送法冏上人遊金剛山詩序 122쪽

凡國於天地間者, 多如粟散, 而獨我國在東方日出之隅, 天竺在西域日沒之陲, 自我國抵天竺, 不知其幾千萬里, 非惟舟車足力之所不能通, 亦見聞之所不可及. 而我國金剛山名, 標於天竺釋氏之書, 則諸佛世遵, 迺以慧眼洞觀大千, 知玆山也獨鍾秀宇內, 爲閻浮界上最勝福地. 故不但宣說於金口, 又筆之於貝葉, 以詔後世. 然則由古暨今, 天下之人, 聞其名而欽慕渴仰, 願一見而不得以死者, 常總總也. 其幸而生於我國者, 可不振策于邁, 快覩山王, 以想夫金剛之喩, 而生其淨信之心, 結勝緣於今, 而植善根於方來乎? 然或有生於數十百里之內, 可以朝發夕至, 無贏糧繭足之勞, 而不一至焉, 如我者, 又何心哉?

一日冏上人袖詩, 謁予於南山里第曰: "吾嘗遊金剛山, 見其千峯競秀如植圭疊雪, 草樹泉石之淸奇, 風月煙霞之瀟洒, 凡接乎目而入於耳者, 莫非淸淨之色, 和雅之音, 足以滌塵煩而發深省, 宜其擅勝天下而標名內典者也. 今復往遊, 以盡前日所未盡參訪者, 以庶幾一宿之覺焉. 願吾子書一言, 以發吾志. 吾將以是爲先容, 以叩山中之諸尊宿."

噫, 予爲塵緣所縛, 每引領東望, 願一見而不可得, 則上人之歸, 烏得無言? 予聞釋氏以金剛喩眞如佛性, 是性也, 永之於前, 而不見其所始, 推之於後, 而莫知其所終. 山河大地, 有時毁滅, 而此性常存, 非劫火所能燒, 則所謂金剛山王, 在我而不在於山也. 苟能明吾心而悟自性, 則披剝萬象, 獨露眞身者, 卽山之高大, 而八萬四千法門者, 卽山之萬壑千峯也, 不必遠求諸山, 而自有餘師. 反是則厭喧求寂, 離世獨往者, 無非見惑, 而未免於永嘉見山忘道之誚矣. 上人歸山, 以是問於諸尊宿, 則當有一笑者.(『續東文選』 卷15)

姜希孟

升木說 126쪽

童甲乙樵於山, 乙性儇利, 飛度林表, 捷如猿猱, 所得多而美. 甲性懦, 不能升木, 則取宿草, 僅補炊爨而已. 乙詑於甲曰: "若不知取薪之道乎! 夫美薪不在平地, 吾始也, 取之終日, 而不盈一擔, 力竭而功少, 退而學緣木之術, 初試之, 足心酸澁, 反顧而欲墜, 旣而稍縱矣, 旬月而履高若卑. 以此求薪, 然後得詣夫人所不到處, 去地愈高, 而得薪愈多. 吾以是知狃於尋常者, 無倍蓰之功."

甲猶然笑曰: "吾居地面, 爾居木抄, 相距不啻尋丈. 以吾觀之, 庸詎知距吾遠者不爲卑乎? 以爾觀之, 庸詎知距爾遠者不爲高乎? 卑或不卑, 高或不高, 高與不高, 卑與不卑, 非我與若所定也. 夫得利厚者, 基禍深, 收功急者, 反致速. 已乎已乎, 吾不敢效若矣." 乙莫知所謂. 後月餘, 乙緣崖上百丈喬松取薪, 失手墜地而絶. 其父舁歸, 以溲灌其口, 良久而氣復. 居數月, 始噉酒漿, 折兩股, 喪兩明, 塊然若行屍, 令其父造於甲, 請問卑高之說.

甲曰: "夫上下無定位, 卑高無定名, 有下則必有上, 無卑則安有高? 因下以爲上, 升高而自卑. 然則高者卑之積, 下者上之漸, 恒乎高者, 其高易卑. 樂於上者, 其上可下, 高者失其高, 求安於卑, 不可得也. 上者失其上, 欲止於下, 不可得也. 由是論之, 卑不愈於高, 而下不愈於上者乎? 乙之樵也, 安上而惡下, 耽高而厭卑, 幾何而不至於傷生乎? 人之欲得美薪, 常情也. 美薪之多於樹杪, 高危之所阻也, 貪其利而忘其危, 不知高一分則危一分, 距地遠而身反卑. 以此誇於人, 不亦愚乎?

吾與乙偕樵於山也久矣, 一日之樵, 常不及乙之半, 吾不以爲恨者, 吾有可久之道也. 何也? 乙收功於至險, 童丱而廢棄, 雖欲延其力於後日, 難矣. 吾雖庸,採薪不廢, 老死而後已. 未知孰爲夥孰爲小, 孰爲高孰爲卑也?" 其父歸告於乙, 相與提携一痛, 始悟前說之有理也. 衿之父老有談此事者, 無爲子書以戒子弟云.(『私淑齋集』 卷9)

登山說 130쪽

魯民有子三人焉, 甲沈實而跛, 乙好奇而全, 丙輕浮而捷勇過人, 居常力作, 丙居常最, 而乙次之, 甲辛勤服役, 僅得滿課而無所怠. 一日乙與丙, 約登泰山日觀峯試力, 爭修屩屐, 甲亦飾裝, 乙與丙相視而笑曰: "泰山之峯, 出雲表, 俯天下, 非健脚力者, 不能陟, 豈跛者所能睥睨哉?" 甲哂曰: "聊且隨諸君末至, 萬幸也." 三子至泰山下, 乙與丙戒甲曰: "吾曹飛騰絶壑, 曾不一瞬, 可且先行." 甲唯唯. 丙在山下, 乙至山腰, 日已昏黑, 甲徐行不已, 直至山頂, 夜宿館下, 曉觀日輪湧海.

三子還家, 父各詢所得. 丙曰: "吾卽山麓, 天日尙早, 自恃猱捷, 傍谿曲徑, 足無不到, 妖花怪草, 靡不採掇, 彷徨未竟, 暝色忽至. 暨宿巖下, 悲風聒耳, 澗水喧豗, 狐狸野豕, 旋繞啼呼, 悄然疚懷, 思欲騁吾力, 而畏虎豹且止."

乙曰: "吾見衆峯排螺, 靑壁削鐵, 飛走凌高, 橫峯側嶺, 搜討靡遺, 峯愈多而愈峻, 脚力隨以疲薾, 甫及山腰而日已沒, 吾亦假息巖下, 雲霧暝晦, 咫尺不辨, 衣屨冷濕, 上思山冢則尙遙, 下思山足則亦遠, 姑安於此而不達矣."

甲曰: "吾思吾足之偏跛, 慮吾行之傴側, 直尋一路, 竛竮不輟, 猶恐日力之不給, 奚暇傍行而遠矚乎? 盡心竭力, 躋攀分寸, 登陟未休, 而從者云已至絶處矣. 吾仰視天衢, 日馭可接, 俯瞰積蘇, 蒼蒼然不知所窮. 群山若封, 衆壑如皺, 及乎落景沈海, 下界黑暗, 傍視則星辰交輝, 手理可鑑, 信可樂也. 臥未安寢, 而天鷄一叫, 東方啓明, 殷紅抹海, 金濤蹴天, 赤鳳金蛇, 攪擾其間. 俄而朱輪轉輾, 乍上乍下, 目未交睫, 而大明昇於大空矣, 眞絶奇也."

父曰: "信有若等事也. 子路之勇, 冉求之藝, 而竟未達夫子之墻, 曾子竟以魯得之, 小子識之." 噫, 進修德業之序, 成就功名之路, 凡自卑而升高, 自下而趨上者, 莫不皆然. 毋恃力以自畫, 毋怠力以自棄, 庶幾乎跛者之能自勉也. 毋忽.(『私淑齋集』卷9)

三雉說 135쪽

雉之性, 好淫而善鬪. 一雄率群雌, 飮啄於山梁間, 每春夏之交, 叢灌薈鬱, 雌鳴粥粥, 雄者一聞其聲, 則必振翮而至, 逼人而不疑, 是怒其他雄之畜雌者也. 虞者中其機, 飾木葉爲翳, 捕雄雉爲餌, 持入山麓, 折管吹之作雌鳴, 弄餌作媚雌之狀. 於是雄雉駕怒, 倏至於前, 虞者以畢覆之, 日獲數十.

余問虞者: "雉之欲同歟? 其有差殊歟?" 虞者云: "類萬不同, 然大槩有三. 殘山短麓, 雉有千群, 吾逐日而捕, 或有一至一覆而得者, 再至再覆而得者, 或有一覆不得而終其身免捕者." 曰: "何也?" 虞者曰: "吾荷翳倚林, 吹管弄餌, 雉乃側腦而聽, 延頸而望, 襯地而飛, 其來也如擲, 其止也如植, 近吾而目不瞬者, 一覆可獲也. 此雉之最惑而忘其禍者也. 一吹一弄而若不聞, 再吹再弄而心稍動, 鼓舞回翔, 去地尋丈而飛, 其來也若有懼, 其止也若有思. 然迷於慾而逼於吾, 則吾得一覆, 而雉以預防, 故旋脫而飛. 吾怒其然也, 翼日竢其怠也, 增修其翳, 卽麓之時, 吹管弄餌, 迫眞而不少爨, 然後僅得捕之. 此雉之稍警而知有禍者也.

其有聞跫音而決起, 閣閣然飛, 搏雲霄, 投林樾, 而不暇顧者, 最難捕. 吾怒其然也, 誓于心曰: '所不得此者, 吾無事術矣.' 日往山林, 窺覦百端, 其忌人也猶是也, 吾乃潛形屛息, 兀若枯木, 盡吾術, 然後雉乃近前, 然欲心微而戒心勝,故乍近乍遠, 縮縮然若有機械臨其上者, 吾乘便畢之, 閃若掣電, 雉亦見影而避, 其敏如神. 自此之後, 非管餌之所可誘, 罾畢之所可羅, 澹然若無雌雄之慾者焉, 吾安敢投其隙而展吾術乎? 此雉之最靈而遠害者也."

吾以此三者觀之, 足以警世之好荒者矣. 夫結契燕朋, 徑情耽色, 不恤人言, 嚴父不能教, 良友不能嘖, 靦然爲非, 無所忌憚. 自罹罪罟, 終身不悟者, 一覆可獲之類也. 始雖以欲而迷, 亦能知有禍機而不敢肆, 一有所窘, 悔恨疚懷, 然猶本情未忘也, 及其燕昵之朋, 相引以誘, 艶媚之辭, 相招以怨, 則翻然忘其愧恥, 復蹈前轍, 而終履禍機, 此再覆而獲之類也.

若稟情貞堅, 淸修自寶, 遠好色而不近, 恥淫荒而不屑, 然與燕朋相處, 不爲所動, 則彼以百計中之, 期同於己, 然後已也, 一念之忽, 不知所陷. 幾近於亂而知悔, 絶燕朋, 從益友, 想前非而忸怩, 思日新而矜惕, 卒爲善士, 名重一時, 此乃一覆不獲, 終身免捕之類也.

吾竊思之, 吾之善機械騁奇術, 羅致群雄者, 正猶燕朋之誘引善類, 驅納淫邪之地也. 噫, 雉之能不從管餌之誘者寡矣, 人之能不從佞諛之說者寡矣. 噫, 父母之情, 願爲一覆而獲之類歟, 願爲終身免捕之類歟? 汝當察其分也, 毋忽.(『私淑齋集』 卷9)

溺桶說 140쪽

大市僻處, 官置溺桶, 備市人之急, 士子竊溲者, 抵以不潔之罪. 市傍有士夫畜不才子, 潛往溲之, 其父知之, 禁之痛, 子猶不聽, 日溲不已. 主者欲挻之, 畏父威未敢發, 一市人, 莫不非之, 子猶欣然自以爲得計, 人有謹飭不敢溲者, 子反非笑曰: "怯哉若人, 何畏縮乃爾? 吾日溲猶無患, 何懼歟?" 其父聞其肆, 呼嘖其子曰: "市廛乃萬人之海, 衆目所萃. 汝以士子, 公然白日, 溲溺其中, 能無愧乎?

祇見賤惡而禍或隨之, 顧有何利而敢犯如此?" 子曰: "始也吾亦見士子之溲溺也, 未嘗不唾面辱之. 一日欲溲甚急, 姑且溲溺桶而甚便. 自是非溲, 此心不安. 始則於吾溺也, 人共喧笑, 中則笑者漸稀而莫吾止也. 今則衆共傍視, 而莫有非者. 然則吾所溺也, 宜無傷於事體矣."

父曰: "噫, 汝已爲人所棄矣. 始人之共笑者, 人皆以汝爲士子, 冀其因此而改行也, 中也笑者漸稀, 然猶以汝爲士子也, 今也傍視而無人詆者, 人不以人類待汝也. 汝觀夫犬彘之溲于塗中, 人尙齒笑歟? 人而爲非, 不爲人齒笑者, 其此之類也, 不亦可悲之甚歟?" 子曰: "傍人不非, 而翁乃非之. 疏者公而親者私, 何公者不我非, 而私者反非我歟?" 父曰: "惟公故視汝之非, 棄汝不齒, 終無非詆, 其機甚慘. 惟私故見汝之非, 痛心疾首, 猶冀萬一之改, 其情可哀. 汝且觀之, 世無親者, 當無規者, 我死之後, 當知我言." 子出語人曰: "老翁無聞知, 禁我若此."

居無何, 其父下世, 已而子往溲故處, 忽聞腦後生風, 毒挺加額, 不覺暈倒, 絶而復蘇, 詰其挺者曰: "何物死虜, 敢爾唐突? 吾溲於此, 幾近十年, 闔市人無敢誰何, 何物死虜, 敢爾唐突?" 挺者云: "闔市稔憒, 而今得伸, 汝尙搖啄歟?" 縛致市中, 爭以瓦礫擲之. 其家舁歸, 踰月不起, 追思父訓, 悲泣自訟曰: "誠哉夫子之言也. 鏌鎁藏於戱笑, 卵翼隱於震怒. 今雖欲聞至論, 復可得歟?" 嗚咽不自勝, 稽顙於柩前, 誓改前行, 卒爲善士云.(『私淑齋集』 卷9)

弘文館博士曹太虛榮親序 145쪽

父母生子, 在襁褓, 摩其頂曰: "爾能長成, 慰我望乎." 旣長, 出就傅, 撫其背曰: "爾能成就學業, 能承我家, 孝吾曹乎." 日夜祝之於心, 而禱諸神明. 人一譽之, 喜而忘寢食, 人一毁之, 憂而墜心膽. 此非由外鑠我也, 天性之眞, 無一毫私僞間其間者. 子之於親, 髫齓而在乳下, 則如入金城天府之內, 百害無所畏, 雷霆過顙而不慴, 水火當前而不恤, 至於夢寐之間, 百恠猋逐, 而入懷中則自止. 子之於親, 倚賴若是, 豈欲其斯須遠離膝下哉?

然親欲其子之成立, 故割愛以付之外傅, 子欲其立揚顯親, 故從師遠遊. 遊齊魯, 適楚越, 亦所不辭. 父母之於子, 子之於親, 交相期望, 而無所容其僞焉. 然賦命有疾徐, 窮達有先後, 得爲而親反不在, 親健而貧無以爲禮, 故子能得遂其所願, 親能得享其所望者, 千百中之一二耳. 其在具慶之時, 能盡榮養之禮者, 此誠無愧於天地, 快足於吾心矣.

吾友曺太虛氏, 釋褐於甲午, 入翰林, 以經術選入弘文館, 昵侍經帷, 優承睿眷, 人咸以公輔期之. 歲己亥春, 稽禮典, 請榮親于慶尙之金山郡, 公之雙親尙健, 其爲榮, 亦極其至. 將行, 來辭於余, 請余言爲贐, 余曰:

"太虛氏其快矣哉, 太虛氏出禁苑, 道南鄕, 行邁悠然. 及乎家山入望, 桑梓鬱然, 入閭門, 則朋知聚觀, 童僕欣迎, 闢戶闥, 拜庭下, 擧首而望之, 則雙顏在堂, 粲然一笑, 退與弟妹, 寒暄旣畢, 繼陳酒漿, 談笑怡怡, 和氣盈闈. 無何而鄕官以禮設公宴, 飣餖滿案, 水陸交羅, 歌南陔, 奏白華, 其樂融融, 彩服蹁躚, 極其娛樂, 仰觀黃色浮于眉宇. 當此時, 庶幾償夙心, 而酬親願之萬一矣, 太虛氏其快矣哉.

希孟早承庭訓, 雖不得大有所施, 十八而中進士試, 廿四而濫中文榜魁. 于時親年俱未踰六十, 希孟請以國法設榮親宴, 先正戴慤公, 性不喜紛華, 卻之再三. 希孟牢請不已, 戴慤敎曰: '有榮必有辱, 榮辱之來, 禍敗所由. 吾何咈吾性, 受爾榮哉?' 固拒不受. 希孟竊自念言, 吾雖不得罄一席之懽, 親若享年有永, 豈榮養之無其路乎? 以此自慰.

及年三十五而陞堂上, 親亦喜倒, 希孟亦以顯親爲慶, 不幸是年冬, 慈顏見背, 翌年秋, 嚴君捐館, 佳城一曲, 雙塚纍纍. 向來榮養之念, 索然墜地而無所施. 其後二十餘年, 叨蒙聖恩, 出入六卿, 祿足以養而不得養, 恩足以榮而不得榮. 時於五年之限, 例賜掃除之暇, 及至墟墓, 松楸礙眼, 拜于神道之下, 宿草被墳, 白楊號風, 沃酒階前, 悲淚汪汪, 無復有聲容之可接, 追思難駐之親, 浪遣易失之時, 寧不愧悔於心, 而抱終天之悲乎?

今雖以吾爵祿之全, 欲易太虛氏半日之樂, 容可得乎? 太虛氏之終能極其榮養, 有不如吾者, 則固未可卜也. 然太虛氏, 前途尙遠, 今旣盡禮於初終, 爲五鼎三牲之養, 指日可待, 豈如希孟計窮於此, 而無復有望哉? 昔寇萊公少時, 飛鷹走狗, 大夫人性嚴, 擧秤鎚投之, 中足流血, 由是折節從學, 及貴, 母已亡, 公每捫其痕而輒哭. 初爲樞密直學士, 賞賜金帛甚厚, 乳母泣曰: '大夫人不幸時家貧, 求一縑作衾襚, 不可得, 豈知今日富貴哉?' 公慟哭, 盡散金帛, 終身不畜財.

噫, 古往今來, 孰不欲富貴, 而得養吾親哉? 富貴倘來, 而親苦不留. 希孟所以揑穴長之語, 告太虛氏者, 誠欲鑑萊公之悲, 懲希孟之痛, 益盡愛日之誠, 毋有所恨於後日云." 是年仲夏上浣, 謹序.(『私淑齋集』 卷8)

金宗直

答南秋江書 152쪽

秋江足下, 僕自湖南還都下, 幾及半載, 而竊怪吾秋江之問一不至. 意以爲秋江往世遍遊湖嶺之外辰弁二韓之遺蹟, 搜討無餘, 今則其人, 必在鐵嶺以北, 或浿江以西, 溯豆滿而望勿吉挹婁之墟, 艤馬訾而訪國內丸都之域, 仿佯底滯而不返爾. 不然, 何其絶無影響, 至此極耶? 今晨剝啄, 忽得淨箚端楷如投公孤之門者. 折而觀之, 乃吾秋江之書也. 嘻, 秋江何待僕之薄邪? 僕衰朽日甚, 不修邊幅久矣, 何以當君子虛辱之儀邪?

自述挽歌四章. 載其左方, 讀之再三, 然後始信秋江非遠遊也, 乃病也. 所恨者, 秋冬來僕亦病, 一旬九臥, 不得造求而晤語也. 姑玩其詞, 足以嗣淵明少游之遺響矣. 然因是又足以知吾秋江年齡之不窮也. 彼二人之歌, 皆臨絶之作, 故陶則曠達, 秦則哀楚而止耳, 更無紆餘不盡之味. 吾秋江, 則似傷其在世六厄而竟云: "三十六年間, 長被物情猜." 其自讚也, 深矣. 且有拳拳不忘斯世之慮焉, 是豈溘先朝露之人哉? 如秋江者, 二豎雖能困苦其身, 焉能操縱其壽夭乎? 但其大數朝夕之說, 近於談祿命, 恐非秋江之所宜道也.

僕嘗聞, 古之人, 多有豫作壽藏之兆者. 又嘗見鄉中老人, 自治棺槨, 至其衣衾斂襲之物, 無一不備, 常常自臥其中, 以迄沒齒. 此盖非徒爲緩急之用. 或有哂其暗行祈禳之術者焉. 今秋江之擬挽, 無乃類是耶? 斯言戲爾. 三之日, 陽氣和煦, 品彙昭蘇, 所冀爲慈闈, 愼自調攝. 不宣.(『佔畢齋集』卷1)

尹先生祥詩集序 156쪽

經術之士, 劣於文章, 文章之士, 闇於經術, 世之人有是言也. 以余觀之, 不然. 文章者出於經術, 經術乃文章之根柢也. 譬之草木焉, 安有無根柢, 而柯葉之條暢, 華實之穠秀者乎? 詩書六藝, 皆經術也, 詩書六藝之文, 卽其文章也. 苟能因其文, 而究其理, 精以察之, 優而游之, 理之與文, 融會於吾之胸中, 則其發而爲言語詞賦, 自不期於工而工矣. 自古以文章鳴於時而傳後者, 如斯而已.

人徒見夫今之所謂經術者, 不過句讀訓詁之習耳, 今之所謂文章者, 不過雕篆組織之巧耳. 句讀訓詁, 奚以議夫黼黻經緯之文? 雕篆組織, 豈能與乎性理道德之學? 於是乎遂歧經術文章爲二致, 而疑其不相爲用. 嗚呼, 其見亦淺矣. 居今之世, 有能踔厲振作, 拔乎流俗, 上探孔孟之閫奧, 而優入作者之域者, 豈無其人耶? 無其人則已, 如有之, 世人所云, 不亦誣一世之賢也哉? 故某官襄陽尹先生, 乃吾所謂其人也.

先生資稟純篤, 學文該通, 其於義理之精微, 多有所自得, 故能奮興於鄕曲, 而羽儀於朝著, 處胄監前後二十餘年, 提撕誘掖, 至老不倦, 當時之達官聞人, 皆出其門, 師道尊嚴, 陽村以後一人而已. 爲文章, 雖出於緖餘, 而平易簡當, 乍見若質俚, 而細玩之, 綽有趣味, 皆自六經中流湊而成. 同時據皐比, 如金樞府末, 金司成泮, 金文長鉤, 經術則可爲流亞, 而文章則不能與之爭衡焉, 先生眞所謂有兼人之德之才者也.

其平生所作不爲少, 然而旋作旋棄, 不畜一紙. 先生之子前軍威縣監季殷, 余之同年進士也, 僅收拾於散逸之餘, 得若干篇, 錄爲一帙, 要弁其端. 余曰: "先生之歿雖久, 而至今東人, 仰之如泰山北斗, 其所口授弟子經書精粹之語, 自縉紳學士, 以至韋布之徒, 無不筆之於書而傳誦之, 作人之盛, 太史氏又紀諸汗竹, 不一再焉. 事業炳炳, 足昭來世. 今此殘篇斷簡, 雖不傳, 庸何傷? 然父母之遺物, 雖巾屨佩觿, 爲子者, 尙欲謹藏而保護之, 況詩文者, 出於親之肺腸, 成於親之咳唾者乎? 宜君之拳拳於收錄, 以貽子孫於無窮也. 余亦私淑人也, 敢不樂爲之書?(『佔畢齋集』 卷1)

鬻駱說 160쪽

昔莊周感木鴈之事, 而語其弟子曰: "周將處夫材與不材之間." 噫, 周之欲處其身, 類吾駱也. 余家畜一駱馬, 三年于玆, 人遠而視之也, 其體尨然甚大, 引其蹄占地甚闊, 倍駑馬三四步, 鳴則竦首長嘶, 是則其材也. 及其迫視也, 骨節表露, 飼之日夜, 而其腹不果, 馳則臆脊異運, 而左傾右側, 使乘者, 撼四支而沸五內, 不堪其勞憊, 性又善驚, 恒若恐怛, 雖雀鼠過之, 而吹鼻歷皀, 僕夫誤落鞅靮, 必蹶坡注澗, 驚定而後已, 是則其不材也.

余家貧, 歲又大歉, 妻孥不厭糟糠, 而催糴之吏, 朝暮到門, 嚄唶僇辱, 余無以應之, 命老奚, 持斯馬, 鬻諸遠方, 旬有餘日, 而得半價以還. 余不以半價罪奴, 而盡歸之大倉. 因默誦之曰: "斯馬也, 不終始見畜於余者. 以其骨節之表露也, 以其乘人之勞憊也, 以其性之善驚也, 而其易售者, 以其尨大也, 以其闊步也, 以其善鳴也. 向若去其所謂不材者, 而益其所謂材者, 則余雖賤, 喜騎者也, 蒭豆未給, 而當與余俱飢飽焉. 余何遠之有?

且使牽而過之千戶之里門, 日售月衒, 而無顧之者, 則吾將付屠肆少年, 鞲其皮, 弓其筋, 纓其尾而已. 欲爲臃腫之木, 能鳴之鴈, 冀全其天年, 不可得也, 決矣. 吾以謂不材而棄之, 人以爲材而牧之, 果可謂材耶? 雖然, 吾有所感焉. 物之離合, 物之常也. 是馬始雖見棄於余, 而卒歸富人之家, 又能輸其價, 以償其舊主, 謂之材, 未也, 而謂之不材, 亦未也. 吾故曰: "周之欲處其身, 類吾駱也."
(『佔畢齋集』 卷2)

金時習

無思 164쪽

淸寒子曰: "古人之於爲道也, 常惜寸陰, 未嘗放逸. 今之人, 終朝兀兀, 無思無慮, 何時徹悟?" 有客難之曰: "夫道自然無思無慮也. 凡有思慮者, 妄也, 可以道而思慮乎?" 曰: "無思無慮者, 道之體也, 精慮不怠者, 立功之要也. 常觀世間之事, 一不經慮, 萬事瓦裂, 況至眞無妄之道, 其可怠惰而得乎? 故季文有三思之行, 宣聖立九思之目, 曾子記慮得之語, 夫子有遠慮之戒. 自非天性聰明, 無待勉强, 孰能不思? 且人之氣質, 有昏明愚智之不同, 苟非孜孜兀兀, 安得齊於上聖乎? 必研精思慮, 日鍊月磨, 以造乎自得之域, 然後可以言道者無思也無慮也."

客曰: "方內之敎, 禮術風規, 粲然有序, 三綱五常, 八條九經, 自始至終, 條理章然. 自父子以至君臣, 自格物以至平天下, 自尊賢以至懷諸侯, 上自帝王, 下及庶民, 爲學有序. 今日了一事, 明日了一事, 日漸月磨, 必至於聖而後已. 故易贊精義入神之妙, 傳記愼思明辨之功. 使天下之事, 章章然有條不紊, 然後可以居於世上, 而不與鳥獸夷狄同群. 方外之士, 坐斷世網, 百慮俱閑, 上無折腰於侯王, 下絶致敬於親戚, 與鳥獸而同歡, 以淡泊爲眞歸, 何所留心乎? 何所思慮乎?"

淸寒子曰: "方外人之淡泊固爾. 已未得到向上田地, 其可不思乎? 夫世人稱禪, 是禪定安閑之意, 未知禪字乃思修靜慮之稱. 夫天地之間, 人爲最靈, 智超萬物. 雖顯晦殊塗, 其可一日不學乎? 其可一日不思乎? 蓋學而不思則罔, 思而不學則殆, 思非邪思, 乃思其所以爲道, 慮非狂慮, 乃慮其所以爲學. 雖復彷徉戶庭, 夷猶原野, 目覩心思, 以漸頤養, 未嘗敢廢於學也. 故登山則思學其高, 臨水則思學其淸, 坐石則思學其堅, 看松則思學其貞, 對月則思學其明. 萬像齊現於瑩然方寸之間, 而各有所長, 我皆悉而學之, 精研其妙, 以入於神, 吾不知爲道之窮域也."(『梅月堂集』 卷15)

生財說 168쪽

天下古今, 有不可爲而强爲之者, 一時之私利也, 爲之則易敗. 有可爲而自然者, 萬世之公義也, 而不能爲者, 亦私欲害之也, 然爲之則易成. 易敗者難救, 易成者難拔, 易敗之事, 先雖快於心, 而後必不滿其願欲, 易成之事, 先雖迂闊於事情, 而後必能濟其志. 何則? 聚斂而得財, 則在於他人者, 掊克以奪之, 故市怨而其敗也難救. 仁政以生財也, 在於吾心者, 擴充以實之, 故恩廣而其成也難拔. 成敗之根, 萌於義利公私之間, 而其善惡之幾, 發現之端, 不啻毫釐, 而一念之差, 千里之謬, 可不愼乎? 愼之之要, 在乎推此心以察之耳. 且人孰不欲殖貨也, 則推此心以及於民, 民亦推其心以奉乎上. 人孰不欲求利也, 則推此心以及於民, 民亦推其心以利乎上. 我以其德, 彼以其誠, 我以其虐, 彼以其怨, 報德以誠, 報虐以怨, 理之當然, 不可少賺也. 人主誠能審此, 則生財之道備矣.

更詳論之, 大學曰: "生財有大道, 生之者衆, 食之者寡, 爲之者疾, 用之者舒, 則財恒足矣." 四者之要有一, 不過曰仁耳. 仁以撫下, 則民自按堵, 各趨其業, 故遊食者少, 而生之者衆矣. 仁以使下, 則臣自竭力, 姦僞悉退, 故竊位而素餐者少, 而食之者寡矣. 仁以馭民, 則不妄興作, 力役無煩, 故不奪民時, 而爲之者疾矣. 仁以視物, 則其於錢穀器用, 計其功力, 而量入爲出, 故用之者舒矣. 蓋天地所生財貨百物, 各有限劑, 不可妄費. 苟不節用, 如焚藪獵禽, 竭澤取魚, 坐見窮瘁, 而莫之贍矣, 況可故爲勞民傷財, 廣無益之事乎? 人主苟能仁以生財, 義以節用, 則民之儲貯, 卽吾之儲貯, 吾之府庫, 卽民之府庫, 上下相資, 本末相持, 而無匱乏之患, 怨讟之嫌, 而所謂陳陳相因, 紅腐不食者, 有裕於國用矣. 彼桑弘羊劉晏王安石, 欲理財而聚錢摧賣, 與民爭利者, 所以起不奪不饜之端, 其估怨市讎, 可勝言哉? 此易敗難救之禍也. 爲人上者, 可不圖不見之怨, 而早辨之乎?(『梅月堂集』 卷20)

愛民義 172쪽

書曰: "民惟邦本, 本固邦寧." 大抵民之推戴而以生者, 雖賴於君, 而君之莅御以使者, 實惟民庶. 民心歸附, 則可以萬世而爲君主, 民心離散, 則不待一夕而爲匹夫. 君主匹夫之間, 不啻毫釐之相隔, 可不愼哉? 是故, 倉廩府庫, 民之體也, 衣裳冠履, 民之皮也, 酒食飮膳, 民之膏也, 宮室車馬, 民之力也, 貢賦器用, 民之血也. 民出什一以奉乎上者, 欲使元后用其聰明, 以治乎我也. 故人主進膳, 則思民之得食如我乎, 御衣則思民之得衣如我乎, 乃至居宮室而思萬姓之按堵, 御車輿而思萬姓之和慶. 故曰: "爾服爾食, 民膏民脂." 平常供御, 可矜可憫, 豈可妄作無益, 煩力役, 奪民時, 起怨咨, 傷和氣, 召天災, 迫飢饉, 使慈親孝子, 不能相保, 流離散亡, 使顚仆於溝壑乎?

嗚呼, 上古盛時, 君民一體, 不知帝力, 則爲之謠曰: "粒我蒸民, 莫匪爾極." "不識不知, 順帝之則", 爲之語則曰: "日出而作, 日入而息. 帝力何有於我哉?" 至於世降, 暴主驕虐, 百姓怨咨, 則爲之歌曰: "若朽索之馭六馬." "怨豈在明? 不見是圖." 爲之語則曰: "時日曷喪, 予及汝偕亡." 乃至酒池肉林, 而俾晝作夜, 斮脛刳孕, 而謂暴無傷. 至於戰國, 强呑弱倂, 而戰伐攻傷之禍屢起, 役無辜之民, 驅必死之地, 亦已甚矣. 奈何秦漢以還, 加以方士老佛之談, 日新月盛, 而宮室祭祀無益之費, 更擾於民, 民之生業, 日以彫喪, 窮閻委巷, 不自聊生, 競逋逃, 改形服, 以竄伏爲安, 則君誰與爲國乎?

是故, 人主治國, 專以愛民爲本, 而愛民之術, 不過曰仁政也. 曰: "仁政奈何?" 曰: "非煦嫗也, 非摩拊也. 惟勸農桑, 務本業而已." 曰: "勸之之術奈何?" 曰: "非煩擾出令, 朝諭暮獎也. 在薄賦輕徭, 不奪其時而已." 故聖人於春秋, 凡營宮榭, 築城郭, 必書以時, 戒後世人主勞民爲重事.(『梅月堂集』 卷20)

成俔

掌樂院題名記 177쪽

人不可不知樂也, 不知樂, 則湮鬱閉塞, 而無以宣其氣. 國不可一日無樂也, 無樂, 則惉懘鄙俚, 而無以致其和. 是故, 先王立樂之方, 設樂之官, 因人心之所同, 而有所感發懲創焉. 於是謳謠歌詠以發之, 鍾鼓管籥以寓之, 聲曲音律以正之, 疾徐綴調以節之, 用之朝廷, 則上下懌, 用之郊廟, 則鬼神感, 用之閭門, 用之鄕黨, 悉皆欣歙奮揚, 鼓舞文明, 而轉移風俗矣. 昔后夔典樂, 以興唐虞之治, 周禮大司樂, 掌成均之法, 以敎國子, 又以六律五聲八音合樂, 致鬼神諧萬民, 安賓客悅遠人. 秦漢之間, 樂官不一, 有太樂署鼓吹署, 其事則令丞協律郞主之. 唐宋以後, 官制大備, 然儀文繁縟, 而斲喪太古之元氣矣. 新羅高麗, 代各有樂, 然所傳者, 皆民間男女相悅之詞, 或流蕩而哇唫, 或哀怨而悲咤, 與桑濮鄭衛無以異, 卒至叔季, 君臣荒淫而喪其國也.

我世宗大王, 憤前代之委靡, 思復古樂, 以雅樂屬太常寺, 設慣習都監, 敎鄕唐之樂, 以孟思誠朴堧等, 相繼爲提調, 以委制作之任. 所謂雅樂者, 祭祀正樂之歌, 唐者朝會明廷之樂, 鄕者本朝國俗之音也. 樂雖不同, 而其五音六律, 旋相爲宮, 上下損益之制, 則無不同, 豈有笙竽塤篪獨便於雅, 而不便於鄕唐? 苟或因聲以合之, 因曲以成之, 則三樂無不通焉.

世祖大王知其然, 故以三樂合于一司, 名曰掌樂署, 置掌樂一人, 別提一人. 然事鉅而員少, 未孚其制, 其後改爲掌樂院, 寘正一人, 其下副正僉正判官主簿直長, 隨時而只置三人, 總四員焉. 爲提調者非一, 其終始專業者, 中樞鄭公沈也. 官無定處, 初寓太寺, 後居太常之樂學, 湫隘不能容. 今上特命移於太常之東數十步, 徹民家數落, 大開官府. 於是堂上郞廳, 上下截然, 雅俗師生伶伎數千人, 各有攸處. 遂建廨宇, 以藏樂器, 又敞東西大庭, 以爲正至朝賀百官肄儀之所. 加置兼官隷其業, 實官治其事.

余以不材, 亦與其選, 以鑾坡近侍, 出入梨園者幾十年矣. 顧念學術鹵莽, 所習者土苴耳, 糟粕耳, 不能知樂之本原, 其敢贊太聖人制作之盛? 今又喉舌銀臺, 所掌亦禮樂之事, 想當時舊遊之地, 見當時僚寀之吏工, 能不拳拳乎? 諸君

以余院中舊物, 屬余以作文, 略敍首尾而歸之. 庚子臘月, 右丞旨成某記.(『虛白堂集』 文集 卷3)

富林君詩集序 181쪽

詩豈易言哉? 詩者出於心而形於言, 言之精華也. 觀其言之所發, 而可知其人之所蘊. 大抵達而在上者, 其辭平易, 長於綺紈者, 其辭淫艶, 窮人之無所遇於世者, 其辭哀怨險僻. 嘗觀於水, 夫安流無濤, 沖瀜演迤, 其深無窮而不可測, 其或遇驚颷, 觸崖磯, 哮吼奮激而不能止, 安流是水之本性, 而奮激豈水之性乎? 特値其不平, 而爲之變耳. 騷人之辭亦猶是, 然世人不樂其平, 而樂其不平, 何歟? 蓋和平之辭難美, 憂憤之言易工也.

國家以淳厖渾厚之德出治, 而文治夐超古昔, 名一才一藝者, 皆出爲世用, 而在下無憂憤哀怨之者, 雖紈綺富貴之家, 皆以詩書爲事. 風月亭以宗室之長, 風流文雅擅一時, 公與之比肩, 酬唱篇什, 騰播人口, 其爲詩和易平澹, 典實醞藉, 無浮誇淫艶之態. 傳曰: "溫柔惇厚, 詩之敎也", 公其得詩之敎也歟. 孔子曰: "有德者必有言", 公其有德者也歟? 余嘗目公之風姿玉樹, 美目如畫. 其時欲侍談麈而不能得, 今詩之語, 亦如貌之無疵, 而其德之在內者, 從可知矣. 使之天假之年, 進而不已, 必能作爲雅頌, 以鳴國家之盛, 而中道夭沒, 不得盡展其才, 惜哉! 今因令胤之請, 猥以蕪辭, 贊其才德之美, 而寓余傷悼之意云.(『虛白堂集』 文集 卷8)

惰農說 184쪽

歲庚寅大旱, 自正月不雨, 至于秋七月, 春不得犂, 夏不得鋤. 草之在野者無不黃, 禾之在畝者無不萎. 其有勤者則曰: "耘之亦死也, 不耘亦死也. 與其安坐而待焉, 孰若殫力而求焉? 萬一得雨, 豈盡無益?" 故田已柝而耨不止, 苗已槁而芟不休, 終歲勤動, 要死而後已也. 其有怠者則曰: "耘之亦死也, 不耘亦死也. 與其奔走而勞焉, 孰若無事而息焉? 萬一無雨, 是皆無益." 故見田夫而笑不已, 見饁婦而譏不止, 終歲退坐, 待天命而已也. 余嘗秋穫, 至坡山之野, 其田半荒半理, 半疏半密, 或有殭項而仰者, 或有醉噎而垂者. 問諸父老, 則彼荒而疏, 殭項而仰者, 以爲無益而不耘者也, 理而密, 醉噎而垂者, 盡心盡力以求之者也. 偸一時之安, 而受終年之飢, 忍一時之苦, 而受終年之飽.

噫, 勤而得, 逸而失者, 非獨農也. 今世之學詩書媒仕進者, 何以異於是? 士方少時, 有志於學, 無晝無夜, 孶孶矻矻, 六經百史, 無不探也, 文章詞華, 無不習也. 懷才蘊奇, 進而戰藝於場, 一不得志則歉, 再不得志則惛, 三不得志則缺然自失曰: "功名有分, 非學所能致也. 富貴有命, 非學所能致也." 舍其所學, 並棄前績, 或半塗而廢, 或至門而復. 爲山九仞之高, 不盡一簣之力, 得無與惰而不耘苗者類也? 學問之勞, 非若三農之苦. 學問之功, 奚啻三農之利? 農而養口腹, 則其利少, 學以取聲名, 則其利大. 小者猶不可以不勤, 而況大而不勤乎? 勞心之君子, 反不如勞力之小人, 故作斯說以喩之.(『虛白堂集』 文集 卷12)

浮休子傳 187쪽

浮休子者, 青坡居士之自號也. 居士悃愊無華, 純謹質直, 不通關節於人, 不立權勢之途, 不預樽酒迎送之會, 不營家人生産作業, 得之則豊飡美服, 不以爲有餘, 不得則麤衣惡食, 不以爲不足, 性又多勤, 樂觀經史, 或譏其迂, 居士曰: "我其迂哉, 我則迂於世, 而不迂於學, 迂於人所見, 而不迂於身所謀, 讀于經以治其心, 讀于史以資諸事業, 如斯而已矣. 我其迂哉?" 居士嗜作詩, 或譏其拙,居士曰: “不然, 詩可以寓性情, 該物理, 驗風俗, 知善惡. 居則觸興抽思, 消遣歲月, 出則作爲雅頌, 黼黻王度, 豈徒嘲嘯而已哉? 世之機變於利而墻面於學者, 未是不迂而我則不迂也.” 居士喜鼓琴, 或譏其放誕, 居士曰: “我非巧其音聲也, 所以諧律呂也. 非縱淫逸也, 所以成中和之德也. 非徒詠歌也, 所以蕩滌胸中邪穢之氣也. 此古君子所以無故不離於側之意也. 我其放誕乎哉?” 居士好探山水, 或譏其蕭散, 居士曰: “步涉園林, 所以成趣也, 時從漁釣, 所以謀野也. 是投一日之閑, 而成委蛇之樂也. 我其枕石漱流乎哉, 遺世獨立乎哉?” 或問修己之道, 居士曰: “澹而無營, 泊而無私, 窮而無歉, 困而無餒, 逍遙乎無思無勞, 優遊乎無譽無尤, 彷徨乎無欲無情, 希夷乎無是無非, 惚恍乎無形無象. 如此則幾乎道, 而入至人之域矣.” 或問自號之意, 居士曰: “生而寓乎世也若浮, 死而去乎世也若休. 高車駿馬, 襲圭組而行沙堤者, 軒冕之儻來寄也, 非吾之所有也. 收神歛息, 化形魄而就斧屋者, 是人之返眞也, 非吾之所免也. 內足以樂道而死生不亂於心, 則浮亦何榮, 休亦何傷? 吾師道也, 非慕外物也.” 或呿舌眴目而走, 乃作贊曰: “山之高, 累群蟻而極乎天, 水之深, 集衆流而成乎淵. 先生之道, 聚諸善而成大全.”(『續東文選』 卷17)

兪好仁

贈曺太虛詩序 191쪽

士固有受命宇宙間, 爲天地立心, 爲生民立命, 而必先大吾所受之器宇, 而陶鑄堯舜. 古之學者, 知其如是, 自勵惕若, 而猶共天下之善, 以爲己有. 故世有慕悅人焉, 則必求識面, 其未見也, 甚至欲識其人起居飮食嗜惡焉. 如不得則豳東營西, 南北不知萬有餘里, 而勤一世必往求賢人君子, 以爲師友, 如不及焉. 起居飮食嗜惡之識, 殊方異域, 而必往者, 豈有他哉? 專以切磋琢磨, 求盡其道大有成, 而慕望愛悅, 如是之至勤也. 旣盡一世之賢人君子, 以爲取善, 猶且不足, 而尙友於古曰: "昔之人, 昔之人, 幸其朝暮之一遇." 則其爲求道之心何如哉? 孔子曰: "三人行, 必有我師焉." 而問禮於老聃, 問官於郯子. 在聖人尙然, 況其下者乎? 有下陳蕃之榻者, 有登李膺之門者, 或訪洛講道焉, 立雪三尺焉. 在今觀之, 學無聖愚之殊途, 而常患古今之不相及者, 何也? 古之人, 專以樂取爲幸, 而今之世, 以謂人莫己若爲幸, 而不之悟, 悲夫.

余生長僻陋, 足跡未嘗出門鄕, 所得皆是古人之陳迹, 而無以激發其志氣. 幸處仁里, 而得若干某, 朝暮戛磨, 以相取道. 掲來京師, 仰觀宮闕之壯麗, 苑囿城池之富且大, 遂舟西海而望楚吳, 登鵠嶺而俯松京, 以盡大東之壯觀, 而胸中所得之富貴無幾, 不自以爲足, 而間見翰林大人之卓犖雄偉, 以爲幸者非一二數, 而猶未得見金先生, 則其爲不幸孰甚焉? 近得吾子於大學, 以爲先容之价, 而接迹於先生之門, 覩其容貌之溫雅, 騁其議論之雄渾, 以資求道之路, 則其勢似不偶然也. 其未得謁而惟恐執鞭執御之不及, 一朝如飢之得飽, 飮之至酣, 充然自以爲足, 則誠吾之大幸也. 因大虛而得吾之幸, 則吾之見大虛, 其幸者之中, 又有甚幸焉. 大虛纔過弱冠, 凡學必務大, 落落有遠到之器, 豈特爲吾之幸? 一時賢士大夫皆將擡目驚座, 求見陳遵, 而以爲大幸也. 所當立心以天地生民, 而與師友求盡其學之不足,* 幸其道大成而以出, 豈效齪一小丈夫之自外至者爲榮辱焉? 余旣有意於斯, 而於其行也, 亦以是勖之.(『濡谿集』 卷7)

---

* 저본에는 "而不與師友求盡其學之不足"로 되어 있는데 문맥을 고려하여 첫 번째 不(불)자는 연문으로 보아 삭제하였다.

蔡壽

石假山瀑沛記 196쪽

淸虛子平生酷愛山水, 凡東國之名山, 如三角金剛智異八公伽倻琵瑟黃岳俗離之類, 皆登絶頂, 樂其出坌埃, 覽八極, 知天地之高深廣大, 又樂其奇巖怪石, 逈拔萬仞, 間以松檜, 雲霞晻映, 晴川白石, 幽澗深林, 皆足以澡雪塵慮, 增長志氣. 若遇遊方之士及仙釋者流, 談說山水, 則淸虛子甚樂, 相與質論, 口津津不已, 世人皆笑其癖. 及年老脚軟, 不善行步, 則無如之何, 不得已爲臥遊之計. 乃聚古今名流所畫山水, 掛壁見之. 雖少慰遊賞之志, 而亦但取其筆力之精健, 景物之依俙而已, 亦難見生動逼眞之狀, 心常恨之.

終南別墅, 有泉出於南墻外石縫, 甘香冷洌, 乃於廳事前, 鑿池儲流, 種以芙蕖, 取怪石作假山於其中, 種松杉黃楊老而矮小者, 又測泉之出石縫處, 高於地面三尺許, 引水由地中潛流, 到池東邊, 截竹而屈曲之, 埋於地下, 水入筒中, 而激上於假山之上, 流爲瀑布, 凡二級, 落於池水. 旣不知泉之在墻外, 又不知水由池下筒中而來. 忽見淸流湧出於假山之上, 皆驚怪不測, 疑其水直從假山而出也. 古今愛山而石假者多矣, 雖或作瀑布, 而例皆高其山後地面, 引水出於山前而爲瀑布. 此則四面環以池水, 而瀑水淸澈, 異於池水之渾濁. 上出山頂而爲瀑布, 殊爲奇絶, 想古亦無此也. 喩大於小, 圖難於易. 此池周僅數丈, 深僅數尺, 山高五尺, 周七尺, 瀑流二尺餘, 林木四五寸, 而髣髴乎峯巒嶆崒, 洞壑窈窕, 飛瀑爭流, 藏溟渤於數丈之地, 縮蓬瀛於數尺之石. 雖鄭虔王維, 專精極巧, 不能狀其萬一矣.

嗚呼, 孰爲眞, 孰爲假? 畢竟天地皆假合, 人身四大皆假合, 則何必論其細大眞假也, 只取吾之所好而已. 何況凡物或適於口, 而不適於目, 適於目, 而不適於耳? 此泉旣甘冷, 吾家及隣, 朝夕皆資焉, 則可謂適於口矣. 流於怪石松檜之間, 直落數尺, 炯如一條界破靑嶂, 日夕相對而無厭, 則可謂適於目矣. 靜夜不寐, 高枕而聽之, 瑲瑲琅琅, 如箜竺之聲, 則可謂適於耳矣. 淸虛子家寒官冷, 無珠翠粉戴之色, 可以悅目, 無膏粱甘脆之味, 可以悅口, 無管絃絲竹之聲, 可以悅耳. 只賴此一泉, 適三者之樂, 眞淡而有味. 世之豪士, 皆笑吾之冷, 而吾自樂之, 亦不以此易彼.(『懶齋集』卷1)

養花軒記 200쪽

壬寅秋, 予以憲長, 因言事解職, 來于咸寧村莊, 撝光來訪曰: "我則無意世路, 已免榮辱, 但村居闃寥, 無以遣懷, 種百花於軒前, 手自灌之, 花開而知春, 葉落而知秋, 觴于斯, 詠于斯, 閑步於斯, 偃息于斯, 亦可以度一生, 而傲百世矣, 子盍觀焉?"

於是, 匹馬單僮, 往見所謂養花軒者. 架以兩棟, 簷以松枝, 揷釣竿, 布碁局, 或盞或斝, 羅于床上, 以爲雄飮之所. 又回山麓, 築土階, 籬于其外, 雜植花草于其間, 形形色色, 紛披左右, 或如君子之淸淑, 或如美人之妖艶, 或如富貴者之華麗, 或如隱逸者之幽獨. 信撝光之養花勤且篤矣, 撝光之玩世放且達矣.

雖然, 吾聞古人, 以天地爲之幕席, 以日月爲之燈燭, 八荒入我之房闥, 萬物鑄我之陶鈞. 飛潛動息, 自生自育, 各得其所. 我乃持壺曳杖, 逍遙自在, 或山或水, 或丘或壟, 乘興而往, 興盡而返, 陶然而醉, 醒然而覺, 與萬物同其歸, 造化同其流, 則凡天地間奇花異草, 皆我之草木也, 珍禽奇獸, 皆我之禽獸也. 何必役其精神, 勞其筋力, 移花而拔其根, 接果而剝其皮, 籠禽而繞其足, 縶獸而失其性, 逆萬物之理, 傷天地之化, 而後乃可樂耶? 古人云: "無事日月長, 不羈天地闊." 又云: "野花啼鳥一般春." 若以野花啼鳥爲一般之春, 無事不羈於天地之闊之間, 不亦快哉? 何事於養花乎? 雖然, 其視營營於苟得, 役役於利欲, 賣李鑽其核, 日食十八種者, 何其遠哉? 撝光者何? 姓李名謙, 與予竹馬於京洛, 酒徒於咸寧, 而醉睡翁其號者也. 癸卯仲夏書.(『懶齋集』 卷1)

洪裕孫

贈金上舍書 204쪽

治病之策, 不待醫藥, 而要在調保血氣之善. 善一身之充者血氣, 而五臟六腑相待而ㅁㅁ,* 臟腑盈成, 則客風不滯於內, 而血氣無寒凜餒乏之弊. 醫家千言萬藥, 仙家玉函寶方所載之說, 皆養生之術, 先論飮食之謹節, 後論心神之調護. 若不節飮食, 不守心神, 則血氣浮虛, 善招客風, 而身至於危. 上舍雖不待人言, 亦必能知之. 昨聽上舍言語, 頓無少錯之虞, 眸子定精, 雖肥膚云癯, 暫不虞矣. 上舍愛對菊花, 故以菊花規上舍. 菊花開於抄秋, 而凌霜冒風冷, 獨超千卉萬花之上, 以其不早也. 凡物之早成者, 災也. 不早而晩成者, 能堅其氣者, 何耶? 以其徐徐聚天地之氣不放, 使不强精, 日月之累遷, 能至於成之自然也. 菊也芽於早春, 長於初夏, 茂於孟秋, 岂於秋晦, 所以如此也.

夫人之身世之生事, 亦何異乎? 古之人戒早達, 亦以是也. 夫上庠得司馬試, 亦云早矣. 又汲汲於大科之早得, 以未及圓點之滿爲虞, 多置念慮於方寸之地, 且不能調保精神, 和平血氣, 以致四肢筋骸之健. 此衰老者, 不敢知也, 穎達者, 非爲外也, 爲身也, 非尊人也, 尊己也. 自爲尊者, 先其心而後其物也. 洪範五

* 저본에 두 글자가 빠져 있는데 문맥을 고려해 '盈成(영성)'으로 보충하여 번역한다.

福, 壽居其上, 則壽聖人所重也. 非徒聖人之所重, 雖蚤蝨, 亦尊其生. 雖至於公卿將相, 若不壽, 則貴達何足取乎? 上舍忘其所利達, 專其所衛生, 外見諸物, 內觀其理, 不以病病爲憂, 而能以心心爲謨, 則能養其壽而樂觀諸書, 不期而文章自進, 毋望而榮爵自至. 大抵壽夭長短, 皆所自取, 非人之使然, 非天之與奪然. 我之所以如此, 又不逆天而順命者也. 天之命於我者, 本不厚也, 故至於今而如此, 舍此而汲汲於他求, 年不至於老也. 吾今者七旬而髮不白, 能穿細針, 有如我者寡矣. 上舍毋自捧腹而非之, 須聽老人癡語客說, 謹出入節起居, 毋使疾病久滯於百骸之間, 幸甚幸甚.(『篠叢遺稿』 卷上)

南孝溫

鑑亭記 209쪽

水之爲物, 善鑑萬類, 而姸醜自形, 故聞過勇遷之士喜之. 居天下最下, 而物莫與爭, 故謙退守雌之人愛之. 故聖如孔子, 而稱其智, 賢如老君, 而取其下, 余之服此訓也久矣. 弘治紀元之四年二月, 余向湖南, 越月之壬戌, 適到礪山, 宿於溪翁榮叔之溪上小亭. 榮叔請其名, 名其溪曰鑑溪, 名其亭曰鑑亭. 嗚呼, 取義於鑑之一字, 榮叔味之哉.

夫山也陸也原也隰也, 不爲不多矣, 而必於水構其亭, 其意可知已. 榮叔强記篤行之士, 坐於斯玩於斯, 其有思乎. 看水之鑑姸也, 則思吾心善端之發見也, 致曲之, 看水之鑑醜也, 則思吾心引物而舍去也, 收復之, 看水之鑑大也, 思吾之長才而益培之, 看水之鑑小也, 思吾之偏短而益廣之. 至於事事物物, 莫不皆然, 則小自夫婦居室之間, 大而至於聖人天地之所不能盡, 禮儀三百, 威儀三千, 優優大哉於吾心之鑑中矣. 然則資水之功大矣哉.

榮叔姓金氏, 本慶州世家, 高祖月城君諱需, 爲東方文獻大族, 祖諱閔姜, 喜誨後進, 余嘗受業, 寬裕博厚長者也. 仁者必有後, 所以有榮叔也. 考諱繼田, 早歿, 母驪興閔氏, 晨昏致奠, 執婦道不倦. 主上卽位之三年辛卯, 旌其門. 榮叔少孤, 習見家訓, 養孀母頗遵禮, 則大爲鄕中搢紳輩所推服. 初居恩津, 後居礪山, 妻鄕也. 距宅二里許小溪上構艸亭, 藏書講道, 日與文學之士, 逍遙其上, 掬手而頮面, 臨流而濯纓, 朝朝暮暮, 吟詠其間, 期以此終老云. 所與從遊相善者楊氏, 培其名, 亦才士也.

余見亭之東北有曠地, 余問之, 榮叔曰: "將以種竹也." 嗚呼, 竹所以資君子之貞也. 又見西北有曠地, 余問之, 榮叔曰: "將以種菊也." 嗚呼, 菊所以助君子之節也. 又見東南有鑿池功未半者, 余問之, 榮叔曰: "將以種蓮種蓴也." 嗚呼, 蓮所以取中通外直也, 蓴所以取養老供賓也. 士生斯世, 若不得知遇聖明, 澤施一世, 則榮叔此志亦可尙也. 漢之仲長統, 唐之李愿是已. 秋江居士南孝溫記.(『秋江集』 卷4)

釣臺記 213쪽

遂寧川出自迦智山, 流長興府北數里, 轉而東流, 過東亭而爲汭陽江, 江流又南下, 距城南七八里獨谷之西麓, 有奇巖俯江, 其上可坐三十餘人, 淸瀠周回, 怪石傍立, 奇花異艸, 雜生其側. 北望錯頭山, 西見修因山, 南對舍人巖, 巖後有萬德山露其峯, 眞絶境也.

弘治四年暮春之初, 余寓長興別館, 日與鄕中士人遊戲, 時有尹先生溝字慶會, 自司僕判官, 流寓城南, 李先生琛字可珍, 自咸悅縣監, 丁內艱, 服闋不起, 居於城北. 一日二先生設酌魚具, 邀我遊南江, 登茲巖, 上下大石三, 伐艸塡嵌,設重茵地, 釣黃魚鯉魚, 或炙或膾, 行小酌展清談. 時坐客如金公世彦字子美, 府伯之胤也, 金公良佐字隣哉, 府伯之壻也, 李公世薈字蔚之, 慶會之壻也. 有野老二人, 白髯奇偉, 衣冠山野, 其一曰朴義孫, 其一曰崔石伊, 亦從二先生來者. 酒數巡, 日落月上, 風起水波, 義孫起舞, 石伊唱歌, 諸賓皆歡. 二先生相議曰: "我曹遊玆久矣, 不知此地有此奇巖也. 盍相與野老輩合力築臺, 以傳永久乎?" 二老拜曰: "惟命." 二先生咸曰: "今日之樂, 釣魚爲第一勝事, 名其臺曰釣臺可乎?" 乃命余爲記.

余惟混元之中, 賦之者一其命, 故萬物之生, 稟之者同其性, 故趨安而避危, 樂生而惡死, 人與物同. 夫人見魚而食, 魚見人而烹, 則以魚之患, 爲己之樂, 可乎! 曰: "乾坤判而萬物屯, 旣屯而蒙, 則必有需矣. 需者飮食之道也, 旣以飮食爲道, 則弱肉强食, 理也. 故黃帝作網罟, 大禹奏鮮食, 舜漁于雷澤, 孔子雖不擧綱, 而釣則不止, 孟子論王道, 亦謂魚鱉不可勝食, 至於邵子, 設漁樵問對, 終日是非, 而竟於折薪烹魚而談易, 則釣魚之樂信矣, 而況魚食於我, 我食於造物, 知我之食於造物爲樂, 則亦知魚食於我之爲樂矣, 安得不以釣揭其名乎?"

記訖, 余又獻其說於二先生曰: "昔嚴子陵釣魚於桐江之七里灘, 名其坐處曰釣臺. 余竊謂此與彼, 名同而趣異也. 蓋嚴陵大節, 奮乎百世之上, 直與日月爭光, 而强絶君臣之義, 甘心草木之腐, 則殊失吾聖人用行舍藏之義耳. 若夫慶會, 余結髮從遊, 審知其學寬弘而方嚴, 樂易而忠信, 才智遠大, 有廊廟器, 可珍, 行備孝廉, 才兼文武, 曾以絃歌治咸悅, 厥有聲績. 二先生固非規規於尙節養高, 嘯傲玩日者之比. 所謂處江湖之遠, 憂其君者也. 異日天恩沛於閭巷, 鶴書赴於釣臺, 則二先生必釋靑鞋, 捲釣絲, 移持竿手, 調金鼎之鹽梅也, 明矣, 豈膠柱子陵之釣相較哉? 直與太公之釣璜, 當相上下於千載矣. 然則泗陽江之釣臺, 後人指以爲渭水之濱也必矣. 余以是期之, 子以是勉之."(『秋江集』 卷4)

曺偉

讀書堂記 219쪽

建大廈者, 豫養楩枏杞梓之材於數十百年, 必待昂霄聳壑, 然後取爲棟樑之用, 適萬里者, 豫求騨駵騄駬之種, 必豐其芻豆, 整其鞍韈, 然後可達燕楚之遠, 爲國家者, 豫養賢才, 亦何以異於此? 此讀書堂之所由作也. 恭惟本朝列聖相承, 文治日臻, 世宗大王神思睿智, 卓越百王, 制作之妙, 動合神明, 以爲典章文物, 非儒者, 莫可共定, 博選文章之士, 置集賢殿, 朝夕講劘治道, 又以爲硏窮義理之奧妙, 博綜群書之浩穰, 非專業莫克, 始遣集賢文臣權採等三人, 特賜長暇於山寺, 任便讀書, 季年又遣申叔舟等六人, 便得優游厭飫, 大肆其力. 文宗繼緖, 篤志儒雅, 又遣洪應等六人給暇. 於是, 人才之盛, 極於一時, 述作之美, 侔擬中國.

今上卽位, 首開藝文館, 復古集賢之制, 日御經筵, 覃精文籍, 尊崇儒術, 育養人才, 視古有加. 歲丙申, 復用祖宗朝故事, 命蔡壽等六人賜暇, 今年春, 又命金勘等八人賜暇, 就藏義寺讀書, 饔人致饍, 酒人設醴, 時遣中使, 錫賚便蕃, 仍教政院曰: "宜於城外, 擇地開堂, 以爲讀書之所." 政院覆啓: "龍山小菴, 今係公廨棄之矣, 修而葺之, 爽塏幽曠, 藏修游息, 此最爲宜." 上可其請, 遣官董役, 閱兩月而成. 凡爲屋僅二十間, 而夏涼冬燠, 各具其所. 於是, 賜額曰讀書堂, 命臣爲記.

臣竊惟詩之旱麓曰: "愷悌君子, 遐不作人." 人才之興, 繫乎上之人作成如何耳. 苟善養之, 濟濟多士, 王國克生, 不善養之, 國無其人, 誰與圖理? 若徒慕養士之名, 而苟焉取之, 鷄鳴狗盜之流, 竊吹其間, 可不謹哉? 三代人才, 皆由庠序, 而成周造士之法, 最爲詳密. 若漢之翹材, 唐之登瀛, 皆苟得一時之名, 烏足議爲也? 惟我國家涵養百年, 教化開導之方, 獎勵養成之規, 實與成周造士之法, 相爲表裏, 而泮宮玉堂之外, 又有養賢之所, 擇之精而遇之厚, 其與詩之每食無餘, 不承權輿者, 爲如何哉? 易曰: "聖人養賢, 以及萬民." 傳之者曰: "養賢, 所以養萬民也." 今日之假館致饟, 無與治道也, 萬機之繁, 特紆宸念, 似若不切於事也, 然他日經綸治道, 黼黻王猷者, 未必不由此輩, 而粉飾太平, 澤被生民, 其功利之及於遠者, 蓋不可量也. 譬諸梗柟杞梓, 驊騮騄駬之收用於一時者, 豈不萬萬乎哉? 而殿下之急先務者, 高出於前代矣. 夫然則應是選者, 可不思副聖上樂育之恩耶?

聖人之道, 布在方策, 六經之淵深, 諸史之異同, 百家之浩汗, 必將包羅該括, 涉其流而撮其精, 觀其會而擧其要, 極其博而歸於約, 然後能深造之而逢其原矣. 皇王帝伯之道, 禮樂刑政之本, 修齊治平之要, 擧在於此, 施諸事業, 在强勉耳. 董子所謂强勉學問, 則聞見博而智益明, 强勉行道, 則德日起而大有功者, 可見其效矣. 徒取糟粕, 以爲記誦之資, 組織綺麗, 以爲聲律之文, 以誇世而眩俗, 則非朝廷儲養之意也. 嗚呼, 學問之功, 貴乎變化. 今日讀一書, 猶此人也, 明日讀一書, 亦猶此人也, 雖多, 亦奚以爲? 孔子曰: "學而不思則罔." 又謂子夏曰: "汝爲君子儒, 毋爲小人儒." 可不勉之哉?(『梅溪集』 卷4)

崔忠成

藥戒 225쪽

客有病入臟腑者, 居常之日, 恨良醫之未遇, 及其遇也, 則必諱疾而忌醫焉. 問其故則曰: "畏其毒藥也." "然則何恨良醫之未遇也?" 曰: "以其痛故也." 曰:

"子知其疾之痛, 而不知其身死之尤可痛也. 如知其痛, 則何畏乎毒藥哉? 夫病日益深, 而痛日益苦, 則藥愈毒, 然後可以治之. 今子病日益深矣, 而醫日益疏, 終身痛之, 而不知死日, 敢不戒哉? 雖然, 以子之所當戒者, 亦足以爲爲國者之戒也.

夫天下一人而已, 四海爲人之身, 萬民爲人之體. 朝廷者腹心, 教令者喉舌, 紀綱者命脈, 宰相者, 爲人之股肱, 而燮理陰陽, 以調命脈者也, 將士者, 爲人之手足, 而禦侮外患, 以衛腹心者也. 君者, 爲人之首, 爲之耳目, 而視其險易, 聽其是非, 以安四體者也. 然則明目達聰, 而運其手足, 任其股肱, 然後身得安焉. 如有一氣不和, 百病是起, 則視其疾病之作, 而醫之藥之者諫官也. 病起而藥之, 藥之而時君惡之, 惡之而以至於不可救, 敢不戒哉? 方其病之起也, 耳目昏矇, 股肱手足痿痹, 而不輕運動, 當此之時, 四肢*雖安, 而腹心之勢, 殆哉岌岌矣. 然而時君狃於安逸, 徒惡其良藥之苦口, 而不自知病之將作也, 故忌醫而諱疾, 諱疾而病日益深, 彭其腹心, 塞其喉舌, 結其命脈, 以至於身體之顚覆也. 當此之時, 雖有扁鵲, 亦末如之何也已矣, 噬臍何及? 將有作於上者, 得吾說而存之, 以病客之所當戒, 爲可戒而戒之, 則其國可幾而理矣.

雖然, 豈獨於國家哉? 凡人之所當治者, 莫不有病焉. 無名之指, 屈而不伸, 非疾痛害事也. 養一指而失肩背者, 可不戒哉? 四肢雖無病, 耳目雖無故, 而天君未安, 奔馳於外, 役役焉不定, 則一身之病, 孰大於是? 几世之人, 不以是病而爲痛, 慢然不知其藥, 竟使心身顚倒, 四體不保焉, 可不戒哉? 然則何以藥之? 其惟誠敬之謂乎. 嗚呼, 戒之哉. 吾於病客, 因發其三戒焉."(『山堂集』 卷1)

---

* 저본에 海(해)로 되어 있으나 문맥을 고려하여 바로잡았다.

金駉孫

題士浩跋朴訥書後 229쪽

昔年在綱目校讎廳, 朴耕以寫手隷廳, 久與處而得其爲人也, 殆潛夫之流也. 耕家貧, 書於食, 而其志則不在書也. 一日造其廬, 見其子, 眞是窺牛兒也. 眉目朗然, 應對從容, 沈鬱有度, 卽訥也. 操筆就一字如斗大, 活動有神. 余驚焉, 知耕之有後也. 使此兒生於華族, 未必不顯於世, 使此兒生中州喜事之地, 未必不爲學士老儒之所尙, 未必不爲王公之所憐, 不至飢寒如此. 惜國法有拘, 國俗不尙人才能, 使訥父子困也, 然猶未嘗爲一言以記美. 今幸得爲姜君所賞, 又侈以文, 乃朴家一遇也. 古人文字之榮, 重於爵祿, 才固難而遇賞亦難. 姜君之文一出, 訥之名重於世, 耕亦因而顯, 訥父子得此文, 重於得位, 世間得位而無才能可紀者, 古今凡幾人, 以此言之, 造物未必不厚訥父子也. 姜一日南行, 余以訥帖爲贐, 姜鄭重之, 不敢自有, 而欲上其親. 姜其酷於文雅, 而悅親無方者也.(『濯纓集』 卷1)

申用漑

後續錄序 233쪽

夫法者, 帝王所以因時制宜, 撫世酬物, 于以通天下之變, 成天下之務, 理政事而行敎化者也. 然其綱雖主一, 而目散于萬殊, 御之雖至簡, 而事之來無窮. 此昔之爲治者, 不能無損益而濟時務者也. 前乎三代, 民心淳愨, 治化易行, 下少詐僞之作, 上無事爲之繁, 任人而不任法, 未聞有立條例著令章, 以飾其治也. 世降時異, 治具漸張, 至周而極備, 建六卿掌六典, 各率其屬, 以綜理機務, 陶成至治之隆, 宜爲後世之律令格例. 而自漢唐來, 法章如毛, 建革不常, 雖上之人, 不能守一道以定規制, 亦由於俗漓民訛, 事隨日異, 令出而勢阻, 法久而弊生, 變而通之, 與時宜之, 雖明哲之主, 亦所當先務.

恭惟我朝自太祖康獻大王創業垂統, 列聖守成, 興禮樂行仁義, 釀回三五之風, 使大東民俗, 歸於皇極, 誠近古未有之盛治也. 而立經紀定制度, 所以爲治之具者, 至精且備, 觀元續六典大典續錄, 亦足以知祖宗宏規睿謨, 經其法而權損益, 以通世務者也. 噫, 祖宗良法美意, 半毁於廢朝之亂政, 自我聖上中興, 盡去其荒雜而改紀之, 一遵先王舊章. 然間有未盡刪者, 敎令猶在簿案, 官吏不免因循. 且自續錄以後, 新立科條亦非一二, 而前後相乖, 與時異宜, 奉行者傷於浩雜, 眩於執守, 不約而要之, 難以行也. 聖上惟是之慮, 命左贊成李蓀, 右贊成李諿等, 裒集諸條, 芟其蕪冗, 復命三公六卿, 精其取捨, 一其牴牾, 務令簡要, 悉蒙允可. 書進, 命名後續錄, 猗乎美哉, 其祖宗權損益以通世務之盛心乎?

臣竊惟爲治之道, 有本有末, 德者本也, 法者末也. 本立則末必擧, 不務本而徒事於法制之末, 未有能善治者也. 古之哲王, 必先明己德以爲之本, 由是而齊家, 由是而治國, 由是而平天下. 天下平, 新民之功極矣, 民旣新矣, 則法無所用, 而無法則民或不率, 道德齊禮, 新民之事, 政刑又其鞭策也. 然則雖可以無法, 而亦不可以無法. 中庸九經, 修身爲首, 尊賢次之. 若能明德於上, 任賢於下, 則民自化而法自行, 俗之登於大猷也不難. 不然則雖日更一法, 日祛一弊, 弊與法生, 將不勝其救矣.

聖上旣能明德於上, 以立新民之本, 正法於下, 以權損益之宜. 如是而能使賢者在位, 能者在職, 則法之行, 將百歲而無弊, 豈但施於一時而已歟? 孟軻氏曰: "徒善不足以爲法, 徒法不能以自行." 又曰: "遵先王之法而過者未之有也." 此萬世帝王之所當規, 可不念哉? 正德八年癸酉十一月下澣, 臣某拜手稽首謹序.(『二樂亭集』 卷7)

予見犬雛救咬母咬之犬 237쪽

予見犬雛救咬母咬之犬, 妄爲然耶, 有情然耶? 今時議事者, 不如此物之意若何? 論.〔燕山主有此問, 公應製.〕

論曰: "天地之間, 理一而已. 人物之性, 雖各不同, 而皆受天之理以爲生. 然則理之賦於人物者同乎?" 曰: "不如也, 得其偏而塞者爲物, 得其全而通者爲人. 偏而塞也, 故麟鳳龜龍, 雖羽毛鱗甲之長瑞世之靈, 而終不離於物. 全而通也, 故人爲萬物之靈, 雖頑嚚不移之愚, 而自有秉彝之衷." "然則蠢焉無知者, 皆知其爲物也, 而理何所寓焉? 蹄而走, 翼而飛, 群動而群息者, 皆知其爲物也, 而理何所寓焉?" 曰: "是易知也, 夫虎狼, 物之至暴者也, 而父子之情不泯. 蜂蟻, 物之至微者也, 而君臣之禮亦著. 雎鳩有摯別之義, 慈烏有反哺之報, 是皆偏塞之甚者, 而得一端之天, 猶各有自然之性. 夫理之不遺物, 猶是也. 況萬物之性, 首得而最親且切者, 父子之愛也. 有是生, 必有是情, 而有動皆然."

今夫犬雛, 見其母之受咬於他犬也, 愛救之心, 油然而生, 不覺其力之微, 奔而救之, 吼而咬之, 情有至而自不能止焉. 當此之時, 是雛也唯知救母, 而不知其他, 發乎性而不自知其爲也. 誰謂物之無知而出於妄爲也? 誰謂物之冥頑而不有性之天也? 蓋理寓於物, 物得其偏, 而其不失自然之天也如是, 則人受衆理之性, 寧不思所以充而全之乎? 天以三綱五常之道, 賦於人爲之性, 而人得其道, 以爲人焉. 人之生也, 其初孰不欲事親孝也, 事君忠也, 孝於家, 移忠於國也? 而或不能者, 本性失也, 非天之所與獨不足於彼也. 非有愚冥頑悍諂利惡逆之心, 則其所以自期者, 皆本乎忠孝而已爾, 不如是則禽獸之不如也. 然則今之議事者之言, 較之救母之犬, 爲何如也. 其同不同, 臣未能知也? 然因其議而究其終, 審其理之當否, 則議者之心, 可知也.

大抵良臣之事君也, 持心以誠, 守官以誠, 議事不違於道, 獻替必循乎正, 濟之以可否, 爭之以是非, 欲使其君聖孝如舜文, 德業如舜文, 施敎于今而垂裕于後昆, 爲萬世準則如舜文. 引之於無過之地, 致之於至聖之域, 聽其言則雖未嘗比同, 而其心未嘗不切於匡救也. 若諂佞諛悅之人則不然也. 持心以邪, 守官以苟, 議事務合乎上, 獻替不循乎正. 聽其議, 雖未嘗逆耳, 而究其心, 皆容悅固寵之爲也. 雖然, 上有聖明之君, 則下自無容悅之臣.

臣謹按堯舜爲君, 其德如天, 其明如日, 在朝者當將順不暇, 似無規警之事也. 而言議之際, 四岳皐夔益稷之徒, 更相警戒, 更相吁咈者, 無他. 愛君之誠, 形於言議, 而欲其君之德日進而無替也. 其警戒吁咈, 未足以爲堯舜之短, 而更爲唐虞至德之風. 今我聖上, 德比堯舜, 明比堯舜, 心乎堯舜之治. 而在下者大臣, 常贊襄匡輔以爲心. 小臣常盡心竭力以效職, 雖不能如四岳皐夔益稷之爲, 而其心未嘗不誠於君上, 期共保堯舜之化, 而長爲堯舜之臣也. 雖遇事獻替之際議或不同, 而心求乎至當之地而止耳. 豈有聖主在上, 而臣敢有不心於忠孝者乎? 不如是, 則禽獸之不如也. 失其性之天也, 其得逃於堯舜之明乎? 其無愧於救母之犬乎? 臣故曰: 因其議而究其終, 審其理之當否, 則議者之心可知, 而犬不足較也, 謹論.(『二樂亭集』 卷9)

李胄

金骨山錄 244쪽

金骨山, 在珍島郡治西二十里, 中岳峻岋, 四面皆石, 望之若玉芙蓉, 西北抵海, 坤支蜿蜒, 南騖可二里而爲艮岾, 又東可二里而爲龍莊, 山至碧波渡而止. 山之周圍, 凡三十餘里, 下有大伽藍古基曰海院寺, 有石塔九層, 塔西有廢井. 上有三窟, 其最下者曰西窟, 窟在山之西麓, 創始不知何代. 近有僧一行, 造香木塑像十六羅漢, 安其窟. 窟之傍, 別有古刹六七楹, 緇徒居之. 其最上者上窟, 窟在中岳絶頂之東, 仄崖絶壁, 不可以仞, 猿猱之捷, 尙不能度. 自東無有攀緣着足地, 由西窟而東上, 路極危險, 緣崖轉石, 寸寸而前, 可一里, 石峯斗起, 不可飛度, 累石爲層梯者十三級, 下視無底, 心目俱眩. 上此則爲絶頂, 自絶頂迤東而下, 可三十步, 鑿顚岩爲凹, 而黏足上下者十二凹, 下此十餘步, 爲上窟. 又其北岩行數步, 又鑿顚崖, 憑虛架空, 向東直下者八九步而爲東窟. 前楹廚舍, 皆爲風雨頹圮. 窟北崖, 斲成彌勒佛, 古郡守柳好池所創. 僧家相傳, 此山古多神驗, 每年能放光示異, 疫厲滂旱, 凡有祈禱必應, 自斲彌勒成, 而山無復放光. 彼柳也若非外道金同者流, 必是壓山鬼人, 其言厖幻, 亦足可聽.

歲戊午秋, 胄以罪謫來島上, 其冬, 遍觀此山, 得所謂三窟者, 心記之. 越四年壬戌秋九月, 冊封王世子, 是日大赦國中, 獨戊午一時被罪縉紳之士, 不在原例, 余私自訟曰: “士君子生斯世, 必以忠孝自期, 今我罪惡深重, 爲聖朝棄物, 欲爲臣而不得忠於君, 欲爲子而不得孝於親, 有兄弟朋友妻子, 而又不得兄弟朋友妻子之樂, 吾非人類也.” 忽忽益無人世意. 一日佩童子一榼酒, 踽踽然行投西窟, 携衲子彦顒智純, 直抵上窟. 窟倂佛殿齋廚總二間, 空曠年多, 無有居僧, 落葉塡門, 塵沙滿房, 山風觸之, 海霧侵之, 霾陳瘴積, 不可堪處. 於是, 揉塵沙塗牖壁, 斬木爨竈, 啓戶通氣, 日中飯一盂, 晨昏茶一椀, 將鳴鷄以聽曉, 察前潮而候時, 寢息聽意動作隨便, 作五偈, 令智純每夜分唱, 五更臥而聽之, 亦一奇勝也. 如是者半月, 郡太守李君世珍氏, 持泡酒來慰, 且言曰: "此地極危, 可速下, 若欲與方外僧同消遣, 則宜西窟." 崔君倬卿, 朴君而經氏抵書云: "聞君投上窟, 蹈不測之危, 非知命君子之所爲也." 孫君汝霖, 自京師奉聖旨來, 咨民瘼, 將二三子之意, 且極詆余, 余曰: "朋友責善, 非欺我也, 我愚騃, 初不知名途之險於九折, 行且不息, 以敗吾車. 今又居是窟而不知險, 萬有一跌, 以殘父母之遺體, 則不孝之大也." 告歸於智彦兩師, 將下山, 師送余至海院塔下曰: "山僧蹤跡, 如雲無鄕, 何有住着? 矦亦朝夕蒙恩, 其復處此金骨歟? 盍盡一言以爲後日面目乎?" 余曰: "師之言, 因可書也, 且攷輿地勝覽, 於此島名山, 金骨不錄, 於佛宇, 三窟闕載, 此聖明版籍之所闕失也, 金骨之大不幸也, 今因兩師之言而錄金骨, 使後之觀是錄者, 知此島有金骨山, 山中有三窟, 又知兩師之與老夫居窟, 則將不自今而作古歟?" 兩師唯唯, 併錄隨日所得若干篇, 遂書爲金骨錄, 以遺西窟云. 在山凡二十三日也, 時弘治壬戌冬十月, 鐵城李胄之錄.(『忘軒遺稿』)

南袞

遊白沙汀記 251쪽

阿郎浦, 西海之奧區也. 有山焉, 自淵康治北迤邐而西, 攢靑簇翠, 蜿蜿蜒蜒, 走數十里, 遇港而止. 有水焉, 由港口逆折而東, 循山回轉, 渾渾汩汩, 又走數十里, 遇隴而蹙. 當山之止, 而斷崖斗起, 置儲胥其上者, 萬戶營也. 當水之蹙, 而巨石人立, 漁舟賈舶, 碇泊於其下者, 立竹巖也. 自萬戶營西望, 十餘里鏡光瀲眼, 青螺一點, 臨鏡而凸者, 勝仙峯也. 青螺之外, 雪堆聳空, 寒松翠樹, 環擁其底者, 昆盧峯也. 雪堆之下, 平沙鋪白, 長干遠近, 海棠飄紅者, 白沙汀也. 彼勝仙昆盧儘爲奇絶, 而高寒震凌, 苟非挾仙骨者, 不可久留. 其窈窕秀麗, 宜於遊衍, 則惟白沙汀獨專其勝, 故汀最著名焉.

歲己巳, 余受兼節度之命, 按部到此, 搜軍實之餘, 憑軒縱目, 心知勝賞, 而王事忽忽, 未暇探討, 一宿而返, 臨發徘徊, 殊有悵怏之懷. 明年庚午秋, 與幕僚鄭君叔幹, 公餘敍懷, 話及白沙汀之勝. 叔幹曰: "人事喜乖, 勝景難遇, 公之瓜代已逼, 方秋訟牒亦簡. 今不一遊, 則湖山宿債, 未知何時而得償耶? 況仲秋月下觀湖, 古人以爲奇勝, 若獲從公一辦壯觀, 則亦吾平生之幸也." 坐有李淸老者, 乃我同里吹葱之舊也, 訪我而來, 聞叔幹言亹亹贊之, 遂與決計, 減損騎從, 偕鄭李二君趣淵康.

八月之望, 抵所謂立竹巖, 縣宰申侯景洸, 具舟以待, 俄而黃州牧使柳侯世雄, 亦沿牒而至, 蹔次水濱, 粗敍暄涼. 舟人急報曰: "潮且退, 宜亟登舟, 否則前有淺灘, 舟必閣矣." 吾輩相促而登, 隨潮放舟, 中流以下. 浦之廣可數百畝, 兩岸山勢周遭, 層巒疊嶂, 宛轉如畫, 鷗鷺數千群, 號鳴翔集於洲渚間, 游魚潑剌舵底, 或跳上水面數尺, 眞相忘於江湖者也. 材官孫守庸善棹歌, 倚舷而唱, 同舟人鼓樂而和之, 聲振林樾, 四座相與樂之甚. 用大磁甌遞酒, 又立酒令云: "飮輒覆甌." 坐中皆醉.

行二十里所直萬戶營之南, 黃州不勝盃勺, 先臥舟中, 繼而余又臥, 舟去如飛, 不復施櫓, 所謂鏡光十餘里間, 一瞥而過, 這裏山川形勝, 都不省記. 日晡時稍醒, 擧眼則舟在勝仙峯下矣, 於是下舟登陸, 馬行三數里到白沙汀, 廚人已具飯待之. 時晩潮已落, 磯渚皆出, 海山蒼茫, 水禽兩兩飛鳴於烟靄間. 吾輩尙帶宿酲, 纈紋之眼, 瞢無所見, 興極而悲, 殊有慘憺意思. 乃乘肩輿, 向昆盧峯, 長林蘘薄之間, 樹影婆娑, 回顧東方, 月已高數丈. 登所謂雪堆之上, 俯臨大洋, 但見上下紺碧混爲一色, 月亦爲微雲所掩, 頗自朦朧.

俄而長風自西北而至, 松檜蕭蕭有聲, 雲翳解駁, 蟾彩炯澈, 夜潮又上, 洶湧澎湃, 銀山雪屋, 飜動於莽蒼之間, 海氣騰空, 積爲縞素, 吾所登之峯, 正浮在大虛空濛間, 怳然如馭泠風游汗漫, 浩浩乎飄飄乎, 不可得而狀焉. 使僮人吹簫撾鼓, 助之以觱篥胡笳, 聲徹寥廓, 十洲三島之仙, 庶幾其相遇也. 余乃拊膝嘆曰: “吾今知造物是多伎倆小兒, 沙本無粘之物, 撮而搏之, 放手卽散, 玆獨矗成峯巒, 不爲海風飄皺, 非造物伎倆而何? 海隅絶境, 獨占淸幽, 人間埃壒, 飛不能及, 豈烟火食者所宜褻耶?”

申縣宰進曰: “邑中父老相傳, 此地有靈仙秘迹, 每遊人騰踏, 則必致風雨之變, 故率皆倉皇而返, 未嘗有窮竟其游者. 今公之來, 又恐靈仙尙循故事, 阻公之淸歡, 玆乃不然. 自立竹巖以下, 波恬風順, 無有違忤, 及登玆頂, 星河皎潔, 屛翳寢息, 天慳地秘爲公呈露, 公亦殆是神仙中人也耶?” 相與大噱, 劇飮無算. 吾與叔幹淸老, 各占韻爲詩, 夜將半, 扶醉而下, 假寐於峯傍精舍.

明日又蓐食而登, 以續前夜之遊, 秋高日晶, 宇宙空曠, 鯨潛蜃滅, 簟紋不起, 椒島長山, 龍拏虎攫, 爭效奇於几席之下, 但覺吾身益小, 吾眼益劣, 天益高, 地益厚, 潢潦溝瀆之益陋, 江淮河漢汝泗濟潙之漻漻淙淙, 不敢爲水, 而吞雲夢八九於胸中, 曾不芥帶, 信斯語之非誇也. 立於混茫之中, 與大初爲隣, 嗒然自喪, 無有言語文字之可陳, 自得之妙, 殆過於前夜矣.

自叔幹以下迭起爲壽, 不復以過飮爲戒, 兀然沈醉, 日晌午扶携而下, 少住於白沙汀, 以待汐水之來. 薄暮登勝仙峯, 班荊設酌, 申宰又進曰: “今夕月出稍遲, 姑且毋躁, 待月乘舟, 不亦快乎?” 吾曰: “諾.” 逡巡之頃, 小厮報云: “月已吐矣.” 卽呼舟而登纔擘岸, 淸風嫋嫋四面而至. 月入湖中, 正如玉浮屠橫臥千頃, 蕩漾漣漪, 缺而復完, 淸老咏東坡渡海詩頷聯云: “雲散月明誰點綴? 天容海色本澄淸.” 繼而又吟曰: “玆遊奇絶冠平生.” 吟聲寥亮, 悠然有不盡之思, 四座寂然而聽曰: “坡翁正爲今日道也.”

余乃拱而言曰: “使九原可作, 吾其爲執鞭乎.” 酌大甌屬淸老曰: “願封殖之, 以無忘角弓.” 座皆懽笑, 痛飮爲樂. 遙望萬戶營, 列炬如晝, 以俟吾輩之至, 舟旣近, 則戍卒皆擐甲植盾以迎, 次于斷崖下, 擊鼓鳴角, 使諸材官各起舞, 以和落帆之曲, 夜艮而罷. 明日乃還淵康, 回首昨遊之處, 烟波淼茫, 嵐霧澒洞, 情興依依, 如別親愛, 有不能自釋者矣.

余嘗閱輿地勝覽, 見金克己白翎島詩, 有四仙去後無眞賞之句, 乃知新羅四郞之徒, 偏遊於西海之境, 阿浪浦之去白翎, 水行無一日程, 則浦之名, 因四郞遊賞而得之也明甚. 其稱阿郞云者, 當時之人見四郞風儀豊秀, 愛悅而矜道之辭也, 惜乎俚俗無文. 吾東人不好事, 使四郞飈車羽蓋之遊, 麟脯瓜棗之宴, 湮沒而無傳, 況吾輩孤舟短棹, 出沒浮沈, 那伊之唱, 獨速之舞, 一爲陳迹, 誰復得而知之? 尙有可諉者, 其惟文字之托乎.

文字者, 天地間不腐之物, 自古高人名士, 酬酢江山勝致者, 不知幾許, 而惟王羲之會稽山陰之禊, 孫興公天台之遊, 李謫仙採石之月, 蘇東坡赤壁之舟, 至今人爭道之了了如昨日事者, 無他, 以有文字也. 使四郞一抉雲漢之章, 以紀當時之勝事, 則萬丈光焰輝暎東方, 家傳而人誦之, 不但如數子之文而止耳. 然則使仙遊之迹湮沒而無傳, 非惟俚俗之過, 亦四郞不屑之故爾.

雖然, 名者實之賓, 實之不存, 名無所立, 文字者又名之緖餘也, 欲托文字, 以圖不腐, 噫亦末矣. 所謂實者何物歟? 中天地而立, 仰不愧俯不怍, 不求聞於人而人自聞之, 不求知於天下後世而天下後世自不得不知, 如是之謂實也, 吾黨之士, 盍亦勉夫實乎? 到淵康之日, 叔幹淸老咸勸余爲記, 辭不獲, 而略書如右云.(『新增東國輿地勝覽』 卷43 黃海道 長淵縣)

金世弼

答客問贈魚子游別序 262쪽

客有問魚子游於余, 余曰: "君有三難之行, 交道之難也, 臨民之難也, 廉退之難也, 所謂難能也. 三者古今所難, 而君皆易能, 人以君之易爲難也." 客曰: "可得聞其說乎?" 余曰: "余觀世俗之交, 相從於勢利, 結納於唯諾. 摩肌戛骨, 指天誓日, 若無負於欣戚死生之際, 而雲雨之態, 不俟夫口血之乾, 井石之下, 乃出於壎篪之和, 爲君子所顰蹙者多矣. 君之交於人也反是, 結之必以義, 好之必以誠, 終始不渝, 以立其信, 以全其道.

其以在余者言之, 君與余同釋褐, 同入玉堂, 步則接武, 食則聯案. 數年之後, 君爲二親, 乞符于外, 余尙叨恩于朝, 罹甲子之禍, 流竄海島. 時毒暴罪籍. 凡恤視者, 皆患不測, 雖在骨肉, 計不敢相親. 君軫飢寒猶在己, 冒險蹈危, 周救之無遺策. 繼此以往, 升沈憂喜, 日月異同, 而君之待余, 三十年猶一日. 結義之固, 相好之誠, 人所極難, 而君能之, 此其一難也.

余觀世之爲吏而任牧寄者, 推剝於民, 充牣於官, 內以肥其家, 外以啗人口, 愁歎極於閭里, 聲名播於朝著, 以之通要路, 躋膴仕者, 相望於宦途, 其或羞是稱者, 亦不免狃狂愚下. 苟於延譽侵漁之害, 雖不如上所云云, 斯民之不見德則一也. 君之初莅山陰也, 縣乃嶺表一小聚也, 地不滿數十里, 戶不過十室, 催科之政, 在平時猶難辦也. 其當甲乙亂政之下, 民不潰散, 將糜爛, 以至於無可奈何之地. 君於是時, 不侵不誑, 仁以惻其生, 智以應其變, 心殫力竭, 不怠不懼, 使蔀下赤子, 無潰散糜爛之苦, 以待如傷之日, 此龔黃召杜之所難也, 而公乃能之, 此其二難也.

若聲利所在, 趨奔如渴, 古今通病, 墦間之乞, 腐鼠之嚇, 稱爲士者, 時有不免, 況滔滔汩汩, 患失乾沒, 鄙夫寠人之爲者哉! 我朝用人之途非一, 而其最正而淸者, 文班也. 以文而中其科者, 無大闕敗, 雖旅進, 苟滿歲月, 足以得峻除, 以榮於列, 耀於鄉也. 觀君之仕也, 年未立, 捷巍科, 登淸選, 脚底靑雲, 萬里其程, 屈爲縣吏, 雖曰二親之故, 實由於不喜榮進也. 朝廷謂才行難得, 置之要顯, 多不就徵, 二親之下世也, 益不喜簪纓之縛, 築室岑寂, 謝絶人事, 鶴書入隴, 不得已而赴臺閣之命, 未半歲, 又辭而去. 雖卿相友朋之勤挽, 有不得撓其守易其慮. 其廉而退也, 視推擠不去, 曳裾泥塗者, 一何遼遠也? 此其三難也."

客曰: "此三者, 果人所難, 而君果能之也. 然其所謂難者, 一出於義理之當, 而無歉於進退之節則可. 如有一毫未盡, 其難也爲苟, 難亦何苟取而爲善哉? 其曰交道臨民之難, 固也, 其曰廉退之難, 抑有說焉. 夫士之進退, 有義有命, 不可苟進以決性命, 又不可必退以傷大義也. 求身之逸, 厭職務牽束, 非義也, 不屑世人之營營, 徒望望如浼, 亦非義也. 上有明聖, 下有賢公卿大夫, 立朝可以行其志, 必求於退, 以遂吾自好之心, 尤非所謂義也. 君去歲被召以入鑾省, 移烏臺, 轉春坊, 歷試之不以月, 上之注意, 下之期待, 皆不在尋常, 君請展省於鄉, 仍辭以疾, 孑孑以屈節班行爲苦. 吾未知賢聖之道, 君臣之義, 固若是耶? 吾故以此爲苟難而未盡善也."

余曰: "有是哉, 客之言. 使君得是說而較之以義, 必勵其所不盡, 爲盡善之美矣." 今其遠送興海也, 不可無說, 盍書以爲贐行云.(『十淸集』)

李荇

逍遙洞記 269쪽

丙寅歲, 余竄配巨濟島, 幽于高絶嶺之下. 嶺俗傳火者峴, 余定今名, 亦號曰高節. 鷄龍迤其右, 莽峴擁其左, 甑山蔽于前, 薈蔚蓊翳, 迫遽旋繞, 望不得延, 氣以之堙, 彷徉徊徨, 顧視絶嶺, 雲藏而霞辟, 意若有甚異者, 前行三四步得小溪, 逆溪七八十步有洞, 窅而邃, 幽林環之, 淸流瀉之, 目之蔥然, 耳之戞然, 相贊爲勝. 詭石怪木, 剝以文蘚, 翠羽長尾, 交鳴自得, 洒然若超塵穢脫形骸, 而遊於物之表也. 余之有意於山水者, 幾十數年而未之果, 卒以竆躓. 噫, 此足以當之乎?

舊無號稱, 今名其洞曰逍遙, 溪曰白雲. 有古松倚北岸, 欹而南截澗流爲陰, 如或使者, 因築亭, 名曰歲寒. 疏石泉, 淸而冽, 滔滔如也, 名曰醒心. 導爲小池, 其廣函丈, 其深沒跗, 被以靑蒲, 郁乎馥然, 放小魚, 洋洋樂也. 種竹數三竿, 耿介莊厲, 水光搖蕩, 足見媚嫵, 名其池曰君子. 下又築亭, 亦名曰此君. 從溪源而上, 兪進兪新, 呈奇露異, 殆不可狀, 蒼壁却立, 懸派直噴, 砰磕破碎, 若從天落者, 名曰雲門之瀑. 注成坳窪, 亘石爲底, 玲瓏瑩澈, 不間沙土, 若出天工者, 名曰神淸之潭. 崖之削者, 如列屛障, 岩之盤者, 如陳筵席, 可倚可坐可臥. 左右多楓林, 多躑躅之花, 其草多細辛. 古木離立, 絡以老藤, 蚪結輪屈, 綠陰布濩, 日光不能爍也. 拉枯掃陳, 可以憩息, 名曰止足之亭. 觀止於此矣, 過此以往, 余亦不欲竆焉.

夫物之勝者, 必有遇, 而或有所不遇, 使是而在通都大邑之交, 貴游者, 朝夕登陟, 歌笑以爲樂, 則謂之遇也的矣, 而乃淪棄湮塞於荒徼之外, 瀛海之爲阻, 魑魅之是居, 非有大謫於世者, 則不之狎也, 豈非所謂不遇者歟? 嗚呼, 其所以遇與不遇者, 抑出於偶然乎? 將造物者之爲之耶? 彼所謂造物者, 果有之耶? 若以爲無也, 則是勝也孰爲之? 而以爲有也, 則使是而不遇, 將造物者之好惡, 與人有不同者乎? 余亦世之不遇人也, 於是乎而遇焉, 豈非所以交相待者耶? 其不遇也, 乃有遇歟! 余之所謂遇不遇者, 果與造物者合乎? 是亦不可以知也, 則其歸之於偶然者歟!(『容齋集』)

金安國

稜岩亭記 275쪽

鰲山兪子制, 吾友也. 其爲人好善而不苟合於俗, 凡所與交遊, 必擇其志同而氣合者, 故余嘗喜而從遊焉. 一日往訪焉, 則方對客飮酒, 余逕入揖之坐定, 察主人對客意甚勤, 已知客爲非常倫也. 已而酒至互酢, 起問姓字, 則乃崔君某山叟也. 器宇跌宕, 言論奇辨, 一見余卽如舊識, 執手謂余曰: "余才不適于時, 志不同乎俗, 故退而養拙於中原之野, 以山水爲樂, 居之側有勝地, 曰稜岩, 俯臨長江, 遠眺靑山, 其景槩甲于中原. 余嘗遊而樂也, 搆小亭其上, 朝夕娛而忘物焉, 因作一律以寓志, 子盍賡之, 以助我一亭之勝乎?" 且道其江山淸麗之狀, 雲物風煙之態甚詳悉. 余聞之, 怳然若身親遊其地. 俯仰想像之間, 不覺筆之在手, 吟之在口, 就次其韻. 已成, 崔君吟諷再三, 欣然甚會於意, 更囑余記之, 且曰: "稜岩舊號熊岩, 余志不欲苟同於世, 惡圓而喜方, 故改熊爲稜, 子其謂何如?"

甚矣, 崔君之志之可尙也. 自世道降, 節義不立, 士孰不欲磨稜斲方, 以媚世取富貴哉? 而君獨傲睨軒昂, 不與時世浮沈, 寧枯槁廢棄而不悔. 至於一山一水凡外物之接于耳目者, 亦必欲取夫稜者, 況於人乎, 況於身乎! 惜余徒有好賢之心, 而無引賢之勢, 不能薦君於聖明之世, 以振方剛正直之風於朝著之間也. 若夫稜岩之勝則信奇矣, 然待崔君築亭改號而後, 山若益高, 而水若益澄, 雲煙風月, 益和而淸, 則稜岩之勝, 乃崔君之使爲勝, 非稜岩之自勝也, 可無記也?

雖然, 吾聞君子之學, 敬以直內, 義以方外, 孝悌著于家庭, 忠信周于鄕曲, 達則施其才, 窮則樂其志. 溫柔和厚之容, 溢於言面, 不自異於人, 而人自以爲不及者, 此正所謂稜也, 豈徒矯亢倔強以自異, 而後爲稜哉? 崔君之所謂稜, 果若是乎? 若余者, 汩沒於世, 苟同於俗, 欲求爲稜而不得者, 安得與君擧酒於亭之上, 以賞夫稜岩之勝, 而與論物外之樂哉?(『慕齋集』 卷11)

草菴記 279쪽

祖遇師, 宗門巨擘. 少之日, 雲遊不定, 嘗以玄默名其軒, 求詩文於名公學士, 蓋已積成卷軸矣. 晚年掛錫于驪州之長興寺, 結小架於寺之北麓岩石間, 饘於是粥於是, 坐臥寢息於是, 未嘗暫離也. 客至問其名, 師曰: “凡僧之居, 位置皆備曰寺, 結構狹略曰菴, 竇而處者曰窟, 界而淨者曰精舍, 曰招提, 曰方丈, 曰蘭若, 厥號非一. 寺之中亦有堂室房寮, 隨制異名. 我之所處, 非寺非窟非精舍, 寓於寺之中, 而不屬於寺, 則亦不得以堂室房寮名, 隨木之撓直而苟結之, 狹小而僅容膝, 其亦菴之類歟. 而又覆之以草, 取庇風雨焉, 則不過曰草菴而已, 何名之有?”

“今之師, 固昔之師也. 昔之名而今之不名, 昔之標而今之泯, 不亦異乎? 況玄之又默, 昔之名, 名而不名也, 草而又菴, 今之不名, 不名而名也. 不名而名, 今之不名, 非標乎? 名而不名, 昔之名, 非泯乎? 名名而不名, 不名名而名, 此眞則彼妄, 此妄則彼眞, 標泯互形, 眞妄相混, 吾何以差殊觀於此?”

曰: “非是之謂也. 以妄視妄, 何物而非妄? 以眞視眞, 何物而非眞? 昔吾之名也, 名而以爲不名, 庸非妄乎? 以眞視之, 則非妄也眞也. 今吾之不名也, 不名而以爲名, 庸亦非妄乎? 以眞視之, 則非妄也亦眞也. 玄默而必曰玄默, 玄默非玄默也, 豈名而不名之謂乎? 草菴而唯曰草菴, 草菴, 實草菴也, 豈不名而名之謂乎? 標而謂之泯, 泯而謂之標, 與夫泯泯而標標, 不如標泯之兩忘也. 今昔對境, 眞妄異想, 空色不泯, 此衆根之同弊也. 今夫雲油油而興, 風颯颯而起, 雷闐闐而鳴, 電燁燁而掣, 雨濛濛而注, 頃而變焉, 俱歸於寂然太空而已. 今夫燁然而華, 色色不同, 蔚然而茂, 形形自異, 纍然而實, 物物伊殊, 終而化焉, 亦歸於泯然無跡而已. 豈可以昔之鬧者爲妄, 而今之寂者爲眞, 昔之發者爲粗, 而今之斂者爲精乎? 鬧寂無間, 發斂一致, 迷者自惑, 悟者洞然, 客獨何疑於此? 雖然, 寂與斂, 實爲之根柢, 則名與不名之間, 當有默會之者矣."

客不能詰, 姑書之, 以質於方外達觀之大士云.(『慕齋集』卷11)

朴誾

亡室高靈申氏行狀 285쪽

誾白. 亡室宜人姓申氏, 系高靈, 有高靈府院君諱叔舟, 事世宗文宗世祖睿宗成宗, 策勳爲靖難翊戴佐翊佐理功臣, 位議政府領議政, 卒謚文忠, 配享成宗廟庭. 生子諱㴐, 爲咸吉道觀察使, 死於丁亥之亂, 朝廷褒贈議政府左贊成. 寔生諱用漑, 前年冬由承政院都承旨, 出節度忠清道水軍, 君其長女也. 妣密山朴氏, 今議政府左贊成楗, 外王父也.

君以成化己亥正月日生, 始生而育于外家. 幼英爽端潔, 嬉戲之事, 皆合女儀. 贊成公賢之, 愛若親子. 癸丑之春, 君年十五, 歸于誾. 生於簪纓之族, 而無驕惰之容, 入於舅姑之門, 而盡禮敬之實, 與誾群妹, 侍親之側, 怡怡然言笑, 融融然和樂, 父母甚悅之. 丙辰歲, 誾獲忝科第, 丁巳歲, 分產以居. 自女紅之事, 以暨垣墻室廬, 內外君無不治, 皆委曲詳盡, 馭婢僕, 少不如禮, 嚴加訶禁, 上下截然, 閫內肅然. 誾非但性本疏懶, 以君之賢, 於家事邈如也. 時誾內外王母俱無恙, 君具時鮮以供, 汲汲若不及. 內王母韓氏閨範甚高, 知人若神, 亟語於人曰: "吾孫婦賢矣哉!" 外王母李氏今尙康強, 詔誾曰: "汝生之時, 吾年及六十; 豈知今日受汝婦之養耶?" 誾不自檢, 喜與人詩酒爲樂, 不曾問有無, 君極力營辦, 務悅其意猶恐違, 有所施與, 亦樂爲之從, 家雖貧, 不使誾知也. 平居, 相與約曰: "安得與君共挽鹿車, 歸鄕村結廬, 上承父母, 下撫兒孫, 以遂百年之樂耶?" 君輒欣然曰: "是吾意也. 若夫山水之費, 吾其辦也." 故誾得官君不喜, 失官君不戚, 情義誠有合於誾也. 夫人誰不資內輔者, 若誾之愚, 實有加焉.

今年二月, 誾南行, 謁舅氏於保寧之營, 三月之旬, 聞君之疾, 疾驅而還, 則疾已深矣. 君視我不能言, 我亦淚流, 欲拭不可. 久而言曰: "來何遲耶? 幾不及面訣矣." 然豈料一朝奄忽乎? 病亟, 手爲書遺誾諸妹, 以兒輩爲託, 且云: "生不能孝於舅姑, 願不爲不孝, 病今不救, 奈何! 吾死之後, 視此書如視我也." 書畢, 令誾讀而聽之, 聽畢長歎. 臨絶, 顧誾曰: "好在好在! 吾今逝矣." 精神之不爽如此. 君生六兒, 長兒寅亮始九歲, 而長者咸稱有奇質, 隨嚴於廬所, 不食肉今三年. 嘗疾, 爲肉汁以遺, 輒却之, 後雖菜羹, 亦未肯飮也. 次兒大春始八歲, 次兒大鵬, 生二歲而夭. 次女女順始五歲, 次女女恒始三歲, 次兒同叔, 生未三月. 誾與君俱亥年而兒生亦亥, 故名. 生而姸妙, 君美之, 病中歎曰: "吾兒甚佳, 冀見其長成, 其終不能乎!" 君卒之日, 三月十六日癸未也, 葬之日, 五月初七日壬申也. 痛矣哉!

伉儷之義大矣. 生則偕老, 死則偕逝, 猶不能無憾. 自癸丑至今, 歲星亦未周也, 百年之計, 其止於斯而已乎! 縱未能偕老偕逝, 猶更延一二十年, 以見男娶女歸, 庶亦可矣. 呱呱者皆在襁褓, 君獨棄而不顧, 重貽我父母之憂, 皆闇之不肖有以致之, 君其如命何!(『挹翠軒遺稿』)

李耔

答趙秀才 291쪽

前月, 臨顧濱死之老, 今又專人書問, 餽以食物, 多多情味, 誰如感感? 向者, 言及先子與我交遊之事, 而適忽擾, 未得仔細, 故今書略而言之. 吾及孝直, 與尊先子兄弟, 義同兄弟, 實作道契, 而孝直及我墳山在龍鄕, 仲翼兄弟田莊, 亦在龍鄕. 在京則無日不會, 下鄕則相與川獵於斗巖, 煮花於深谷, 觀花於方洞. 其時實非偸閑, 而切劘交益之功, 與夫至樂之寓中, 自非他人所可知也.

仲翼當甲戌之時, 狂晦若愚, 故己卯孝直爲都憲, 方見倚任, 雖起出季良, 而未能起仲翼, 蓋孝直知仲翼之不欲仕, 而仲翼之不仕, 實高我儕數等耳. 孝直常謂仲翼曰: "顔子復生." 稱季良曰: "豪傑之士也." 仲翼謂孝直曰: "子則兼而有之, 學而充之, 但恨出早也." 孝直季良之不幸, 慘不忍言, 而我獨負罪保命, 仲尼所謂幸而生者也. 向從仲翼之言, 孝直季良, 豈至於斯耶? 前此, 仲翼與孝直季良及吾, 約搆一間窩室于斗巖之上, 釣於斯, 菜於斯, 薪於斯, 耕於斯, 樂此四斯, 名其亭曰四隱. 仲翼自爲主人, 而欲過了一生. 遭値己卯之厄, 孝直謫死, 季良杖死, 仲翼奉母歸鄕, 未久而逝, 今我獨至老不死, 言之至此, 淚不能禁.

仲翼季良往來與我書札, 多至數百篇, 而季良書, 己卯已爲付火, 仲翼則平生自晦, 不欲人知, 故仲翼亡後, 與我書札, 盡爲付火, 惟餘秋間書二封, 留在吾床, 每日擎玩. 前月尊辱臨返旆後, 又付火, 今則無矣. 獨記一句曰: "金馬玉堂,得亦苟而人之爭, 靑山綠水, 往則有而誰能禁?” 其餘多不能盡記. 惜乎季良詞章製述, 己卯仲翼付火, 而仲翼述作, 自家臨絶時, 盡付火, 今無片言隻字之傳於世, 誠可惜, 誠可惜. 吾之與仲翼季良書, 則仲翼亦爲付火云云. 尊家傳, 必無一字之留, 尊之不知, 固也. 何怪乎? 示田畓方洞, 洞中所在, 必是尊宅田畓, 而吾非故老人, 未詳知也. 不宣.

丙戌三月二十九日. 李耔病倩.(『陰崖集』 卷2)

申光漢

企齋記 297쪽

齋以企名, 何企也? 企吾祖也. 吾祖名堂以希賢, 吾名齋以企, 企吾祖, 所以希賢也. 希賢則希聖, 希聖則希天, 非企之所可及也. 然則企不可爲歟? 曰將無所不企也. 吾齋之東, 有山卓立, 高其山則企而仰. 吾齋之西, 有路平直, 遠其路則企而行. 吾齋之前, 有川混混而逝, 見川之逝而不息則企而嘆. 吾齋之後, 有松切切而交峙, 見松之歲晩則企而羨. 吾齋之中, 有香一炷, 有琴一張, 有書萬卷, 時或焚香而鼓琴, 捨琴而讀書, 其亦有所企乎? 書有賢焉, 見賢焉則企之, 書有聖焉, 見聖焉則企之, 聖如天, 天則安也. 安於天以爲命, 吾所企也. 遂以爲企齋記.(『企齋集』 卷1)

金正國

八餘居士自序 301쪽

余素性喜靜而厭煩, 向時苦被名韁羈紲, 拂性苦心, 役役隨逐, 自愧苟祿無補於世. 嘗讀山谷四休亭詩序, 不覺閑興飛動, 思欲角巾歸田, 踵四休爲優游卒歲之計, 而未果也. 遭値倘禍, 坐累退休, 得償素志, 幸也. 居閑處約, 有以自樂於身者, 不翅四休而已. 於是知四休粗擧其緖餘, 而其而樂於閑適者, 或有所遺也. 其目所接而耳所觸, 適于體而安于心者, 無不可樂也. 姑取其大者, 乃以八餘自號. 所謂八餘者, 無經營之勞, 有天與之順, 無爭無禁, 無奪無害, 日用而無渴, 多取而無忌, 以之而供一生之樂, 綽綽乎有餘裕哉.

客有問曰: "何謂八餘?" 曰: "芋羹麥飯飽有餘, 蒲團煖堗臥有餘, 涌地淸泉飮有餘, 滿架書卷看有餘, 春花秋月賞有餘, 禽語松聲聽有餘, 雪梅霜菊嗅有餘, 取此七餘樂有餘也." 客却坐, 深思良久, 復進而言曰: "世有反是者, 玉食珍羞飽不足, 朱欄錦屛臥不足, 流霞淸醑飮不足, 丹靑畫圖看不足, 解語妖花賞不足, 鳳笙龍管聽不足, 水沈鷄舌嗅不足, 有七不足憂不足. 寧從主人爲樂有餘人, 不願追俗子作憂不足人, 請退而求之."(『思齋集』 卷3)

六務堂記 305쪽

余坐累退居于高陽芒洞之村舍, 構小茅于南皐之上, 以爲諸生肄業之所, 負笈而來游者, 前後相繼, 來者居, 去者往, 如逆旅之過客, 歲久而壞, 傍摧上漏, 因仍姑息, 未有以修葺爲意者. 最後柳君忠良, 自京師來寓, 考問之暇, 徘徊顧視, 乃喟然而歎曰: "玆堂未始不爲吾輩創也, 豈可廢而不修, 隨而不擧, 以重貽長者之憂乎? 往者已矣, 修學之責, 其不在於吾輩乎?" 乃謀諸同堂數子, 墁陊壁補, 毁茅而新之, 翼日謂余曰: "堂之罅若漏, 補苴粗完矣. 第恨無名號可揭, 以警吾諸生也. 請先生賜一言."

余曰: "諾. 古者, 自家至于天子之國, 皆有學焉, 國學黨庠術序家塾之所由設也, 自家塾之廢而堂舍作焉. 堂而名之, 名而稱述之者, 豈徒然哉? 蓋欲使居是堂者, 見其名而思其義, 思其義而警其身焉, 則其於諸子講學修己之功, 豈不有所補益哉? 其以六務名之." 曰: "未審六務之意何也?" 曰. "立志, 務篤實遠大, 而戒之在浮淺, 讀書, 務勤力積苦, 而戒之在懈怠, 學問, 務研窮體己, 而戒之在放過, 操心, 務平正寬和, 而戒之在偏僻, 處己, 務撿束收斂, 而戒之在縱肆, 談論, 務文學行義, 而戒之在庸雜. 儒者之所務, 不止此六者, 然其要不過於此, 歸與諸子求之, 庶其有得矣."

後日, 又來語余曰: "扁堂旣聞命矣, 不有誌, 何以使後來者知之? 願更賜一言而張之." 余曰: "諾", 遂告之曰: "六務之言, 雖不見於經傳, 而其意則皆自經傳中格言點化來, 諸子愼勿以爲老子之言而忽之. 噫, 余雖因子言而名之, 請名自子始, 自今來寓是堂者, 仰思厥名, 勉精厲志, 從事於斯而有興焉, 則名斯堂也, 不獨爲諸子之益, 而其及於後來也, 爲無窮矣. 然則雖子爲一堂之師, 可也. 自師一堂而推之, 可師於一世, 師一世而推之, 可師於百世, 子其勉之. 其或游惰縱心, 妨日廢業, 戲玩之爲務, 而外慾之是耽, 視堂額爲何事? 無意於篤學而力行焉, 則是甘心流陷於暴棄之域者也. 所謂朽木之不彫, 糞土之難朽, 終亦同腐於草木而止耳. 雖以百務扁堂, 何益焉? 玆堂也俯江而背山, 環而有之者, 江山之勝也, 豈不足於取以供堂號? 而必以六務扁之者, 遺外而取內也. 柳君之請名, 亦在此而不在彼也, 諸子識之."(『思齋集』 卷3)

徐敬德

送沈教授序 310쪽

送人以言, 相厚之道也. 顧余窮而囊無一金, 請以止之一言獻也. 夫天下之萬物庶事, 莫不各有其止, 天吾知其止於上, 地吾知其止於下, 山川之流峙, 鳥獸之飛伏, 吾知其各一其止而不亂. 其在吾人, 尤不能無其止, 而止且非一端, 當知各於其所而止之, 如父子之止於恩, 君臣之止於義, 皆所性而物之則也. 至於飮食衣服之用, 視聽言動之施, 豈止之無其所也? 推以往之, 動者之投靜, 勞者之抵逸, 執熱則就涼, 乘困則打睡. 夫動勞之不得不止於靜逸, 熱困之不得不止於涼與睡, 是則不待智者而後知所止也. 君子之所貴乎學, 以其可以知止也. 學而不知止, 與無學何異? 文藝其亦一學也, 當嚴立課程, 盡其力量, 必充吾所期之數, 而其究也, 視所攻之藝利鈍收功與不, 而一切放下, 退聽於無事, 則豈非超然知所謂止者哉? 事有紀極, 不可漫無始卒之序而引之也.

大觀子其於攻詩也, 少而力, 老不輟, 其所著雅健著實, 薄於風騷, 今旣脫槀, 可謂勤矣. 其於仕也, 不卑小官, 委質聽天, 白首爲郎, 終無慍色, 可謂恭矣. 及知開城敎, 無日不視學, 授其業, 勉其成, 使後進小子, 豹變蠖伸而鼓舞也, 可謂勞矣. 以余觀之, 七十康強, 不可謂不壽, 官居下大夫之後, 不可謂不貴, 又以能詩聞也, 不可謂無成. 旣壽且貴, 又敎餘事, 垂於不朽, 則向所謂充吾所期之數者, 似可謂滿足矣. 過此以往, 吾知先生之不能力也. 然則棲身於逍遙之地, 遊身於澹泊之所, 不其時乎?

易曰: "時止則止, 時行則行." 蓋時行而行, 則行而止也, 時止而止, 則止而止也. 旣坐止止之域, 則詩不必苦吟, 仕不必馳騖, 形亦不必抖擻煩動, 而思烏可憧憧往來而不止乎? 孔子旣衰矣, 則不復周夢, 知其止止也. 邵子之詩曰: "不讀書來十二年." 知其止讀也. 又曰: "閒而不淸是一惑, 老而不歇是二惑." 是知閒宜止於淸. 老宜止於休, 閒不淸老不休, 非惑而何?

吾先生旣已抵老而投閒, 正可坐忘而不走作, 把來身心, 都止於無思無爲之地之時也. 所謂無思無爲者, 異乎瞿曇之寂滅, 老聃之虛無, 禦寇之潛九觀, 莊周之御六氣, 伯陽之服鉛汞. 彼雖自以爲天下之學, 莫尙於吾術, 而夷考其所爲, 則率未免滯止於一隅, 豈吾儒大中至正, 該體用一動靜, 顯微無間之道也? 凡吾所當止者, 在此而不在彼也.

然則如何用功, 而可止於無思無過之地也? 曰: 持敬觀理, 其方也. 敬者, 主一無適之謂也. 接一物, 則止於所接, 應一事, 則止於所應, 無間以他也, 則心能一. 及事過物去而便收斂, 湛然當如明鑑之空也. 然而顧吾持敬未熟, 則方其主一之時, 不爲泥止者鮮矣. 泥止則亦爲累爾, 必持敬之久, 而能主靜以御動, 外不泥止而內無滯止, 然後無思無爲者, 可幾也.

先生有齋, 扁以大觀, 所謂大觀, 恐無大於止止也. 先生頗有古人之風, 其於處世, 毁方而瓦合, 不爲崖異絶俗之行, 苟能知所謂止止之所與其止止之時而止之, 則可與衛武而竝驅, 亦未晩也. 若乃長趨闊步, 窺躋於李杜之壇, 而覓句之癖猶在, 則殆不類於昭氏之鼓琴也哉. 如曰: "詩可以娛情性, 惟在勿喪其志. 仕當安於義命, 斃而後已" 云爾, 則其亦可也. 余方讀易, 得止字於艮之繇辭, 於先生之行, 推廣其說, 以爲贐也.(『花潭集』 卷2)

奇遵

畜獐說 317쪽

予囚于氈城, 不得與人物相通, 人有以畜獐遺者, 憐其孑處, 資爲寂寞之友, 非玩好之珍也, 不辭焉. 嶄然其角出也, 巍然其容高也, 牙而不知齧, 角而不解觸, 信毛蟲之無害者. 始也不甚親, 與之粟, 摩手撫之, 稍稍自馴, 日以相近, 起居必同,* 履舃以隨, 似戀其所主者也. 然猶煙朝月夕, 風悲氣悽, 徘徊躑躅, 哀然戀其鳴, 若慕其群也, 戚乎其色, 若思其嘉山秀水也. 予不忍山野之性爲人所縶, 欲放諸林藪以遂其心, 則狎人已久, 懼爲虞獵所得, 留而飼之, 形貌憔悴, 意思怵迫, 漸不見超距踶逸之狀矣.

時與犬畜戲, 犬亦不爲訝, 故與之較智角材, 互爲勝負以相嬉, 如是者數. 一夕, 遇隣犬, 試戲如家, 犬乃駭, 悚然而立, 睨然而視, 踏攫而齧之, 折其股乃斃. 夫犬之性, 本能搏噬, 而狐兎麋鹿是喜, 其所戲者, 非力不制, 非牙不利, 而獐也屢觸而不知危, 隣之犬非家之習, 而獐也不審而犯, 卒以害生, 其愚之不亦甚乎! 嗚呼, 世之君子, 不愼所與, 而出肺肝相視, 竟爲其所陷者滔滔, 是雖人物之殊, 而智則同也, 故識之.(『德陽遺稿』 卷3)

養魚說 320쪽

胡人網細魚, 市利于城外, 隣兒從所善, 乞而爲饌, 擇其生者五六尾與予, 予不忍呴沫之將就死也, 置諸陶盂, 注之以水, 水浸滿而魚不動, 或浮或沈, 惟其水

* 저본에 伺(사)로 되어 있으나 문맥을 고려하여 同(동)으로 바로잡았다.

之力而下上焉. 僮奴以爲之死, 將遺之人, 予止而觀焉, 俄而開口嚼水, 戢鱗拂泥, 沈者奮身而出, 浮者搖尾而入, 騈聯而進, 噞喁而聚, 潑潑然以戲, 悠悠然以逝, 似不覺斗水之勞而安其所矣. 予念天之於物, 均之以生, 無分細大, 咸欲其遂, 遂而不閼, 成而後用, 乃天地之宜而仁者之心也. 予非活汝而求成, 養汝而致用, 聊因目前之感, 以全頃刻之命於湯火之苦也, 豈曰遂其性者乎? 溪壑之縱, 游泳之樂, 予非不知, 而縲紲之囚, 身且不保, 顧何路達之於江海之遠哉?

予之惻惻於懷者, 不獨汝之感于中, 而心有所不周, 力有所不及. 天地大矣, 物類繁矣. 昆蟲之蠢蠢, 草木之榛榛, 吾如與何! 嗚呼, 使汝生於中國之土, 遭聖人禁數罟之政, 則洋洋於湘水之源, 圉圉於洞庭之湖, 自卵自育, 以全其天矣. 不然, 深藏乎萬仞之澤, 學道於千里之波, 不爲芳餌所近, 則九點之化, 雖不可期, 鼎中之害, 亦足免矣. 胡爲乎淹息於風霜之地, 汚穢之溝, 爲腥戎之食, 而童子之困歟? 蛟龍失所, 螻蟻之微, 無不欲相侵, 況食汝之肉, 而飽其腹肥其身者乎! 魚乎魚乎! 生命也, 死命也, 自我所取, 將誰咎乎!(『德陽遺稿』 卷3)

周世鵬

勸埋征南亡卒白骨文 324쪽

竊謂多種穀者, 不求富而自富, 多種仁者, 不求福而自福. 然種穀者, 遇水旱蟲魚之災, 則或有時而不食者矣, 至於無水旱蟲魚之災, 無時而不獲者, 其惟種仁乎! 故積善餘慶, 稱於易, 作善降福, 稱於書, 孔子錄之, 垂諸萬世, 豈偶然哉?

伏以頃者, 倭寇陸梁, 無辜之人, 橫罹鋒鏑, 熊川薺浦兩陣之間, 積屍蔽野,流血濺道, 靖亂未幾, 邑民之治耕者, 或倒曳而沈水, 或逆牽而委陸, 螻蟻蠅蚋烏鳶貓犬之屬, 晝厭其肉, 狐貍狼犴鼪鼯鼩鼬之群, 夜飽其膏, 自餘白骨, 散而不收, 支分節解, 錯如亂麻, 日曝風吹, 雲消雨腐, 幽魂啾啾, 長夜冥冥. 嗚呼痛哉! 是死者孰無父母, 孰無妻子, 孰無兄弟朋友之人也? 以父母妻子兄弟朋友所愛之身, 飄零於無父母妻子兄弟朋友所愛之地, 洛陽城下, 幾切思鄕之夢, 寒月戰場, 空作羈旅之魄. 傾東海之波, 哀不可洗, 盡太山之土, 冤不可瘞.

方今聖明在上, 賢相居下, 恩及禽獸, 化被草木, 拾葬枯骸, 非爲細事. 且太平天下, 頻有風水之災, 南民每被其害, 余嘗怪焉. 今而思之, 無乃是白骨者之冤, 召致乖氣之萬一於我民乎? 石梅山僧也, 欲捃摭枯骸於山海之間, 聚建萬世之宅, 永鎭窮冤之鬼. 噫, 公卿士夫思慮之所不及, 而山僧得之, 豈不深嘉其意乎? 先儒曰: "民吾同胞, 物吾與也." 推而言之, 是死者同吾天父地母之子也, 同吾君之民也, 同吾之兄弟也. 不幸而至此, 豈不悲夫? 人之聞我言, 惻隱之心, 其亦油然而生也歟. 當倭變之時, 太平日久, 民不知兵革, 微斯輩戮力血戰, 吾屬之竝肉於賊手, 亦未可知也. 故余於勸文, 不毛擧古者陰騭之事, 以瀆告之, 而以種仁收福之一端, 爲君子流涕而陳之曰:

"葬是骨而無是冤, 則豈特斯鬼之幸? 實吾民之幸也. 埋是冤而無是災, 則豈特吾民之幸? 實我朝鮮億萬年無疆之幸也. 況推仁於冥冥之中, 不吝其財, 以惠葬資者, 其慶祥爲何如也?"

正德十四年二月戊辰書.(『武陵雜稿』 卷8)

成運

虛父贊 329쪽

縛草爲人形者, 俗謂之虛父. 僕年來耳聾不聞人聲, 心昏不知人事, 徒有形骸外完, 正似虛父. 故以虛父自號, 因而爲贊, 贊曰: "肌以藁, 筋以索. 人其形, 塊然立. 心則亡, 虛其腹. 中天地, 絶聞覩. 處無知, 誰與怒?"(『大谷集』 卷中)

한국 산문선 전체 목록

천하를 여행한 선비에게(送張雲龍國琛西歸序)
우리 동방의 문학(東人文序)
넓은 세상으로 나가는 후배에게(送奉使李中父還朝序)
예산은자의 일생(猊山隱者傳)

이제현(李齊賢)
우리 임금을 돌려주소서(上伯住丞相書)
선비는 배와 같다(送辛員外北上序)
천하를 주유한 승려(送大禪師瑚公之定慧社詩序)
구름과 비단처럼 아름다운 집(雲錦樓記)
승려들의 힘으로 지은 절(重修開國律寺記)
천 리를 가는 사람을 위해(白華禪院政堂樓記)

이곡(李穀)
홍수와 가뭄의 원인(原水旱)
말을 빌리다(借馬說)
인간 시장(市肆說)
스승의 도리(師說)
임금을 모시러 가는 벗에게(臣說送李府令歸國)
공녀의 비극(代言官請罷取童女書)
형제를 위한 계(義財記)
의심을 푸는 법(釋疑)

백문보(白文寶)
밤나무 곁에 집을 지은 뜻(栗亭說)

이달충(李達衷)
사랑과 미움(愛惡箴)

이색(李穡)
황금 보기를 돌같이 하라(判三司事崔公畫像贊)
나의 목자 석가모니(息牧叟讚)
평생 누리는 즐거움(寄贈柳思菴詩卷序)
백성의 밥과 옷을 위한 책(農桑輯要後序)
천하를 누빈 익재 선생(益齋先生亂藁序)
숨어도 숨지 않은 사람(南谷記)
세상의 동쪽 끝에서(流沙亭記)
아버지의 바둑돌(記碁)

정추(鄭樞)
둥글게 사는 집(圓齋銘)

정몽주(鄭夢周)
두려워할 줄 알라(惕若齋銘)
김득배의 죽음을 애도하며(祭金得培文)

이존오(李存吾)
신돈의 죄를 논합니다(論辛旽疏)

식영암(息影庵)
천하제일의 검(劍說)
대나무를 좋아하는 이유(月燈寺竹樓竹記)

이첨(李詹)
인을 베푸는 집(弘仁院記)
응방을 폐지한 닭(鷹鷄說)
임금을 따라 죽은 꿀벌(蜜蜂說)

이숭인(李崇仁)
좌천된 벗에게(送李侍史知南原序)
머지않아 돌아오는 서재(復齋記)
가을에 아름다운 집(秋興亭記)
꿈에서 본 소나무(星州夢松樓記)

정이오(鄭以吾)
눈치 빠른 갈매기(謝白鷗文)

길재(吉再)
산속에 사는 뜻(山家序)

2권 — 오래된 개울 · **권근 외**

조선 초기에서 중종 연간

정도전(鄭道傳)

농부와의 대화(答田夫)

충성스러운 아전 정침(鄭沈傳)

문장은 도를 싣는 그릇(京山李子安陶隱文集序)

세금을 내는 이유(賦稅)

윤회는 없다(佛氏輪廻之辨)

권근(權近)

오래된 개울(古澗記)

천지자연의 문장(恩門牧隱先生文集序)

뱃사공 이야기(舟翁說)

소를 타는 즐거움(騎牛說)

대머리라는 별명(童頭說)

변계량(卞季良)

금속 활자를 만든 뜻(鑄字跋)

김돈(金墩)

물시계의 집 흠경각(欽敬閣記)

유방선(柳方善)

세 물건을 벗으로 삼은 뜻(西坡三友說)

정인지(鄭麟趾)

『훈민정음』 서문(訓民正音序)

김수온(金守溫)

선비와 승려(贈敏大選序)

넘침을 경계하는 집(戒溢亭記)

양성지(梁誠之)

홍문관을 세우소서(請建弘文館)

신숙주(申叔舟)

일본은 어떤 나라인가(海東諸國記序)

강희안(姜希顔)

꽃을 키우는 이유(養花解)

서거정(徐居正)

고양이를 오해하였네(烏圓子賦)

우리 동방의 문장(東文選序)

먼 길을 떠나는 벗에게(送李書狀詩序)

직분을 지킨다는 것(守職)

이승소(李承召)

산 중의 왕 금강산(送法冏上人遊金剛山詩序)

강희맹(姜希孟)

나무 타는 이야기(升木說)

산에 오른 세 아들(登山說)

세 마리 꿩(三雉說)

오줌통 이야기(溺桶說)

부모를 뵈러 가는 벗에게(弘文館博士曹太虛榮親序)

김종직(金宗直)

당신의 인생은 끝나지 않았다(答南秋江書)

경학과 문학은 하나다(尹先生祥詩集序)

가리온을 팔다(鬻駱說)

김시습(金時習)

항상 생각하라(無思)

재화를 늘리는 법(生財說)

백성을 사랑하는 뜻(愛民義)

성현(成俔)

장악원의 역사(掌樂院題名記)

덕 있는 사람의 시(富林君詩集序)

게으른 농부(惰農說)

백성과 이익을 다투지 말라(浮休子傳)

유호인(兪好仁)

스승을 찾아서(贈曺太虛詩序)

채수(蔡壽)
폭포가 있는 석가산(石假山瀑沛記)
꽃을 키우는 집(養花軒記)

홍유손(洪裕孫)
국화에서 배우다(贈金上舍書)

남효온(南孝溫)
물을 거울로 삼는 집(鑑亭記)
낚시터에서(釣臺記)

조위(曺偉)
독서당을 세운 뜻(讀書堂記)

최충성(崔忠成)
약을 먹어야 병이 낫는다(藥戒)

김일손(金馹孫)
미친한 아이의 글씨(題士浩跋朴訥書後)

신용개(申用漑)
법이 있어야 하는 이유(後續錄序)
어미 개를 구한 강아지(予見犬雛救咬母咬之犬)

이주(李胄)
진도의 금골산(金骨山錄)

남곤(南袞)
백사정에서 노닐다(遊白沙汀記)

김세필(金世弼)
세 가지 어려운 일(答客問贈魚子游別序)

이행(李荇)
소요유의 공간(逍遙洞記)

김안국(金安國)
모나게 산다(稜岩亭記)

이름 없는 집(草菴記)

박은(朴誾)
아내의 일생(亡室高靈申氏行狀)

이자(李耔)
세상을 떠난 벗을 추억하며(答趙秀才)

신광한(申光漢)
내가 바라는 것(企齋記)

김정국(金正國)
여덟 가지 남는 것(八餘居士自序)
여섯 가지 힘쓸 일(六務堂記)

서경덕(徐敬德)
멈추어야 할 곳(送沈教授序)

기준(奇遵)
유배지에서 키운 노루(畜獐說)
물고기를 위로하는 글(養魚說)

주세붕(周世鵬)
죽은 병사의 백골을 묻어 줍시다(勸埋征南亡卒白骨文)

성운(成運)
허수아비(虛父贊)

3권 — 위험한 백성 · **조식 외**
명종과 선조 연간

이황(李滉)
군주의 마음공부(進聖學十圖箚)
부부의 불화는 누구의 책임인가(與李平叔)
내 자식 살리려고 남의 자식을 죽이겠는가(答安道孫)
학문의 맛을 깨닫는 법(朱子書節要序)
우리말 노래를 짓다(陶山十二曲跋)
도산에 사는 이유(陶山雜詠幷記)

조식(曺植)
위험한 백성(民巖賦)
자전은 과부이며 전하는 고아입니다(乙卯辭職疏)
퇴계에게(答退溪書)

최연(崔演)
노비 기러기(雁奴說)
쥐 잡는 고양이(猫捕鼠說)

홍섬(洪暹)
궁궐 그림을 그리다(漢陽宮闕圖記)

김인후(金麟厚)
백성을 다스리는 법(上李太守書)

이정(李楨)
턱이라는 이름의 집(頤庵記)

박전(朴全)
제 팔을 부러뜨린 사람(折臂者說)

정탁(鄭琢)
이순신을 위하여(李舜臣獄事議)

기대승(奇大升)
퇴계의 생애(退溪先生墓碣銘)
언제나 봄(藏春亭記)

고경명(高敬命)
조선의 출사표(檄諸道書)

성혼(成渾)
아들과 손자들에게 남기는 유언(示子文濬及三孫兒)
스승은 필요 없다(書示邊生)
격언을 써 주지 못하는 까닭(書姜而進帖)

정인홍(鄭仁弘)
술을 마시는 법(孚飮亭記)
윤감의 때늦은 공부(尹堪傳)

이제신(李濟臣)
철쭉을 통한 공부(倭躑躅說)
어리석음으로 돌아오는 집(歸愚堂記)

이이(李珥)
김시습의 일생(金時習傳)
숨을수록 드러난다(上退溪先生)
학문의 수준(答成浩原)
일상의 학문(擊蒙要訣序)
명목 없는 세금을 없애는 방법(送趙汝式說)
소리를 내는 것은 무엇인가(贈崔立之序)
세 가지 벗(送尹子固朝天序)

정철(鄭澈)
나는 술을 끊겠다(戒酒文)
싸우는 형제에게(江原監司時議送題辭)

홍성민(洪聖民)
돌싸움 이야기(石戰說)
잊을 망(忘), 한 글자의 비결(忘說)
말을 소로 바꾸다(馬換牛說)
소금을 바꾸어 곡식을 사다(貿鹽販粟說)

백광훈(白光勳)
과거를 준비하는 아들에게(寄亨南書)

윤근수(尹根壽)
함께 근무하는 동료들에게(金吾契會序)

이산해(李山海)
구름보다 자유로운 마음(雲住寺記)
가만히 있어야 할 때(正明村記)
대나무 집(竹棚記)
성내지 않는 사람(安堂長傳)

최립(崔岦)
그림으로 노니는 산수(山水屛序)
성숙을 바라는 이에게(書金秀才靜厚願學錄後序)
한배에 탄 적(送林佐郎舟師統制使從事官序)
고산의 아홉 구비(高山九曲潭記)

유성룡(柳成龍)
옥처럼 깨끗하고 못처럼 맑게(玉淵書堂記)
죽어도 죽지 않는 사람(圃隱集跋)
먼 훗날을 위한 공부(寄諸兒)

조헌(趙憲)
혼자서 싸운다(淸州破賊後狀啓別紙)

임제(林悌)
꿈에서 만난 사육신(元生夢遊錄)

김덕겸(金德謙)
열 명의 손님(聽籟十客軒序)

오억령(吳億齡)
옥은 다듬어야 보배가 된다(贈端姪勸學說)

한백겸(韓百謙)
나무를 접붙이며(接木說)
오랫동안 머물 집(勿移村久菴記)

고상안(高尙顔)
농사짓는 백성을 위해(農家月令序)

이호민(李好閔)
한가로움에 대하여(閑閑亭記)

장현광(張顯光)
우리는 모두 늙는다(老人事業)

하수일(河受一)
농사와 학문(稼說贈鄭子循)

이득윤(李得胤)
사람을 살리는 것이 중요하다(醫局重設序)

차천로(車天輅)
시는 사람을 곤궁하게 만드는가(詩能窮人辯)

이항복(李恒福)
시인과 광대와 풀벌레(惺所雜稿序)

윤광계(尹光啓)
어디에서나 알맞게(宜齋記)
아들을 잃은 벗에게(逆旅說)

허초희(許楚姬)
하늘나라에 지은 집(廣寒殿白玉樓上樑文)

4권 — 맺은 자가 풀어라 · **유몽인 외**

선조와 인조 연간

유몽인(柳夢寅)

맺은 자가 풀어라(解辨)

담배 귀신 이야기(膽破鬼說)

서점 박고서사(博古書肆序)

너와 나는 하나다(贈李聖徵廷龜令公赴京序)

코 묻은 떡을 다투지는 않겠소(奉月沙書)

후세를 기다릴까?(送申佐郎光立赴京序)

내 죽음이 또한 영화로우리(贈表訓寺僧慧默序)

금강산 정령들과의 하룻밤 노닒(楓嶽奇遇記)

이수광(李睟光)

집은 비만 가리면 된다(東園庇雨堂記)

고양이와 개 기르기(畜貓狗說)

수도 이전에 대한 반론(玉堂箚子)

노비 연풍의 일생(年豐傳)

당시를 배워야 하는 이유(詩說)

17세기 전쟁 포로의 베트남 견문기(趙完璧傳)

벗과 스승의 의미를 묻는다(東園師友對押韻之文)

이정귀(李廷龜)

천산 유람기(遊千山記)

평양에서 출토된 옛 거울(箕城古鏡說)

동방 일백여 년에 없었던 글(象村集序)

훌륭한 시는 온전한 몰두 속에 있다(習齋集序)

한가로움을 사랑하다(愛閑亭記)

섭세현에게 부친 편지(寄葉署丞世賢 庚申朝天時)

일본에 사신 보내는 일을 논함(遣使日本議)

신흠(申欽)

백성이 함께 즐기는 집(樂民樓記)

백성을 탓하는 관리(民心篇)

딴마음을 품는 신하(書蕭何傳後)

왜적은 또 쳐들어온다(備倭說)

부쳐 사는 인생(寄齋記)

우물 파기에서 배울 점(穿井記)

나를 말한다(玄翁自敍)

권필(權韠)

아비를 죽인 양택의 죄악(請誅賊子梁澤疏)

창고 옆 백성 이야기(倉氓說)

종정도 이야기(從政圖說)

대나무와 오동나무가 서 있는 집(竹梧堂記)

술집 주인의 나무람(酒肆丈人傳)

처음 먹은 마음을 바꾸지 않겠소(答寒泉手簡)

허균(許筠)

시에는 별취(別趣)와 별재(別材)가 있다(石洲小稿序)

어떤 글이 좋은 글인가?(文說)

금강산으로 돌아가는 이나옹을 전송하며(送李懶翁還枳柤山序)

한때의 이익과 만대의 명성(遊原州法泉寺記)

백성 두려운 줄 알아라(豪民論)

상원군의 왕총에 대하여(祥原郡王冢記)

김종직을 논한다(金宗直論)

금강산 유람길에서(與石洲書)

겁먹지 말고 오게(與李汝仁)

김상헌(金尙憲)

세상에 드문 보물(谿谷集序)

지금이 상 줄 때인가(南漢扈從賞加辭免疏 丁丑五月)

인장의 품격(群玉所記)

조찬한(趙纘韓)

죽은 매를 조문함(哀鷹文)

공교로움과 졸렬함은 하나다(用拙堂記)

시처럼 하는 정치(贈崔燕岐序)

울 수도 없는 울음(祭亡室文)

세상의 모든 불우한 자를 애도하며(宋生傳)

복숭아씨로 쌓은 산(嵬崙核記)

6권 — 말 없음에 대하여 · **이천보 외**
영조 연간

신정하(申靖夏)
나라를 망하게 한 신하, 범증(增不去項羽不亡論科作)
술 한잔 먹세(與車起夫)
이백온을 위로하며(與李伯溫)
유송년의 「상림도」(論劉松年上林圖)
배움의 짝, 가난(送鄭生來僑讀書牛峽序)

이익(李瀷)
빈소 선생 조충남(嚬笑先生傳)
노비도 사람이다(祭奴文)
지구의 중심(地毬)
울릉도와 독도는 우리 땅(鬱陵島)
콩죽과 콩나물(三豆會詩序)
주자도 의심하라(孟子疾書序)

정내교(鄭來僑)
관직에 취하면(雜說)
거문고 명인 김성기(金聖基傳)

남극관(南克寬)
나는 미쳤다(狂伯贊)

오광운(吳光運)
글로 지난 삶을 돌아보다(藥山漫稿引)
시를 배우는 법(詩指)
여항인의 시집(昭代風謠序)
역대 문장에서 배울 점(文指)

조구명(趙龜命)
분 파는 할미와 옥랑의 열행(賣粉嫗玉娘傳)
거울을 보며(臨鏡贊)
내가 병에 대해 느긋한 이유(病解 二)
고양이의 일생(烏圓子傳)
무설헌기(無說軒記)
도와 문은 일치하지 않는다(復答趙盛叔書)

남유용(南有容)
미친 화가 김명국(金鳴國傳)
서호 유람의 흥취(遊西湖記)
원대한 글쓰기(酌古編序)
선택하고 집중하라(與兪生盛基序)
고양이와 쥐에 대한 단상(猫說)

이천보(李天輔)
시는 천기다(浣巖稿序)
시인 윤여정(玄圃集序)
말 없음에 대하여(題默窩詩卷後)
너 자신을 알라(自知菴記)
그림을 배우는 법(鄭元伯畵帖跋)

오원(吳瑗)
월곡으로 가는 길(衿陽遊記)
무심한 나의 시(題詩稿後)
말은 마음의 소리다(無言齋記 丁未)
아버지와 『소학』(讀小學 戊戌)

황경원(黃景源)
순천군의 아름다운 풍속(淸遠樓記)
육경의 글을 써라(與李元靈麟祥書)
여보, 미안하오(又祭亡室貞敬夫人沈氏文)
조선과 명나라의 공존(明陪臣傳序)

신경준(申景濬)
『강계지』 서문(疆界誌序 本誌逸)
『훈민정음운해』 서문(韻解序)
『동국여지도』 발문(東國輿地圖跋)
일본으로 사신 가는 이에게(送使之日本序)
와관에 대하여(瓦棺說)

신광수(申光洙)
검승전(劒僧傳)
마 기사 이야기(書馬騎士事)

홍낙인(洪樂仁)
삼청동 읍청정의 놀이(挹淸亭小集序)

곽씨 부인(郭氏夫人)
남편 김철근 묘지명(成均生員金公墓誌銘)

황윤석(黃胤錫)
덕행만큼 뛰어난 곽씨 부인의 문장(跋淸窓郭夫人藁略)

이종휘(李種徽)
위원루에 부치다(威遠樓記)
동래 부사를 배웅하며(送東萊府伯序)
대제학의 계보(文衡錄序)

홍대용(洪大容)
『대동풍요』 서문(大東風謠序)
보령의 기이한 소년(保寧少年事)

성대중(成大中)
유춘오 음악회(記留春塢樂會)
오랑캐의 월경을 막은 영웅들(江界防胡記)
운악산의 매사냥(雲岳遊獵記)
침실에 붙인 짧은 글(寢居小記)
창해 일사의 화첩(書滄海逸士畵帖後)

유한준(兪漢雋)
『석농화원』 발문(石農畵苑跋)

심익운(沈翼雲)
물정에 어두운 화가 심사정(玄齋居士墓志)

서직수(徐直修)
북악산 기슭의 대은암(大隱巖記)
내 벗이 몇이냐 하니(十友軒記)

박지원(朴趾源)
『녹천관집』 서문(綠天館集序)
예덕선생전(穢德先生傳)
『능양시집』 서문(菱洋詩集序)
큰누님을 떠나보내고(伯姊贈貞夫人朴氏墓誌銘)
홍덕보 묘지명(洪德保墓誌銘)
울기 좋은 땅(好哭場)
코끼리 보고서(象記)
밤에 고북구를 나서다(夜出古北口記)
민속을 기록하다(旬稗序)

이영익(李令翊)
소를 타고 우계를 찾아가는 송강을 그린 그림(題騎牛訪牛溪圖)

강흔(姜俒)
부안 격포의 행궁(格浦行宮記)
서설을 반기는 누각(賀雪樓記)
김순만의 이런 삶(金舜蔓傳)

이언진(李彦瑱)
그리운 아우에게 1(寄弟殷美 一)
그리운 아우에게 2(寄弟殷美 二)

유경종(柳慶種)
마음속의 원림(意園誌)

이덕무(李德懋)
바둑론(奕棋論)
『맹자』를 팔아 밥을 해 먹고(與李洛瑞書九書 四)
문학은 어린애처럼 처녀처럼(嬰處稿自序)
겨울과 책(耳目口心書 二則)

이가환(李家煥)
효자 홍차기의 사연(孝子豊山洪此奇碑碣)
하늘의 빛깔을 닮은 화원(綺園記)

정동유(鄭東愈)
천하의 위대한 문헌 『훈민정음』(訓民正音)

이희경(李喜經)

중국어 공용론(漢語)

김재찬(金載瓚)

방아 찧는 시인 이명배(春客李命培傳)

유득공(柳得恭)

발해사 저술의 의의(渤海考序)
일본학의 수립(蜻蛉國志序)
평화 시대의 호걸(送洪僉使遊北關序)

박제가(朴齊家)

재부론(財賦論)
나의 짧은 인생(小傳)
백탑에서의 맑은 인연(白塔淸緣集序)

이명오(李明五)

향(香) 자로 시집을 엮고(香字八十首序)

이안중(李安中)

인장 전문가(金甥吾與石典序)

이만수(李晩秀)

책 둥지(書巢記)

정조(正祖)

모든 강물에 비친 달과 같은 존재(萬川明月主人翁自序)
문체는 시대에 따라 바뀌는가(文體)

이서구(李書九)

바둑의 명인 정운창(棊客小傳)

정약전(丁若銓)

소나무 육성책(松政私議)

8권 — 책과 자연 · **서유구 외**

순조 연간

권상신(權常愼)

나귀와 소(驢牛說)
봄나들이 규약(南皐春約)
정릉 유기(貞陵遊錄)
대은암의 꽃놀이(隱巖雅集圖贊)

서영보(徐榮輔)

물결무늬를 그리는 집(文漪堂記)
자하동 유기(遊紫霞洞記)
통제사가 해야 할 일(送人序)

장혼(張混)

고슴도치와 까마귀(寓言)

심내영(沈來永)

되찾은 그림(蜀棧圖卷記)

남공철(南公轍)

광기의 화가 최북(崔七七傳)
둔촌 별서의 승경(遁村諸勝記)

성해응(成海應)

안향 선생 집터에서 나온 고려청자(安文成瓷尊記)
백동수 이야기(書白永叔事)

신작(申綽)

자서전(自敍傳)
태교의 논리(胎教新記序)

이옥(李鈺)

소리꾼 송귀뚜라미(歌者宋蟋蟀傳)
밤, 그 일곱 가지 모습(夜七)
걱정을 잊기 위한 글쓰기(鳳城文餘小敍)
북한산 유기(重興遊記)

윤행임(尹行恁)
소동파 숭배자에게(與黃逑翁鍾五)
숭정 황제의 현금(崇禎琴記)

심노숭(沈魯崇)
연애시 창작의 조건(香樓謔詞敍)
내 인생 내가 정리한다(自著紀年序)

정약용(丁若鏞)
통치자는 누구를 위해 존재하나?(原牧)
카메라 오브스쿠라(漆室觀畫說)
토지의 균등한 분배(田論 一)
살인 사건의 처리(欽欽新書序)
직접 쓴 묘지명(自撰墓誌銘 壙中本)
몽수 이헌길(蒙叟傳)
홍역을 치료하는 책(麻科會通序)
수종사 유기(游水鍾寺記)
조선의 무기(軍器論 二)

조수삼(趙秀三)
소나무 분재 장수(賣盆松者說)
경원 선생의 일생(經畹先生自傳)

서유구(徐有榘)
「세검정아집도」 뒤에 쓰다(題洗劍亭雅集圖)
농업에 힘쓰는 이유(杏圃志序)
의서 편찬의 논리(仁濟志引)
나무 심는 사람의 묘지명(柳君墓銘)
부용강의 명승(芙蓉江集勝詩序)
빙허각 이씨 묘지명(嫂氏端人李氏墓誌銘)
연못가에 앉은 시인(池北題詩圖記)
불멸의 초상화 또는 문장(與沈穉敎乞題小照書)
책과 자연(自然經室記)

김조순(金祖淳)
미치광이 한 씨(韓顚傳)
이생전(李生傳)

김노경(金魯敬)
맏아들 정희에게(與長子書 甲子)

김려(金鑢)
진해의 기이한 물고기들(牛海異魚譜序)
「북한산 유기」 뒤에 쓰다(題重興游記卷後)

이면백(李勉伯)
비지 문장을 짓는 법(碑誌說)

유본학(柳本學)
검객 김광택(金光澤傳)
도심 속 연못과 정자(堂叔竹里池亭記)
사서루기(賜書樓記)

이학규(李學逵)
유배지의 네 가지 괴로움(與某人)
문장의 경계(答某人)
한제원 묘지명(韓霽元墓誌銘)
박꽃이 피어난 집(匏花屋記)
윤이 엄마 제문(哭允母文)

박윤묵(朴允默)
송석원(松石園記)
수성동 유기(遊水聲洞記)

서경보(徐耕輔)
벼루를 기르는 산방(養硯山房記)

서기수(徐淇修)
백두산 등반기(遊白頭山記)
스스로 쓴 묘표(自表)

유희(柳僖)
『언문지』 서문(諺文志序)
제 눈에 안경 같은 친구(送朴伯溫遊嶺南序)

9권 — 신선들의 도서관 · **홍길주 외**

조선 말기

홍석주(洪奭周)

마음, 도, 문장(答金平仲論文書)

약의 복용(藥戒)

어머니 서영수합 묘표(先妣貞敬夫人大邱徐氏墓表)

『계원필경』을 간행하는 서유구 관찰사께(答徐觀察準平書)

김매순(金邁淳)

『삼한의열녀전』 서문(三韓義烈女傳序)

바람의 집(風棲記)

파릉의 놀이(巴陵詩序)

홍직필(洪直弼)

여성 도학자 정일헌 묘지명(孺人晉州姜氏墓誌銘并序)

유본예(柳本藝)

바둑 두는 인생(棋說)

필사의 이유(書鈔說)

이문원의 노송나무(摛文院老樅記)

정우용(鄭友容)

『훈민정음』을 찾아서(與族弟左史善之書)

읍청루 유기(遊挹淸樓記)

장서합기(藏書閤記)

조인영(趙寅永)

활래정기(活來亭記)

김정희(金正喜)

난 치는 법(與石坡 二)

「세한도」에 쓰다(與李藕船)

홍길주(洪吉周)

내가 사는 집(卜居識)

신선들의 도서관(海書)

꿈속에서 문장의 세계를 보다(釋夢)

용수원 병원 설립안(用壽院記)

작가의 서실 표롱각(縹礱閣記)

이시원(李是遠)

개를 묻으며(瘞狗說)

조희룡(趙熙龍)

국수 김종귀(金鍾貴傳)

이만용(李晩用)

잠자는 인생의 즐거움(寐辨)

조두순(趙斗淳)

천재 시인 정수동(鄭壽銅傳)

바둑 이야기, 남병철에게 주다(碁說, 贈南原明)

홍한주(洪翰周)

솔고개의 가성각(嘉聲閣)

책, 도서관, 장서가(藏書家)

유신환(兪莘煥)

충무공의 쌍검명(李忠武公雙釖銘)

사직단 근처 마을에서 책을 교정하다(稷下校書記)

김영작(金永爵)

삼정의 개혁 방안(三政議)

고매산관기(古梅山館記)

이상적(李尙迪)

고려 석탑에서 발견된 용단승설(記龍團勝雪)

정벽산 선생 묘지명(鄭碧山先生墓誌銘)

삽을 든 장님(書鍤瞎)

조면호(趙冕鎬)

자기가 잘 모른다는 것을 잘 아는 선생(自知自不知先生傳)

한국 산문선 2

오래된 개울

1판 1쇄 찍음 2017년 11월 17일
1판 1쇄 펴냄 2017년 11월 24일

지은이 권근 외
옮긴이 이종묵, 장유승
발행인 박근섭, 박상준
펴낸곳 (주)민음사

출판등록 1966. 5. 19. (제16-490호)
주소 서울시 강남구 도산대로1길 62
강남출판문화센터 5층 (06027)
대표전화 515-2000—팩시밀리 515-2007
홈페이지 www.minumsa.com

ISBN 978-89-374-1568-5 (04810)
978-89-374-1576-0 (세트)